DOCES MAGNÓLIAS
Linda conquista

SHERRYL WOODS
DOCES MAGNÓLIAS
Linda conquista

TRADUÇÃO
FLORA PINHEIRO

Rio de Janeiro, 2022

Copyright © 2007 by Sherryl Woods
Título original: Stealing Home

Todos os personagens neste livro são fictícios. Qualquer semelhança com pessoas vivas ou mortas é mera coincidência.

Direitos de edição da obra em língua portuguesa no Brasil adquiridos pela Editora HR LTDA. Todos os direitos reservados. Nenhuma parte desta obra pode ser apropriada e estocada em sistema de banco de dados ou processo similar, em qualquer forma ou meio, seja eletrônico, de fotocópia, gravação etc., sem a permissão do detentor do copyright.

Direitos exclusivos de publicação em língua portuguesa cedidos pela Harlequin Enterprises II B.V./ S.À.R.L para Editora HR Ltda.

A Harlequin é um selo da HarperCollins Brasil.

Contatos: Rua da Quitanda, 86, sala 218 — Centro — 20091-005
Rio de Janeiro — RJ
Tel.: (21) 3175-1030

Diretora editorial: *Raquel Cozer*

Editor: *Julia Barreto*

Copidesque: *Camila Berto Tescarollo*

Revisão: *Kátia Regina Silva*

Ilustração da capa: *LABFcreations/Creative Market*

Design de capa: *Renata Vidal*

Diagramação: *Abreu's System*

CIP-Brasil. Catalogação na Publicação
Sindicato Nacional dos Editores de Livros, RJ

W86L

    Woods, Sherryl
       Linda conquista / Sherryl Woods ; tradução Flora Pinheiro. -
1. ed. - Rio de Janeiro : Harlequin, 2020.
      384 p.   (Doces magnólias ; 1)

      Tradução de: Stealing home
      ISBN 9786586012736

      1. Romance americano. I. Pinheiro, Flora. II. Título.
III. Série.

20-64567
                    CDD: 813
                    CDU: 82-31(73)

Meri Gleice Rodrigues de Souza - Bibliotecária CRB-7/6439

Querida leitora,

Estou muito feliz que você possa ter com você o primeiro volume da série Doces Magnólias. Quando tive a ideia de uma série sobre três grandes amigas que haviam se apoiado nos bons e maus momentos, não fazia ideia de quantas mulheres acabariam se juntando a esse trio original ao longo dos anos nem de como as leitoras adorariam esses laços e a comunidade de Serenity, na Carolina do Sul.

Acredito que nós, mulheres, sabemos que, além da família, nossas amigas são as pessoas mais importantes de nossa vida. E as amizades que resistiram ao tempo, com mulheres que conhecem nossa história, nossos erros, nossos segredos constrangedores e nos amam mesmo assim, são os laços mais fortes que existem. As amigas estão lá para levantar nosso ânimo, seja por um dia ruim ou uma crise catastrófica. Elas nos fazem rir, comemoram e choram conosco e nos fazem lembrar que mesmo nos piores dias a vida ainda vale a pena.

Se você está conhecendo Maddie, Dana Sue e Helen, espero que goste delas. Se sua amizade com elas já é de longa data, espero que esta releitura traga alguns sorrisos. Acima de tudo, espero que tenha amigas calorosas e maravilhosas em sua vida e que aproveite cada minuto com elas.

Tudo de bom,

CAPÍTULO UM

Maddie se concentrou na vasta extensão de mogno entre ela e o homem que já era seu marido havia vinte anos. Metade da vida dela. Ela e William Henry Townsend começaram a namorar no ensino médio em Serenity, na Carolina do Sul. Eles se casaram antes do último ano da faculdade, não porque ela estava grávida, como algumas de suas amigas que se casaram às pressas, mas porque não queriam esperar mais um segundo para começar a vida a dois.

Os anos depois da formatura foram muito cansativos para Bill, que ainda estava na faculdade de medicina, enquanto ela trabalhava como contadora, sem fazer jus ao seu diploma em negócios, só para conseguirem pagar as contas no fim do mês. E então seus três filhos nasceram, sendo recebidos com muita alegria. Tyler, atlético e extrovertido, agora com 16 anos; Kyle, de 14 anos, o piadista da família; e Katie, uma surpresa abençoada, com 6 anos.

Eles levavam uma vida perfeita em uma casa histórica no bairro mais antigo de Serenity, cercados por parentes e amigos de longa data. Aquela paixão avassaladora do início havia esfriado um pouco, mas ainda eram felizes juntos.

Ao menos era o que Maddie pensava, até o dia, alguns meses antes, em que Bill a olhou depois do jantar, com a expressão tão distante quanto a de um estranho, e explicou com toda a calma que ia sair de casa e seguir sua vida... com uma enfermeira de 24 anos, que já estava grávida. Segundo ele, era uma daquelas coisas que aconteciam. Ele não tinha planejado deixar de amar Maddie, muito menos amar outra pessoa.

A primeira reação de Maddie não foi de choque ou consternação. Na verdade, ela começou a rir, certa de que seu Bill, um homem inteligente e humano, seria incapaz de um clichê tão patético. Somente quando aquela expressão distante não desapareceu ela percebeu que o marido estava falando sério. Justo quando a vida estava começando a entrar em um ritmo confortável, o homem que ela amava com todo o coração a trocara por alguém bem mais jovem.

Em um torpor incrédulo, ficara sentada ao lado do marido enquanto ele explicava aos filhos o que estava fazendo e por quê. Bill omitiu a parte sobre terem um novo meio-irmão ou irmã a caminho. Depois, ainda atordoada, Maddie ficara olhando enquanto ele pegava suas coisas para ir embora.

E, depois que o marido saíra de casa, foi ela quem teve que lidar com a raiva de Tyler, o gradual mergulho de Kyle em um silêncio até então pouco característico e os soluços desconsolados de Katie, tudo isso enquanto se sentia fria e vazia por dentro.

Também sobrara para ela lidar com o choque dos filhos quando eles descobriram sobre o bebê a caminho. Teve que disfarçar o ressentimento e a raiva, tudo em nome de ser uma boa mãe, madura e calma. Havia dias em que ela queria xingar o dr. Phil e todos aqueles episódios sensatos de seu programa em que ele aconselhava que os pais pensassem primeiro nas necessidades dos filhos. Afinal, quando as necessidades dela seriam finalmente levadas em conta?

O dia em que ela precisaria criar os filhos sozinha estava chegando mais rápido do que ela previra. Só faltava acertar os detalhes do divórcio no papel, registrando oficialmente o fim de um casamento de vinte anos. Nos documentos, não havia menção aos sonhos que não seriam realizados. Também não tinha nada sobre o sofrimento dos que ficaram para trás. Os papéis se resumiam a decidir quem moraria onde, quem ficaria com qual carro, o valor da pensão alimentícia dos filhos — e também da pensão temporária, até que ela tivesse condições de se sustentar ou até que se casasse de novo.

Maddie assistiu à luta exaltada de sua advogada contra o caráter temporário da segunda pensão. Helen Decatur, que conhecia Maddie e Bill havia muitos anos, era uma advogada de altíssimo nível, famosa no estado inteiro. Era também uma das melhores amigas de Maddie. E, quando Maddie estava cansada e triste demais para lutar por si mesma, Helen assumia as rédeas da situação. Loira e sempre vestida de terninho, Helen era uma advogada implacável, e Maddie nunca se sentiu tão grata a alguém.

— Essa mulher o sustentou enquanto você estudava medicina — disse Helen, completamente à vontade em seu ataque a Bill. — Ela desistiu de uma carreira promissora para criar seus filhos, cuidar de sua casa, ajudar a gerenciar seu consultório e apoiar sua ascensão entre os médicos da Carolina do Sul. Sua reputação profissional só se estende além de Serenity porque Maddie trabalhou duro para que isso acontecesse. E agora você quer que ela sofra tentando voltar para o mercado trabalho? Você realmente acha que em cinco ou mesmo dez anos ela poderá dar a seus filhos o padrão de vida ao qual eles estão acostumados? — Ela lançou para Bill um olhar que teria murchado qualquer outra pessoa. Ele parecia completamente desinteressado em Maddie ou no futuro dela.

Foi quando Maddie soube que tudo tinha acabado de vez. Todo o resto, a revelação casual de que ele a estava traindo, a saída de casa... nada disso a convencera de que era mesmo o fim de seu casamento. Até que ela viu a expressão indiferente nos olhos castanhos outrora calorosos do marido e finalmente aceitou que Bill não recobraria o juízo e lhe diria que tudo não havia passado de um erro terrível.

Até aquele instante, ela vinha vivendo soterrada por negação e mágoa. Mas isso acabava ali. A raiva, mais poderosa do que qualquer coisa que ela já sentira na vida, preencheu-a com uma força que a fez se levantar.

— Espere — interrompeu ela, com a voz tremendo de indignação. — Gostaria de dizer uma coisa.

Helen a olhou com surpresa, mas a expressão atordoada de Bill lhe deu coragem para continuar. Ele não tinha esperado que Maddie revidasse. Ela podia ver agora que todos os anos em que se esforçou para agradá-lo, colocando-o em primeiro lugar, o convenceram de que ela não passava de uma mosca-morta, que aceitaria com toda a tranquilidade que ele abandonasse a família — e ela — sem olhar para trás. Bill devia ter ficado todo prosa no momento em que ela sugeriu tentar um acordo em vez de permitir que algum juiz determinasse os termos do divórcio.

— Você conseguiu reduzir vinte anos de nossas vidas a isso — disse ela, acenando para a papelada. — E para quê?

Ela sabia a resposta, é claro. Como tantos outros homens de meia-idade, ele tinha se encantado por uma mulher com quase metade de sua idade.

— O que vai acontecer quando você se cansar de Noreen? — perguntou ela. — Você vai trocá-la por outra também?

— Maddie — disse ele, tenso. Bill puxou as mangas de sua camisa com monograma, mexendo nas abotoaduras de ouro de dezoito quilates que ela lhe dera no aniversário de vinte anos de casamento, seis meses atrás. — Você não sabe nada sobre o meu relacionamento com Noreen.

Ela conseguiu sorrir.

— Claro que sei. É sobre um homem de meia-idade tentando se sentir jovem de novo. Você é patético. — Mais calma agora que finalmente havia expressado seus sentimentos, ela se virou para Helen. — Não quero mais ficar aqui sentada. Peça o que achar justo e não ceda. Quem está com pressa é ele.

De costas retas e queixo erguido, Maddie saiu do escritório de advocacia e foi recomeçar sua vida.

Uma hora depois, Maddie havia trocado o terninho de tricô e o salto alto por uma regata, shorts e tênis velhos. Sem prestar atenção no calor do início da manhã, caminhou um quilômetro e meio até a odiosa academia que frequentava, onde o cheiro de suor permeava o ar. Localizada em uma perpendicular à rua principal da cidade, a academia já tinha sido uma loja de conveniência decadente. O chão de linóleo amarelado era característico daquela época, e as paredes sujas não tinham visto uma mão de tinta desde que Dexter comprara o local, na década de 1970.

Como a caminhada até o centro da cidade não fora suficiente para acalmá-la, Maddie se obrigou a subir na esteira, selecionou a configuração mais desafiadora que já experimentara e começou a correr. Ela correu até as pernas doerem, até o suor encharcar o cabelo com mechas impecáveis na altura do queixo e escorrer nos olhos, misturando-se às lágrimas que, irritantemente, insistiam em brotar.

De repente, uma mão com unhas cuidadosamente feitas surgiu na frente dela, diminuiu a velocidade da esteira e depois a desligou.

— A gente bem que achou que encontraria você aqui — disse Helen, ainda em seu terninho e salto Jimmy Choo. Ela devia ser uma das únicas mulheres em Serenity a ter um par de sapatos daquele naipe.

Ao lado dela, Dana Sue Sullivan vestia uma calça confortável, uma camiseta branquíssima e tênis. Ela era a chef e a dona do restaurante mais chique de Serenity — ou seja, o lugar tinha toalhas de mesa e guardanapos e um menu que ia além do bagre frito e couve. A Nova Cozinha Sulista de Sullivan, como anunciava a placa verde-escura e dourada na frente, era um restaurante muito mais sofisticado do que as lanchonetes nos arredores da cidade, que se limitavam a escrever BOA COMIDA nas janelas e cobriam as mesas de fórmica com jogo americano de papel.

Maddie desceu da esteira, com as pernas bambas, e enxugou o rosto com a toalha que Helen lhe entregou.

— Por que vocês estão aqui?

Ambas as mulheres reviraram os olhos.

— O que você acha? — perguntou Dana Sue em seu sotaque arrastado. O cabelo castanho e grosso estava puxado para trás com uma presilha, mas a umidade já fizera alguns cachos se libertarem. — Viemos ver se você quer alguma ajuda para matar aquele verme nojento que abandonou você.

— Ou aquela sirigaita com quem ele planeja se casar — acrescentou Helen. — Embora eu tenha minhas dúvidas sobre recomendar um assassinato, já que sou advogada e tudo mais.

Dana Sue a cutucou.

— Não vem com essa agora. Você disse que faríamos *qualquer coisa* que ajudasse Maddie a se sentir melhor.

Maddie conseguiu até abrir um leve sorriso.

— Felizmente para as duas, minhas fantasias de vingança não envolvem matar ninguém.

— Ah, é? Envolvem o quê? — perguntou Dana Sue, parecendo fascinada. — Porque, depois que botei Ronnie para fora de casa, eu queria mesmo era vê-lo atropelado por um trem.

— A morte é rápida demais — disse Maddie. — Além disso, tenho que pensar nas crianças. Por mais que seja um traste, Bill ainda é o pai deles. Tenho que me lembrar disso toda hora só para manter a raiva sob controle.

— Felizmente, Annie ficou com tanta raiva do pai quanto eu — disse Dana Sue. — Acho que esse é o lado bom de ter uma filha adolescente. Ela percebeu sozinha as palhaçadas dele. Acho que ela sabia o que estava acontecendo antes mesmo de mim. Ela foi para a porta e aplaudiu quando o botei para fora.

— Muito bem, vocês duas — interrompeu Helen —, por mais divertido que seja ver vocês trocando figurinhas, podemos conversar em outro lugar? Minha roupa vai ficar fedendo se não sairmos daqui logo.

— Vocês duas não precisam trabalhar? — perguntou Maddie.

— Tirei a tarde de folga — informou Helen. — Caso você quisesse sair para beber ou fazer alguma coisa.

— E eu só preciso estar de volta ao restaurante daqui a duas horas — disse Dana Sue, analisando Maddie com um olhar pensativo. — Será que dá para encher a cara em duas horas?

— Como não há nenhum bar aberto em Serenity a essa hora, acho que podemos esquecer essa história de ficar bêbadas — observou Maddie. — Embora eu aprecie o entusiasmo, acho que é melhor assim.

— Tenho as coisas para preparar margaritas lá em casa — ofereceu Helen.

— E nós sabemos como eu fico louca com margaritas — disse Maddie, estremecendo ao se lembrar da noite alguns meses antes quando ela contou às amigas que Bill pretendia deixá-la. — Acho melhor ficar na Coca Zero mesmo. Tenho que buscar as crianças na escola.

— Não tem, não — disse Dana Sue. — Sua mãe vai buscar as crianças.

Maddie ficou boquiaberta. Sua mãe dissera a seguinte frase quando Tyler nascera, e vinha repetindo desde então: "Não vou ser sua babá". Ela havia sido firme naquela época e jamais voltara atrás nos últimos dezesseis anos.

— Como você conseguiu essa proeza? — perguntou ela, deixando escapar sua admiração.

— Expliquei a situação — respondeu Dana Sue, dando de ombros. — Sua mãe é uma mulher muito razoável. Não sei por que vocês duas têm tantos problemas.

Maddie poderia ter explicado, mas levaria o resto da tarde. Muito provavelmente o resto da semana. Além disso, Dana Sue já ouvira boa parte da história umas mil vezes.

— Então nós vamos para a minha casa? — perguntou Helen.

— Sim, mas não para tomar margaritas — disse Maddie. — Da última vez, levei quase dois dias para me recuperar. Preciso começar a procurar um emprego amanhã.

— Não, não precisa — retrucou Helen.

— Ah, é? Você finalmente conseguiu arrancar dinheiro do Bill?

— Não só isso — disse Helen com um sorriso presunçoso.

Maddie analisou as amigas com toda a atenção. Elas estavam tramando algo. Apostaria seu primeiro cheque da pensão nisso.

— Então me conte — ordenou ela.

— A gente fala sobre isso quando chegarmos lá em casa — disse Helen.

Maddie se virou para Dana Sue.

— Você sabe o que está acontecendo?

— Tenho uma vaga ideia — respondeu Dana Sue, mal contendo um sorriso.

— Vocês duas estão tramando alguma coisa — concluiu Maddie, sem saber como se sentia a respeito disso.

Ela amava as duas mulheres como se fossem suas irmãs, mas, toda vez que tinham alguma ideia maluca, uma delas invariavelmente arranjava problemas. Era assim desde que tinham 6 anos. Maddie não tinha dúvidas de que fora por isso que Helen se tornara advogada, porque sabia que as três acabariam precisando de uma boa defesa algum dia.

— Me deem uma dica — implorou ela. — Quero decidir se é melhor eu sair correndo.

— Nada de dicas — disse Helen. — Você precisa estar em um estado de espírito mais receptivo.

— Não tem Coca-Cola suficiente no mundo para isso — respondeu Maddie.

Helen sorriu.

— Por isso as margaritas.

— Fiz um guacamole incrível — acrescentou Dana Sue. — E comprei um saco grande daqueles salgadinhos que você gosta, embora uma hora ou outra esse sal todo vá acabar matando você.

Maddie olhou de uma para a outra e suspirou.

— Com vocês duas tramando pelas minhas costas, algo me diz que não tenho escapatória.

A margarita estava forte o suficiente para Maddie fazer careta. Na casa de Helen, construída exatamente do jeito que ela queria, na única região sofisticada de Serenity, cada uma das amigas se acomodava em uma confortável *chaise longue* disposta no pátio com piso de tijolos. Embora fosse apenas março, a umidade da Carolina do Sul estava bem carregada, mas a brisa suave que agitava os pinheiros imponentes era suficiente para impedir que fosse incômoda demais.

Maddie ficou tentada a mergulhar na piscina azul-turquesa de Helen, mas, em vez disso, inclinou a cabeça para trás e fechou os olhos. Pela primeira vez em meses, sentiu suas preocupações desaparecerem. Além da própria raiva, não estava tentando esconder nada dos filhos — nem sua tristeza, nem seus medos, embora fizesse um esforço para manter tudo sob controle. Com Helen e Dana Sue, podia ser apenas ela mesma, uma mulher muito magoada, cheia de incertezas, prestes a se divorciar.

— Você acha que ela está pronta para ouvir a nossa ideia? — murmurou Dana Sue ao lado de Maddie.

— Ainda não — respondeu Helen. — Ela precisa terminar o drinque.

— Estou ouvindo vocês — avisou Maddie. — Ainda não estou dormindo nem inconsciente.

— Por isso mesmo é melhor a gente esperar — disse Dana Sue em tom alegre. — Aceita mais guacamole?

— Não, mas você bem que se superou — disse Maddie. — Fiquei com lágrimas nos olhos.

Dana Sue pareceu surpresa.

— Ficou muito apimentado? Pensei que talvez você só estivesse chorando um pouquinho.

— Não sou de chorar — respondeu Maddie.

— Você acha que a gente não viu que você estava chorando lá na academia? — perguntou Helen.

— Eu tinha esperanças de que vocês fossem achar que era suor.

— Tenho certeza de que foi isso que ficou parecendo para todo mundo, mas nós percebemos — disse Dana Sue. — Devo dizer que fiquei muito decepcionada por você ter derramado uma lágrima sequer por aquele homem.

— Eu também — concordou Maddie.

Dana Sue a olhou com severidade, depois se virou para Helen.

— Nós podemos contar. Acho que ela não vai ficar mais calma do que isso.

— Tudo bem — disse Helen. — Vamos lá. Do que nós três reclamamos há uns vinte anos?

— Homens — respondeu Maddie, secamente.

— Além disso — disse Helen, impaciente.

— Da umidade da Carolina do Sul?

Helen suspirou.

— Você pode falar sério por um minuto? Da academia. Nós reclamamos daquela academia horrível a vida toda.

Maddie a olhou, perplexa.

— E não adiantou nada, não é? Da última vez que reclamamos do estado da academia, Dexter contratou Junior Stevens para fazer a limpeza... uma vez. O lugar ficou com cheiro de produto de limpeza por uma semana e foi isso.

— Exatamente. É por isso que Dana Sue e eu tivemos uma ideia — disse Helen, depois de uma pausa dramática. — Queremos abrir uma nova academia, limpa e acolhedora, voltada para mulheres.

— Queremos que seja um lugar onde as mulheres possam entrar em forma, ser mimadas e tomar uma vitamina com as amigas depois do treino — acrescentou Dana Sue. — Talvez até fazer um tratamento de beleza ou uma massagem.

— E você quer fazer isso em Serenity, com uma população de cinco mil setecentos e catorze pessoas? — perguntou Maddie, sem nem ao menos tentar esconder o ceticismo.

— Quinze — corrigiu Dana Sue. — A filhinha de Daisy Mitchell nasceu ontem. Inclusive, acho que Daisy seria a candidata perfeita para uma de nossas aulas pós-gravidez.

Maddie estudou Helen com mais atenção.

— Você está falando sério, não é?

— Mais sério impossível — confirmou ela. — O que acha?

— Talvez até desse certo — respondeu Maddie, pensativa. — Não é segredo nenhum que aquela academia é nojenta. Não me admira que metade das mulheres de Serenity se recuse a malhar. Claro que metade não consegue nem levantar do sofá de tanto frango frito que comeu.

— É por isso que também vamos oferecer aulas de culinária — disse Dana Sue, animada.

— Deixe-me adivinhar. "Nova Cozinha Sulista" — emendou Maddie.

— A culinária do Sul não se resume a feijão cheio de manteiga ou vagem na banha — disse Dana Sue. — Eu não te ensinei nada?

— Ensinou, com certeza — respondeu Maddie. — Mas a população de Serenity ainda sai em busca de purê de batatas e frango frito.

— Eu também — disse Dana Sue. — Mas frango no forno não é tão ruim se você fizer direito.

— Estamos perdendo o foco da discussão — interrompeu Helen. — Há uma casa disponível na Rua Palmetto que seria perfeita para o que pensamos. Acho que devemos dar uma olhada pela manhã. Dana Sue e eu nos apaixonamos na hora, Maddie, mas queremos sua opinião.

— Por quê? Não é como se eu tivesse algo para comparar. Além disso, nem sei bem qual é a visão de vocês exatamente.

— Você sabe como tornar um lugar aconchegante e convidativo, não? — disse Helen. — Afinal, você pegou o mausoléu que era a casa da família Townsend e deixou o lugar acolhedor.

— Isso — disse Dana Sue. — E você entende de negócios depois de tantos anos ajudando Bill a fazer o consultório funcionar.

— Eu montei alguns sistemas para ele há quase vinte anos — disse Maddie, sendo modesta sobre sua contribuição para organizar o consultório. — Estou longe de ser uma especialista. Se quiserem mesmo levar isso adiante, precisam contratar um consultor, elaborar um plano de negócios, fazer projeções de custos. Vocês não podem fazer algo assim do nada só porque a academia de Dexter cheira mal.

— Na verdade, *nós* podemos — insistiu Helen. — Tenho dinheiro suficiente para bancar a entrada na compra da casa, mais as despesas iniciais com equipamentos e os custos operacionais do primeiro ano. Vamos ser sinceras, vai ser bom ter um desconto nos impostos, embora eu ache que não dará prejuízo por muito tempo.

— E eu vou investir algum dinheiro, mas principalmente meu tempo e minha experiência em culinária e nutrição para criar um pequeno café e oferecer algumas aulas — acrescentou Dana Sue.

As duas olharam para Maddie com expectativa.

— O quê? Eu não tenho experiência e com certeza não tenho dinheiro para investir em algo tão incerto.

Helen sorriu.

— Você tem um pouco mais do que imagina, graças a sua maravilhosa advogada, mas não estamos atrás do seu dinheiro. Queremos que você administre.

Maddie as encarou, incrédula.

— Eu? Eu odeio me exercitar. Só vou à academia porque sei que preciso. — Ela gesticulou para a celulite que se espalhava sem piedade nas coxas. — E a gente já viu quanto está adiantando...

— Então você é perfeita para o cargo, porque vai trabalhar duro para fazer da academia um lugar onde mulheres como você tenham vontade de ir — argumentou Helen.

Maddie sacudiu a cabeça.

— Esqueçam. Não acho uma boa ideia.

— Por que não? — perguntou Dana. — Você precisa trabalhar. Nós precisamos de uma gerente. É perfeito.

— Está até parecendo que vocês bolaram esse plano só para eu não morrer de fome — disse Maddie.

— Eu já disse que você não vai morrer de fome — bufou Helen.

— E você ficou com a casa, que já está quitada há um tempão. Bill foi muito razoável depois que expus alguns fatos para ele.

Maddie estudou o rosto da amiga. Eram poucas as pessoas que tentavam explicar alguma coisa a Bill, pois ele estava convencido de que já sabia tudo. Um diploma de medicina tinha esse efeito em alguns homens. E, quando o diploma não era o suficiente, enfermeiras apaixonadas como Noreen davam conta do recado.

— Que fatos? — perguntou Maddie.

— Por exemplo, o fato de que ele está para ser pai do filho da enfermeira que trabalha com ele pode prejudicar o movimento de um consultório em uma cidade conservadora e tão preocupada com a família como Serenity — disse Helen, sem o menor indício de remorso. — As pessoas podem pensar duas vezes antes de levarem seus filhos a um pediatra que demonstrou uma completa falta de escrúpulos.

— Você o chantageou? — Maddie não sabia se estava chocada ou impressionada.

Helen deu de ombros.

— Prefiro pensar nisso como uma aulinha de relações públicas. Até agora, as pessoas na cidade não tomaram partido de ninguém, mas isso pode mudar em um piscar de olhos.

— Estou surpresa que o advogado dele tenha deixado você fazer isso — comentou Maddie.

— É porque você não sabe tudo o que sua advogada brilhante sabia ao entrar naquela sala — disse Helen.

— Como o quê?

— A enfermeira de Bill tinha uma *história* com o advogado dele. Tom Patterson tinha seus próprios motivos para querer ver Bill na merda.

— Isso não é antiético? — perguntou Maddie. — Ele não deveria ter se recusado a aceitar o caso de Bill ou algo assim?

— Ele se recusou, mas Bill insistiu. Tom falou sobre seu passado com Noreen, mas Bill continuou insistindo. Ele achou que a história de Tom com Noreen o faria entender melhor sua pressa em construir logo uma vida com ela. O que prova que, quando se trata da natureza humana, seu futuro ex-marido não sabe nada.

— E você se aproveitou de todas essas burradas para conseguir que Maddie ganhasse o dinheiro que ela merecia — disse Dana Sue com admiração.

— Isso mesmo. — Helen estava satisfeita. — Se tivéssemos que recorrer a um juiz, o desfecho podia ter sido diferente, mas Bill queria fechar um acordo quanto antes para poder ser um pai de verdade para seu novo bebê *antes* de oficializar na certidão de nascimento. Como você bem o lembrou antes de ir embora, Maddie, ele é que está com pressa.

Helen encarou Maddie.

— Não é uma fortuna, claro, mas você não precisa se preocupar com dinheiro por enquanto.

— Ainda acho que deveria procurar um emprego de verdade — desabafou Maddie. — Seja lá qual for a quantia que você conseguiu, não vai durar para sempre, e provavelmente não terei muito poder aquisitivo, pelo menos não de início.

— É por isso que você deveria aceitar nossa oferta — disse Dana Sue. — Este centro de bem-estar pode ser uma mina de ouro. Você vai ser sócia, igual a nós. É isso que você recebe em troca da administração no dia a dia. O lucro como uma das sócias.

— Não sei o que vocês duas ganham com isso — disse Maddie.

— Helen, você está sempre lá por Charleston. Há algumas academias excelentes por lá, se você não quiser ir à de Dexter. E, Dana Sue, você pode oferecer aulas de culinária no próprio restaurante. Você não precisa de um spa para isso.

— Estamos tentando pensar na comunidade — explicou Dana Sue. — Esta cidade precisa de alguém para investir nela.

— Não estou engolindo essa história — murmurou Maddie. — Isso é tudo por minha causa. Vocês duas estão com pena de mim.

— Não estamos — disse Helen. — Você vai ficar bem.

— Então tem alguma outra coisa, algo que vocês não estão me contando — insistiu Maddie. — Vocês não acordaram um belo dia e decidiram abrir um centro de bem-estar, nem mesmo por causa dos impostos.

Helen hesitou, depois confessou:

— Certo, vou contar a verdade. Preciso de um lugar para me exercitar e aliviar o estresse do meu trabalho. Meu médico me deu uma bronca por causa da minha pressão arterial. Eu me recuso veementemente a começar a tomar um monte de remédios na minha idade, então disse a ele que me daria três meses para ver se uma mudança na dieta e exercícios ajudaria. Estou tentando diminuir a quantidade de casos em Charleston por um tempo, por isso preciso de um spa aqui mesmo em Serenity.

Maddie olhou para a amiga, preocupada. Se Helen estava diminuindo a carga de trabalho, então o médico devia ter sido bem contundente quanto os riscos a sua saúde.

— Se sua pressão arterial está alta, por que você não falou logo de cara? Não que eu esteja surpresa, já que você é obcecada com o trabalho.

— Eu não disse nada porque você já tem problemas o suficiente — respondeu Helen. — E pretendo cuidar disso.

— Abrindo sua própria academia. Será que entrar num novo negócio não vai aumentar o estresse?

— Não se *você* estiver administrando. Além disso, acho que vai ser divertido estarmos nós três juntas cuidando de tudo.

Maddie não estava totalmente convencida de que seria divertido, mas se virou para Dana Sue.

— E você? Qual é a sua desculpa para querer abrir um novo negócio? O restaurante não é suficiente?

— Estou ganhando dinheiro suficiente, sem dúvida — disse Dana Sue. — Mas estou sempre cercada por comida. Engordei alguns quilos. Você conhece o histórico da minha família. Quase todo mundo tinha diabetes, então preciso controlar meu peso. Duvido que eu pare de comer, então preciso me exercitar.

— Viu só? Nós duas temos nossas próprias razões para querer fazer isso acontecer — disse Helen. — Vamos lá, Maddie. Pelo menos dê uma olhada na casa amanhã. Você não precisa decidir hoje à noite, nem mesmo amanhã. Você terá tempo suficiente para refletir sobre isso com esse seu cérebro cauteloso.

— Eu *não* sou cautelosa — protestou Maddie, ofendida.

Dentre as amigas, ela já fora a que mais se arriscava. Antigamente, bastava a promessa de diversão e desafio. Tinha mesmo mudado tanto? A julgar pelas expressões das amigas, sim.

— Ah, me poupe, você pesa os prós e contras e as calorias antes de pedir um prato no restaurante — disse Dana Sue. — Mas nós amamos você mesmo assim.

— É por isso que não faríamos isso sem você — reforçou Helen. — Mesmo que isso realmente ponha nossa saúde em risco.

Maddie olhou de uma para a outra.

— Não estou sob pressão nenhuma, pelo visto — retrucou ela secamente.

— Nenhuma — repetiu Helen. — Eu tenho uma carreira. E o médico diz que existem vários remédios para controlar a pressão hoje em dia.

— E eu tenho meu próprio negócio — acrescentou Dana Sue.

— Quanto ao meu peso, podemos sair para caminhar algumas vezes por semana. — Ela deu um suspiro dramático.

— Apesar de vocês insistirem que não é o caso, ainda não estou cem por cento convencida de que não é caridade — repetiu Maddie. — O momento é muito suspeito.

— Seria só caridade se não esperássemos que você trabalhasse duro para fazer do negócio um sucesso — disse Helen. — E aí, vai entrar nessa com a gente?

Maddie pensou um pouco e finalmente cedeu.

— Vou olhar o lugar. Mas não posso prometer mais nada.

Helen olhou para Dana Sue.

— Se tivéssemos esperado ela tomar a segunda margarita, ela teria topado — disse Helen, fingindo decepção.

Maddie riu.

— Mas se eu tivesse tomado a segunda, vocês não poderiam levar a sério nada do que eu dissesse.

— Ela tem razão — concordou Dana Sue. — Vamos ficar felizes por termos um talvez.

— Eu já disse como fico feliz por vocês serem minhas amigas? — Maddie sentiu seus olhos se encherem de lágrimas mais uma vez.

— Ih, vai começar de novo — brincou Dana Sue, levantando-se. — Preciso ir trabalhar antes de começarmos a chorar.

— Eu nunca choro — declarou Helen.

Dana Sue gemeu.

— Nem começa. Maddie vai se sentir obrigada a desafiar você e logo a cidade será inundada pelas suas lágrimas. As duas vão estar com a cara toda inchada quando nos encontrarmos pela manhã. Maddie, você quer uma carona até sua casa?

Ela negou com a cabeça.

— Vou a pé. Assim vou ter um tempo para pensar.

— E ficar sóbria de novo antes de encontrar sua mãe — provocou Helen.

— Isso também — concordou Maddie.

Acima de tudo, porém, queria um tempo para digerir o fato de que, em um dos piores dias de sua vida, ela estava cercada por amigas que lhe deram esperança de que seu futuro não seria tão sombrio quanto havia imaginado.

CAPÍTULO DOIS

Era quase de noite quando Maddie atravessou o portão de ferro daquela construção imponente que era a casa dos Townsend havia cinco gerações. Segundo Helen, Bill concordara — apesar da relutância — em deixá-la ficar lá com as crianças, já que a casa um dia pertenceria a Tyler. Ao olhar a enorme fachada de tijolos, Maddie quase se arrependeu de ter ganhado aquele ponto do acordo. Teria ficado mais feliz com um lugar aconchegante com uma cerca branca e algumas rosas no jardim. Só os gastos para manter a casa poderiam levá-la à falência, mas Helen garantiu que também cuidara disso no acordo.

Ao abrir a porta da frente, preparou-se mentalmente para enfrentar a mãe. Mas, quando entrou na sala de estar nos fundos da casa, encontrou Bill sentado no sofá com Katie cochilando em seus braços e os meninos estirados diante da TV, absortos em um programa que ela tinha certeza de que jamais permitira que eles assistissem. Ficou tensa ao ver que se tratava de alguma competição de luta violenta.

Uma coisa de cada vez, disse para si mesma. Livrar-se do futuro ex era sua primeira prioridade.

Antes de abrir a boca, porém, Maddie se permitiu examiná-lo com atenção, algo que não ousara fazer antes. O cabelo loiro ainda era grosso, mas havia alguns fios grisalhos que ela nunca notara antes, e uma palidez incomum lhe saltava da pele. As linhas de expressão, que uma vez conferiram personalidade as suas belas feições, agora o faziam parecer cansado. Se ainda fosse de sua conta, ela ficaria preocupada com ele.

Ela se lembrou de quão furiosa estivera algumas horas antes.

— O que você está fazendo aqui? — exigiu saber, recuperando a raiva. — Cadê a minha mãe?

Os meninos, acostumados ao seu tom neutro e comentários educados sobre o pai deles, encararam a mãe com surpresa. Bill apenas franziu a testa em desaprovação.

— Ela foi embora quando cheguei. Eu disse que ficaria com eles até você chegar. Precisamos conversar — disse ele.

— Já disse tudo o que tenho para lhe dizer no escritório de Helen — respondeu ela, mantendo-se firme. — Preciso repetir?

— Maddie, por favor, não vamos fazer uma cena na frente das crianças.

Ela sabia que sua verdadeira preocupação não era sobre fazer uma cena, mas ter que enfrentar sua raiva justificada. Ainda assim, ele tinha razão. Tyler já parecia prestes a sair em defesa da mãe. Ele se sentia obrigado a fazer isso com frequência nos últimos tempos. O garoto vinha reprimindo os próprios sentimentos na tentativa de apoiá-la. Era um fardo grande demais para um rapaz de 16 anos que idolatrava seu pai.

— Tudo bem — concordou ela com frieza. — Tyler, Kyle, vão lá para cima terminar o dever de casa. Vou preparar o jantar assim que seu pai for embora.

— Já acabei o que tinha que fazer — disse Tyler, ficando onde estava e impondo uma postura desafiadora.

— Eu também — emendou Kyle.

Ela os encarou com uma expressão de advertência que fez os meninos se levantarem na mesma hora.

— Vou levar Katie — ofereceu-se Tyler, pegando a irmã adormecida no colo.

— Tchau, meninos — disse Bill, enquanto eles iam saindo.

— Tchau, pai — respondeu Kyle. Tyler não disse nada.

Bill ficou olhando enquanto eles andavam, sua expressão triste.

— Tyler ainda está irritado comigo, não está?

— Você pode culpá-lo? — perguntou ela, sem a menor paciência para a mágoa de Bill.

— Claro que não, ainda mais com você alimentando o ressentimento dele a cada oportunidade — respondeu ele.

— Eu não faço isso — disse Maddie com raiva. — Por mais que me doa, faço o possível para impedir que eles o odeiem ou vejam quanto você me magoou. Infelizmente, Ty e Kyle têm idade suficiente para tirarem suas próprias conclusões sobre o pai, sem precisarem comprar a minha história.

Bill recuou na mesma hora.

— Sinto muito. Tenho certeza que você tentou. É tudo muito frustrante. Os meninos e eu costumávamos ser tão próximos, mas agora Katie é a única que age como se nada tivesse mudado.

— Katie adora você — disse Maddie. — Ela tem 6 anos. Mesmo depois de todos esses meses, ela não entende que você nunca mais vai voltar. Os meninos sabem direitinho o que está acontecendo e que a vida deles nunca mais será a mesma. Katie só chora na hora de dormir, quando você não está aqui para ler uma história para ela e lhe dar um beijo de boa noite. Não há um dia em que ela não me pergunte o que ela fez de errado, como podemos consertar a situação e quando você volta de vez.

Ela pensou ter visto um vislumbre de culpa no rosto de Bill, mas depois a máscara educada que ela se acostumara a ver nos últimos tempos voltou a seu rosto. Ela tentou se lembrar da última vez que os olhos dele se iluminaram ao vê-la, a última vez que ele de fato a olhou nos olhos. Infelizmente, não se lembrava. Ela suspeitava de que fora muito antes de ele anunciar que a deixaria, talvez no início de seu caso com Noreen. Como ela não percebera uma mudança tão dramática?

— Pode se sentar, Maddie? — perguntou ele, irritado. — Não consigo conversar com você aí me cercando.

— Conversar sobre o quê? Não pode ser outra má notícia. Terminar nosso casamento e destruir nossa família já deve ter dado conta do recado, não?

— Sabe, Madelyn, o sarcasmo não combina com você.

— Ora, não enche o meu saco! — retrucou ela, culpando as margaritas pela língua solta. — O sarcasmo é tudo o que me restou.

Ele a encarou com desconfiança.

— Você não falava assim antigamente.

— Antigamente eu não tinha motivo — retrucou ela. — Pode dizer logo o que quer e dar o fora? Até onde sei, você não mora mais aqui, então eu gostaria que você me ligasse antes de aparecer de novo.

Bill exibia um olhar derrotado e, por um instante, Maddie quase sentiu pena. Ele fizera sua escolha, estava conseguindo tudo o que queria, mas ainda assim não parecia feliz. Antes que pudesse se lembrar de como o amara antes, ela se endureceu e sentou na beirada de uma poltrona diante dele.

— Eu não queria que as coisas acabassem assim — disse ele, olhando-a diretamente pela primeira vez em semanas. — Não queria mesmo.

Maddie suspirou.

— Eu sei. Acontece.

— Se não fosse pelo bebê... — Sua voz sumiu.

A raiva de Maddie voltou.

— Não se atreva a dizer que ficaria comigo se Noreen não tivesse engravidado. É uma humilhação para ela e para mim.

Ele a encarou sem entender.

— Como? Eu só estou tentando ser honesto.

— Isso dá a entender que você está apenas com ela por causa do bebê e que acha que eu o aceitaria de volta depois que você me traiu, se não houvesse um bebê nessa história. Você teve um caso, Bill. Não sei se poderia ter perdoado isso.

— Talvez não de imediato, mas poderíamos ter tentado resolver as coisas e preservar nossa família.

— Sim — concordou ela, relutante. — Talvez a gente tivesse, mas agora não adianta chorar pelo leite derramado.

— Você poderia pelo menos me prometer que vai fazer o que puder para me ajudar a melhorar a situação com as crianças? Sinto falta dos meus filhos, Maddie. Pensei que depois de todos esses meses as coisas melhorariam, mas até agora nada. Não tenho mais ideias.

— O que você não tem é paciência — respondeu ela. — Você queria que tudo ficasse bem assim que saiu de casa, mas infelizmente o que os nossos filhos sentem não muda de uma hora para a outra. Eles estão magoados, zangados e confusos. Você terá que lutar para mudar isso. Não tenho uma varinha mágica que resolve tudo de uma vez. Já concordei em deixar você passar o tempo que quiser com eles. O que mais você quer de mim?

— Que você me defenda.

— Uma coisa é eu não falar mal de você para as crianças. Mas me recuso a ficar rasgando seda para o papai delas.

— Você sabia que Tyler se recusa a pôr os pés em minha nova casa enquanto Noreen estiver lá? O que eu posso fazer? Pedir para ela sair? É o apartamento dela.

— Ty não falou comigo sobre isso — disse ela, um pouquinho satisfeita por seu filho ter assumido aquela postura.

Ela sabia, porém, que ele e o pai precisariam fazer as pazes. Bill sempre fora uma figura presente na vida do filho mais velho. Apesar de sua agenda lotada, nunca havia perdido um jogo do garoto, uma reunião de pais na escola ou qualquer outra atividade que fosse importante para Tyler. Dezesseis anos era a pior idade para um relacionamento assim ir por água abaixo.

— Eu vou falar com ele — prometeu ela, voltando atrás em sua recusa de defender Bill. Ela faria isso pelo bem de Ty. — Mas — lembrou ela — Tyler tem 16 anos e vontade própria. Não posso obrigá-lo a fazer nada. Você talvez tenha que dar tempo ao tempo, trabalhar um pouco mais para reconquistá-lo.

— Agradeço qualquer ajuda que você puder me dar. — Ele se levantou. — Bem, era isso que eu queria.

— Tudo bem.

— E também queria dizer mais uma vez quanto lamento por tudo.

Ela sentiu lágrimas surgirem nos olhos e piscou com força para impedir que caíssem. Apenas para o caso de alguma escapar, ela se virou.

— Eu também — disse ela.

Ficou esperando que ele fosse embora, mas não estava preparada para o toque rápido de seus lábios em sua bochecha antes que ele partisse.

Agora as lágrimas caíram de verdade.

— Maldito seja, Bill Townsend — murmurou ela, odiando ter sido afetada pelo beijo rápido e casual.

— Mãe?

Secando as lágrimas, ela olhou para Tyler, que a estudava com uma expressão preocupada.

— Eu estou bem — tranquilizou ela.

— Não está, não — disse ele, e acrescentou com raiva: — Odeio meu pai por ele ter feito isso com você. Ele é um hipócrita mentiroso. Todas aquelas conversas dele sobre como tratar alguém com quem você se importa eram da boca para fora.

— Ty, ele é seu pai. Você não o odeia. E ele estava falando sobre como as coisas deveriam ser. As pessoas que se importam umas com as outras devem ser gentis, solidárias e fiéis. Infelizmente, a vida nem sempre segue as regras.

— Você não pode me fazer amá-lo — disse ele, inflexível. — Ouvi o que ele pediu. Ele quer que você me convença de que ele não é um babaca.

— Ele te ama. Seu pai veio aqui hoje porque sente falta de ficar com você.

— Não fui eu quem foi embora — desabafou Tyler com amargura. — Foi ele. Por que eu deveria me esforçar para vê-lo, ainda mais quando *ela* está por perto o tempo todo?

Maddie se sentou no sofá e estendeu a mão.

— Venha aqui.

Ele hesitou, depois se aproximou e pegou desajeitadamente sua mão estendida.

— Sente-se aqui ao meu lado — pediu ela. Quando o filho se sentou, ela se virou e o olhou diretamente. — Ty, você já tem idade suficiente para entender que as coisas nem sempre dão certo entre os adultos só porque queremos. Não é culpa de ninguém.

— Você está me dizendo que o papai ter tido um caso e engravidado Noreen é tanto *sua* culpa quanto dele?

Os lábios dela se curvaram em um pequeno sorriso ao ouvir isso.

— Bem, não, não posso dizer isso, mas é claro que as coisas não estavam indo tão bem entre mim e seu pai, senão ele não teria ido atrás dela.

— Você sabia que as coisas não estavam indo bem?

— Não — respondeu ela com sinceridade. Em retrospectiva, os sinais estavam lá, tão pequenos que ela podia se perdoar por não ter visto. Mas na época ela achava que aquele casamento era tão sólido quanto poderia ser.

— Então *foi sim* culpa dele — concluiu Tyler, demonstrando uma lealdade feroz a ela.

Por mais que quisesse concordar com o filho, Maddie estava determinada a ser justa.

— Passe algum tempo com ele, Ty, só vocês dois. Ouça a versão dele do que aconteceu — encorajou ela. — Vocês sempre foram tão próximos. Não perca isso.

— Ele vai dar um monte de desculpas. Não quero ouvir. — Ty a olhou com cautela. — Você vai me *obrigar* a passar tempo com ele?

— Não vou obrigar você a nada — disse ela. — Mas ficarei decepcionada se você também não fizer um esforço.

— Por quê? — perguntou ele, incrédulo. — Ele abandonou você, mãe. Abandonou a gente. Por que precisamos ser justos?

— Ele não abandonou você, Kyle e Katie — explicou ela, baixinho. — Ele não está se divorciando de você. Seu pai ama cada um de vocês.

— Cara, não entendo você — disse o filho com raiva, puxando a mão e se levantando. — Por que sou o único nesta casa que vê que o papai é um escroto?

— Tyler Townsend, não fale assim de seu pai! — ralhou ela.

Eles se encararam, até que o filho desviou o olhar.

— Que seja — murmurou ele, saindo da sala.

Maddie ficou olhando enquanto o filho ia embora, o coração dolorido.

— Maldito seja, Bill Townsend — disse ela, pela segunda vez na noite.

A antiga casa vitoriana na esquina da Avenida Principal e da Rua Palmetto ficava no limite oeste do centro de Serenity. Não que houvesse restado muito do centro, pensou Maddie, parada de pé na esquina com Helen e Dana Sue. A loja de ferragens ainda resistia, assim como a farmácia, com um balcão que servia refrigerantes e sorvetes à moda antiga, mas o mercado Willard's estava desocupado já fazia uma década, desde que uma enorme rede com produtos baratos abrira a quarenta quilômetros nos arredores de Charleston. Logo ficou claro que os moradores prefeririam pegar a estrada atrás de promoções a pagar alguns centavos a mais para manter um comércio local de portas abertas.

A tinta branca da casa vitoriana estava descascando, as persianas estavam tortas e a varanda cedera. Ninguém aparava a grama havia séculos, e a cerca estava toda quebrada. Maddie lembrava vagamente do lugar na época em que a sra. Hartley ainda era viva. Na época, rosas amarelas cobriam a cerca branca, a varanda e a calçada eram varridas todos os dias, e as persianas verde-escuras eram impecáveis.

A sra. Hartley, que devia estar na casa dos 80 anos na época, sentava-se na varanda todas as tardes com uma jarra de chá gelado e recebia qualquer um que estivesse passando. Mais de uma vez Maddie brincou no balanço pendurado na varanda e comeu biscoitos de açúcar enquanto a avó visitava a mulher idosa. Vovó Vreeland e a sra. Hartley haviam testemunhado a maioria das mudanças em Serenity ao longo dos anos, e Maddie sabia que havia absorvido o amor delas pela cidade pequena, com seus habitantes amigáveis, velhas igrejas de tábuas brancas e campos verdes com o pequeno lago que abrigava uma família de cisnes. Os concertos gratuitos durante o verão no coreto à beira do lago atraíam todos os moradores da cidade nas noites de sábado.

Apesar do charme de Serenity, muitas pessoas da idade de Maddie estavam doidas para partirem dali, mas Maddie e Bill eram diferentes. Eles nunca quiseram morar em outro lugar. Helen e Dana Sue também não. O ritmo mais tranquilo e a comunidade significavam muito para eles.

— Nossa, esse lugar me traz muitas lembranças — disse Maddie finalmente. — Que pena que nenhum dos filhos da sra. Hartley quis a propriedade ou se deu ao trabalho de cuidar dela.

— A perda deles é o nosso ganho — argumentou Helen rapidamente. — Podemos comprar agora por uma pechincha.

— Não me surpreende — disse Maddie. — Tem certeza de que é seguro entrar? Pode ser que esteja cheia de bichos.

Dana Sue cutucou-a nas costelas.

— Você acha que nós nos esquecemos do seu pavor de aranhas e cobras? Helen pediu à corretora de imóveis para limpar a casa na semana passada. Não há nada lá além do fantasma de sempre.

— Ah, me poupe — disse Maddie. — Que história é essa de fantasma? Ninguém morreu aqui.

— Mas não seria maravilhoso se houvesse um fantasma? — insistiu Dana Sue. — Pense só na publicidade. Os sulistas amam uma boa história de fantasma e adoram dizer que tem um fantasma morando no sótão da casa deles.

— Não sei bem se ter um fantasma seria o mais indicado para um centro de bem-estar — disse Helen. — E se o fantasma aparecer no espelho um dia? Podia causar um ataque cardíaco e destruir nossa reputação de templo fitness. Acho que nem eu conseguiria ganhar o processo nesse caso. — Ela olhou para Maddie. — Pronta para entrar?

— Claro. Por que não? — disse Maddie, ainda tentando entender o que as duas viam naquelas ruínas. Mesmo as lembranças mais antigas da casa não a ajudaram a imaginar o lugar como um spa próspero.

Porém, menos de dois minutos mais tarde, depois de entrarem na residência e caminharem no cômodo ensolarado com piso de carvalho antigo, seu coração começou a bater mais forte. Os cômodos do térreo eram enormes. As janelas estavam sujas, mas mesmo assim ainda deixavam entrar bastante luz. Com paredes pintadas de amarelo-claro e portas e janelas brancas, o spa seria alegre e acolhedor. Os pisos poderiam ficar novinhos em folha com uma lixa e uma ou duas camadas de poliuretano.

Quando chegou à sala de jantar, que ficava nos fundos da propriedade, Maddie percebeu que as portas francesas e as janelas compridas davam para um terreno arborizado atravessado por um pequeno riacho. Algumas esteiras viradas naquela direção dariam a ilusão de se estar caminhando ou correndo ao ar livre. Isso não traria às mulheres certa serenidade enquanto se exercitassem?

Dana Sue agarrou sua mão e a puxou para a cozinha.

— Você acredita nisso? — disse ela animada, gesticulando. — Os eletrodomésticos são antigos demais e os armários estão velhos, mas é enorme. Imagine o que poderíamos fazer aqui.

— Achei que a ideia fosse fazer as pessoas se esquecerem da comida, não alimentá-las — disse Maddie.

— Não, não, não — retrucou Dana Sue, como se estivesse lhe dando uma bronca. — É para dar a elas um lugar onde poderão fazer escolhas saudáveis. Poderíamos montar um balcão aqui e botar algumas mesinhas naquela área perto da porta ou até criar uma passagem para os fundos e botar algumas mesas do lado de fora.

— Você consegue cozinhar e servir a comida neste espaço? — perguntou Maddie.

— Não vou ficar cozinhando aqui, só durante as aulas. Vou trazer as saladas do meu restaurante. Podemos comprar uma geladeira industrial ou um daqueles mostruários. E podemos vender vitaminas e outras bebidas. Imagine só como seria divertido malhar com algumas amigas e depois ficar sentada curtindo o riacho, comendo uma salada Caesar com frango e tomando uma água mineral. A pessoa vai sair daqui se sentindo mil por cento melhor, mesmo que não perca um grama. E se nós oferecermos hidromassagem e massagens, então... — Ela suspirou, extasiada.

— Seria ótimo para alguém com a manhã ou a tarde toda livre, mas as pessoas que podem pagar por tudo isso estarão trabalhando, não? — perguntou Maddie, ainda no papel de advogada do diabo.

— Nós já pensamos nisso — disse Helen. — Poderíamos oferecer planos de meio-dia ou de um dia inteiro para mulheres que querem ser mimadas em uma ocasião especial. Mas também poderíamos oferecer aulas de meia hora e um almoço saudável para alguém que só tem uma hora de almoço no trabalho. E a casa tem tantos quartos que podemos até transformar um deles em um berçário e contratar uma babá para que as mães possam se exercitar em paz.

Maddie as olhou, surpresa. Estava começando a parecer que elas tinham uma solução para tudo.

— Vocês pensaram muito nisso tudo, não é?

Helen deu de ombros.

— O que você quer que eu diga? Odeio a academia de Dexter e preciso muito malhar. É melhor abrir um lugar onde eu me sinta confortável.

— Concordo — disse Dana Sue. — Se eu for uma das donas de um lugar como este, tenho que ficar em forma. Eu vou ficar feliz. Dr. Marshall vai ficar feliz. Até minha filha vai parar de comentar sobre os meus pneuzinhos.

— Você não tem pneuzinhos — disse Maddie, indignada. — Isso é ridículo!

— Perto da minha filha, sou uma obesa — insistiu Dana Sue. — Para falar a verdade, acho que Annie está exagerando na dieta, mas toda vez que tento falar com ela sobre o assunto ela surta. E não consigo fazer ela subir numa balança para provar que estou certa.

Helen a observou com preocupação.

— Você não acha que ela está anoréxica, acha? Muitas adolescentes sofrem disso, sabia?

— Morro de medo — admitiu Dana Sue. — Fico de olho para ver o que ela está comendo, e ela parece se alimentar bem. Talvez esteja queimando todas as calorias. Algumas pessoas são sortudas e têm um metabolismo acelerado.

Helen e Maddie se entreolharam, preocupadas.

— Dana Sue, não ignore isso — disse Maddie em tom gentil. — Pode ser perigoso.

— Você acha que eu não sei? — explodiu Dana Sue, o que mostrava quanto ela estava preocupada. — Eu também vi quando Megan Hartwell desmaiou no baile de formatura. Deus do céu, ela quase morreu.

Maddie parou de insistir. Nenhuma delas jamais se esqueceria daquela noite. Foi a primeira vez que viram o que um distúrbio alimentar poderia fazer com alguém da idade delas. Na época, ninguém nem *reconhecia* a existência desses transtornos. Antes do episódio, a obsessão de Megan Hartwell com dietas havia sido motivo de piada entre a turma. Se a filha de Dana Sue tivesse um problema, sem dúvida Dana Sue veria os sinais e lidaria com isso sem Maddie ou qualquer outra pessoa azucriná-la.

— Desculpe — disse Maddie.

Dana Sue a abraçou.

— Não, eu que peço desculpas por explodir com você.

— Ok, vamos tentar nos concentrar no lugar — disse Helen rapidamente. — Maddie, agora que você viu a casa, o que acha?

— Acho que é um plano muito ambicioso — respondeu ela, num tom cauteloso.

— Não para a gente — argumentou Dana Sue. — Nós podemos fazer qualquer coisa. Afinal, somos as Doces Magnólias. Todo mundo no ensino médio sabia que estávamos destinadas ao sucesso. Foi o que escreveram nos anuários.

— Também disseram que nós éramos as que mais tinham chance de arrumar confusão e acabar na cadeia — lembrou Maddie.

Helen sorriu.

— Ok, então foi empate. Mas nós fizemos tudo direitinho. E *somos* bem-sucedidas.

Dana Sue assentiu.

— Verdade.

— Vocês duas são — disse Maddie. — Helen não só se formou em direito como construiu um escritório incrível, famoso no estado inteiro. Dana Sue, você criou um restaurante tão bom quanto os de Charleston, o que quer dizer muita coisa. O que eu fiz?

— Você conseguiu fazer seu marido inútil estudar medicina, cuidou de sua casa e criou três filhos ótimos. Isso não é pouca coisa — disse Helen.

— Não sei — ponderou Maddie. — Seria um compromisso de longo prazo, e eu realmente tenho que dar atenção às crianças. Elas precisam de mim.

— A gente sabe disso. Provavelmente seremos mais compreensivas com as suas prioridades do que qualquer outro chefe — disse Dana Sue.

Maddie sabia que era verdade, mas ainda não estava pronta para aceitar a proposta. Tinha uma ressalva significativa que não podia mais ignorar.

— Eu morro de medo de fracassar e dar prejuízo para vocês — admitiu ela.

— Se não estou preocupada com isso, por que *você* está? — perguntou Helen.

Apesar da retaguarda oferecida pela amiga, Maddie não conseguia se livrar do estômago embrulhado que parecia lhe dizer que ela não estava à altura do empreendimento.

— Por que vocês duas estão com tanta pressa? — perguntou ela.

— Assinei um contrato de opção de compra da propriedade por trinta dias — contou Helen.

— Então me dê trinta dias para decidir — implorou Maddie.

— O que você vai saber em trinta dias que não sabe agora? — insistiu Dana Sue.

— Vou ter tempo de fazer projeções de custos, análises de mercado e dar uma olhada no que há em outras cidades da região — disse Maddie.

Helen sorriu de novo.

— Eu disse que ela ia se concentrar na parte sensata da coisa — concluiu ela para Dana Sue.

— Bem, é importante ter uma noção de tudo — replicou Maddie. — E também quero dar uma olhada no mercado de trabalho, ver se há algo que estou mais preparada para fazer.

— Aqui em Serenity? — debochou Helen.

— Tenho qualificações para vários tipos de trabalho — disse Maddie, embora sem muita convicção.

— Você tem — concordou Helen —, mas não é qualquer um que vai lhe oferecer uma parceria de negócio com base em seu currículo.

— Tenho que dar uma olhada — teimou Maddie. — Preciso ter certeza de que é a coisa certa para todas nós. Eu nunca me perdoaria se aceitasse e vocês tivessem um prejuízo gigantesco só porque fui incompetente ou não me preparei o bastante.

— Eu respeito isso — disse Helen. — De verdade.

Maddie a encarou.

— Mas...? Eu sei que tem um *mas* vindo aí.

— *Mas* você não se arrisca há mais de vinte anos e veja no que isso deu. Acho que é hora de parar de ser cautelosa e seguir sua intuição. Você costumava confiar nela.

— E aí? — insistiu Dana Sue. — O que sua intuição diz, Maddie?

Maddie deu um sorriso triste.

— Ele está dizendo que sim — admitiu ela.

— Bem, aleluia! — comemorou Dana Sue, entusiasmada.

Maddie balançou a cabeça.

— Não adianta se animar. Até onde sei, minha intuição não anda tão confiável assim. Até alguns meses atrás, eu achava que tinha um bom casamento.

— A culpa não é de sua intuição — disse Helen. — É de Bill, por ser um excelente mentiroso.

— Talvez, mas acho que ficarei mais confortável se fizer uma pesquisa antes de mergulhar de cabeça. Vamos, amigas, trinta dias. É pedir demais?

Suas amigas se entreolharam.

— Não é — admitiu Dana Sue com relutância.

— Aposto que ela vai se decidir em uma semana — disse Helen a Dana Sue.

Maddie franziu a testa.

— Por que tem tanta certeza assim?

— Olhei os classificados do jornal hoje de manhã — explicou Helen. — Vá por mim, você não vai achar nada melhor.

Quando Maddie fez menção de responder, Helen levantou a mão.

— Eu sei, eu sei. Você precisa ver com os próprios olhos. Entendi.

— Obrigada — disse Maddie.

— Só para garantir, acho que já vou dar entrada na papelada para abrir a sociedade — disse Helen.

— Se continuar tão presunçosa assim, vou dizer que não só para contrariar — ameaçou Maddie.

— Não vai nada — disse Helen com confiança. — Você é inteligente demais para fazer uma besteira dessas.

Maddie tentou se lembrar da última vez que alguém elogiara sua inteligência em vez de sua comida ou de sua habilidade como anfitriã. Talvez trabalhar com as duas melhores amigas fosse ser bom para ela. Mesmo que aquela ideia de centro de bem-estar desse errado, ela poderia elevar sua autoestima de uma maneira que não acontecia havia anos; sem falar que elas se divertiriam muito mais juntas do que nos últimos anos de seu casamento. Ela deveria dizer sim só por esses motivos.

Como ficou tentada a fazer exatamente aquilo, Maddie deu um rápido abraço em Helen e Dana Sue e foi em direção à porta.

— Eu ligo depois — prometeu.

E, ela jurou a si mesma, só faria isso ao fim do prazo de trinta dias.

CAPÍTULO TRÊS

Cal Maddox tinha 30 anos e era técnico de beisebol do ensino médio havia apenas dois, mas conhecia o esporte como poucos. Cal jogara cinco temporadas nas ligas menores e dois anos nas maiores até uma lesão o impedir de continuar como profissional. Ele fora obrigado a aceitar que passar mais alguns anos nas ligas menores tentando voltar ao que era antes seria em vão.

Compartilhar sua experiência e o amor que nutria pelo esporte com adolescentes que ainda tinham uma chance foi a única coisa que o atraiu durante aqueles meses frustrantes de reabilitação. Ele era grato a um homem em especial por tirá-lo de sua depressão inicial e fazê-lo perceber que havia possibilidades além de ser jogador profissional.

Hamilton Reynolds, presidente do conselho da Serenity School e grande fã do Atlanta Braves durante o breve período em que Cal fez parte do time, foi atrás dele no centro de reabilitação e mudou sua maneira de ver as coisas — e sua vida. Foi ele quem convenceu Cal a se mudar para Serenity.

Em todos os anos que esteve se preparando para entrar nas ligas maiores, ele nunca havia visto alguém com o talento natural de Tyler Townsend. O rapaz era o sonho de todo treinador; tirava nota boa, tinha um gênio fácil e se dedicava a treinar e aprender. Ele competira no campeonato estadual em seu segundo ano do ensino médio e tudo levava a crer que o mesmo aconteceria naquele ano, pelo menos até algumas semanas atrás. Agora, Cal pensou, o garoto estava indo ladeira abaixo.

O técnico estava chocado com os arremessos mornos de Ty. Os outros jogadores, que em geral tinham dificuldade de reagir aos lances rápidos do garoto, não paravam de rebater as bolas arremessadas por cima da cerca. O pior de tudo era que Ty nem sequer parecia frustrado com sua incapacidade de tirar os outros rapazes de jogo.

— Ok, já deu por hoje — disse Cal. — Quero que todo mundo dê uma volta no campo, correndo, depois podem ir para o vestiário. Ty, gostaria de falar com você em minha sala depois que você trocar de roupa.

Cal entrou na escola e ficou aguardando. Quase esperava que Tyler fosse embora sem falar com ele, mas vinte minutos depois o garoto apareceu na porta, com uma expressão sombria no rosto.

— Entre — disse Cal. — Feche a porta.

— Minha mãe vem me buscar em dez minutos — anunciou Tyler, mas desmoronou na cadeira em frente a Cal. Embora tivesse os braços e pernas compridos demais, como muitos garotos da idade dele, Ty não era desajeitado. Os ombros caídos no momento, porém, eram prova de seu péssimo humor dos últimos tempos.

— Acho que já vamos ter acabado em dez minutos — disse Cal, escondendo sua frustração. — Como você acha que se saiu hoje?

— Péssimo — respondeu Ty.

— E por você tudo bem?

Ty deu de ombros e evitou o olhar do técnico.

— Bem, para mim não está tudo bem. — As palavras de Cal não provocaram qualquer reação no garoto, o que significava que precisaria tomar medidas mais drásticas. — É o seguinte. Se quiser participar do nosso primeiro jogo daqui a duas semanas, terá que mostrar que merece. Caso contrário, colocarei Josh no seu lugar e você passará a temporada no banco.

Na expectativa de uma briga ou pelo menos alguma reação, Cal ficou decepcionado quando Ty apenas deu de ombros.

— Como quiser — disse Ty.

Cal franziu a testa diante da total falta de interesse.

— Não é o que eu quero — disse ele, impaciente. — O que quero é que você entre nos eixos e volte a arremessar como nós dois sabemos que você consegue. — Ele olhou para o garoto, preocupado de verdade. — O que está havendo com você, Ty? Seja o que for, sabe que pode falar comigo, certo?

— Aham.

Cal resolveu insistir, na esperança de entender o que estava incomodando o garoto.

— Os outros professores estão dizendo que você não está se concentrando nas aulas. Suas notas estão caindo. Você não era assim.

— Bem, talvez eu tenha mudado — disse Ty, amargo. — As pessoas mudam, porra. Do nada.

Ele se levantou e saiu antes que Cal pudesse reagir.

Minha nossa, pensou Cal. Ele conseguiu o que queria — uma reação genuína —, mas a conversa não tinha sido muito esclarecedora. Ele não sabia que parte o deixara mais preocupado: o palavrão pouco característico ou a atitude. Cal já ouvira muitos palavrões no vestiário do ensino médio, mas nunca de Ty.

Ele tampouco vira tanta amargura e resignação de um garoto que poderia brilhar no mundo do beisebol profissional dali a alguns anos. Normalmente, Ty ouvia cada palavra que Cal dizia, determinado a absorver todo conhecimento que o técnico tinha para compartilhar. Sua animação e o comprometimento com o time faziam dele um modelo para os outros garotos.

Cal pegou uma pasta e anotou o telefone dos Townsend. Noventa por cento das vezes em que um garoto perdia o foco assim, algo estava acontecendo em casa ou o jovem começara a beber ou usar drogas. Cal se recusava a acreditar que um garoto tão inteligente quanto Tyler cairia na segunda opção; além disso, ele não via nenhum outro sinal de dependência química, o que deixou o técnico desconfiado de que devia ser algum problema na vida familiar mesmo.

Cal suspirou. Detestava ligar para os pais e se meter em problemas pessoais. Preferiria levar uma bola de beisebol na cara.

Maddie fora a três entrevistas de emprego naquele dia. Nenhuma tinha ido bem, o que praticamente provava que Helen tinha razão. Maddie estava fora do mercado de trabalho havia tempo demais para que seu diploma ou sua experiência profissional valessem muito. Os empregos que tivera antes também não serviam de nada, ainda mais com a lacuna de quinze anos no currículo. *Ela* até podia achar que poderia ser uma boa contratação, mas ninguém concordaria, então tentou controlar suas expectativas.

Quando os recrutadores viam aquele longo período sem trabalhar, olhavam-na com uma expressão consternada. Todos faziam a mesma pergunta: "O que você ficou fazendo nesse tempo?".

Cuidando da casa, dos filhos, resolvendo brigas e administrando as finanças de casa. Nem mesmo as horas não remuneradas que dedicou para pôr em ordem as finanças do consultório de Bill pareciam contar muito.

A única coisa mais desanimadora fora a própria falta de entusiasmo por qualquer um dos cargos a que estava se candidatando. Eram empregos burocráticos, iguais aos que ela tivera vinte anos atrás. Pareceu-lhe irônico que todos aqueles anos de experiência de vida agora a impedissem de estar qualificada para esse tipo de trabalho.

Ela ainda estava pensando nisso — e na alternativa que Helen e Dana Sue estavam lhe oferecendo — quando Ty abriu a porta do carro e entrou de cara amarrada, o que era cada vez mais frequente. A camiseta dele estava do avesso, mais um sinal de que o filho não estava bem. Desde que começara a se interessar por garotas, ele passara a se preocupar mais com sua aparência, mas agora o rapaz parecia desleixado. A julgar pela sujeira em seus braços e o cabelo loiro molhado de suor, ele nem parecia ter tomado banho depois do treino.

— Como foi o treino? — perguntou ela, no automático.

— Uma bosta.

— Está tendo problemas com sua bola rápida?

— Não quero falar sobre isso — disse ele, virando a cara para evitar o olhar surpreso de Maddie. — Vamos embora logo. Quero ir para casa.

Mantendo a calma, ela encarou o filho com uma expressão neutra. Ela deixaria para falar da falta de educação dele depois.

— Ty, o que houve? — perguntou ela baixinho.

O humor do filho só piorara desde a última visita de Bill. A conversa que tiveram na outra noite pelo visto não tinha adiantado de nada. Ele ainda estava com raiva e continuava sem falar com o pai. Na véspera, quando Bill veio buscar as crianças, Ty ficou trancado no quarto, recusando-se a vê-lo.

Maddie estivera contando, de certa maneira, com o início da temporada de beisebol para que a vida do filho voltasse um pouco à normalidade. Ele amava o esporte. Era bom jogador. Ty dizia que o que mais queria era jogar profissionalmente. Em geral, durante o período pré-temporada, ele não parava de falar no treinador Maddox. Claro, antes era o pai que estivera lá para ouvir.

Quando ele permaneceu em um silêncio teimoso, ela tentou outra vez.

— Ty, fale comigo. Não vou ligar o carro até você responder. O que houve com você?

— Por que todo mundo fica me perguntando isso? — explodiu ele. — Você sabe o que houve. Nós já conversamos mil vezes. Meu pai foi embora por causa de outra mulher. O que devo fazer, agora que descobri que ele é um babaca? A gente não pode deixar isso para lá? Não aguento mais falar sobre isso.

Maddie não podia culpá-lo por estar cansado do assunto, mas estava claro que ele ainda precisava conversar. Se não com ela, então com um profissional. Ele precisava encontrar uma maneira mais construtiva de lidar com seu ressentimento do que atacando todo mundo ao seu redor.

— Sim, querido, nós já conversamos sobre isso, e sei que você não consegue entender os motivos do seu pai — repetiu ela pela milésima vez. — Mas isso não lhe dá o direito de xingá-lo, está bem? Ele ainda é seu pai e merece seu respeito. Não quero ter que repetir isso, entendeu?

Ele a olhou incrédulo.

— Qual é, mãe. Você continua insistindo em fingir que está tudo ótimo, mas até você sabe que ele é um babaca.

— O que penso sobre seu pai não vem ao caso. Ele te ama, Ty. Ele quer que vocês continuem próximos, como sempre foram.

— Então por que ele abandonou a gente para ficar com *ela*? Ela tem quase a minha idade!

— Mas ela é adulta — disse Maddie. — Você, seu irmão e irmã precisam dar uma chance a ela. Se seu pai a ama, não tenho dúvida de que ela tem muitas qualidades. — Ela conseguiu dizer isso sem vomitar.

— Ah, tá bom. Eu vi as qualidades dela — respondeu ele. — Estavam num sutiã tamanho grande, eu diria.

— Tyler Townsend! Você sabe que não deveria dizer esse tipo de coisa. É falta de educação e muito inapropriado.

— É verdade.

Maddie lutou para controlar a raiva.

— Olha, mudanças nunca são fáceis, mas todos temos que nos adaptar. Estou tentando. Você me ajudaria muito se tentasse também. Você serve de modelo para Kyle e Katie. Eles vão seguir seu exemplo sobre como tratar o pai de vocês e a... — Maddie não sabia como terminar a frase. Até o divórcio sair e o relacionamento poder se tornar oficial, ela não tinha um nome para o novo amor de Bill, pelo menos não um que pudesse usar na frente dos filhos.

— Amiga especial dele — sugeriu Tyler em tom sarcástico. — É assim que papai a chama. Dá vontade de vomitar.

Maddie não se permitiu concordar com o filho. Mas não foi fácil olhá-lo com reprovação.

— Cuidado, Tyler. Você está muito perto de passar dos limites.

— E o papai não passou dos limites? Me poupe.

— Aconteceu alguma coisa ontem que você não me contou?

— Não.

— Você tem certeza? Você falou alguma coisa com seu pai?

Teimoso, o filho continuou em silêncio, olhando pela janela, recusando-se a encará-la.

Obviamente ela não ia chegar a lugar algum com ele, não naquela tarde. Mas ela tinha que continuar tentando. Precisava ao menos convencê-lo a parar com os comentários mais pesados.

— Podemos deixar a discussão para outra hora, mas no futuro quero que você fale sobre seu pai e outros adultos, vale dizer, de maneira mais respeitosa.

Ty revirou os olhos. Maddie deixou passar.

— Vamos conversar sobre por que o treino de beisebol foi tão ruim assim — sugeriu ela, finalmente avançando com o carro e se afastando do meio-fio.

— Ou não — disse ele, seco, então olhou para ela como se a visse pela primeira vez. — Por que você está toda arrumada?

— Entrevistas de emprego.

— E aí?

Ela recorreu à terminologia dele.

— Uma bosta.

Pela primeira vez desde que entrou no carro, Ty sorriu. E pareceu o filho despreocupado que ela conhecia... e também Bill, quando ele tinha a idade do garoto, uma semelhança tão nítida que fazia o coração de Maddie doer.

— Um milk-shake de chocolate sempre me faz sentir melhor depois de um dia ruim — disse ele, ardiloso.

Maddie retribuiu o sorriso, aliviada ao ver a melhora em seu humor.

— Eu também — disse ela, e mudou para a pista à esquerda, para pegarem o retorno que levava à Wharton's, que ainda tinha uma máquina de refrigerante e sorvete das antigas, atrás de um balcão *vintage*.

Desde a infância, aquele balcão era onde aconteciam alguns dos eventos mais importantes da vida de Maddie. Ela e Bill haviam dividido vacas-pretas lá durante o ensino médio. Ela, Helen e Dana Sue tinham trocado confidências. Bill a pedira em casamento na mesa com sofá dos fundos, a com a vista para a Avenida Principal, ladeada pelos canteiros floridos e o gramado entre as pistas. Eles comemoravam a chegada de cada bebê com uma primeira visita cerimonial ao local para que Grace e Neville Wharton pudessem se derreter pelo mais novo membro da família Townsend.

Ir lá seria triste e feliz ao mesmo tempo, o que era até certo, Maddie pensou. Talvez ela e o filho pudessem começar o processo de cura com milk-shakes de chocolate. Por outro lado, isso talvez fosse pedir muito de um simples milk-shake.

— Fiquei triste quando soube de você e Bill — disse Grace Wharton para Maddie em voz baixa, enquanto Ty estava no balcão pegando as bebidas. — Não sei o que passa pela cabeça dos homens para abandonarem uma boa família e ficarem com uma garota que mal saiu das fraldas.

Maddie apenas assentiu. Por mais que gostasse de Grace, sabia que qualquer coisa que dissesse seria repetida para Deus e o mundo em questão de segundos. Felizmente, Ty voltou ao balcão antes que Grace pudesse arrancar qualquer palavra dela sobre o assunto.

— Ouvi dizer que você está procurando emprego — disse Grace com um olhar de compaixão para Maddie. — Serenity não tem lá muitas opções. É uma pena a cidade perder seu comércio para aquelas lojas maiores para os lados de Charleston. Eu sempre digo a Neville que, se não ganhássemos tanto com os refrigerantes e sorvetes, nós teríamos que fechar as portas também. A parte da farmácia em si não rende mais como antigamente. Hoje em dia, os clientes preferem dirigir cinquenta quilômetros para comprar remédios mais baratos do que pagar um pouco mais por um bom atendimento ao lado de casa.

— Vocês também foram afetados? — perguntou Maddie, surpresa. — As pessoas não se dão conta da maravilha que é ter um farmacêutico que as conhece e que está disposto a levar os remédios no meio da noite, se necessário?

— Ah, elas se importam quando é uma emergência, mas os medicamentos diários ou sem receita que elas conseguem comprar mais barato em outro lugar? Não estão nem aí. A fábrica em White Hill ter fechado as portas também não ajudou. Os operários de lá possuíam um bom emprego, recebiam bem. Agora esses empregos estão em algum país estrangeiro por aí. — Grace balançou a cabeça com pesar. — É uma vergonha, viu? A verdade é essa. Bem, aproveitem os milk-shakes. Se precisar de alguma coisa, querida, me avise. Será um prazer olhar as crianças para você ou o que quer que seja.

— Obrigada, Grace — disse Maddie com sinceridade.

Ela sabia que Grace estava falando sério. Aquele era o lado bom de um lugar como Serenity. Os vizinhos se ajudavam.

Quando ela se virou para encarar o filho, ele parecia preocupado.

— Mãe, a gente está sem dinheiro agora que papai foi embora? É por isso que você está procurando emprego?

— Por enquanto estamos bem — disse ela em tom tranquilizador.

— Mas a pensão alimentícia que seu pai concordou em pagar não vai durar para sempre. Estou tentando me preparar para o futuro.

— Eu pensei que Helen e Dana Sue quisessem que você abrisse um negócio com elas — disse ele.

Maddie ficou surpresa.

— Como você sabe disso?

— Mãe, estamos falando de Serenity e Dana Sue.

— Você está insinuando que esta cidade adora uma fofoca? — perguntou ela, irônica. — E que minha amiga tem a língua solta?

— Eu não vou cair nessa — disse ele com muita habilidade. — Mas lembre-se de que estudo com a filha de Dana Sue.

— E ela comentou sobre essa ideia de centro de bem-estar?

Ty assentiu.

— Achei legal. Aposto que seria muito mais divertido do que trabalhar em um escritório velho.

— Acho que o que elas querem é justo que eu trabalhe no escritório *delas* — disse Maddie.

— Mas você gosta delas, não é? Eu gosto. Dana Sue é bem engraçada e Helen sempre dá os melhores presentes de Natal.

— Ah, é verdade, querido. Essas são qualidades muito importantes para considerar na hora de escolher um sócio.

— Estou só querendo dizer que...

Ela apertou a mão dele de leve.

— Eu entendi o que você quis dizer. E você tem razão. Trabalhar com elas seria maravilhoso.

— Então qual o problema?

Nos últimos dias, ela pensara muito na oferta de trabalho e sabia exatamente por que estava hesitando. Até tentara explicar para as amigas, que se fizeram de surdas.

— Não quero que fiquem decepcionadas comigo se eu falhar — disse ela com toda a sinceridade. — Com tudo isso acontecendo, não sei bem se posso dedicar a atenção necessária ao trabalho.

— Sim, entendo o que você quer dizer — disse Ty, o que lhe causou grande surpresa.

— É mesmo?

— Eu sei que estou falhando e decepcionando todo o time de beisebol. Mas não consigo me concentrar. Foi por isso que o treinador me deu bronca hoje depois do treino. Ele disse que, se eu não melhorar, não vou mais ser o arremessador titular.

— Ele pode fazer isso? — perguntou ela, indignada.

Tyler deu de ombros.

— Ele é o treinador. A decisão é dele.

— Ele não vai durar muito como treinador se o time começar a perder. — Com raiva do homem em nome do filho, disse ela: — Quer que eu fale com ele? Não é justo ele estar sendo tão duro com você. Tenho certeza de que, se entendesse o que está acontecendo, ele te daria um desconto.

Ty ficou horrorizado.

— Claro que não, mãe. Ele tem razão. Se estou jogando mal, não tenho por que ser escalado. Acho que só preciso me esforçar mais.

— Você pode ligar para o seu pai — sugeriu ela. — Ele sempre conseguiu ajudar você com isso.

— Não! — disse Ty, enfático. — Não vou ligar para ele, ok? Não vou. — Ele empurrou para longe o milk-shake ainda pela metade e se levantou. — Vou esperar no carro.

— Ty!

O filho nem olhou para trás.

Maddie ficou olhando para as costas dele, perdida. E agora? Não era como se pudesse começar a treiná-lo *ela* mesma. Entendia bastante de beisebol graças à paixão do filho pelo esporte, mas não tinha nenhum conhecimento técnico. Além disso, o treinador Maddox tinha mais habilidade no arremesso e experiência profissional do que qualquer outro na região. Se ele não estava conseguindo ajudar Ty a melhorar, então talvez o filho dela precisasse de algum tipo de terapia para poder lidar melhor com os outros problemas que o estavam atormentando. Talvez estivesse na hora de pensar nisso com mais seriedade.

Infelizmente, uma sugestão do tipo quando Ty ainda estava com tanta raiva poderia piorar o problema. Ele podia achar que ela estava perdendo a confiança nele. Maddie e Bill sempre conversaram e tomaram decisões juntos. Mas agora ela preferia comer parafusos a tentar falar com ele. Tinha que lidar com isso sozinha.

— Aceita um conselho? — perguntou Neville Wharton, sentando-se no sofá diante dela.

— Eu ficaria muito grata — disse ela.

— Se fosse você, mesmo com Tyler dizendo que não, eu conversaria com o treinador sobre o que está acontecendo. Cal é muito bom em trabalhar com jovens quando sabe com o que está lidando.

Maddie tentou imaginar como seria chorar suas pitangas para um homem que mal conhecia. Não achava que fosse capaz de fazer isso.

Neville sorriu.

— Eu sei o que você está pensando. Quando você falar com alguém sobre sua vida, logo a cidade toda vai ficar sabendo, mas a verdade é que todo mundo em Serenity já deve saber sobre você e Bill. E eu gosto muito daquele rapaz. Maddox tem o pé no chão. Os alunos o admiram muito, especialmente os meninos do time de beisebol.

Só alguém da idade de Neville se referiria ao treinador de beisebol como rapaz, pensou Maddie. Cal Maddox devia ter pelo menos uns 30 anos, considerando o tempo que passou nas ligas menores e seu breve período como profissional antes de vir para Serenity, dois anos atrás, para trabalhar como treinador.

— Vou pensar um pouco — prometeu Maddie. — Obrigada, Neville.

— Tyler vai ficar bem — disse ele em tom tranquilizador. — Seu menino está passando por uma fase difícil, só isso. É difícil ver o pai saindo de casa. Ele não sabe como lidar com isso. Assim como você, imagino. — Ele lhe deu uma piscadela. — Aliás, também acho que você deveria abrir esse spa chique com Helen e Dana Sue. Talvez até Grace possa dar uma passada lá para experimentar uma dessas massagens.

— Alguém na cidade ainda não ouviu falar sobre o plano delas? — perguntou Maddie, exasperada.

— Duvido muito. Acho que as duas sabiam que você seria difícil de convencer e queriam a ajuda do resto da cidade.

— Ah, que ótimo — resmungou ela. — Dá até vontade de recusar a oferta.

Ele sorriu.

— Vontade é coisa que dá e passa — disse ele com toda a certeza. — Uma garota inteligente como você não vai abrir mão de uma oportunidade dessas só para ser teimosa.

— Neville, você sabe que se conseguirmos que metade das mulheres em Serenity entre nessa onda saudável, seu balcão de sorvete vai começar a dar prejuízo — avisou ela.

— Ah, até parece... — disse ele, despreocupado. — Estou nesse negócio há mais de cinquenta anos. Nenhuma dieta resiste à calda de chocolate por muito tempo. E vou indicar sua academia para minhas clientes assíduas queimarem algumas das calorias que ganham aqui. Assim, nós dois saímos ganhando.

Ela o olhou com surpresa.

— Então você acha mesmo que esse centro de bem-estar é uma boa ideia?

— Você está falando sério? — perguntou ele, incrédulo. — Você já viu as capas das revistas ultimamente? Só se fala de *fitness* e emagrecimento hoje em dia. As pessoas devem estar bem preocupadas com isso. As mulheres que vêm aqui vivem falando de carboidratos e baixo teor de gordura. Se é uma nova moda, vocês três também podem ganhar dinheiro com isso. A academia de Dexter com certeza não vai concorrer com vocês.

— Sem dúvidas — concordou Maddie. — Obrigada, Neville. É melhor eu voltar para o carro antes que Tyler derreta. Está um calor infernal, mesmo a gente estando em março ainda.

Ele balançou a cabeça.

— Eu sei. Imagine só como estaremos em julho, hein?

O tempo era a menor das preocupações de Maddie. Mesmo depois de todos os conselhos bem-intencionados de Neville, ela ainda não sabia o que fazer sobre a oferta de emprego... ou sobre seu filho raivoso e decepcionado.

CAPÍTULO QUATRO

Quando a campainha tocou logo depois do almoço no sábado, Maddie ficou mais que feliz em deixar as crianças atenderem a porta. Não tinha a menor vontade de ficar cara a cara com Bill depois da semana frustrante que tivera. Ultimamente, ela já não queria vê-lo quando estava em seus melhores dias, muito menos quando se sentia acabada.

Ela estava prestes a entrar num banho de banheira quando ouviu Tyler gritando no hall de entrada.

— O que *você* está fazendo aqui? Queremos você longe!

Horrorizada com os maus modos do filho, Maddie saiu correndo do banheiro, enrolada em um roupão felpudo velho, com o cabelo preso de qualquer jeito em um coque.

— Tyler Walker Townsend, que história é essa? — perguntou ela, então parou de repente ao lado dele quando viu Noreen, com a barriga enorme de grávida, parada na porta.

Maddie tinha conhecido a jovem enfermeira quando entrevistou candidatos para a vaga no consultório de Bill. Ela havia ficado impressionada com o currículo e a confiança da mulher. Nas semanas seguintes, logo após a contratação, Maddie constatou que Noreen era eficiente e calorosa com os pacientes mais novos. Ela não fazia ideia de que Noreen também era muito atenciosa com seu marido.

Nas duas ocasiões em que a viu desde que ficou sabendo do caso deles, Maddie ficou impressionada com sua compostura, mesmo enquanto usava o uniforme de enfermeira amarrotado no fim de um longo dia de trabalho. Agora, apesar de estar usando roupas de grávida de marca, ela parecia muito menos segura de si. Seu rosto estava corado de vergonha e seus olhos estavam angustiados. Ela aparentava ser ainda mais jovem do que seus 24 anos.

— Papai mandou *ela* vir nos buscar — disse Tyler, irradiando indignação. — Eu não vou a lugar nenhum com essa mulher. E eles também não.

Ele olhou de cara feia para Kyle e Katie, que estavam parados ali perto, de olhos arregalados. Kyle deu meia-volta e correu escada acima. Katie começou a chorar e se atirou em Maddie.

— Estou com saudade do papai! — A menina chorava de soluçar. — Quando o papai vai voltar pra casa?

Apesar de desaprovar o tom do filho, Maddie não pôde deixar de se perguntar a mesma coisa que Tyler: sabendo bem os sentimentos das crianças a respeito de Noreen, por que Bill a mandara no lugar dele? Enquanto tentava acalmar a filha, ela encarou Noreen com um olhar acusador.

— Cadê o pai deles? — perguntou ela.

— Bill ficou preso no hospital — explicou Noreen, claramente abalada pela agressividade de Tyler e a recepção fria de Maddie. — Ele me pediu para buscar as crianças. Não achei que fosse ser um problema.

— Pois achou errado — retrucou Tyler. — Não vamos a lugar nenhum com você!

— Tyler! — ralhou Maddie. Ela manteve o olhar fixo no rosto de Noreen, evitando ao máximo encarar sua barriga enorme. — Obviamente foi uma péssima ideia. Diga a Bill que ele terá que ver as crianças outra hora.

— Não estou entendendo — disse Noreen. — Sábado à tarde é o horário dele. É o que diz no acordo de divórcio. Ele repassou todos os termos comigo.

— Isso mesmo — concordou Maddie. — É o horário *dele*, não o seu. Agora acho melhor você ir. As crianças estão ficando chateadas com você aqui.

— Por favor — implorou Noreen. — Não podemos conversar? Eu só vim buscar as crianças, Maddie. Bill ficará muito chateado de ficar sem ver os filhos.

— Ele vai sobreviver — disse Maddie, recusando-se a voltar atrás. — Talvez da próxima vez ele se planeje melhor e venha buscá-los.

Por um instante, ela quase sentiu pena da outra mulher. Embora fossem as consequências do que fizera, até Maddie podia reconhecer que Noreen estava entre a cruz e a espada.

O lábio inferior de Noreen tremeu.

— Eu não entendo por que eles me odeiam tanto — disse ela, arrasada.

Maddie olhou para o filho.

— Tyler, leve Katie para a cozinha e prepare um lanche para vocês, por favor.

— Mas, mãe... — começou ele, mas, ao ver seu olhar de advertência, suspirou e pegou Katie dos braços de Maddie.

Quando teve certeza de que os dois estavam longe o suficiente, Maddie se virou para Noreen.

— Você é enfermeira em pediatria, Noreen. Não fez algumas aulas de psicologia infantil?

Noreen assentiu.

— Sim, mas ainda não entendo. Sempre que iam ao consultório para ver o pai, as crianças eram ótimas. Achei que gostassem de mim.

— Tenho certeza de que gostavam quando pensavam em você como *enfermeira* do pai deles — disse Maddie. Noreen ainda parecia confusa, então Maddie acrescentou: — Tenho certeza de que Bill pode explicar para você. Ele costumava ter um cérebro e pelo menos um pouquinho de sensibilidade.

Satisfeita com a alfinetada que deu, Maddie fechou a porta na cara da mulher e depois foi lidar com os filhos.

Na cozinha, pegou Katie no colo e tentou se recompor antes de enfrentar o filho.

— Ty, se eu ouvir você falar com outro adulto como falou com Noreen agora, ficará de castigo por um mês.

Pela cara de Ty, foi como se ela tivesse lhe dado um tapa.

— Ela não tinha o direito de vir aqui — disse ele, na defensiva.

— Não interessa. Já falamos sobre isso antes, mas parece que você não entendeu. Meus filhos respeitam os adultos, ponto-final.

— Mesmo quando eles não passam de...

— Não ouse terminar essa frase — interrompeu ela. — Vá lá em cima ver como está seu irmão enquanto eu tento acalmar Katie.

Meia hora depois, ela estava física e emocionalmente exausta de tanto andar na corda bamba entre o que sabia ser certo e a própria vontade de xingar também. Precisava de um descanso, e os filhos de uma distração. Preparando-se para uma série de perguntas que não ia querer responder, ela ligou para a mãe. Se ela aceitara tomar conta dos netos uma vez, talvez pudesse ser convencida a ficar de babá de novo.

— O que aconteceu? — perguntou Paula Vreeland no segundo em que ouviu a voz tensa de Maddie.

— Por que você acha que aconteceu alguma coisa? — disse ela.

Seu relacionamento com a mãe era assim. Mesmo a pergunta mais inocente conseguia irritá-la. Talvez fosse porque ela sempre sentia a desaprovação no tom da mãe, mesmo que não nas palavras.

— Você parece estar à beira de um ataque de nervos — disse sua mãe. — O que Bill fez agora?

Como seria perda de tempo negar que seu mau humor tinha a ver com o marido, Maddie contou à mãe uma versão resumida da cena que acabara de se desenrolar na sua porta.

— Está mais do que óbvio que ele não pensou direito, mas as mulheres costumam ter mais sensibilidade. Como Noreen pôde achar que seria bem-vinda em sua casa? — perguntou sua mãe, revoltada.

— Duvido que ela tenha pensado muito no assunto — respondeu Maddie. — Imagino que ela só estava fazendo o que Bill mandou.

— Ou ela queria esfregar essa situação na sua cara — disse sua mãe, furiosa. — Não basta ela ter destruído seu casamento?

— Pelo visto não.

Paula respirou fundo.

— Tudo bem, não adianta nada a gente ficar reclamando da falta de bom senso dela agora. O que posso fazer para ajudar?

— As crianças estão precisando muito sair de casa um pouco — disse Maddie. — Odeio ter que pedir isso, mas você se importaria se eles ficassem aí um pouco? Não é o mesmo que ir para a casa do pai, mas talvez eles se distraiam...

— Que tal eu levá-los para passear em Charleston? — ofereceu sua mãe. — Podemos assistir a um filme, comer um hambúrguer com batata frita e quando voltarem para casa estarão exaustos.

Maddie ficou surpresa.

— Você tem certeza?

— Acredite ou não, acho seus filhos muito espirituosos, e eles não parecem se importar de passar um tempo comigo. Vamos nos divertir.

Maddie decidiu não lembrar a mãe de que certa vez dissera que jamais seria babá dos netos. No momento, não queria nem saber por que isso havia mudado. Só ficava grata.

— Obrigada — disse ela.

— Não precisa agradecer — respondeu a mãe. — Mas um dia desses eu gostaria que pudéssemos sentar e conversar sobre por que você odeia tanto pedir minha ajuda. Não só com as crianças, mas com qualquer coisa.

Maddie suspirou. Como poderia explicar à mãe que pedir ajuda — ainda mais a uma mulher tão competente e independente quanto Paula Vreeland — sempre a fazia se sentir um fracasso?

— Você está com uma cara péssima — observou Dana Sue quando Maddie apareceu na porta da cozinha do Sullivan no fim da tarde, depois de deixar os filhos surpreendentemente animados com a mãe. — Venha se sentar aqui. Vou preparar um camarão picante para você.

— Não precisa. Já almocei com as crianças — disse Maddie, sem saber bem por que tinha ido até ali. Quando um banho de banheira de nada adiantou para acalmá-la, decidiu ir atrás da única pessoa que podia entender o que ela estava sentindo. Dana Sue havia vivido seu próprio divórcio depois da traição do marido, mas pelo menos Ronnie não tinha ficado em Serenity para esfregar a situação na cara dela.

Dana Sue pôs um prato de camarão na frente de Maddie mesmo assim.

— Descascar isso aí vai manter suas mãos ocupadas enquanto você me conta o que houve.

— Você tem certeza de que tem tempo para conversar? — perguntou Maddie.

Ela lançou um olhar desinteressado para o camarão, mas começou a descascá-lo mesmo assim.

— O movimento da hora do almoço diminuiu e faltam horas para as pessoas aparecerem para jantar — disse Dana Sue. — Mas, mesmo que eu estivesse mais ocupada do que formiga em piquenique, ainda teria tempo para você.

— Posso picar ou cortar alguma coisa para ajudar você — ofereceu Maddie.

— Com todo respeito, mas esta é a minha cozinha. Só eu e minha experiente equipe podemos picar ou cortar ingredientes. Além disso, a julgar pela sua cara, não sei bem se é uma boa ideia botar uma faca na sua mão.

Maddie conseguiu dar um leve sorriso.

— Você tem razão.

— O que Bill fez agora?

— Por que você acha que meu mau humor é culpa dele? — perguntou Maddie.

Dana Sue era a segunda pessoa a chegar àquela conclusão. Pelo visto, sua vida e seu humor andavam bem previsíveis.

— Porque você o amou por mais de vinte anos. Só porque ele se mostrou um traste não significa que ele ainda não mexa com você. — Ela olhou Maddie nos olhos. — O que ele fez? Preciso acabar com ele?

— Quem me dera fosse assim tão simples. Seria ótimo se uns cascudos o fizessem recuperar o juízo, mas acho que não tem jeito mesmo. Sei que noção ele não tem. — Maddie deu de ombros. — Como pude me enganar tanto sobre ele? Por vinte anos morei com um homem inteligente e razoavelmente sensível. Agora é como se ele tivesse guardado o cérebro em algum lugar e não lembrasse onde.

— Bem, nós sabemos que ele vem pensando com outra parte do corpo. O que ele fez?

— Ele não conseguiu sair do hospital a tempo, então mandou Noreen ir buscar as crianças. — Ela torceu o rabo de um camarão com tanta força que a casca e o camarão voaram em direções opostas. Maddie fez uma careta para Dana Sue. — Ele mandou aquela mulher ir até a *minha* casa buscar os *meus* filhos.

— Imagino o drama que foi — comentou Dana Sue enquanto catava os pedaços de camarão que haviam caído.

— Você não faz ideia — reforçou Maddie. — Tyler atendeu a porta e disse que queria ela longe dali. Kyle se trancou no quarto e Katie começou a chorar. Perdi meia hora tentando acalmá-la. Fico de coração partido ao ver quanto ela sente falta do pai.

— E o que Noreen fez?

— Ficou ali parada com cara de tacho e me disse que não entendia por que as crianças não gostavam mais dela. Eu lhe disse para perguntar a Bill. Eu devia ter falado que até uma tonta feito ela poderia entender caso se esforçasse um pouco.

Dana Sue riu.

— Teria sido um fora e tanto.

Maddie suspirou.

— E ela mereceria, mas não adiantaria nada. Tenho certeza de que Bill ficará possesso quando souber como ela foi recebida por mim e pelas crianças. Vou ter que ouvir mais reclamações sobre como não estamos dando uma chance a Noreen, que ela agora faz parte da vida dele, que ela será a mãe do filho dele, que prometi ajudar a pôr panos quentes e agora as coisas estão piores do que nunca e assim por diante.

Dana Sue lançou um olhar penetrante a Maddie.

— Algo me diz que você não está tão chateada só porque Bill vai ter um ataque.

— Claro que não. Estou chateada porque a vida dos meus filhos está de pernas pro ar e não consigo ajudar. Nem sei por onde começar.

— Onde eles estão agora?

— Minha mãe foi com eles para Charleston. Vão jantar e ver um filme.

— Foi ideia dela ou sua?

— Minha. Pelo menos a parte de eles passarem a tarde com ela. Eu estava desesperada. Imaginei que eles precisavam de um tempo longe de mim tanto quanto precisavam ficar longe de Noreen e do pai. Toda essa tensão está sendo péssima para eles.

— E para você — lembrou Dana Sue. — O que você está fazendo por si mesma?

— Vim até aqui — disse Maddie.

— Se tivéssemos nosso spa, você poderia entrar na banheira e fazer uma massagem — lembrou Dana Sue.

Maddie franziu a testa.

— Meus trinta dias de prazo mal começaram. Pare de me pressionar. Eu realmente não preciso disso depois de tudo que passei hoje.

— Só estou lembrando-a de uma das vantagens de fazer negócios comigo e com Helen — disse Dana Sue em tom neutro. — Eu poderia mencionar outras.

— Não precisa. Acho que já sei a maioria delas — admitiu Maddie.

Dana Sue a estudou com atenção.

— Como assim?

— Deixa pra lá — disse Maddie. — Pergunte daqui a algumas semanas.

— Você sabe que vai concordar. Só está sendo teimosa.

— Talvez eu só esteja gostando de ter as duas comendo na minha mão — respondeu Maddie. — Hoje em dia é raro alguém estar correndo atrás de mim. — Ela finalmente comeu um dos camarões descascados e saboreou a explosão de temperos na língua. — Uau, que delícia!

Dana Sue riu.

— Fico feliz que tenha gostado. Eu estava achando que você ia só ficar despedaçando um por um, tipo uma terapia bizarra. Que tal uma taça de vinho para acompanhar?

— Claro. Um vinho seria ótimo — disse ela enquanto comia outro camarão e depois lambia os dedos.

— Sabe de uma coisa? — disse Dana Sue — Acho que você se sentiria muito melhor em relação a sua vida se tivesse alguma coisa positiva pela qual esperar. Você precisa se lembrar de como é capaz e inteligente. Seu casamento com Bill não definiu o que você é. Abrir este restaurante me manteve sã quando expulsei Ronnie de casa.

— Mas você sonhava em abrir seu próprio restaurante já fazia anos — retrucou Maddie. — Nunca sonhei em abrir uma academia.

— Nem eu — admitiu Dana Sue. — Não até Helen dar a ideia. Mas então pareceu perfeito para o atual estágio de nossas vidas.

— Me dê um tempinho para eu me recuperar — pediu Maddie.

— Meu medo é que se eu concordar com isso agora, em um momento com tanta coisa ruim acontecendo, eu acabe surtando e estragando tudo.

— Eu já vi você em crise, Maddie. Você não surta. Você arregaça as mangas e trabalha duro. Lembra do nosso baile de formatura, quando o dinheiro para a festa desapareceu de repente? Você correu atrás e conseguiu doações de todas as empresas da cidade. Nosso baile de formatura acabou sendo o melhor da escola.

— Isso foi há muito tempo — lembrou Maddie.

— Mas você ainda tem a mesma motivação e engenhosidade — insistiu Dana Sue. — Você só precisa de um novo desafio que seja mais interessante que o baile anual do hospital para que elas venham à tona de novo.

Maddie ouviu a convicção na voz de sua amiga. Queria muito acreditar nela, mas depois dos acontecimentos daquele dia, não lhe restava energia para mais nada além de comer camarão e terminar a taça de vinho que Dana Sue havia lhe servido. Depois de engolir o último pedaço e beber o último gole, ela se levantou e deu um abraço apertado em Dana Sue.

— Obrigada pelo seu apoio.

— Disponha. Você também me apoiou quando meu casamento terminou. É o mínimo que posso fazer. — Ela estudou Maddie, preocupada. — Você não vai para casa ficar de mau humor e desfazer todo o meu trabalho de hoje, vai?

Maddie riu.

— Não.

— Então vai fazer o quê?

— Vou para casa fazer alguns cálculos e ver se nós três ficamos malucas.

Dana Sue abriu um sorriso.

— Até que enfim!

— Eu ainda não aceitei — lembrou Maddie.

— Mas está quase. Vou ligar para Helen.

— Melhor não. Ela vai acabar indo lá em casa me atazanar. Vai tirar minha concentração.

— Está bem, está bem. Não vou ligar hoje à noite, mas vou contar para ela amanhã cedinho. Então viremos todas para cá depois da igreja para comemorar. Vou chamar Annie e você pode trazer as crianças e a sua mãe. Vamos fazer uma festa.

— Vamos adiar as comemorações. Pode acabar com clima de velório, se eu achar que os números não estão bons.

— Podemos até esperar, mas não vai ser o caso — disse Dana Sue, confiante. — Você parece ter se esquecido de como me ajudou a fazer valer cada centavo quando abri este lugar. Tenho certeza de que você também será criativa com o dinheiro de Helen e minha contribuição.

Maddie estremeceu.

— *Criativa* não é uma palavra que eu gosto muito de ver associada à contabilidade.

— Que seja. — Dana Sue gesticulou com desdém. — Vamos abrir um centro de bem-estar. Não é maluquice?

— Bota maluquice nisso — concordou Maddie.

Talvez uma insanidade completa.

Cal conhecia Maddie Townsend tão bem quanto conhecia os outros pais dos adolescentes do time. Ou seja, melhor do que a maioria dos professores conhecia os pais de seus alunos, mas era basicamente isso. Maddie sempre o impressionou por nunca perder um jogo e ser um dos raros adultos que não atormentavam nem os filhos com expectativas pouco realistas nem o próprio Cal com um assédio irracional quando os filhos estavam em campo. O marido dela também.

Naquele dia, quando ela chegou à sala de Cal para a conversa que tinham marcado, ele notou que Maddie estava com olheiras e tinha um tique nervoso na bochecha. Apesar do cuidado que tomara ao se arrumar — e sua aparência não deixaria a desejar em nenhum evento requintado da Liga Juvenil —, ela parecia pouco à vontade com ele.

— Devemos esperar pelo dr. Townsend? — perguntou ele.

— Ele não vem hoje — respondeu ela com firmeza.

Cal ouviu um leve tom de amargura em sua voz.

— É mesmo? Ele nunca perde um jogo ou uma reunião.

— É que não contei a ele sobre esta. Foi um pedido do Tyler.

— Entendi — disse Cal, apesar de não entender. — Ty e o pai estão com algum problema?

Ela o olhou com tristeza e vergonha.

— Imagino que você já saiba, mas o dr. Townsend e eu estamos nos divorciando.

Cal percebeu que devia ter ficado boquiaberto ao ouvir isso, porque ela lhe lançou um olhar irônico.

— Eu sei — disse ela. — Também fiquei chocada, e olha que eu morava com ele.

— Lamento muito.

Aquelas palavras pareciam insuficientes, mas o que mais Cal poderia dizer?

— Não se preocupe com isso. Podemos nos concentrar no Ty, por favor?

— Na verdade, agora estou começando a entender o que está acontecendo — respondeu Cal. — Ele tem tido muitos problemas na escola ultimamente. Tenho certeza de que os outros professores devem ter falado com vocês sobre o assunto.

Ela negou com a cabeça.

— Eu não fazia ideia. Ele comentou que alguns treinos foram ruins, mas só.

— Bem, tenho certeza de que entrarão em contato com você antes que as coisas cheguem a um estágio crítico. Ou talvez você devesse tomar a iniciativa, só para garantir...

— Só para garantir o quê?

— É comum que os filhos não mostrem as notas que não querem que os pais vejam.

— Tyler nunca faria... — começou Maddie, mas depois balançou a cabeça. — É claro que ele faria isso. Vou entrar em contato com os outros professores assim que chegar em casa.

Cal abriu um sorriso encorajador. Ela parecia estar precisando de um pouco de apoio moral.

— Olha, ele é um bom aluno. Algumas notas ruins não são o fim do mundo. Ele vai se recuperar. O que mais me preocupa é a completa falta de interesse que ele tem demonstrado pelo beisebol. Ele ia bem nas outras matérias porque é inteligente, mas Tyler se destacou no esporte não só por causa do talento, mas também por sua paixão. Ele parece ter perdido isso.

Ela suspirou.

— Foi o que pensei depois de alguns comentários que ouvi dele. Mas, para ser sincera, não tenho ideia do que fazer. Beisebol era algo muito dele e do pai. Bill não é muito atlético, mas adorava o esporte. Ele começou a levar Ty para os jogos do Atlanta Braves quando meu filho ainda era pequeno. Então ele o treinou na Liga Infantil. Eu ia junto, mas não assimilei muito das questões mais técnicas do jogo.

Cal pensou um pouco.

— Então, agora que o pai saiu de casa — disse ele devagar —, Ty está rejeitando o beisebol, deliberada ou inconscientemente, assim como sente que o pai o rejeitou?

Maddie o olhou com surpresa.

— Ora, sim. Acho que é exatamente isso. — Ela se inclinou para mais perto como se ele pudesse ter outras respostas para os mistérios da vida. — O que a gente faz agora?

Cal odiava admitir a verdade enquanto ela o olhava com tanta esperança, mas estava igualmente perdido. Identificar o problema era muito mais simples do que resolvê-lo, mas pelo menos agora sabia com o que estava lidando.

— Vou pensar um pouco e entro em contato, tudo bem?

Ela assentiu.

— Qualquer sugestão será muito bem-vinda. De verdade, queria ter vindo conversar com você antes, mas não gosto muito de falar sobre o divórcio.

Cal a olhou com compaixão.

— Ninguém gosta. Deve ser por isso que as crianças internalizam os sentimentos.

— Você tem razão mais uma vez. De verdade, quero tanto voltar a ver aquele brilho nos olhos de Ty quando ele entra em campo. Ele precisa do beisebol neste momento. — Ela estudou Cal, preocupada. — Ele mencionou que você pode tirá-lo da posição de arremessador titular.

— Pode ser necessário caso ele não recupere a concentração, mas não vamos nos precipitar. Agora que sei o que está acontecendo, espero poder encontrar uma maneira de botá-lo de volta aos trilhos. Sei que não é da minha conta, mas a decisão do divórcio é definitiva?

— A papelada está pronta, mas o divórcio ainda não foi oficializado.

— Mas as coisas estão se acalmando em casa?

— Mais ou menos — respondeu ela, em um tom que sugeria que não.

— Elas vão — disse ele, sentindo uma súbita necessidade de tranquilizá-la. Era quase tão forte quanto seu desejo de ajudar Tyler a voltar à antiga forma. — Entrarei em contato em breve, sra. Townsend.

— Me chame de Maddie, por favor. Não quero nem ouvir o nome Townsend no momento — disse ela com um sorriso irônico. — Além disso, fico me sentindo velha.

Cal riu.

— Você não é velha. Se eu não soubesse que tem um filho de 16 anos, poderia jurar que tem a minha idade.

As bochechas dela coraram.

— Esse puxa-saquismo não vai lhe render nada além de alguns biscoitos de chocolate a mais quando for a minha vez de preparar o lanche do time.

— Aceito os biscoitos, mas não foi puxa-saquismo — disse ele.

Na verdade, era a primeira vez desde seu próprio divórcio — com uma mulher que se casara com uma celebridade do beisebol e não com um ex-famoso — que ele se interessava por uma mulher, sem nem sequer considerar a idade dela. É claro que, dada a complexidade da situação, ele teria que estar maluco para tomar uma atitude.

CAPÍTULO CINCO

A reunião com Cal Maddox deixou Maddie mais abalada do que ela gostaria de admitir. Até agora, Ty tinha sido um garoto quase perfeito. Ele nunca lhes dera dor de cabeça. Tirava notas boas e se destacava no beisebol. Agora tudo isso estava em risco. Isso a fez ver que era mais importante do que nunca incentivar a reaproximação de Tyler e Bill, mas como ela poderia fazer isso sem afastar ainda mais o filho, que estava decidido a se distanciar definitivamente do pai?

Talvez ela fosse precisar engolir o orgulho e ir até Bill implorar para que ele tomasse a iniciativa e se esforçasse mais para entender o ponto de vista do filho. Talvez, caso percebesse o que estava em jogo, ele pudesse não envolver Noreen nisso tudo, pelo menos enquanto estivesse com Tyler. No momento, Bill teimava em querer que fossem uma grande família de comercial de margarina, não importava quanto os filhos resistissem à ideia, Ty principalmente. Talvez Maddie pudesse fazer Bill enxergar que o filho mais velho precisava muito de um tempo sozinho com o pai.

Determinada a resolver as coisas pelo bem de Ty, ela foi ao consultório de Bill, em um pequeno prédio de tijolos que ele e um sócio haviam construído vários anos antes. Lá também atendiam um dentista e um cirurgião ortopédico, e havia ainda um centro de reabilitação ambulatorial para os pacientes do cirurgião.

Ela usou sua chave para entrar pela porta dos fundos, já que era a única maneira de evitar os olhares curiosos que receberia na sala de espera. Porém, deu de cara com Noreen, que estava saindo do consultório de Bill com o batom borrado e o uniforme amassado. Maddie se perguntou como os pacientes se sentiriam se tivessem testemunhado aquela cena.

— Maddie! — disse Noreen, parecendo assustada enquanto alisava o uniforme desalinhado. — O que você está fazendo aqui? Eu não fazia ideia de que você ainda tinha uma chave.

Maddie mordeu a língua para não dar uma resposta irritada. A verdade era que Noreen tinha mais direito de estar ali do que ela, o que a irritava.

— Preciso ver meu marido. Imagino que ele esteja em seu consultório — disse ela, passando direto por Noreen sem mais comentários.

Quando Maddie entrou e fechou a porta com firmeza, Bill ergueu os olhos das pastas espalhadas sobre mesa e a olhou com incerteza.

— Maddie, eu não estava esperando a sua visita.

— Percebi — disse ela, notando que a gravata dele estava torta e seu cabelo loiro grosso estava bagunçado. — Sabe, se você continuar assim, sua reputação nesta cidade vai acabar sendo prejudicada. — Ela o encarou. — Mas Helen já lhe disse isso, não é? Recomendo que você se arrume diante de um espelho antes de começar a ver os pacientes.

As bochechas dele coraram, evidenciando seu constrangimento.

— O que você está fazendo aqui? — perguntou ele em tom formal. — Veio só para me julgar?

— Não é minha função — retrucou ela rapidamente, reprimindo o desejo de dizer muito mais. Ela não podia se dar ao luxo de irritá-lo, não quando estava com um objetivo muito específico.

— Você veio pedir desculpas pelo que aconteceu no sábado? — perguntou ele. — Se sim, é com Noreen que você deveria estar falando.

— Nem começa — avisou ela. — Estou aqui por causa do Tyler. Acabei de sair de uma reunião muito preocupante com o treinador Maddox.

Bill a olhou assustado.

— Por que ninguém me disse nada sobre essa reunião?

— Porque Tyler não queria que você fosse — explicou ela sem rodeios. — E esse é o cerne da questão. Você me pediu outro dia para ajudá-lo a recuperar seu relacionamento com Tyler. Não posso fazer muito mais do que repetir que você ainda é o pai dele e que o ama. Obviamente ele não acredita em mim. Você terá que provar para Ty que o que você sente por ele não mudou, antes que ele estrague seu ano no colégio e suas chances de realizar o sonho de ser jogador profissional.

— Que história é essa? — perguntou Bill. — Ty sempre teve notas excelentes.

— Ainda não conversei com os outros professores, mas o treinador Maddox já me adiantou que Ty está tendo dificuldades em todas as matérias. Tem um limite para o que eu posso fazer. Você terá que me ajudar a resolver isso.

Para sua surpresa, Bill pareceu inseguro.

— Não sei como — admitiu ele, com rara sinceridade.

— Para começar, você pode ir buscar as crianças quando elas estiverem esperando você — disse ela. — Noreen não é uma substituta aceitável, muito menos para Tyler.

— Ele terá que se acostumar com...

Maddie o interrompeu:

— Você queria saber o que fazer, não queria? Então sugiro que você me escute. Estou tentando ajudar antes que nosso filho mais velho fique completamente fora de controle.

Ele bufou, exasperado.

— Está bem. Que seja.

— O beisebol aproximou você e Tyler em outros tempos. E acho que é a ligação que pode reaproximar os dois agora. Ele está com grandes dificuldades, Bill. O treinador disse que seu arremesso não está bom e que ele corre o risco de não ser mais o arremessador titular.

— Isso é um absurdo! — Bill estava revoltado. — Ele é o melhor arremessador do time.

— Não mais — disse ela. — Acho que você precisa ir lá em casa *sozinho* e dar algumas dicas, como fazia antigamente.

— Ele jamais concordaria com isso — disse Bill. — Ele não me dá ouvidos hoje em dia e não quer nem saber de ficar comigo. Se eu aparecer lá, ele vai se esconder no quarto.

— Então vá até ele num lugar impossível de Ty se esconder — sugeriu ela. — Dê uma passada no treino hoje à tarde. Você fazia isso sempre, vivia indo lá ver como ele estava. Eu sei que ele amava.

A expressão de Bill ficou pensativa.

— Talvez — disse ele, depois balançou a cabeça. — Isso pode piorar as coisas.

— Você não tem como saber se não tentar. — Ela se levantou. — Acho que não preciso lembrá-lo de como é importante.

— Não precisa — concordou ele. — Vou tentar, Maddie. Eu prometo.

Antigamente, ela nunca duvidava de suas promessas, mas hoje em dia não o conhecia mais. Pelo menos ela fizera sua parte. Agora dependia dele.

— Você vai hoje? — disse ela.

Ele hesitou e ela sentiu sua raiva despertando, mas então Bill assentiu.

— Sim, hoje.

Quando ela se virou para sair, ele a deteve.

— Maddie…

— O quê?

— Você está bem?

— Estou bem — disse ela, obrigando-se a falar em tom alegre. — Só estou muito ocupada.

— Ah, é?

A surpresa dele a irritou. Ele achava que Maddie tinha ficado sentada sofrendo por ele?

— Você não deve ter ficado sabendo ainda — disse ela. — Helen, Dana Sue e eu seremos sócias em um negócio.

Ele olhou para ela.

— Que negócio?

— Estamos abrindo um clube de bem-estar para mulheres. — Ela não estava tão decidida assim antes, mas a expressão incrédula no rosto de Bill foi suficiente para aumentar sua certeza. Não que ela estivesse pronta para dar a notícia a Helen e Dana Sue. — Diga para Noreen que vamos oferecer aulas pós-parto. Talvez isso a ajude a entrar em forma de novo. Percebi que ela engordou mais do que o normal na gravidez. Ela já deve saber que você tem tendência a olhar para outras mulheres.

Antes que ele pudesse responder ao comentário sarcástico, Maddie saiu, satisfeita por sua notícia ter deixado o marido sem palavras.

Bill ficou olhando para onde Maddie havia saído, perguntando-se o que havia acontecido com a mulher agradável e acolhedora com quem se casara. Ele não reconhecia essa mulher confiante e impetuosa.

Por outro lado, ela se parecia muito com a garota pela qual ele se apaixonara no ensino médio. Foram apenas as dificuldades financeiras do início da vida de casado e a determinação de Maddie de assumir o papel de esposa solidária que fizeram com que ela mudasse — e também a maneira com que ele a enxergava — ao longo dos anos. Seu peso não fora um fator, apesar do comentário dela ao sair pela porta. Ele sempre a achou linda, mesmo com os quilos a mais que não conseguira perder depois da gravidez.

A porta da sala se abriu e Noreen entrou, hesitante.

— Ela veio aqui porque quer você de volta, não é? — perguntou ela.

— Não, ela não me quer de volta — respondeu ele, sabendo que era verdade e, de certa forma, lamentando que fosse assim. — Ela precisava conversar comigo sobre Tyler. Você pode dar uma olhada na minha agenda de hoje à tarde e garantir que eu consiga sair no máximo às quatro horas? Se precisar remarcar alguns pacientes, não tem problema. Ou então peça a J.C. para atender em meu lugar.

Ainda bem que Maddie o havia aconselhado no ano passado a arrumar um novo parceiro de clínica. O consultório de pediatria havia crescido demais para ele dar conta de todos os pacientes e ainda ter uma vida familiar. J.C. Fullerton, que havia acabado de completar sua residência, tinha vindo ajudar a segurar as pontas. J.C. ainda era solteiro, jovem e com energia suficiente para encarar os desafios de uma clínica de uma cidade pequena. Bill já havia se perguntado mais de uma vez por que Noreen se interessara por ele e não por J.C. E, lá no fundo, sentia-se lisonjeado por ter sido o escolhido.

— Aonde você vai? — perguntou Noreen.

— Preciso ficar um pouco com Tyler.

— Quer que eu vá junto?

Ele sabia como ela ficava sensível em relação aos filhos, mas ele balançou a cabeça.

— Hoje não. Só vou dar uma passada no treino de beisebol e ver como está indo. Você acharia um saco.

Ela descansou a mão na barriga.

— Posso aprender a gostar — disse ela. — Afinal, um dia desses nosso bebê pode querer jogar beisebol.

— Acho que ainda vai levar alguns anos, seja menino ou menina — disse ele. — Vamos lá. Quem está me esperando?

Ela parecia querer dizer mais, mas seu profissionalismo inato falou mais alto.

— A sra. Nelson está na sala um com Jennifer. Ela disse que a urticária de Jennifer ainda não sumiu. Pus a sra. Davis e Martin na sala dois. Ele se cortou com um prego e ela quer ter certeza de que a vacina contra o tétano do menino está valendo.

Bill assentiu.

— Cuide de minha agenda enquanto eu estiver com eles, ok?

— Claro — disse ela, mas ainda não parecia feliz.

Ele parou no caminho até a porta e a beijou.

— Nós vamos ficar bem, Noreen. Só vai demorar um pouco.

Os olhos azuis dela estavam úmidos de lágrimas quando Noreen se aproximou.

— Eu te amo. Você sabe disso, não sabe?

— É por isso que eu sei que tudo vai dar certo — disse ele ao sair da sala. Torcia para que tivesse sido rápido o suficiente para ela não ver as dúvidas e os arrependimentos que não lhe saíam da cabeça.

Maddie parou na Wharton's para tomar um sundae com calda de chocolate quente antes de ir para casa. Descobrir que o filho estava com problemas não só no campo como nas aulas e ainda por cima ter que botar juízo na cabeça do futuro ex-marido a tinha deixado esgotada. Ela precisava de chocolate. Ao longo dos anos, descobrira que a maioria dos problemas podia ser atenuada com uma generosa cobertura de chocolate quente e encorpada sobre sorvete de baunilha, e o melhor sundae da cidade era o da Wharton's.

Sentando-se em uma mesa com sofá perto da janela, ela descalçou o salto alto e suspirou de alívio.

— Outra entrevista de emprego? — perguntou Grace com pena.

— Hoje não — respondeu Maddie. — Só algumas reuniões.

— Parece que não foram muito bem — disse a mulher mais velha. — É um daqueles dias que pedem um sundae de chocolate?

Maddie abriu um sorriso cansado.

— Exatamente.

— Já vou trazer.

Maddie fechou os olhos enquanto esperava, apenas para abri-los de novo no instante seguinte, quando alguém se sentou no sofá a sua frente. Ela fez uma careta ao ver que era Helen. Normalmente isso seria uma coisa boa, mas no momento não estava no clima para uma conversa motivacional.

— Você já pensou em falar que está aqui em vez de chegar de fininho? — perguntou Maddie, ríspida.

— A maioria das pessoas geralmente presta mais atenção quando está em público — disse Helen em tom suave.

— Estamos em Serenity, pelo amor de Deus — retrucou Maddie. — Não é como se a Wharton's fosse o lugar preferido dos assaltantes.

— Alguém está de mau humor hoje — avaliou Helen. — Está tudo explicado. Eu estava indo para casa quando vi seu carro. Achei que você poderia querer companhia.

Maddie a olhou com curiosidade.

— Por que você acharia isso só de ver meu carro parado na Avenida Principal?

— Está estacionado na frente da Wharton's no meio do dia. Isso só pode significar uma coisa: você estava precisando de um sundae.

Maddie não pôde deixar de rir.

— Vou fazer uma promessa agorinha e você é minha testemunha. Prometo parar de ser tão previsível.

— É mesmo? Como?

— Não sei muito bem. Eu aviso. — Ela deu de ombros. — Ou talvez faça uma surpresa.

Grace voltou com dois sundaes.

— Achei que você também ia querer um — disse ela enquanto colocava a sobremesa na frente de Helen.

— Eu só ia pegar um pouquinho do dela — reclamou Helen, mas já estava pegando uma colherada cheia. Ela suspirou alegremente.

Grace sorriu.

— É só olhar para Maddie para perceber que ela não está comendo quase nada ultimamente. Ela precisa de todas essas calorias.

— Até parece — disse Maddie. — Por causa dessa história com o Bill, como tudo que vejo pela frente. Estou pesando mais agora do que logo depois de Katie nascer. Talvez abrir uma nova academia seja uma boa ideia.

Ela saboreou sua primeira colherada da calda quente de chocolate.

— Não é uma academia, é um spa — corrigiu Helen.

— Qual é a diferença? — perguntou Grace, puxando uma cadeira para perto da mesa sem esperar um convite.

— Para começo de conversa, não vai feder que nem a academia de Dexter — disse Maddie.

Helen lhe lançou um olhar azedo.

— É muito mais que isso. Vai ser um lugar para as mulheres serem mimadas. Vamos oferecer tratamentos faciais e massagens, sauna seca e a vapor.

— É mesmo? — disseram Maddie e Grace ao mesmo tempo.

Grace parecia intrigada; Maddie, cética. Saunas secas e a vapor eram caras.

— Isso estava no plano de negócios? — perguntou Maddie.

Helen sorriu.

— Nós não temos um plano de negócios — lembrou ela a Maddie. — A menos que você tenha escrito um. Já escreveu?

— Fiz algumas anotações — admitiu Maddie.

Helen tentou esconder um sorriso, mas sem sucesso.

— Que interessante. Então você está dentro?

— Ontem mesmo você estava trabalhando fora da cidade, mas tenho certeza de que Dana Sue contou que eu estava fazendo alguns cálculos, então não fique fingindo surpresa — disse Maddie. — E ainda não aceitei. Estou analisando a situação.

— Ela vai aceitar — disse Helen a Grace.

Grace riu.

— Aposto que sim.

— Cuidado, hein, Helen — advertiu Maddie. — Não sei se quero trabalhar com uma sabe-tudo convencida. Ainda posso procurar outro emprego. Havia vários anúncios nos classificados de Charleston ontem.

— Você gastaria cada centavo do salário em gasolina — rebateu Helen. — E você nunca teria tempo para as crianças.

— Olha, pode valer o sacrifício só para você não conseguir o que quer de novo — retrucou Maddie.

Helen levantou as mãos em um gesto de rendição.

— Vou esperar você tomar sua decisão.

— Muito perspicaz da sua parte — disse Maddie em tom de aprovação. — Não é à toa que você brilhou na faculdade de direito.

— O sarcasmo não combina com você — disse Helen.

Maddie sorriu.

— Sinceramente, estou gostando dessa minha nova versão que diz o que pensa.

Era a última semana de treino antes do início da temporada de beisebol. Embora agora tivesse alguma ideia do que estava acontecendo na vida de seu ás, Cal ainda não tinha um plano para resolver o problema.

Se dependesse só dele, Cal não estressaria Ty ainda mais com a ameaça de tirá-lo da posição de titular, mas a escola, a comunidade e os pais tinham grandes expectativas para o time naquele ano. Foi um dos motivos pelos quais aprovaram a construção de novas arquibancadas e um novo gramado para o campo. Um prédio de tijolos novinho em folha foi erguido para abrigar a barraca de bebidas e os banheiros. Depois de tantos gastos, não aceitariam perder enquanto Tyler tentava recuperar seu equilíbrio emocional.

Era o que acontecia quando um rapaz jogava tão bem quanto Ty no ano passado. As expectativas eram altas. Alguns olheiros da Liga Principal que leram as matérias sobre o talento do garoto já haviam entrado em contato com Cal. Infelizmente, se o vissem agora, os olheiros se perguntariam o motivo de tamanha empolgação.

Cal estudou a expressão cada vez mais abatida de Ty enquanto seus colegas de time acertavam todos seus arremessos. Ele estava prestes a ir falar com ele quando viu Bill Townsend subir a arquibancada até uma fileira de assentos onde havia sombra. Ty também notou a presença do pai. Por um instante, ao ver a expressão no rosto do garoto, Cal pensou que Ty ia jogar a luva no chão e sair do campo.

Em vez disso, porém, Tyler pareceu canalizar toda a sua raiva. O arremesso seguinte voou a toda velocidade, pegando no canto externo em um *strike* perfeito.

— Essa foi com tudo, Ty. Boa! — disse o receptor, jogando a bola de volta com um sorriso.

— Eu estava gostando mais quando conseguia ver a bola vindo na minha direção — resmungou o rebatedor, mas também havia admiração em sua voz.

Mais do que satisfeito, Cal foi até a arquibancada e se sentou ao lado do pai de Ty.

— Que bom que você pôde vir — disse ele a Bill Townsend.

Bill o olhou com uma expressão estranha.

— Imagino que saiba por que não tenho vindo.

— Sua esposa mencionou o divórcio — admitiu ele. — Mas acho que dá para ver quanto sua presença é importante para Ty. É o primeiro arremesso de verdade que ele faz desde o início dos treinos na primavera.

— Pelo menos ele está finalmente aproveitando toda a raiva que sente por mim — disse Bill em tom irônico.

Cal riu.

— Você também percebeu?

— É difícil não ver. Aquela bola teria arrancado minha cabeça se eu estivesse no caminho.

— Vai ficar um pouco? — perguntou Cal.

— Se não tiver problema...

— Por mim tudo bem. Está na hora do intervalo. Por que não pergunta a Ty se tudo bem por ele?

Cal entrou em campo e chamou os jogadores.

— Vocês estão começando a parecer um time de novo. Vamos fazer cinco minutos de intervalo. Aproveitem para beber alguma coisa. É importante se manter hidratado nesse calor. Quando voltarem, trocamos as posições para o resto de vocês rebater. Ty, você se incomoda de ficar em posição por mais alguns batedores?

O garoto abriu um sorriso convencido que já fora familiar ao técnico.

— Quer mesmo que eles sejam humilhados assim?

— Você que pensa — disse Luke Dillon. — Consegui três *home runs* em você desde o início dos treinos.

— Foi pura sorte — retrucou Ty. — Hoje voltei ao normal.

— Acho melhor não ficar muito convencido — avisou Cal. — Alguns arremessos excelentes não garantem uma temporada.

— Nem mesmo um treino, se você quer saber — disse Josh Mason, outro jogador, em tom malicioso. — No início da temporada, eu serei o arremessador oficial. Você vai ver.

— De jeito nenhum, otário — retrucou Tyler.

— Ok, já chega — disse Cal. — Cinco minutos, pessoal. Tyler, por que você não vai lá falar com seu pai?

Ty fez cara feia diante da sugestão, mas pegou um isotônico e foi arrastando os pés em direção às arquibancadas. Cal notou que o rapaz não se sentou ao lado do pai, mas a várias fileiras de distância. Foi Bill quem finalmente quebrou o silêncio constrangedor entre os dois. Cal não conseguiu ouvir o que ele disse, mas Tyler respondeu assentindo com a cabeça.

Pelo menos os dois estavam conversando. Ou, melhor dizendo, Bill estava falando e Ty estava ouvindo. Cal se perguntou havia quanto tempo isso não acontecia.

Também não pôde deixar de se perguntar o que Maddie havia feito para que isso acontecesse. Duvidava muito que fosse mera coincidência que Bill tivesse aparecido ali poucas horas depois da reunião de Cal com ela. De todo modo, ficou agradecido. Talvez fosse o primeiro passo para ter o às do time em plena forma de novo. Talvez ele ligasse para Maddie à noite para contar da mudança.

— Idiota — murmurou ele para si mesmo enquanto chamava os jogadores de volta.

Estava procurando uma desculpa para ligar para a mãe de Ty e, como ele havia avisado a si mesmo poucas horas antes, isso era uma péssima ideia.

CAPÍTULO SEIS

— Meu pai veio ver o treino hoje — anunciou Tyler com indiferença para Maddie, que estava no pátio grelhando hambúrgueres para o jantar.

Uma brisa agradável espalhava o aroma de carvão pelo ar. Era um dos cheiros que sempre fazia Maddie se lembrar do verão, da infância e dos piqueniques com a família das amigas. A sua, por outro lado, nunca fizera algo tão normal quanto um churrasco.

Ela olhou para cima e estudou a expressão do filho. Era inescrutável.

— Como foi? — perguntou ela, tomando cuidado para manter o tom neutro.

— Bem, eu acho — disse ele. — Pelo menos ele não trouxe Noreen junto.

— Vocês dois conversaram?

— Ele me perguntou se estava tudo bem ele estar ali — disse Tyler, parecendo surpreso. Ele olhou Maddie nos olhos. — Você acha que ele teria mesmo ido embora se tivesse pedido?

Ela sabia o que ele estava realmente perguntando — se ela achava que a opinião dele importava de verdade para o pai. Apesar de tentar aparentar indiferença, Ty queria muito acreditar que ainda era importante para Bill.

— Imagino que tenha sido por isso que ele perguntou. Seu pai quer que você seja feliz e bem-sucedido. O objetivo dele não é tornar sua vida um inferno, Tyler. Acho que lá no fundo você sabe disso.

— Mas ele bem que tentou — disse Ty, com a amargura de sempre.

— Sobre o que mais vocês conversaram? — perguntou Maddie, querendo mudar logo de assunto antes que Ty começasse a pensar em todos os pecados de Bill contra ele e a família em vez da oferta de paz que o pai estava propondo.

— Nada de mais. Ele me deu algumas dicas para a minha bola rápida.

— Elas ajudaram?

Tyler sorriu e, por um instante, voltou a ser o garoto convencido e confiante de sempre.

— Ajudaram. Sentei o braço. Ninguém conseguiu rebater meus arremessos depois disso. O pessoal do time disse que eu estava incrível e que a gente ia ganhar o campeonato estadual se eu continuasse arremessando assim. Até Josh Mason disse que eu tinha me saído bem, e ele me odeia. Ele quer muito ser o arremessador titular.

— E o treinador Maddox?

— Disse que era bom ver que eu ainda me lembrava de algumas das coisas que ele tinha ensinado.

Maddie conteve um sorriso ao ouvir a reação descontraída do treinador.

— Imagino que você estivesse esperando um pouco mais de entusiasmo.

— Não, ele sempre fala assim para eu não ficar muito convencido.

Ela estudou a expressão feliz do filho e lamentou estar prestes a frustrar parte da empolgação dele, mas não podia adiar a conversa. Ela esperava oferecer algum consolo ao preparar uma das refeições favoritas de Ty.

Maddie tinha ficado abalada com o que descobriu ao falar com seus outros professores à tarde. Não havia uma matéria sequer em que ele tivesse tirado mais do que a média. A maioria das notas era ainda mais baixa e em alguns casos ele corria o risco de ser reprovado. Todos os professores tinham enviado bilhetes sobre o assunto, mas ela não vira nenhum deles. Se as notas de Ty não melhorassem, ele não continuaria no time, por mais rápido que fosse seu arremesso.

— Sabe, Tyler, beisebol não é tudo na vida — disse ela.

— É o que mais importa — retrucou ele, depois sorriu. — Ah, mãe. Você não está animada por mim?

— Estou animadíssima — disse ela, sincera. — É maravilhoso ver você todo empolgado com o beisebol, mas você tem aulas também, sabe? Conversei com seus professores hoje.

A expressão dele ficou desanimada na mesma hora.

— Por quê?

— Porque o treinador Maddox mencionou que você estava tendo dificuldades.

— Por que ele fez isso? Achei que ele só fosse falar com você sobre beisebol.

— Ele presumiu que eu já soubesse — disse Maddie com ênfase, e Ty corou. — Você não deve esquecer que o treinador Maddox é antes de tudo um professor, Tyler. Ele precisa se preocupar com seu desempenho na escola *como um todo*. Se você começar a ser reprovado nas outras matérias, talvez não possa mais jogar. Independente de seus arremessos estarem ótimos. Você vai desapontar o time.

— Ah, mãe, que isso? — disse ele com nojo. — Eu não vou ser reprovado em nada. Aposto que nenhum professor disse isso.

— Não, você não vai ser reprovado em nada — admitiu ela. — Pelo menos não por enquanto. Mas todos eles disseram que você não está indo tão bem como poderia. Para um aluno que estava tirando as melhores notas em todas as matérias no ano passado, cair para a média ou até abaixo dela é quase ser reprovado. — Ela encarou o filho. — Isso é inaceitável, Ty. Você vai fazer o que for preciso para melhorar suas notas, entendeu? E até que eu tenha visto uma melhora, vou verificar todos os seus deveres de casa e quero que você me mostre todas as suas provas.

— Você não está falando sério — protestou ele.

— Essa é a regra — disse ela com firmeza.

— Ou? — Seu tom agressivo fez Maddie ranger os dentes.

— Ou você vai ver o que é bom pra tosse — disse ela.

— Você vai me botar de castigo?

— É uma opção — concordou ela. — Deixar o treinador botar você no banco é outra.

Tyler ficou boquiaberto.

— Você não seria louca de fazer isso!

— Você pode pagar pra ver — disse ela. Antes que Ty pudesse transformar a discussão em uma briga mais séria, ela acrescentou: — Mas acho que não chegará a esse ponto. Você é um jovem muito inteligente. Se não está indo bem nas aulas, é por falta de comprometimento, não porque está com dificuldade de entender a matéria. Só estou lhe dando a motivação para começar a levar as coisas mais a sério.

— Bem, sua motivação é péssima — respondeu ele. — Vou contar para o meu pai.

Maddie se irritou.

— Não tente nos jogar um contra o outro, Tyler — avisou ela. — Você vai descobrir rapidinho que, quando se trata do que é melhor para você e seus irmãos, seu pai e eu sempre estaremos de acordo.

Tyler lançou um último olhar incrédulo para ela, depois se virou e entrou em casa.

— Vamos jantar em quinze minutos — gritou ela.

— Não estou com fome — gritou ele de volta.

— Então você vai se sentar à mesa enquanto o resto de nós janta — decretou ela.

Quando o filho estava fora de vista, Maddie soltou um suspiro. Aquela história de criar os filhos praticamente sozinha estava se mostrando muito mais difícil do que ela imaginara. Ela sabia que Bill iria apoiá-la, claro, exatamente como disse a Tyler que ele faria, mas ainda precisava aprender a ser rigorosa naquelas situações. Seus filhos também precisavam se acostumar com isso. Se ela fizesse um mau trabalho, eles é que pagariam o preço.

Mas, vendo como Tyler de repente a encarava como inimiga, ela não se sentiu nem um pouco confortável.

Como todos em Serenity pareciam saber que Maddie e as duas melhores amigas estavam prestes a abrir uma centro de bem-estar para mulheres, ela presumiu que a corretora, uma velha amiga do ensino médio, não se incomodaria de deixá-la visitar a casa da sra. Hartley para ter uma ideia melhor de que reformas seriam necessárias.

Levou menos de cinco minutos para Mary Vaughn Lewis retornar sua ligação.

— Querida, eu estava esperando você me ligar mesmo — disse Mary Vaughn. — Helen me falou para deixar você entrar quando quisesse dar uma olhada no lugar. Posso encontrá-la lá daqui a uns dez minutinhos, assim que Gaynelle terminar de secar meu cabelo. Pode ser?

Maddie riu.

— Como eu sei que você jamais sairia em público com um único fio de cabelo fora do lugar, pode demorar quinze minutos. Eu vou andando.

No caminho, Maddie admirou os botões de rosas, roxos, brancos e vermelhos das azáleas que começavam a florescer graças à onda de calor do início da primavera. Em Serenity, as pessoas dedicavam muito tempo aos jardins, mesmo nas casas mais simples. Ninguém contratava jardineiros. As crianças ganhavam um dinheirinho extra cortando grama, capinando e adubando os quintais dos vizinhos idosos. Alguns dos arbustos de azálea eram tão antigos e tão bem cuidados que mal cabiam nos quintais menores.

Na antiga casa da sra. Hartley, porém, apenas uma azálea solitária sobrevivera aos anos de negligência. As flores rosa-escuras indicavam que ainda restava alguma vida no local.

Maddie abriu o portão da frente e fez uma careta ao ouvir o ranger estridente das dobradiças enferrujadas. Caminhou com cuidado por entre as ervas daninhas que brotavam das rachaduras da calçada esburacada. Vestida de forma apropriada para o estado abandonado do local, Maddie sentou-se nos degraus da frente para esperar Mary Vaughn. Enquanto aguardava, tentou imaginar o jardim da frente novamente com um tapete de grama verde, as roseiras floridas e uma cerca branca no lugar da cerca de madeira aos pedaços. Elas podiam colocar cadeiras e mesas de vime na varanda. Tinha visto outro dia umas almofadas estampadas com rosas grandes em um fundo verde-
-escuro que seriam perfeitas.

Estava tão perdida em seus planos que levou um susto quando viu a sombra de uma pessoa se aproximando.

— Até que enfim você chegou — brincou Maddie, depois olhou para cima, esperando ver Mary Vaughn. Em vez disso, o treinador Maddox tentava conter um sorriso divertido.

— Se eu soubesse que você estava me esperando, teria vindo correndo — disse ele.

Maddie estremeceu.

— Desculpe. Pensei que fosse a corretora. Ela deveria ter chegado há quinze minutos.

— E desde quando Mary Vaughn chega na hora? — perguntou ele.

— Na verdade ela costuma ser bastante pontual quando há dinheiro em jogo.

— A menos que eu tenha entendido errado as fofocas, o dinheiro dessa venda já deve estar na conta dela. Deve ter sido por isso que ela me parou na rua e me pediu para lhe dizer que chegaria daqui a uma hora. Ela precisa mostrar uma casa para alguém que só podia agora. — Ele enfiou a mão no bolso e pegou uma chave. — Mas não se preocupe, ela deixou isso comigo.

Maddie pegou a chave, mas ele não a soltou. De alguma forma, as mãos deles acabaram se entrelaçando, trazendo à tona uma descarga elétrica que teria sido suficiente para iluminar o campo de futebol da escola. Maddie e o treinador Maddox ficaram se encarando enquanto ela tentava digerir a inesperada descoberta de que estava atraída por um homem que mal conhecia. Maddie supôs que uma hora ou outra ficaria feliz em saber que seus hormônios não haviam morrido com o casamento, mas, naquele momento, sentiu tanta vergonha que queria ser engolida pelo chão. Dado o estado do piso de madeira podre, talvez seu desejo pudesse se realizar.

— Hum, treinador, você vai me entregar a chave? Ou vamos ter que lutar por ela?

— Isso seria interessante, mas na verdade eu estava querendo dar uma olhada lá dentro com você — disse ele, soltando a chave. — Sempre quis saber como era essa casa por dentro.

— Você não deveria estar na escola?

— Este é o período que uso para montar as aulas. Em geral tento sair para correr ou tomar um ar. Assim clareio as ideias. Não sou uma pessoa matutina. Se dependesse de mim, as aulas começariam ao meio-dia.

Maddie sorriu.

— Ty concordaria.

— E você? Quando funciona melhor?

— No raiar do dia — admitiu ela. — Meu cérebro derrete mais para o fim da tarde.

Ele balançou a cabeça com uma expressão pesarosa.

— Ah, já temos diferenças irreconciliáveis. Mau sinal.

Maddie olhou para ele.

— O quê?

— Foi só uma piada, sra. Townsend.

— Ah — fez ela, sentindo-se tola. — Mas é Maddie, lembra?

— Algo me diz que eu devo continuar chamando você de sra. Townsend — respondeu ele, sempre com o olhar fixo nela.

— Por quê? — perguntou ela, furiosa com o tom nervoso em sua voz.

— Para eu não esquecer que você é a mãe de um aluno e eu sou um professor.

Maddie engoliu em seco ao perceber que ele estava tentando resistir à mesma atração inapropriada que ela.

— Você pode estar certo — disse ela, e desviou o olhar. — Se tiver um tempinho, entre e darei um tour meia-boca. Infelizmente o lugar não é grande coisa no momento.

— Claro — disse ele, seguindo-a para dentro da casa. Ele parou logo na porta. — Nossa, esse lugar...

— Está péssimo? — completou Maddie.

— De modo algum. Tem muito potencial. Conta o que você está pensando para cada um dos cômodos.

— Helen poderia fazer isso melhor do que eu — disse Maddie.

— Só estive aqui uma vez, numa visita rápida. Foi por isso que voltei hoje de manhã, para confirmar se minha primeira impressão estava certa e fazer algumas anotações sobre as reformas que precisaríamos executar. Por que não me diz o que acha enquanto olhamos? Será bom ouvir outro ponto de vista.

Cal deu de ombros.

— Certo, posso fazer isso. Você tem um orçamento em mente ou posso ser extravagante?

— Acho que nosso orçamento não dá margem para muitas extravagâncias — admitiu ela. — É melhor ser prático. Se fosse a sua academia, que aparelho você ia querer? Que outras coisas realmente fazem diferença?

— Lembre-se, sou homem e gosto de esportes — disse ele, como se pudesse haver qualquer dúvida sobre isso. — Talvez eu não queira as mesmas coisas que o seu público-alvo.

— Ainda assim, gostaria de ouvir suas ideias e impressões.

Para surpresa de Maddie, as opiniões dele sobre o melhor uso de cada aposento combinavam muito com as dela. Maddie suspeitava que ele fosse escolher cores neutras e sem graça para as paredes, o que aconteceu. Ele era homem, afinal.

— É isso mesmo, não é? Este lugar vai ser só para as mulheres? — perguntou ele depois de um tempo.

Maddie assentiu.

— Que pena. Os homens também estão cansados da academia de Dexter.

— Então abram uma para vocês — sugeriu ela. — Queremos um lugar especial só para mulheres.

— Você já pensou em um nome?

Ela balançou a cabeça.

— Ainda não concordei com o projeto. Imagino que um nome seja uma das primeiras coisas em que teremos que pensar se seguirmos em frente.

— Por que você ainda não quis mergulhar de cabeça? — perguntou ele.

— Medo do fracasso — disse ela com sinceridade. — Especialmente se tiver o dinheiro de Helen na jogada.

— Ela está preocupada com isso?

— Não.

— E ela não é conhecida por saber julgar bem as pessoas?

Maddie assentiu.

— Bem, então, talvez você devesse confiar mais em si mesma, pelo menos da mesma forma como sua amiga confia em você. — Ele olhou o relógio. — Preciso voltar para a escola. Obrigado pelo tour.

— Sem problemas.

Ele começou a ir em direção à porta, então voltou.

— Obrigado por fazer com que seu marido fosse ao treino no outro dia. Fez muita diferença para Ty. De todo modo, acho que você tem que ficar atenta. Não pense que tudo voltou ao normal só com uma tarde em que tudo correu bem.

— É?

— Ty é um adolescente. E a rebeldia é normal nessa fase. Junte isso aos problemas com o pai e aí é só uma questão de tempo até a situação ficar complicada de novo.

Maddie sabia que ele estava certo, mas queria se apegar à ilusão de que as coisas estavam sob controle, pelo menos por enquanto.

— Você pode me avisar se ouvir alguma coisa na escola ou se ele se comportar mal nos treinos? Estou tentando acompanhar mais de perto as notas dele, mas Ty está craque em esconder coisas importantes de mim. Talvez ainda mais agora, já que eu disse que haveria graves consequências se não melhorasse as notas. Ele pode continuar tentando esconder as notas ou os boletins.

— Pode deixar que eu serei seu alerta — disse Cal. — Aviso se reparar em alguma coisa ou ficar sabendo de problemas com outros professores. Nesta época do ano, presto muita atenção às notas dos meus jogadores. E, se você tiver alguma dúvida, pode me ligar.

— Obrigada por se importar tanto com o meu filho — disse Maddie com sinceridade. — Ele o admira muito.

— A recíproca é verdadeira. Ty vai ser uma estrela do beisebol um dia. Ser uma pequena parte disso me faz sentir que minha vida depois do beisebol ainda tem sentido.

Maddie ouviu um quê inesperado de melancolia em sua voz e se perguntou se Cal sabia que estava lá.

— Deve ter sido difícil ter seu sonho destruído tão rápido.

— Era beisebol, não uma questão de vida ou morte — disse ele, sem cerimônias. — Pessoas inteligentes não ficam se fazendo de vítima. Elas encontram um novo sonho.

— E o seu é ser treinador de beisebol em uma escola? — perguntou ela.

— Isso é só parte dele.

— E o resto?

Cal hesitou, mas disse:

— Acho melhor guardarmos essa pergunta para uma outra conversa. Se eu me atrasar para a aula de educação física e a turma tocar o terror, meus dias como treinador podem estar contados. Até mais, Maddie.

— Até mais.

Ela ficou parada na porta olhando-o descer a escada, abrir o portão enferrujado e ir embora, correndo devagar. Ela continuou o observando até ele virar a esquina e sumir.

Mary Vaughn surgiu na calçada na direção oposta.

— Uau, que homem, hein? — observou ela. — Se meu coração não pertencesse a Sonny, sem dúvida eu começaria a correr de manhã só pela companhia. — Ela sorriu para Maddie. — E você, querida? Essa bela vista lhe deu alguma ideia interessante?

— Nenhuma que eu queira contar para você — respondeu Maddie, rindo. Na verdade, a maioria de suas ideias envolvendo o treinador Maddox era quente demais para ser dividida com qualquer pessoa, até mesmo suas melhores amigas. Helen e Dana Sue não se chocariam, mas ficariam em polvorosa para tentar ajudá-la a conseguir o que achavam que ela queria. As Doces Magnólias adoravam planejar uma sedução.

Às oito da noite, Maddie estava sentada no chão, a cara enfiada em cálculos e anotações, quando a campainha tocou. Somente Helen ou Dana Sue teriam coragem de aparecer bem na hora em que as crianças estavam se preparando para dormir e Maddie só queria relaxar na banheira com uma taça de vinho. Antes que tivesse tempo de se levantar, as amigas entraram com expressões triunfantes no rosto.

— Trouxe o famoso bolo de chocolate de Erik — disse Dana Sue, estendendo-o como se fosse uma oferta de paz. O confeiteiro-chefe do restaurante da amiga conquistara o coração de todos na cidade.

— E eu o álcool — disse Helen, mostrando uma garrafa de champanhe muito caro.

— É alguma ocasião especial? — perguntou Maddie em tom inocente.

— Eu disse a Mary Vaughn que vamos seguir adiante com a compra da casa da sra. Hartley — respondeu Helen. — Ela vai ser nossa antes do fim do mês.

— Isso não é fantástico? — perguntou Dana Sue. — Vamos abrir nosso próprio spa!

Maddie queria compartilhar seu entusiasmo, mas no momento estava apenas irritada.

— Alguma de vocês por acaso me ouviu aceitar a proposta?

— Não, mas você já deu a entender — disse Helen em tom alegre. — Por que esperar?

— Porque é uma questão de cortesia — retrucou Maddie. — Você não tomar uma decisão tão grande por mim. Estou até com vontade de desistir agora mesmo, se é assim que vocês vão fazer as coisas. Se vão ficar passando por cima de mim e me pressionando para fazer o que quiserem.

— Calma, Maddie — disse Dana Sue em tom conciliatório. — Ninguém está passando por cima de ninguém. Helen pode ligar agora mesmo e desistir do negócio, se é o que você quer.

Maddie soltou um suspiro impaciente.

— Não, não é isso que quero. Só quero que falem comigo. Quero que a minha opinião valha de alguma coisa.

Helen se sentou no chão ao seu lado.

— Claro que sua opinião vale. Por isso fui adiante com a compra. Pude ver nos seus olhos outro dia. Você quer fazer isso, mas está com medo. Pensei que talvez fosse mais fácil se a decisão não ficasse toda em cima de você.

Maddie encarou Helen com respeito.

— É mesmo? Você percebeu?

— Claro que percebi. Há quanto tempo nos conhecemos?

— Bastante tempo — lembrou Maddie. — Se faço as contas, fico até deprimida. Não é possível que sejamos tão velhas.

— Não somos velhas — disse Dana Sue, enfática. — Estamos no auge de nossa vida incrível.

Helen riu.

— É isso aí! — disse ela, estourando o champanhe. — As Doces Magnólias cresceram e estão prestes a dominar a cidade mais uma vez. Acho que isso merece uma bebida.

— Vou buscar as taças — ofereceu Maddie, mas Dana Sue já estava a caminho da cozinha.

Melhores amigas eram assim mesmo. Às vezes elas agiam sem esperar que você pedisse. Como poderia ficar brava com elas por isso?

— Vocês sabem como eu fico feliz em ter vocês? — perguntou ela quando Dana Sue voltou com três de suas melhores taças de champanhe de cristal.

— Tão feliz que vai ser nossa sócia? — pressionou Helen.

— Mais ainda — respondeu Maddie com toda a sinceridade. Ela ergueu seu copo. — Um brinde às Doces Magnólias.

— Um brinde a nós — disse Dana Sue.

Maddie tomou um gole de champanhe e riu quando as bolhas fizeram cócegas em seu nariz, destruindo a solenidade do momento.

— E agora? — perguntou ela.

— Acho que devemos pensar em um nome para esse lugar chique que estamos abrindo — disse Dana Sue. — Assim, vai ser mais real. Não podemos ficar chamando de antiga casa da sra. Hartley para sempre.

— Você tem razão — disse Helen. — Precisamos gerar um burburinho.

— Não acho que falta de burburinho vai ser um problema em Serenity — ironizou Maddie. — Todo mundo na cidade já sabe o que estamos fazendo. Hoje mesmo o treinador Maddox perguntou por que não podíamos aceitar homens também. E duvido que ele esteja morando aqui há tempo suficiente para estar nos círculos mais altos de fofoca.

Helen lhe lançou um olhar curioso.

— O treinador Maddox, hein? Foi outra reunião para falar sobre Ty?

— Não, ele levou a chave para mim. Mary Vaughn estava atrasada.

As outras duas mulheres se entreolharam.

— Interessante — comentou Dana Sue.

— Não é? — emendou Helen.

Maddie as olhou com desdém.

— Podem ir tirando o cavalinho da chuva. Precisamos pensar em um nome, lembram?

— Cal Maddox é um nome — provocou Dana Sue.

— Ha-ha — fez Maddie. — Queremos chamar de academia, centro fitness ou spa?

— Spa — respondeu Helen na mesma hora.

Maddie a olhou em dúvida.

— Será que não é chique demais para um lugar como Serenity? As pessoas podem pensar que vai ser caro ou restrito demais.

— Ela tem razão — disse Dana Sue. — Não queremos que as mulheres pensem que somos arrogantes demais para elas.

— Então me ajudem com isso — pediu Helen. — Pensando em algo que diminua o tom chique e que faça com que pareça acessível a todos.

De repente, os olhos de Dana Sue se iluminaram.

— Já sei! — disse ela com entusiasmo. — Onde fica a casa?

Maddie tentou entender aonde ela queria chegar.

— Na esquina da Avenida Principal com a Palmetto.

— Exatamente — disse Dana Sue. — Por que não chamar de Spa da Esquina?

— Parece acolhedor — concordou Maddie devagar. — Helen? O que você acha?

— Amei.

— Então fica Spa da Esquina. Quem sabe um dia haja um na esquina de todas as cidades pequenas dos Estados Unidos.

— Talvez devêssemos inaugurar nossa unidade antes de começarmos a pensar em criar uma franquia — alertou Maddie.

— Não tem problema nenhum sonhar grande — repreendeu Helen. — Você sonhava. Só perdeu o costume.

Maddie pensou um pouco no comentário da amiga. Talvez Helen estivesse certa. Talvez seus sonhos tivessem passado muitos anos em segundo plano enquanto ela dava prioridade aos de Bill. Tantos anos, na verdade, que ela havia se esquecido deles.

— Isso muda hoje à noite — disse Maddie a elas. — A partir de agora, vou voltar a sonhar.

Dana Sue sorriu.

— Será que o treinador Maddox vai aparecer em algum desses sonhos? — perguntou ela a Helen.

— Alguém tem dúvida disso? — respondeu Helen. — Eu mesma já tive alguns sonhos com ele que o horário não me permite dizer.

— Ele é o treinador de beisebol do meu filho! — exclamou Maddie, indignada.

— Quer dizer então que não posso imaginar uma coisinha ou outra com ele porque seu filho não ia gostar? — Helen brincou. — Ou você está querendo dizer que ele já é seu?

— Vá ver se eu estou na esquina — replicou Maddie, porque não se atrevia a responder à pergunta de Helen.

Se admitisse o ciúme que sentira ao ouvir o comentário não tão inocente de Helen, as amigas nunca a deixariam em paz.

CAPÍTULO SETE

No primeiro dia do início da temporada de beisebol, Cal percebeu o instante exato em que Maddie Townsend chegou com os irmãos de Ty. Como ele estava de boné e óculos escuros, pôde dar uma boa olhada nas pernas bronzeadas dela. Maddie estava de short cáqui, tênis branco e camiseta turquesa cuidadosamente enfiada por dentro do short. Não era mais revelador do que qualquer outro traje que ela já tivesse usado em dia de jogo, mas agora ele se permitia admirar todas as curvas de seu belíssimo corpo.

Ele tinha certeza de que nem sequer respirara até ver Bill Townsend subir na arquibancada e se sentar ao lado dela. Na mesma hora, Katie foi para o colo do pai e Kyle trocou de lugar para ficar ao lado de Bill. Se Cal não soubesse a verdade, teriam parecido apenas uma família comum.

Depois de observá-los por mais um instante, Cal respirou fundo e se obrigou a prestar atenção no campo. Não queria ficar estudando as interações entre eles e começar a especular se Bill e Maddie Townsend estavam tentando se reconciliar. Para evitar aquele tipo de pensamento, ele precisava se concentrar no presente.

Pela experiência de Cal, o jogo de abertura da temporada tinha um clima de expectativa sem igual. Tinha sido assim no primeiro jogo de treinamento da primavera quando ele esteve com os Braves e também no início da temporada regular. E no beisebol de ensino médio a atmosfera eletrizante era a mesma. Na verdade, ele achava ainda maior naquele caso, visto que metade da cidade vinha torcer pelo time local. Havia um cheiro de cachorro-quente e pipoca no ar, o estalar da bola de beisebol atingindo a luva do receptor em cheio, pais e vizinhos se cumprimentando. Ele saboreou tudo isso, feliz por ter descoberto aquele trabalho e aquela cidade.

— Ok, pessoal, é isso — disse ele aos rapazes ao seu redor. — Não tentem fazer coisa demais neste jogo. Apenas relaxem e deem seu melhor. Ty, como está seu braço?

— Nunca esteve melhor — respondeu Ty, distraído, olhando para os pais nas arquibancadas como se também estivesse se perguntando o que poderia estar rolando entre eles.

— Ty! — chamou Cal, mais alto do que pretendia.

A atenção do garoto voltou para ele na mesma hora.

— Desculpe, treinador.

— O beisebol é um jogo de concentração — lembrou Cal, dirigindo-se a todos eles. — Nada de ficar distraído em campo, ouviram? É assim que as bolas acabam passando direto pelas brechas ou o número de arremessos sai do controle.

— Sim — responderam todos obedientemente, incluindo Ty.

Quando o time entrou em campo, Cal olhou para os jogadores com orgulho. Eram bons rapazes. Um ou dois até tinham certo talento, embora nenhum tivesse o potencial de Ty. Ele era a estrela e, por mais que Cal tentasse evitar favoritismos, todos sabiam disso. Mas se Ty fizesse os arremessos de que era capaz, o time venceria, e era com isso que a maioria se importava.

Quando os três primeiros batedores foram eliminados por strike, Cal se permitiu relaxar. Depois que Luke Dillon fez um *home run*, a primeira entrada terminou com o time na vantagem. Às vezes, quando Ty estava se saindo bem, como parecia ser o caso naquela noite, só precisavam disso.

A segunda e a terceira entradas seguiram a mesma toada. Ty conseguiu *strikes* e a equipe adversária foi sendo eliminada, um por um. Os Serenity Eagles conseguiram mais duas corridas, dando-lhes mais folga no jogo.

Entretanto, no início da quarta entrada, algo deu errado. Ty arremessou a bola fora quatro vezes, dando uma base por bola ao outro time. Um arremesso preguiçoso e descuidado permitiu que o batedor seguinte mandasse a bola até o campo central, o que lhe deu uma corrida e o fez chegar à salvo na segunda base.

Cal sentiu a decepção pesar no estômago. Ele acenou para o árbitro e foi até o montinho, junto ao receptor.

— O que houve, Ty?

— Nada — disse ele, tenso.

Seu receptor, John Calhoun, lançou um olhar incrédulo.

— Você mandou muito mal nos arremessos, Ty — acusou o rapaz. — Você ignorou meus sinais. Você tem que se controlar!

— Seu braço está doendo? — perguntou Cal. — Você quer sair?

— De jeito nenhum — respondeu Ty, carrancudo, então desviou o olhar.

Cal seguiu a direção do olhar de Ty e avistou uma mulher jovem, claramente grávida, de braços dados com Bill Townsend de maneira possessiva. Katie estava de volta ao colo da mãe e Kyle havia passado para o outro lado de Maddie.

Então aquele era o motivo do divórcio e da súbita perda de concentração de Ty, percebeu Cal. Não era de se admirar que o garoto estivesse furioso com o pai. Que tipo de homem exibia sua nova namorada — *grávida*, ainda por cima — para a esposa e os filhos sem ao menos esperar o divórcio sair? Até então, Cal tinha respeitado Bill Townsend, mas no momento teve vontade de estrangulá-lo por sua falta de sensibilidade — mesmo que agora ele soubesse que aquele casamento estava acabado de vez.

— Ty, você tem que deixar isso para lá — disse ele em tom calmo. — Nada fora deste campo importa agora.

— Eu odeio aquela mulher — murmurou Ty, com a voz amarga, sem nem sequer tentar fingir que não sabia do que Cal estava falando. — Por que ela tinha que vir aqui? É humilhante. Já não basta ela sair em público com ele e todo mundo na cidade saber que ele estava traindo minha mãe? Ela aparecer aqui só prova que quer esfregar isso na cara da minha mãe.

Cal olhou para Maddie e viu que seu olhar estava fixo no campo. Quando Ty olhou na direção da mãe, ela lhe deu um sorriso e fez um sinal de positivo.

— No momento sua mãe só se importa com você — disse Cal.

— Mas eu não consigo jogar direito com essa mulher aqui — respondeu Ty com raiva.

— Consegue, sim — disse Cal. — Lembra-se daquele dia em que seu pai apareceu no treino e você o imaginou na sua frente e jogou direto para ele com toda a força?

Um sorriso surgiu aos poucos no rosto do garoto.

— Me tirou daquela fase ruim — lembrou ele, entendendo na mesma hora o que Cal queria dizer.

— Exatamente. Use a mesma técnica agora. Ainda estamos com duas corridas de vantagem. Ainda dá tempo de salvar essa entrada e impedir que eles marquem de novo.

Ty assentiu e depois olhou para o receptor, que tinha permanecido em um silêncio diplomático durante toda a conversa sobre o pai de Ty.

— Está pronto para levar pancada, Calhoun?

— Manda ver — disse John.

— Vamos lá — emendou Cal.

Ele voltou ao banco, mas, em vez de ficar observando o campo, dirigiu seu olhar para Bill. Quando finalmente conseguiu a atenção do outro homem, Cal desviou o olhar para a mulher grávida e balançou a cabeça de leve. Cinco minutos depois, os dois tinham ido embora. Ele tinha contado com Bill para perceber que ele e a namorada eram o motivo da falta de concentração do filho. Cal esperara que o pai fizesse o melhor para Ty e fosse embora, o que, em defesa do Bill, ele havia feito.

Cal olhou para Maddie e pensou ver alívio em seu rosto. Se examinasse bem os motivos para ter se dirigido a Bill, ainda assim não saberia dizer se fora por ela ou por Ty. Algo lhe dizia que talvez fosse empate.

— Mãe, o treinador Maddox vai levar todo mundo para comer pizza — disse Tyler a Maddie após o jogo. — Posso ir?

— Claro — disse ela na mesma hora. — Você merece uma comemoração.

— Eu também quero pizza — pediu Katie, fazendo beicinho. — Por que a gente não pode ir?

— Porque é uma comemoração do time — explicou Maddie. — Em casa eu peço pizza para nós três.

— Por que vocês não vêm com a gente? — convidou Cal. — Toda vez que chegamos lá na pizzaria Rosalina's, os meninos passam a me ignorar. Adoraria ter outro adulto com quem conversar. — Ele olhou para Ty. — Você se incomodaria se sua mãe, Kyle e Katie fossem com a gente?

Feliz por Cal ter sido atencioso o suficiente para pedir a opinião de Ty, Maddie estudou o rosto do filho.

— Não tem problema se você não quiser, Ty. Não vou se isso deixar você desconfortável.

— Vocês poderiam se sentar em outra mesa? — perguntou ele, claramente tentando chegar numa conciliação que não o fizesse passar vergonha.

Ela sorriu.

— Claro. Ninguém nem vai saber que estamos com você.

— Então por mim tudo bem — disse ele, dando de ombros.

— Nos vemos lá — disse Maddie ao treinador. — Alguém precisa de carona?

Ele balançou a cabeça.

— Pedi um ônibus escolar para deixá-los lá. Os pais vão buscá-los na pizzaria mais tarde.

— Então até daqui a pouco.

No carro, Maddie mal resistiu à tentação de verificar a maquiagem. Não era um encontro, pelo amor de Deus. Cal pediu que ela se juntasse a ele e mais vinte adolescentes. Ele provavelmente só queria ajuda para ficar de olho em todo mundo.

— Eu gosto do treinador Maddox — disse Katie do banco de trás do carro. — Ele é legal.

— Você só gosta dele porque ele convidou a gente para comer pizza — reclamou Kyle. — Ninguém perguntou se *eu* queria ir.

Consternada, Maddie percebeu que ele estava certo. Antes, Kyle sempre dizia o que queria. Desde que seu pai saíra de casa, no entanto, ele estava cada vez mais quieto. Ainda fazia o que era esperado dele, mas quase não contava as piadas que todos tinham se acostumado a ouvir. Por causa de seu silêncio, era fácil esquecer que ele também precisava de atenção e consideração.

— Você gosta de pizza e sempre gostou de sair com Tyler e a turma dele — disse Maddie. — Acho que presumi que tudo bem por você. Eu me enganei? Você prefere ir para casa?

— Não! — choramingou Katie. — Não quero ir para casa.

— Ninguém te perguntou, bebezona — murmurou Kyle, depois acrescentou de má vontade: — Podemos ir. Katie vai ficar reclamando se a gente não for.

— Já chega! — disse Maddie. — Se vocês dois não falarem direito um com o outro, vamos *todos* para casa e nada de pizza. — Ela olhou no espelho retrovisor e viu os dois fazendo careta um para o outro. Pelo menos ela conseguiu fazer a briga parar. — Acho bom vocês dois se comportarem bem na pizzaria — alertou. — Senão, vamos embora.

Kyle exibiu um olhar estranhamente sábio.

— Você está tentando impressionar o treinador Maddox, não é?

— Não seja bobo — disse Maddie, embora seu rosto já estivesse adquirindo as mais variadas tonalidades de rosa.

— Então por que você ficou toda estranha quando ele nos convidou para ir com o time? — insistiu ele.

— Estranha como?

— Não sei. Que nem a Patty Gallagher quando Tyler convidou ela para o baile da primavera.

— Seu irmão convidou uma garota para o baile? — perguntou Maddie.

Ela não estava sabendo nada sobre aquilo.

Kyle sorriu.

— Você devia ter visto. Foi bem tosco, mas acho que Patty não ligou, porque ela aceitou.

— E você? — perguntou Maddie. — Convidou alguém para ir ao baile?

— Eu não — disse Kyle com firmeza. — Quem quer se arrumar todo só para ir a um baile idiota?

— Você vai querer quando a garota certa aparecer.

— De jeito nenhum, ainda mais depois de ver Ty sem conseguir nem falar direito — insistiu Kyle. — Foi ridículo. Pelo menos o treinador Maddox não ficou assim quando convidou você para sair.

Estava claro que seu filho do meio havia se tornado muito perceptivo. Maddie teria que tomar cuidado perto dele.

— O treinador Maddox não me convidou para sair. Ele incluiu todos nós na comemoração. Achei uma gentileza da parte dele, só isso.

— Aham, tá bom.

Maddie ignorou o tom sarcástico enquanto manobrava no estacionamento lotado atrás da pizzaria Rosalina's. Finalmente encontrou uma vaga lá no fundo. As duas crianças dispararam para fora do carro.

— Anda logo, mãe — ordenou Katie. — Eu e Kyle estamos morrendo de fome.

— Vou pegar uma mesa para a gente — disse Kyle, então saiu correndo.

Maddie tinha a leve suspeita de que ele não queria ser visto entrando na pizzaria com a mãe e a irmã em uma noite de sexta-feira. Se houvesse uma mesa em um canto menos iluminado, sabia que essa seria a escolha do filho. Catorze era uma idade meio esquisita: Kyle era novo demais para dirigir, mas já estava fascinado por garotas — apesar de negar até a morte.

Lá dentro, porém, ela o encontrou de pé ao lado do treinador Maddox bem no centro do salão. O time estava sentado em uma mesa bem comprida.

— Achei que Kyle ia querer sentar com o time, se não for problema — disse Cal. — Então você, Katie e eu podemos sentar mais para lá, onde há pelo menos uma ínfima possibilidade de conseguirmos conversar.

Maddie olhou para Kyle. Não havia como não ver a expressão ansiosa em seu rosto.

— Não incomode seu irmão — aconselhou ela.

— Não vou. Prometo.

Ela assentiu para que ele se juntasse ao time, depois olhou para Cal com gratidão.

— Obrigada por salvá-lo de um destino pior que a morte.

— Ser visto em público com a mãe em plena sexta-feira à noite?

— Exatamente.

— Eu já fui adolescente também.

Ele puxou uma cadeira para ela e depois fez o mesmo com Katie, que pareceu surpresa em ser tratada como uma mulher adulta.

— Acho que estou em dívida com você também por algo mais que você fez hoje à noite — disse Maddie, enquanto aceitava o cardápio que ele lhe passou.

Agora que estava na pizzaria, sentindo o aroma de molho de tomate, alho e da pizza de massa grossa, a especialidade da casa, Maddie percebeu que estava tão faminta quanto os filhos.

— Ah, é? — perguntou Cal. — O que eu fiz?

Maddie baixou a voz para Katie não ouvir.

— Bill foi embora e levou Noreen junto por causa de algum sinal que você deu, não foi?

Cal deu de ombros, parecendo um pouco envergonhado.

— Não faço ideia.

Maddie o olhou com uma expressão cética.

— Vamos lá, pode contar a verdade. Como conseguiu tirá-lo de lá? Talvez seja uma técnica que eu possa usar da próxima vez que ele não tiver o bom senso de manter essa mulher longe de nós.

— Acho que ele percebeu que a presença dela estava atrapalhando o jogo de Ty — disse Cal.

— Ele em geral é egocêntrico demais para perceber algo assim — insistiu Maddie, então olhou para a filha para ter certeza de que Katie não estava prestando a atenção. Depois acrescentou: — Como você não subiu as arquibancadas e o sacudiu pelos ombros, como eu mesma estava querendo fazer, imagino que deve ter dado a ele algum sinal sutil de homem para homem.

— Não foi nada. — Cal olhou para Katie. — Quanto de pizza você quer, mocinha?

— Um montão! — disse ela, ansiosa.

— Que sabor?

— Queijo.

Ele se virou para Maddie.

— E você?

— Umas duas fatias e uma salada pequena bastam para mim.

Embora estivesse faminta, tinha seus limites.

— De queijo mesmo?

— A não ser que você faça questão de outro sabor. Eu como qualquer coisa.

— Não. Queijo está bom. — Ele fez um sinal para a garçonete, a filha dos proprietários, uma jovem de cabelo e olhos castanhos. — Uma pizza grande de queijo, uma salada pequena, uma salada grande e Coca-Cola para todos. — Ele olhou para Maddie. — Tudo bem?

— Perfeito — concordou Maddie.

— Pode colocar na mesma conta que a do time que eu acerto depois — pediu ele à garçonete, que abriu um sorriso de adoração para ele.

— Claro, treinador — disse Kristi Marcella. — Ouvi dizer que você começou bem a temporada. Tem muita gente comemorando hoje, acho que as gorjetas vão ser ótimas. A última temporada foi a melhor que tive desde que meus pais me botaram para trabalhar aqui.

— Fico feliz em ajudar — disse Cal, rindo enquanto Kristi se afastava para passar o pedido.

— Deve ser bom saber que você está fazendo sua parte para ajudar a movimentar a economia local — observou Maddie. — Eu me pergunto o que acontece quando o time perde.

— As gorjetas diminuem e as vendas de cerveja aumentam — disse ele sucintamente. — Se conseguirmos que Ty continue bem e concentrado, espero que isso não aconteça nesta temporada.

Maddie sorriu.

— Tenho certeza de que os garçons da Rosalina's ficarão felizes. É claro que os pais de Kristi podem ficar ainda mais felizes com as vendas de cerveja.

— Mãe, você tem moedas para eu jogar? — pediu Katie. — Danielle está lá com os pais dela.

— Tenho muitas moedas — disse Cal, puxando um punhado do bolso. — Sempre junto para quando levo o time para sair. Pizzas e fliperama mantêm o moral elevado.

Ele entregou algumas moedas para Katie.

— Obrigada — respondeu ela.

— Se Danielle e os pais forem embora, você volta para cá — disse Maddie.

— Está bem.

Maddie se virou para Cal.

— Eu provavelmente já deveria saber a resposta, mas você cresceu em uma cidade pequena, certo? Você parece à vontade aqui.

Ele balançou a cabeça.

— Cresci em Cincinnati, na verdade, mas é uma cidade que ama beisebol. Meu pai sempre falava sobre os dias dos Big Red Machine com Pete Rose e Johnny Bench. Ele me deixou viciado em beisebol antes de eu ter 6 anos. Nunca quis fazer outra coisa.

— Ele deve ter ficado muito orgulhoso quando você entrou para a Liga Principal — disse Maddie.

A expressão de Cal ficou séria.

— Ele não chegou a me ver lá. Ele teve um infarto enquanto eu ainda estava jogando nas ligas menores.

— Perder o pai assim deve ter sido difícil.

— Foi o pior momento da minha vida. Talvez seja por isso que entendo um pouco o que está acontecendo com Ty. O divórcio não é que nem a morte, claro, mas, quando você divide um sonho com alguém e a pessoa não está por perto para ver você realizá-lo, é difícil. Pelo menos Ty e o pai têm uma chance de mudar isso.

— Ah, gostaria que meu futuro ex-marido não estragasse a paz tão frágil que eles criaram com a presença da namorada nova dele — lamentou Maddie.

— Acho que talvez ele tenha captado a mensagem hoje — disse Cal. — Se não tiver, vou explicar melhor da próxima vez que o vir. — Ele a estudou. — Essa história de ele aparecer de braços dados com uma nova namorada não deve estar sendo fácil para você também, ainda mais quando o divórcio nem saiu e com ela claramente grávida.

Maddie ia dar de ombros, mas depois mudou de ideia e decidiu ser sincera.

— É péssimo, mas eu sou adulta. Posso aprender a relevar isso pelo bem das crianças. E também tenho meu orgulho. Fazer um escândalo ou ficar visivelmente magoada só dificultaria as coisas para as crianças, principalmente Ty. Ele já tem idade para entender que o pai não se apaixonou por outra pessoa logo depois da separação, que ele me traiu. Essa história de bebê deixa meu filho muito chateado.

— Percebi — disse Cal. — E você?

— É um tapa na cara, sem dúvida — admitiu ela. — Toda vez que vejo Noreen, não tem como fingir que ela e meu marido não estavam dormindo juntos muito antes de ele me dizer que nosso casamento tinha acabado.

— Lamento muito.

— Não é culpa sua. — Ele lhe lançou um olhar solidário. — Sabe qual a pior parte? Fui eu quem a contratou para trabalhar com Bill. Ela não só era uma enfermeira experiente, como achei que sua personalidade alegre significava que ela se daria bem com os pacientes. Nunca imaginei que ela se daria melhor ainda com meu marido.

— Quem você culpa pelo que aconteceu? Ele ou ela?

Maddie pensou na pergunta.

— Por mais que tenha vontade de colocar a culpa toda nela, não há dúvida de que Bill tem o mesmo tanto de culpa. E talvez, se eu tivesse feito mais, se tivesse sido uma esposa melhor, isso nunca tivesse acontecido.

Cal a olhou horrorizado.

— Espere aí! Você não pode estar se culpando.

— Se meu casamento estivesse indo bem, Bill não teria ido atrás de outra — insistiu ela. — Parte da responsabilidade é minha.

— Não entendo. Você tinha alguma ideia de que seu casamento estava com problemas?

— Nenhuma — admitiu ela. — Aliás, você está parecendo Ty. Ele disse a mesma coisa.

— Porque ele é um garoto inteligente. Como você poderia consertar seu casamento se nem sabia que havia algo errado? *Não* se culpe — disse ele. — Já conheci muitos caras que não pensam duas vezes em ir atrás de outra quando o time está na estrada. Os homens sempre inventam uma desculpa para ter um caso — as mulheres são fáceis, eles estão se sentindo sozinhos, o que seja. A questão é: eles fizeram uma escolha. Eles é que decidiram ignorar os votos que fizeram no dia do casamento.

Maddie o estudou com curiosidade, perguntando-se por que ele falava com tanta veemência.

— Essa questão parece mexer com você. Você já foi casado? Já traiu sua esposa?

— Eu era casado, mas nunca a traí.

Então ela entendeu.

— Mas ela traiu você, não foi? Enquanto você estava viajando?

Ele negou com a cabeça, parecendo pouco à vontade.

— Na verdade, foi depois da minha lesão, quando ela percebeu que eu não voltaria a jogar profissionalmente. Foi a desculpa perfeita para ir atrás de um dos meus colegas de time. A cara dele ainda apareceria nas páginas de esportes do jornal. O caso acabou com o meu casamento e o dele. O pior era que o cara tinha me apoiado muito enquanto eu fazia a fisioterapia. Eu o considerava um bom amigo, mas não fazia ideia de como ele estava sendo bom para minha esposa também.

— Ah, Cal, sinto muito. Deve ter sido muito sofrido.

— Digamos que esse episódio me deu opiniões muito fortes sobre as responsabilidades de um homem e uma mulher que juraram se amar nos bons e maus momentos.

Ele pegou seu refrigerante e tomou um longo gole. Quando voltou a encará-la, sua expressão estava neutra de novo. Se Maddie não tivesse visto a agitação por trás de seus olhos alguns segundos antes, jamais desconfiaria de como a conversa — e as lembranças — mexiam com ele.

Felizmente, a pizza chegou naquele momento. Como se seu radar a tivesse sentido, Katie retornou, então não havia como Maddie fazer nenhuma das perguntas que lhe vieram à mente. Um dia, porém, ela pensou que poderia perguntar a Cal Maddox como uma pessoa conseguia superar uma traição como aquela. Talvez a resposta a ajudasse a descobrir como seguir em frente com sua vida.

Maddie estava andando de um lado para o outro, o coração martelando no peito. Ty tinha pedido para ficar um pouco mais na pizzaria e voltar de carona com Luke Dillon e o pai. Com Luke ao lado do filho prometendo que não havia problema, ela deixara, mas o lembrou de que devia voltar para casa até as onze da noite.

Agora era meia-noite e ele ainda não tinha chegado. Maddie estava prestes a ligar para o celular do filho quando o viu sobre a mesa da cozinha. Seu telefonema para a casa dos Dillon só a deixou mais assustada. Jane Dillon disse que Luke havia voltado com o pai meia hora antes. Depois de deixar o telefone para perguntar ao filho sobre o assunto, Jane voltou dizendo que Tyler não havia ido embora da Rosalina's com eles. Luke não fazia ideia de aonde o amigo poderia ter ido.

— Pode deixar, vou ter uma conversa séria com Luke sobre a participação dele nessa história — garantiu Jane a Maddie. — Avise se eu puder fazer alguma coisa para ajudar a encontrá-lo, está bem?

Depois de falar com Jane, Maddie cogitou ligar para Bill, mas acabou buscando o número de Cal Maddox. Disse a si mesma que era porque ele ainda estava na pizzaria quando ela foi embora e podia saber alguma coisa útil. Duvidava muito que ele fosse deixar Ty ir embora sozinho.

— Maddie? — perguntou Cal, soando grogue. — O que houve?

— Ty não voltou para casa. Acabei de falar com Jane Dillon. Ela me disse que Ty não foi embora com Luke, como tinha sido o combinado. Luke não tem ideia de aonde ele foi. Você o viu sair? Eles estavam juntos?

— Eles saíram juntos, por isso presumi que o pai de Luke estivesse esperando pelos dois no estacionamento — explicou Cal. — Não se preocupe, Maddie, nós vamos encontrá-lo. Estou indo para aí. Vou ligar para outros garotos do time no caminho.

— Você não precisa vir até aqui — disse ela, envergonhada por ter o acordado para resolver os problemas dela.

— Estou a caminho — repetiu ele com firmeza. — É culpa minha. Eu devia ter prestado mais atenção.

Mais tarde, quando Cal parou o carro na frente da garagem, Maddie já estava desesperada.

— Você descobriu alguma coisa? — perguntou ela antes mesmo de Cal pôr o pé na varanda.

— Falei com alguns dos meninos e todos disseram que Ty saiu da Rosalina's na mesma hora que eles, mas ninguém sabia como ele ia voltar para casa ou se planejava ir para outro lugar.

— Droga. Eu nunca devia ter deixado que ele ficasse mais tempo — sussurrou Maddie. — Eu deveria ter imaginado...

— Calma — interrompeu Cal em tom suave, passando um braço por trás dos ombros dela e dando-lhe um aperto tranquilizador. — Ele falou que ia pegar carona com Luke. E Luke até confirmou. Por que você duvidaria deles?

— Eu deveria ter falado com o pai de Luke para ter certeza. É o que costumo fazer, mas estava distraída.

Cal a olhou de maneira estranha.

— Por mim?

Maddie se sentiu ainda mais idiota.

— Essa não é a questão — disse ela na mesma hora. — Tenho que encontrar Ty. Se Bill descobrir que nosso filho sumiu, vai me acusar de negligência. Ele ia adorar ter algo assim para jogar na minha cara.

— Acho que você deveria ligar para ele mesmo assim — disse Cal.

— Se achasse que ele pode saber onde Ty está, eu realmente ligaria para ele, mas não é o caso. Bill é a última pessoa que Ty procuraria agora.

— Vamos entrar e conversar melhor sobre isso.

— Eu não vou mudar de ideia — teimou ela. Maddie foi para a cozinha, direto para sua terceira xícara de chá de camomila. — Você aceita um chá? Ou eu posso fazer um café.

— Pode ser uma água?

— Claro. — Ela pegou uma garrafa na geladeira. Então se sentou, cansada, e tomou um gole de seu chá já frio. Quando encontrou o olhar de Cal, Maddie se sentiu completamente perdida. — E agora, o que eu faço? Tyler nunca agiu assim antes. Ele nunca chegou depois da hora combinada, pelo menos não sem ligar primeiro. E ele tem sido ainda mais cuidadoso nos últimos tempos, porque não quer me chatear.

— Com os adolescentes, há uma primeira vez para tudo. Ele só devia estar precisando pensar um pouco.

Maddie o encarou com ceticismo.

— Meu filho não é de ficar pensando na vida. É mais provável ele esteja em algum lugar fazendo alguma besteira.

Cal assentiu devagar.

— Ok, tenho algumas ideias. Que tal eu ir atrás dele? Eu a mantenho informada, ou você mesma pode me ligar se ele aparecer por aqui.

— Eu quero ir junto — disse Maddie na mesma hora.

— Mas e Kyle e Katie? Tem alguém que possa ficar com eles?

Maddie hesitou. Ela podia ligar para Helen ou Dana Sue. Na verdade, Dana Sue devia estar saindo do restaurante agora, então nem teria que acordá-la. Mas não queria envolver mais ninguém nisso, pelo menos não até saber se realmente era algo grave.

— Você pode ir — disse ela por fim. — Vou ficar aqui ao lado do telefone, para caso ele ligue.

— Maddie, ele está bem. Você vai ver — tranquilizou Cal. — Vou encontrá-lo e trazê-lo de volta antes que você precise fazer mais uma xícara de chá.

— Obrigada — disse ela, grata por ele tentar acalmá-la, mesmo que não fosse ficar em paz de verdade até ver o filho entrar pela porta da frente.

E então ela iria estrangulá-lo.

CAPÍTULO OITO

Cal já tinha uma ideia de onde encontraria Tyler. Apesar de ter recuperado a concentração durante o jogo e o time ter vencido, Ty era um garoto que gastava muito mais tempo remoendo os fracassos do que celebrando os triunfos. A intuição de Cal lhe dizia que encontraria o rapaz de volta ao campo de beisebol, revivendo cada minuto daquela entrada quase desastrosa.

E, como imaginara, enquanto se aproximava de carro, conseguiu discernir, mesmo à luz fraca dos postes, uma figura curvada nas arquibancadas. O garoto nem se mexeu quando Cal desligou o farol e o motor. Antes de sair do carro, ligou rapidamente para tranquilizar Maddie.

— Graças a Deus — disse ela.

— Me dê alguns minutos para ver se consigo descobrir o que está havendo com ele, depois o levarei para casa, certo?

— Obrigada, Cal.

— Até daqui a pouco.

Ele desligou o celular, fechou a porta do carro com cuidado e caminhou devagar até a arquibancada. A grama estava úmida por causa do orvalho e o ar estava carregado de umidade, embora a temperatura tivesse caído bastante desde a hora do jogo. Havia algo estranhamente perturbador em um campo de beisebol sob o manto da noite silenciosa. No entanto, aquele também fora o refúgio de Cal sempre que ele precisava pensar sobre alguma coisa.

— Oi, Ty — disse Cal.

Quando o menino olhou para cima, o desespero e a tristeza em seus olhos deixaram Cal de coração partido.

— Achei que fosse minha mãe que tivesse me encontrado — disse ele. — Por que você está aqui?

— Porque sua mãe está em casa, morrendo de preocupação. Já passou da hora de você voltar. Luke Dillon e os meninos não tinham ideia de aonde você tinha ido, então sua mãe me ligou.

Tyler pareceu ainda mais surpreso.

— Por que ela não ligou para o meu pai?

— Era isso que você esperava que ela fizesse?

Ty respondeu em tom belicoso:

— Não, mas é o que ela costuma fazer.

— Acho que ela pensou que hoje eu poderia ser mais útil.

Tyler lhe deu um olhar significativo.

— Provavelmente porque ela sabia que meu pai não iria querer sair da cama de Noreen à meia-noite.

Cal reprimiu uma risada. Não queria incentivar a atitude desrespeitosa do garoto em relação ao pai.

— Não acho que isso tenha entrado na conta. — Ele se sentou ao lado do rapaz. — Quer conversar sobre o que está havendo com você ou prefere que eu o leve direto para casa?

Ty deu de ombros.

— Conversar sobre o quê? Que tipo de jogador eu vou ser se surtar toda vez que meu pai trouxer a namorada dele para um jogo? — Ele corou. — Você deve ter visto que ela vai ter um bebê. Que nojo, sabe?

— Esse bebê inocente vai ser seu irmão ou irmã — lembrou Cal. — Como você se sente sobre isso?

— É uma merda — disse Ty com amargura. — Minha mãe tenta fingir que não se importa, mas eu sei que não é verdade. Por que meu pai não entende que sair por aí com Noreen é cruel?

— Você pode dizer a seu pai quanto essa atitude dele o incomoda — sugeriu Cal. — Você pode explicar como se sentiu com a namorada dele aparecendo de repente para ver o jogo. Pode esclarecer algumas coisas se você for honesto com ele.

— Como se ele se importasse com meus sentimentos.

— Ele foi embora, não foi?

— Sim, mas deve ter sido porque Noreen ficou entediada.

— Não acho que foi por isso. Acho que ele percebeu como você ficou chateado. Converse com ele, Tyler. Ele é seu pai, não importa o que aconteça. Ele quer o melhor para você, ainda mais quando o assunto é beisebol. Ele vai entender.

— Mas não é esse o ponto, na verdade.

— Então qual é o ponto?

— Eu deveria aguentar — disse Ty, muito duro com ele mesmo. — O que ele faz não devia importar, não quando estou em campo. — Ele encarou Cal com um olhar melancólico. — Você mesmo disse. A chave do beisebol é a concentração.

— Às vezes é fácil falar, mas difícil fazer — observou Cal. — Você vai aprender a deixar todo o resto de lado, Ty. Isso vem com a experiência. Ou vai aprender a usar os sentimentos negativos a seu favor, assim como fez hoje à noite e naquele dia no treino. Você canalizou seus sentimentos nos arremessos e isso trouxe algumas das melhores jogadas que você já fez.

A expressão de Ty finalmente se iluminou.

— É verdade, não é? Por que eu nunca me lembro disso?

— Porque você está muito preocupado com o que deu errado. Tente se lembrar do que deu *certo*.

— Tipo quando ninguém rebateu nenhum dos meus arremessos nas últimas entradas do jogo — disse Ty, subitamente satisfeito. — Foi bem legal mesmo.

Cal sorriu.

— Eu não ficaria convencido demais. Você pode ter sido a estrela da noite, mas ainda precisa ir para casa e pedir desculpas para sua mãe.

Algo me diz que ela não vai perdoar você com a mesma facilidade que os batedores de hoje à noite.

Ty soltou um longo suspiro.

— Sim. Ela vai me deixar de castigo para o resto da vida.

— Talvez — concordou Cal. — Vamos lá, garoto. É hora da verdade.

— Você pode entrar comigo? — perguntou Ty, esperançoso.

Cal negou com a cabeça.

— Acho que você e sua mãe precisam resolver algumas coisas sozinhos. Vou só levar você até lá.

Tyler o encarou.

— Obrigado por vir me buscar. Como você sabia onde eu estaria?

— Eu já tive a sua idade — disse Cal. — E o campo de beisebol era onde eu me sentia mais em casa. Ainda é.

Ty assentiu.

— Sim, para mim também é assim.

Maddie estava esperando na varanda quando Cal parou o carro na frente da casa. Ela ficou bem onde estava, dando a Ty o espaço para voltar para casa como o homem que ele seria em breve, em vez do garoto confuso que sumiu e a deixou preocupada. Cal a admirou pela sabedoria e pelo autocontrole necessários para fazer isso em vez de correr até o filho e afogá-lo em um abraço.

Ty se virou para Cal.

— Vejo você na segunda-feira. Isso se eu tiver permissão de sair de casa — disse ele. O tom não era totalmente de brincadeira.

— Até lá — disse Cal, com muito mais segurança.

Ele confiava em Maddie para encontrar um equilíbrio entre punição e sabedoria. Ela não tiraria o beisebol dele, não quando era a única salvação de Ty nos últimos tempos.

Cal ficou olhando Ty caminhar devagar em direção à mãe, e então correr os últimos passos quando ela abriu os braços. Enquanto o envolvia com toda a força, ela acenou para Cal e articulou um obrigada mudo com a boca.

Ele deu ré para voltar à rua, depois foi embora, mas não sem antes olhar mais uma vez para trás e ver Maddie ainda agarrada ao filho. Lá no fundo, ele desejava participar daquela cena. Queria estar em casa com os dois, ajudar a decidir o castigo de Ty, tentar fazer Maddie dar um sorriso, depois passar a noite com ela adormecida em seus braços.

Era o tipo de sonho que ele não se permitia ter desde o fim de seu casamento. O tipo de sonho que não deveria ter sobre Maddie Townsend. Mas algo naquela mulher mexia com ele e a intuição de Cal lhe dizia que mais cedo ou mais tarde ele tomaria uma atitude, não importavam as consequências.

Era sábado de manhã, e Maddie ainda estava de roupão e preparava o café do qual tanto precisava quando Helen bateu na porta da cozinha. Só havia uma explicação para Helen aparecer ao raiar do dia. De alguma forma, já tinha ficado sabendo da noite anterior com Cal e viera atrás de um relato em primeira mão. Maddie abriu a porta com relutância.

— Você acordou cedo hoje — disse ela.

— Vim atrás de café e informações. — Helen olhou consternada para a cafeteira ainda trabalhando. Então ela se animou. — Acho que vamos precisar começar com as informações.

— Meus cálculos do spa estão na outra sala — disse Maddie. — Vou lá buscar.

— Não é esse tipo de informação — disse Helen.

— Não?

— Quero saber se os rumores são verdadeiros.

— Isso depende de quais forem os rumores, não é?

— Não se faça de desentendida — disse Helen. — Você teve ou não teve um encontro com o treinador ontem à noite?

— Não tive — respondeu Maddie. Sob o olhar implacável de Helen, ela finalmente suspirou. — Certo, comi pizza com ele depois do jogo, mas não foi um encontro.

Quantas vezes ela ainda teria que repetir aquela conversa? Dada a obsessão de Serenity por fofocas, provavelmente algumas vezes. Era melhor ela ensaiar logo sua versão.

— Não chegou nem perto de ser um encontro — repetiu ela, enfática. — Meus filhos estavam lá. O time inteiro estava lá. Sei que faz tempo que não saio, mas não me lembro de encontros serem assim.

Helen pareceu desapontada.

— Nada de beijos, então?

— Nada.

— Não ficaram de mãos dadas?

— Sinto dizer que não.

— Nem trocaram olhares ardentes?

Maddie hesitou por tempo suficiente para Helen apoderar-se da oportunidade.

— Ahá! Eu sabia! Tem alguma coisa entre você e o treinador. Boa, Maddie!

— Ah, por favor. Ele é um cara legal, mas é pelo menos dez anos mais novo do que eu. Está preocupado com a estrela do time, só isso.

— Se ele só estivesse preocupado com Ty, estaria fazendo treinos extras com ele, não comendo pizza com a mãe dele.

— E Katie — lembrou Maddie.

— Ah, sim, tenho certeza de que sua filha de 6 anos foi uma excelente acompanhante — disse Helen, seca. — Ela por acaso perguntou quais eram as intenções dele em relação à mãe?

— Até parece.

— Então você não sabe com certeza que Cal não encarou o jantar de ontem como um encontro ou pelo menos um pré-encontro.

— O que diabo é um pré-encontro?

— Uma reunião inocente entre duas pessoas que estão pensando em sair em um encontro — explicou Helen. — Para sentir o terreno, por assim dizer. Você vai admitir isso, pelo menos?

— Obviamente ontem à noite foi um erro — murmurou Maddie.

Helen a olhou incrédula.

— Por quê? Você saiu com um cara lindo que fez seus hormônios voltarem à vida. O que há de tão ruim nisso?

— Eu nunca disse nada sobre meus hormônios voltarem à vida — reclamou Maddie.

— Ah, pelo amor de Deus, nem vinte anos com Bill, o Chato, poderiam ter matado sua libido de vez — disse Helen, usando o apelido que dera ao marido de Maddie muito antes de começar a pensar nele como Bill, o Traste. — E você não ficaria tão tensa com as minhas perguntas se não houvesse atração de sua parte.

Maddie cedeu à tentação de rir.

— Certo, reparei que Cal é bonito. Talvez tenha imaginado uma ou outra coisa mais quente, mas é isso. Até você já admitiu ter tido alguns pensamentos impróprios sobre ele. Duvido que sejamos as únicas.

— Mas ele nunca me chamou para comer pizza — lembrou Helen. — Ou qualquer outra mulher da cidade, até onde eu sei.

Maddie balançou a cabeça.

— Esqueça, Helen. É impossível.

— Não é tão impossível assim — argumentou Helen. — Ele convidou você para sair depois do jogo, não foi?

— Eu já expliquei — retrucou Maddie, aliviada por aparentemente ninguém na vizinhança ter notado a visita noturna de Cal e espalhado fofocas sobre isso também.

Seria muito mais difícil explicar por que ela ligou para ele em vez de Bill ou mesmo Helen ou Dana Sue.

— Não explicou direito — disse Helen.

— O que estou tentando dizer é que, se você ficou sabendo dessa noite inocente menos de vinte e quatro horas depois, a notícia já vai ter corrido a cidade inteira até o meio-dia. A última coisa que quero agora é ser alvo de mais fofocas. Bill já causou comentários suficientes.

— Ah, mas é uma excelente maneira de dar o troco. Queria ver a cara de Bill quando ele ficar sabendo.

Maddie foi forçada a admitir — pelo menos para si mesma — que também gostaria de ver a cara dele. A noite que ela passara na companhia de Cal não tinha sido motivada por vingança, mas, se algumas horas com um homem lindo incomodariam seu futuro ex, melhor ainda.

Mudando de assunto de propósito, ela disse:

— Já que você está por aqui, vamos aproveitar e fazer alguns planos para o spa. Seria bom ter uma ideia do seu orçamento para as reformas. Está pensando em pedir um empréstimo para pequenas empresas? Nós temos os requisitos. Posso pegar a papelada necessária já na segunda-feira.

Helen lhe lançou um olhar significativo, mas não comentou a mudança brusca de tópico.

— Não temos tempo a perder esperando a aprovação de um empréstimo. Na segunda-feira nós três podemos ir ao banco e abrir uma conta para a empresa. Vou colocar cinquenta mil dólares lá para começar. Então você já pode pagar os responsáveis pela reforma e o seu salário.

— De jeito nenhum — disse Maddie, tentando não se surpreender com o valor que Helen mencionou sem nem pestanejar. Contando isso e a entrada da casa, ela estava investindo muito dinheiro no projeto. — Não vou tirar um centavo da empresa até o spa estar aberto. Já é ruim o suficiente você investir o capital quase sozinha. Não quero que você me sustente.

— Mas você vai investir o tempo de trabalho — argumentou Helen. — Obviamente você deveria receber. Assim, não vai precisar tocar na pensão que Bill vai pagar, a não ser em caso de emergência.

— De jeito nenhum. Só depois da inauguração — insistiu Maddie. — Senão, nada feito. Não vou ser seu projeto de caridade.

Helen parecia querer continuar a discussão. Por fim, porém, a expressão teimosa de Maddie a fez recuar.

— Então vamos abrir daqui a dois meses em vez de seis.

Maddie a olhou chocada.

— Dois meses? Ficou maluca? Nenhum empreiteiro pode trabalhar tão rápido. Ainda nem fechamos a compra da casa. — Ela franziu a testa para Helen. — Tem alguma coisa que eu não estou sabendo? Por acaso a pensão alimentícia dura só alguns meses?

— Comigo como sua advogada? — perguntou Helen em tom de desdém. — Não seja ridícula. Vai durar dez anos ou até você se casar novamente. E não é nenhuma ninharia, não. Estou falando sobre o que é justo. Se você vai trabalhar, então precisa receber. Quanto à compra da casa, posso adiantar isso. E os empreiteiros vão fazer o que for preciso para acabar a tempo se pagarmos o suficiente.

— Você vai estourar o orçamento — protestou Maddie.

— É só dinheiro — disse Helen, dando de ombros. — E, como meu médico gosta de me lembrar, é provável que minha obsessão por ganhar mais dinheiro me leve a uma morte prematura. Acho que gastar um pouco pode ajudar.

Maddie estudou sua amiga.

— Sua pressão está tão ruim assim?

— Está — disse Helen. — Malhar no spa vai ajudar bastante, o que é outra razão para apressar as coisas.

Maddie franziu a testa.

— Enquanto isso, talvez seja melhor você cortar o café. Cafeína não faz bem para quem tem pressão alta.

Helen apertou a xícara de café um pouco mais forte.

— Eu preciso de cafeína.

Maddie arrancou a xícara das mãos da amiga e derramou o café no ralo. Então fez o mesmo com o que ainda tinha na cafeteira, para não haver tentação.

— Eu realmente poderia odiar você por ter feito isso — resmungou Helen.

— Você vai me agradecer quando receber boas notícias do dr. Marshall na próxima consulta. Agora acho que a gente devia sair para uma longa caminhada. Vou me vestir. Você liga para Dana Sue.

— Que seja — respondeu Helen. — Vá logo para a gente poder sair antes que comece a fazer aquele calor infernal. Você sabe como Dana Sue reclama de ficar suada.

— Bem, ela terá que superar esse ódio. De agora em diante, nós amamos suor — disse Maddie. — Não é esse o objetivo do nosso spa?

— Imagino que nossas mães iam dizer que basta ficar coradinha. Mulheres sulistas não devem suar — recitou Helen, soando igualzinha à mãe, que agora residia em uma comunidade para aposentados em Boca Raton, onde passava os dias corada de tanto jogar tênis e golfe, tudo graças ao dinheiro de Helen.

— Nós não vamos entrar em forma só ficando coradas — retrucou Maddie. — Volto em dez minutos. Diga a Dana Sue que vamos buscá-la em vinte.

— São vinte minutos a pé daqui até a casa dela — protestou Helen.

Maddie sorriu.

— Exatamente, e é por isso que vamos correr.

Helen gemeu.

— Meu Deus, nós criamos um monstro.

Bill estava sentado na sala de estar quando Maddie voltou da caminhada com Helen e Dana Sue. Maddie tinha se despedido das duas na casa de Dana Sue, onde ficaram lamentando o fato de a amiga ter se transformado em um sargento.

— Não estava esperando encontrar você aqui — disse ela a Bill depois de pegar uma toalha no banheiro de hóspedes e secar o rosto. — Pensei que você ia ligar antes de vir.

— Combinamos que eu viria pegar as crianças — disse ele. — Quer que eu ligue antes disso também?

— Não, acho que não precisa. Elas não estão prontas?

— Disse a elas que precisava falar a sós com você primeiro — explicou Bill.

— É mesmo?

— Fiquei surpreso quando soube de você saracoteando por aí com Cal Maddox, Maddie. — O tom de Bill era mordaz. — Que ideia foi essa? Ele é o treinador do nosso filho, pelo amor de Deus!

— E?

— Você vai deixar Ty constrangido.

Ela o interrompeu.

— Você não tem nada que falar sobre o constrangimento de Ty — avisou ela. — Se quiser falar sobre isso, serei obrigada a dizer algumas coisas muito desagradáveis sobre a presença de Noreen no jogo ontem à noite.

Ty tinha admitido que aquele fora o motivo de seu sumiço. Ele tinha ido ao campo para pensar. Maddie prometeu não contar ao pai dele, mas talvez Bill precisasse saber disso.

— Eu sei que não pegou bem — admitiu ele. — Sinto muito. Não tinha ideia de que ela iria aparecer. Noreen não se interessa nem um pouco por beisebol.

— Mas você se interessa — disse Maddie. — E ela sabia que eu estaria no jogo. Acha mesmo que ela ia querer nós dois juntos sem a supervisão dela?

— Pelo visto não — respondeu ele, passando a mão pelo cabelo. — Maddie, eu não sei o que fazer. Realmente não sei.

— Ah, não se faça de vítima, Bill. É só dizer a ela para não ir aos jogos — sugeriu ela. — Ela é adulta. Tenho certeza de que consegue aceitar isso. Nesses jogos a prioridade é seu filho, não as inseguranças de Noreen. A presença dela em um lugar que é dele o chateia mais até do que quando você insiste que os dois passem tempo juntos. Você deve ter visto.

— Claro que vi — disse ele. — E se não tivesse visto, o treinador Maddox deixou bem claro depois de conversar com Ty em campo. — Ele a olhou com cansaço. — Ouvi dizer que os arremessos dele foram ótimos depois que saímos.

— Foram mesmo. Uma pena você ter perdido.

— Talvez você e eu pudéssemos nos alternar para ir aos jogos — sugeriu.

Ela o olhou incrédula.

— Só para você poder levar Noreen? De jeito nenhum.

— Não, não foi isso que eu quis dizer. É só que, caso você não esteja no jogo, talvez Noreen não se sinta tão insegura por eu ir sozinho.

Maddie odiava deixar aquela mulher ter tanto poder sobre todos, mas, depois de pensar um pouco, foi obrigada a admitir que talvez uma concessão fosse melhor para Ty.

— Vou aceitar por enquanto, mas pelo bem de Ty, não seu ou de Noreen. E isso muda mais para o fim da temporada, quando estiverem jogando para decidir o campeonato. Nós dois precisamos estar presentes nesses jogos.

— Claro — disse ele, parecendo aliviado. — Talvez até lá o divórcio esteja oficializado. Acho que isso também vai ajudar. Noreen enfiou na cabeça que você quer que eu volte. Duvido que ela se convença até ver a certidão pronta.

Maddie lhe deu um olhar inexpressivo.

— Quer que eu escreva num papel e assine? Não quero você de volta, Bill.

— É porque você agora está atrás do treinador Maddox?

Por muito pouco ela não explodiu de raiva.

— Não, é porque você é um idiota. — Ela saiu em direção às escadas. — Vá chamar as crianças e vá embora. E deixe sua chave em cima da mesa. Não volte aqui sem ligar primeiro, mesmo que a gente tenha combinado de você ver as crianças.

— Maddie... — chamou ele.

Ignorando-o, ela entrou no banheiro e ligou o chuveiro para abafar quaisquer desculpas que ele pudesse dar por ter se transformado no maior idiota de toda a Carolina do Sul.

É, a conversa com certeza não tinha ido como ele esperava, pensou Bill enquanto pegava o carro e se afastava de casa. Não era mais sua casa, ele se corrigiu. Era a casa de Maddie. Tinha que se acostumar com a ideia de que não morava mais lá, não tinha mais o direito de ir e vir quando bem entendesse, embora ali tivesse sido o lar de seus pais antes deles e dos pais de seu pai antes disso. Maddie deixara bem claro que ele não era mais bem-vindo ali. Com relutância, deixou a chave na mesa, como ela tinha pedido.

Pior ainda, as crianças se recusaram a ir com ele. Aparentemente, tinham ouvido o bastante da discussão com Maddie para ficarem mais irritados com ele do que o normal. Talvez não Katie, mas ela não iria sozinha, pelo menos não enquanto Ty e Kyle estivessem lançando olhares de reprovação à caçula.

Pensou em voltar para o apartamento de Noreen, mas a perspectiva de ficar trancado naquele espaço apertado a tarde toda o fazia trincar os dentes. Ele prometera semanas atrás que se mudariam para um lugar maior antes do nascimento do bebê, mas estava adiando. Talvez, lá no fundo, fora ele quem estivera torcendo para que Maddie o quisesse de volta, e não Noreen. Ficar sabendo sobre o encontro dela com Cal havia destruído essa fantasia.

Helen, que em geral o irritava com seus comentários espertinhos e afiados, tivera razão sobre uma coisa durante aquela reunião do acordo para o divórcio. Ele era o único responsável pela bagunça que sua vida se tornara. Cabia a ele fazer o melhor possível com o que tinha.

Ligou para Noreen. Para o bem ou para o mal, ela agora era a mulher da vida dele. Bill lhe devia isso. E, caso forçasse bastante a memória, até conseguia se lembrar de um período em que a amava ou pelo menos estivera apaixonado o suficiente para deixar seu casamento por ela.

— Oi, querido, onde você está? — perguntou ela.

Ele reprimiu uma resposta impaciente, dizendo a si mesmo que era possível que a pergunta dela não passasse de uma curiosidade inocente.

— Eu estava voltando para casa e percebi que estou morrendo de fome. Quer me encontrar para almoçar? As crianças não estão comigo.

— Sério? — perguntou ela.

Bill estremeceu ao ouvir a surpresa satisfeita em sua voz. Quando ela percebeu que o relacionamento deles não significava mais tanto para ele quanto para ela? Ele precisava se esforçar mais para mudar isso, pelo bem dos dois.

— Sério. Está com vontade de comer o quê?

— Quase qualquer coisa — admitiu ela. — Estou com uma fome de leão.

Ele riu.

— Sim, eu lembro... — Ele não terminou a frase ao perceber que ela não gostaria de ouvir sobre as lembranças que ele tinha das gestações de Maddie. — Que tal um passeio de carro pela costa? Vamos encontrar algum lugar com mesa do lado de fora para comer um hambúrguer, talvez dar um passeio pela praia.

— Ótima ideia — disse ela, embora sua voz tivesse ficado inexpressiva. Noreen devia ter percebido que ele estivera prestes a falar sobre Maddie.

— Passo para pegar você daqui a pouco.

— Estarei pronta — prometeu ela. — Eu te amo.

— Eu também — disse ele, lamentando não poder colocar mais sinceridade em suas palavras.

Ele tinha mesmo estragado tudo, e só porque, por um tempo muito curto, Noreen o fez se sentir jovem outra vez. Maddie tinha razão. Ele era um idiota. E agora muitas pessoas que ele amava estavam pagando o preço.

— Eu nunca gostei dele — declarou a mãe de Maddie quando a filha apareceu para buscar as crianças depois de outra visita de consolo após elas se recusarem a ir com Bill.

Quando Maddie lhes perguntou o que queriam fazer, os três disseram que queriam ficar um pouco com a avó. Felizmente, Paula concordou na mesma hora em levá-los para almoçar e alugar um filme para eles, surpreendendo Maddie mais uma vez. Ela ficou igualmente surpresa quando sua mãe disse nunca ter gostado de Bill.

— Mas você adorava Bill.

— Não — insistiu Paula, de cócoras no jardim, as luvas cobertas de terra e os olhos relampejando.

Não havia dúvida de que o jardim bem-cuidado, com bocas-de--leão, esporas-dos-jardins, verbenas e flores exóticas que Maddie nem sabia nomear estavam sob total controle de sua mãe. E mesmo suja de terra ela estava incrível. Alguns fios escapavam do chapéu de palha e se enroscaram nas bochechas. Os olhos azul-escuros tinham o mesmo tom das esporas-dos-jardins.

— Eu dizia que gostava dele por você, já que, por algum motivo inexplicável, ele parecia fazer você feliz — explicou sua mãe. — Seu pai e eu sempre pensamos que você merecia coisa melhor.

— No momento, não posso discordar — disse Maddie. — Mas eu amava Bill. Pela maior parte dos últimos vinte anos, ele foi um ótimo marido e um pai maravilhoso. Quando não estou furiosa, consigo admitir que uma parte de mim ainda o ama.

— Você vai superar — disse a mãe, brusca. — É só se lembrar de como ele traiu você. Isso deve manter sua raiva perto e a tristeza longe.

Maddie balançou a cabeça.

— Você não está sendo muito solidária, mãe.

— Você não precisa de solidariedade. Precisa é de uma sacudida. Encontre um emprego que goste, depois vá conhecer alguém novo. Sempre gostei da frase daquela escritora, a Dorothy Parker.

— Que frase?

— Viver bem é a melhor vingança.

— Eu tenho um emprego. Estou surpresa que você ainda não tenha ouvido.

Sua mãe a encarou.

— Você está falando daquele spa que você, Helen e Dana Sue pretendem abrir juntas?

— Então *sim*, você ficou sabendo.

— Eu não tinha ideia de que vocês estavam falando sério.

— Bem, nós estamos — respondeu Maddie, com um quê de desafio.

— É uma ótima ideia — disse a mãe.

Pronta para o comentário de desaprovação, Maddie já estava com outra resposta afiada na ponta da língua quando se deu conta do que sua mãe havia respondido.

— Você acha?

— Claro. A cidade precisa de um lugar assim. — Ela tirou as luvas de jardinagem. Suas mãos eram ásperas de tanto trabalhar no quintal, apesar de suas tentativas esporádicas de protegê-las. Ela as levantou diante de Maddie. — Eu daria tudo para ter alguém que fizesse um tratamento de cera quente nessas pobres mãos e depois uma boa manicure.

Maddie sorriu.

— A primeira vai ser por conta da casa — prometeu.

— Vocês não vão ganhar dinheiro se ficarem trabalhando de graça — repreendeu a mãe.

— Vamos se você depois contar para suas amigas como somos maravilhosas — rebateu Maddie.

Sua mãe riu.

— Eu sabia que aquela graduação de negócios não era completamente inútil.

— Então você era a única que ainda esperava que fosse ser útil — disse Maddie, seca. — Pelo menos estou conseguindo me lembrar de algumas coisas. Só queria saber como lidar com tudo o que está acontecendo.

— Por exemplo?

— Acho que Ty está com problemas — admitiu ela.

— Ele é adolescente, minha filha. Faz parte — respondeu a mãe. — Talvez você não se lembre bem de sua adolescência, mas eu não esqueci.

Maddie sacudiu a cabeça.

— Não, é mais sério do que isso. Uma hora ele não está nem aí para o beisebol. Aí logo depois ele volta ao normal. Nunca sei o que esperar.

— Mais uma vez, ele é adolescente. Os interesses dos jovens mudam toda hora nessa idade.

— Mãe, você sabe que não é só isso. Ty é louco por beisebol desde que participou da Liga Infantil. E depois do que aconteceu ontem à noite... — Ela contou à mãe uma versão resumida do sumiço de Ty, sem mencionar que Cal ajudou no resgate. — O treinador também está preocupado com ele — resumiu.

Os olhos de sua mãe brilharam na mesma hora.

— Ah, *aquele* sim é um homem bonito, hein, Madelyn? Talvez você possa ter um casinho com ele.

Embora o mesmo pensamento tivesse lhe ocorrido, Maddie se sentiu obrigada a protestar.

— Mãe! Ele é dez anos mais novo do que eu. No mínimo.

— E daí?

Ela recorreu à objeção de Bill:

— Ele é o treinador de Tyler.

A mãe dela sorriu.

— Mais uma vez: e daí?

— Seria...

Maddie ficou sem desculpas.

— Incrível — completou a mãe. — Acho que posso lhe garantir. — Ela lhe lançou um olhar penetrante. — E, pelo que ouvi, você sabe bem disso. Caso contrário, não estaria perdendo tempo com ele. Fiquei sabendo que vocês dois jantaram juntos lá na Rosalina's.

— Claro que você soube — disse Maddie, resignando-se ao fato de que provavelmente não havia um único ser humano em Serenity que não soubesse. — Comemos pizza depois do jogo, na companhia de um monte de adolescentes. Todo mundo na cidade está falando sobre isso?

— Imagino que sim. Cal é um homem bastante popular. Muitas mulheres em Serenity estão de olho nele. Várias mães estão tentando mexer os pauzinhos para juntá-lo com suas filhas.

— Inclusive você, pelo visto.

— Bem, por que não? Se é bom para você, eu é que não vou reclamar. Uma aventura com um homem como Cal sem dúvida daria uma animada na sua vida.

Maddie suspirou. Ela foi até ali esperando que, uma vez na vida, sua mãe agisse como... bem, uma mãe, não uma mulher sem amarras que vivia de acordo com as próprias regras. Ser criada por Paula Vreeland, uma artista botânica e jardineira talentosa, havia lhe proporcionado uma infância não convencional em muitos aspectos. Seus pais preferiam levá-la de surpresa à abertura de uma galeria em Nova York ou a um passeio por um jardim botânico de renome do que a um parque de diversões. Costumavam jantar sobras de caviar e patê de alguma festa com seus amigos e artistas de Charleston com mais frequência do que carne com batatas.

Em uma cidade tranquila e tradicional como Serenity, sempre foram vistos com certa cautela. Apenas o fato de ambos terem nascido e sido criados ali, com uma família que se espalhava por todo o estado, impedia que fossem rotulados como excêntricos e tratados como párias. Muitas vezes durante a infância, Maddie ansiou pela normalidade.

Desde a morte do pai de Maddie, dois anos antes, sua mãe havia se tornado ainda mais imprevisível e chocante. Que tipo de mãe sulista recomendava à filha que tivesse um caso com o treinador de beisebol do ensino médio? A cidade inteira ficaria escandalizada.

Lançando à mãe um olhar tenso, disse ela:

— Sinceramente, não sei o que me fez pensar que você seria de grande ajuda.

Sua mãe riu, claramente sem tomar o comentário como ofensa.

— Ah, querida, eu tenho sido. Você só não percebeu ainda.

CAPÍTULO NOVE

Depois da conversa com a mãe, Maddie relutou em ligar para Cal e agradecer sua ajuda na busca por Ty na sexta à noite, embora soubesse quanto devia a ele. Sem dúvida, àquela altura, Cal também estava ouvindo comentários por terem sido vistos juntos, ou talvez os homens não tivessem amigos e parentes que sentissem necessidade de ficar se intrometendo na vida alheia. De qualquer forma, ele provavelmente não queria nem ouvir a voz dela.

Entretanto, apesar das excentricidades, os pais de Maddie sempre lhe ensinaram boas maneiras, então domingo à noite ela se obrigou a pegar o telefone e aguentar o nervosismo enquanto esperava que ele atendesse.

— Maddie — disse ele, imediatamente.

— Como eu nem disse "oi" ainda, você deve ter meu número salvo. — Seu nervosismo passou na mesma hora quando ouviu o tom caloroso na voz dele.

— Sim, e saber quem está ligando antes tem sido bastante útil o fim de semana inteiro.

— Deixe-me adivinhar. Chamadas dos bem-intencionados e curiosos — brincou ela.

— Tipo isso. — Seu tom era irônico. — Você também?

— Você não faz ideia. Acho que a pizza de sexta à noite nos transformou no melhor assunto do fim de semana. Eu devia ter avisado você. Pelo visto esse acontecimento foi digno de uma manchete no circuito de fofocas.

Ele riu.

— Acredite, já moro em Serenity há tempo suficiente para saber que a vida de um cara solteiro não é particular. Só hoje recebi cinco telefonemas de mães e avós oferecendo candidatas mais compatíveis do que uma mãe de três filhos prestes a se divorciar. Porém, tirando seus filhos e o divórcio iminente, todas só tinham coisas boas a dizer sobre você.

Maddie gemeu.

— Sinto muito.

— Não é culpa sua. A pizza foi ideia minha. E, acredite, eu gostei.

— Eu também — admitiu ela. — Mas a que preço? Uma ligação histérica que acordou você no meio da noite, seguida por uma busca pelo meu filho, sem falar nos telefonemas intrometidos típicos de Serenity.

— Não foi problema nenhum — disse ele. — É tudo parte do serviço que um treinador presta para o time e as famílias dos jogadores.

Ser mencionada como parte dos outros pais esfriou qualquer fantasia que Maddie pudesse estar cultivando. Ela disse a si mesma que era melhor daquele jeito.

— Talvez, mas foi por isso que liguei. Queria agradecer de novo por ter encontrado Ty. Você foi um presente de Deus. Não sei como sabia exatamente onde procurá-lo.

— Intuição. Eu era muito parecido com ele nessa idade, e o campo de beisebol era meu porto seguro. Passei muitas noites na arquibancada, pensando, até bem tarde. Ainda faço isso quando tem alguma coisa me preocupando.

— Foi sentado numa arquibancada que você decidiu que queria ser jogador profissional?

— Sim, e também foi onde percebi que precisava entrar na faculdade primeiro, para o caso de minha carreira não sair como eu imaginava. Considerando o que aconteceu, foi a decisão mais inteligente que já tomei. — Ele hesitou. — Ou talvez a segunda mais inteligente.

— Qual foi a mais inteligente?

— Ter me mudado para Serenity — disse ele na mesma hora. — Mesmo que minha vida seja um livro aberto, gosto daqui. Gosto de trabalhar com os adolescentes. Fico bastante satisfeito ao ver um jovem como Ty começar a se transformar em um bom jogador com potencial para a Liga Principal. Devo muito ao homem que me convenceu de que minha vida não tinha terminado junto com a minha carreira de jogador profissional.

— Parece que você vai continuar por aqui, então — disse Maddie, mais aliviada por Cal estar feliz na cidade do que queria admitir. — Estava me perguntando se a vida de cidade pequena seria suficiente para um cara que já teve seus momentos de fama e viajou para algumas das cidades mais fascinantes do país.

Enquanto falava, Maddie percebeu quanto aquela conversa significava para ela. Havia algo incipiente entre os dois, e ela queria ver onde aquilo ia dar — mesmo dizendo a si mesma que era uma péssima ideia.

— A fama não é tudo isso que pensam — disse ele. — Aprendi essa lição da pior maneira. Você pode acabar envolvido com pessoas que nunca enxergam quem você é de verdade.

— Como sua ex-esposa, por exemplo? — perguntou Maddie.

— Sim, ela com certeza estaria na lista. Quanto às cidades grandes, elas têm seu charme, mas uma visita vez ou outra é suficiente para mim. Serenity é um ótimo lugar para se criar uma família. O que você vê como intromissão, eu vejo como vizinhos que se preocupam uns com os outros.

Ela se permitiu um sorriso discreto.

— Eu também sempre pensei assim sobre a cidade, embora não veja a intromissão com os mesmos bons olhos que você. Gosto muito de Charleston. Adoro passar uns dias em Nova York para fazer compras, visitar algum cinema maior e as galerias. São Francisco é encantadora e Seattle é linda. Mas, no fim das contas, Serenity é minha casa. Adoro como nos empolgamos com as festas e os feriados, os shows de verão no parque, o piquenique comunitário e os fogos de artifício no feriado de 4 de julho. Gosto de ir à Wharton's tomar um sundae que nem quando eu era criança e saber que meus filhos terão a mesma memória. É um ótimo lugar para se crescer.

— Mas parece que você também viajou muito — disse ele.

— Minha mãe é artista. Participava de mostras por todo o país. Mesmo quando eu era pequena, sempre ia com ela e meu pai.

— É mesmo? Não me diga que sua mãe é Paula Vreeland!

— A própria — disse Maddie, surpresa.

— Uau! Ela é muito talentosa.

— Você a conhece?

— Eu a encontrei em uma galeria em Charleston certa vez, quando estava comprando um de seus quadros e ela elogiou meu bom gosto antes de o dono da galeria nos apresentar. Serenity tem muito orgulho dela, mas eu não tinha juntado os pontos.

— Bem, você com certeza causou uma boa impressão — disse Maddie, pensando em como sua mãe dissera que Cal era bonito.

Ela tinha se perguntado como sua mãe sequer sabia da existência do treinador de beisebol. Agora tudo estava explicado.

— Duvido que ela se lembre de mim. Nós só conversamos por alguns minutos.

Maddie não queria lhe dizer que sua mãe se lembrava muito bem dele, mas não por sua conversa fascinante. Tampouco queria mencionar que Serenity nem sempre vira sua mãe com tanto orgulho.

— Enfim, já tomei muito do seu tempo. — Ela foi rápida em dizer. — É domingo à noite, você deve ter um milhão de coisas para fazer para a escola amanhã. Só queria que você soubesse quanto sou grata por sua ajuda na sexta à noite.

— Ty está bem? — perguntou ele, sem parecer muito ansioso para encerrar a ligação.

— Ele parece estar. Pelo menos não discutiu por ficar de castigo. Sabia que isso aconteceria depois do que aprontou. Agora ele só está liberado para ir à escola, aos treinos e aos jogos, de resto fica em casa. Vai ser assim pelas próximas duas semanas.

— Vou garantir que ele vá direto para casa — ofereceu Cal. — Posso deixá-lo aí de carro depois do treino, se quiser.

— Talvez não seja uma boa ideia — disse ela.

— Tem certeza? Não é problema. Sério.

— Seria para algumas pessoas. Mas obrigada pela gentileza. Boa noite, Cal.

— Até breve.

Mesmo depois que Cal desligou, Maddie ficou segurando o telefone mais um pouco, sem querer interromper a conexão. Ele estava apenas sendo gentil, disse ela a si mesma com firmeza. Só isso.

Mas parecia que Cal Maddox estava se mostrando um homem com quem ela podia contar. Maddie se perguntou se aquilo era uma boa coisa. Talvez ela devesse estar concentrada em aprender a se virar sozinha.

Cal se sentia como um garoto de 14 anos mandado para a sala do diretor. Assim que a secretária da escola ligou para sua sala na segunda-feira de manhã e lhe disse que Betty Donovan queria vê-lo imediatamente, ele imaginou que não seria para elogiá-lo pela vitória do time de beisebol na noite de sexta-feira.

Qual é. Só porque você está com peso na consciência não significa que todo mundo está escandalizado porque você passou algum tempo com Maddie Town-send, ele tentou se tranquilizar enquanto se dirigia à sala da diretora.

O prédio da escola Serenity High School havia sido construído anos atrás, e tinha corredores amplos, pisos de linóleo que eram polidos semanalmente e salas de aula com janelas altas que davam para uma encosta gramada e para os campos esportivos nos fundos. Ele imaginava que pouca coisa tinha mudado exceto por uma nova mão de tinta desde a época em que Maddie estudara ali. As reformas para o campo de beisebol e a construção de um ginásio e um novo refeitório só ocorreram após um longo e complicado debate entre os moradores locais, que tiveram que custear as obras.

A sala da diretora era um espaço apertado que parecia projetado para aumentar a tensão de quem fosse obrigado a entrar ali. A predileção de Betty Donovan por paredes nuas e cadeiras de madeira desconfortáveis contribuíam para o clima de prisão.

Cal disse a si mesmo que foi por isso que seu nervosismo aumentou quando ele entrou na sala de Betty, mas a verdade era que a expressão perturbada da diretora o deixou com o pé atrás. Embora tivesse mais ou menos a idade de Maddie, Betty fazia tudo a seu alcance para ser o menos atraente possível. Usava roupas retas e sérias, em tons escuros, pouca maquiagem e mantinha o cabelo preso em um coque apertado. Ela era diretora havia vários anos, e a intuição de Cal lhe dizia que ela havia adotado tanto o guarda-roupa como a postura para deixar os professores mais velhos e mais experientes impressionados com sua dedicação solene ao dever. E, como bônus, ela metia medo nos alunos.

Em geral, Cal gostava de tentar arrancar um sorriso dela, mas naquele dia ele estava ansioso demais para isso. Além disso, ela claramente não estava querendo ouvir piadas.

— Tudo bem? — perguntou ele, sentando-se na ponta da cadeira diante da mesa dela. — Você parece preocupada.

— Recebi muitos telefonemas hoje de manhã.

— Sobre?

— Você e Maddie Townsend.

Apesar de ele ter se preparado exatamente para isso, Cal sentiu a raiva crescer. Sua vida pessoal não era da conta da escola. Não que houvesse algo a contar sobre ele e Maddie. *Ainda*, ele se corrigiu.

Encarando a diretora nos olhos e se controlando para manter o tom neutro, Cal apenas esboçou surpresa:

— Ah, é?

— Vocês dois estiveram juntos na Rosalina's na sexta à noite? — O tom dela tinha transformado a pergunta em uma acusação.

— Sim, com o time e os outros filhos de Maddie. Isso agora é crime? — perguntou ele, a raiva perceptível em sua voz.

Cal tentou dizer a si mesmo que Betty estava apenas fazendo o trabalho de diretora como achava que precisava ser feito, mas a reprovação dela a algo totalmente inocente o deixou irritado.

Ela teve a decência de se encolher, então recobrou a compostura e continuou.

— Claro que não, mas estamos em uma cidade pequena, Cal. Espera-se que nossos professores tenham uma conduta irrepreensível.

— O que você está querendo dizer com isso? — questionou ele, perdendo a calma. — Existe algo minimamente reprovável em eu comer pizza com a mãe de um dos meus jogadores, ainda mais quando esse jogador está passando por um momento difícil e sua mãe precisa de conselhos?

O olhar de Betty foi solidário.

— Não tenho dúvida de que não passou disso, mas as pessoas não veem essas situações de maneira tão inocente.

— Elas ficam fofocando, você quis dizer.

— De novo: Serenity é uma cidade pequena.

— E justamente por isso as pessoas não deveriam conhecer Maddie bem o suficiente, e eu também, aliás, para não ficarem imaginando coisas?

— Seria de se esperar que sim, mas nem sempre é o caso — disse ela. — Aqui vai um aviso amigável, Cal. Seja bem profissional com a sra. Townsend. Não quero gastar meu tempo defendendo você, principalmente porque tenho uma infinidade de problemas mais importantes para resolver nessa escola.

— Vou me lembrar disso — disse ele em voz tensa, já decidido a fazer exatamente o oposto, supondo que Maddie não estivesse farta de conselhos bem-intencionados dos vizinhos a ponto de decidir que passar tempo com ele não valia a dor de cabeça.

Betty deve ter percebido sua raiva, porque acrescentou:

— Cal, você é um ótimo professor de educação física e um excelente treinador. Por favor, não faça nada de que você se arrependa depois. Ou de que eu me arrependa.

Ele saiu da sala da diretora com vontade de socar alguma coisa. Ainda bem que o treino de beisebol seria dali a algumas horas. Ele ficaria de rebatedor para dar aos garotos um gostinho de um jogo de verdade. Toda vez que o taco rebatesse a bola, ele imaginaria o rosto hipócrita de Betty Donovan.

E aí, depois que ele descontasse sua frustração, talvez pudesse aceitar que havia certa sabedoria no que ela estava lhe dizendo.

Helen estava aguardando com três empreiteiros e Dana Sue quando Maddie chegou à antiga casa da sra. Hartley na segunda-feira às oito da manhã. Ela olhou o grupo com uma expressão confusa.

— Achei que só íamos fazer algumas anotações sobre o que queremos na reforma — disse Maddie a Helen, sabendo que era ela quem estava por trás daquela reunião surpresa.

— Não temos tempo a perder — respondeu Helen na mesma hora. — Você mesma já disse isso. Você conhece todo mundo, certo?

Claro que conhecia. Mitch Franklin era o melhor empreiteiro de obras da região. Normalmente, precisava ser contratado com meses de antecedência. Skeeter Johnson fazia a maior parte do encanamento da cidade desde que Maddie era criança. Ele cobrava o olho da cara para serviços de emergência e tinha uma lista de espera para espaços comerciais. Assim como Roy Covington, o eletricista.

— Que tipo de suborno você ofereceu a eles para trazê-los aqui em tão pouco tempo? — perguntou Maddie, brincando mais ou menos.

Mitch sorriu.

— Ei, eu sempre atendo quando uma mulher bonita me liga.

— Depois de um tempo — disse Maddie. — E vocês?

Skeeter a olhou com uma expressão contrariada.

— Helen me ajudou com um pequeno problema pouco tempo atrás. Devo um favor a ela.

— E eu não resisto a um bom café — disse Roy. — Helen me prometeu o café de Dana Sue. — Ele ergueu seu copo para viagem. — É o melhor da cidade, com certeza.

— Obrigada, querido — sorriu Dana Sue, pegando o braço dele. — Agora, vamos entrar e partir para os negócios.

Felizmente, Maddie tinha trazido uma lista atualizada das mudanças que tinham decidido fazer em cada cômodo. Ela leu as reformas necessárias conforme visitavam a casa, Helen e Dana Sue completaram com explicações, e os olhos dos homens se arregalaram enquanto anotavam as instruções.

Ao fim da visita, Mitch parecia um pouco atordoado.

— E vocês querem tudo isso pronto até quando?

— Gostaríamos de abrir em junho — respondeu Helen.

Os três homens começaram a balançar a cabeça antes de as palavras terminarem de sair de sua boca.

— Não dá tempo — disse Mitch com firmeza.

— São só dois meses — completou Skeeter. — Não dá para fazer tudo isso tão rápido.

— Do que vocês precisam? — perguntou Helen, sem recusar.

— De um milagre — respondeu Mitch.

— Então opere um milagre — insistiu Helen. Ela olhou para Skeeter. — Eu limpei sua barra naquele problema de trânsito, não foi? Alguns diriam que foi um milagre também.

Skeeter torceu o boné nas mãos e assentiu.

— Mas isso? Não sei.

— Acho que consigo fazer a minha parte se contratar alguma ajuda extra — disse Roy. — Vamos lá, Skeeter. Mesmo na sua idade, você não é velho demais para gostar de um desafio.

Maddie ficou com pena dele.

— Skeeter, não queremos que acabe um trabalho meia-boca. Se você não consegue...

— É claro que consigo — interrompeu ele, agora que seu orgulho estava em jogo. — Como Roy disse, talvez se eu contratar ajuda extra.

— Contrate quem você precisar — disse Helen, mesmo quando Maddie se encolheu. Ela se virou para Mitch. — E aí?

Mitch parecia resignado.

— Se esses dois velhos ainda aguentam, eu que não vou ficar para trás. Vou encontrar mão de obra em algum lugar, mesmo que precise tirar de outro projeto.

Helen sorriu para ele.

— Eu sabia que daria um jeito. Por isso liguei para você.

— Você me ligou porque sabe que consegui vários projetos nos últimos dez anos por indicação sua — disse Mitch em tom seco. — E porque você sempre consegue o que quer de mim, desde que eu tive uma paixonite por você no ensino fundamental. Graças a Deus tive o bom senso de não me casar com você. Eu acabaria morrendo mais cedo.

— Até parece. — Helen ficou na ponta dos pés para dar um beijo em sua bochecha. — Obrigada, Mitch. — Ela se virou para Skeeter e Roy. — Senhores, foi um prazer fazer negócios com vocês. Entreguem suas projeções de custos para Maddie o mais rápido possível, por favor.

— Bem, acho que a ordem está dada — disse Skeeter. — Vamos lá, pessoal, vamos conversar e descobrir como resolver isso.

Mitch piscou para Helen.

— Acho que algumas ideias práticas vão ser de grande ajuda, já que estourei minha cota de milagres.

Depois que eles foram embora, Maddie virou-se para Helen.

— Embora eu já tenha visto você negociar acordos, não tinha ideia da sua habilidade para manipular homens.

— Eu não manipulei ninguém — protestou Helen. — Só fiz com que pensassem em algumas coisas. Os homens certos amam um bom desafio.

— Tem razão — disse Dana Sue. — Mas foi sem dúvida um privilégio ver uma expert em ação.

Maddie sorriu para as amigas.

— Minhas caras, acho que estamos prestes a começar nosso negócio.

— E quando isso esteve em dúvida? — perguntou Helen, sem um pingo de modéstia. — Eu disse a você que a gente ia conseguir.

— Vou lembrá-la disso no dia 15 de maio, quando isso aqui ainda estiver um caos — disse Maddie.

— Vira essa boca pra lá — exclamou Dana Sue. — Com o dinheiro que a gente vai gastar, é bom terminarmos no prazo. Acho até que você devia ir para casa e preparar um excelente plano de marketing e já pensar na contratação de funcionários para que este lugar esteja lotado desde o primeiro dia.

— Amém — concordou Helen. Ela deu um abraço em Maddie. — Daqui em diante, vou deixar isso em suas mãos habilidosas. E me diga se houver algum problema. Ah, a assinatura dos papéis da compra da casa é amanhã. Como o restaurante de Dana Sue fecha às terças, acho que deveríamos jantar juntas amanhã para comemorar. Lá em casa, às sete. Marcamos cedo, Maddie, assim Ty e Kyle seguram as pontas até você voltar.

— Peraí! — gritou Maddie enquanto Helen já ia saindo pela porta.

A amiga nem diminuiu o passo. Ela se virou para Dana Sue.

— Ela não estava falando sério, estava? Isso não está tudo nas minhas costas agora, está?

Dana Sue sorriu.

— Eu acho que está. Bem-vinda ao mundo corporativo, querida. Não há nada que eu possa fazer para ajudar até podermos trabalhar na parte do café.

— Você vai me abandonar também?

— Capacidade de organização e gerenciamento são duas das suas melhores qualidades — disse Dana Sue. — Vai dar tudo certo. E se precisar mesmo de uma de nós, sabe que estaremos lá em um piscar de olhos. Mas, francamente, ainda estou um pouco irritada por você não ter me ligado quando Ty sumiu na outra noite.

Maddie olhou para ela.

— Como você ficou sabendo disso?

— Os Dillon jantaram lá no restaurante no sábado. Jane mencionou que você estava desesperada quando falou com ela. Por que não me ligou? — Ela lhe lançou um olhar significativo. — Foi porque você queria dar a Cal uma chance de entrar em ação?

Maddie gemeu.

— É impossível guardar segredo nesta cidade?

— Eu moro a poucas quadras de você. Vi o carro dele na calçada quando estava voltando para casa. Quando Jane me contou sobre Tyler, tudo fez sentido.

— Tudo fez o sentido errado, se quer saber — resmungou Maddie.

— Estou errada?

Maddie hesitou, depois admitiu:

— Não completamente. Eu só achei que ele podia ter uma ideia melhor sobre o que Ty pretendia fazer depois que fui embora da Rosalina's.

— Aham, claro — disse Dana Sue, sorrindo.

— Bem, é verdade.

— E não tinha nada a ver com querer chorar naqueles ombros grandes e largos.

Maddie franziu a testa para ela.

— Você é muito chata.

E sagaz, mas ela não disse essa parte.

— Conheço você que nem a palma da minha mão, querida. Aquele homem mexe com você. Admita.

— Um pouco. — Maddie acabou dizendo. Ao sentir o olhar interrogativo de Dana Sue, ela acrescentou: — Certo, bastante. Mas não vai dar em nada.

— Por quê?

— Por vários motivos.

— E quantos desses motivos realmente importam? — perguntou Dana Sue. — Algo me diz que a maioria deles não passa de desculpas para não arriscar seu coração.

— Poderia até ser — admitiu Maddie. — Mas talvez eu só não queira me tornar uma piada na cidade quando as pessoas descobrirem que estou a fim do treinador de beisebol do meu filho, que vem a ser *muito mais novo* que eu.

— Desde quando você liga para o que alguém nesta cidade pensa? Lembra-se daquela vez que você organizou um protesto na escola sobre o código de vestimenta que queriam implantar? Os professores, os pais e boa parte do conselho escolar pensavam que você devia ficar de castigo por ter causado aquela confusão, mas você se manteve firme. Graças a você, não fomos todos obrigados a usar uniformes azul-marinho com sapato de couro.

— Às vezes me arrependo disso quando vejo o que os alunos estão usando na escola hoje em dia — disse Maddie. — Sem falar nas tatuagens e nos piercings. Nem gosto de pensar nisso.

— Tive alguns desentendimentos com Annie sobre isso — disse Dana Sue. — Nada de piercings ou tatuagens até ela ser adulta e não estar morando mais debaixo do meu teto.

— Frases que ouvimos antes de perceber que tudo já saiu do controle — disse Maddie.

— Não diga uma coisa dessas. Fico até querendo ir lá na escola dela agora para ver se está tudo bem.

— Era só brincadeira — tranquilizou Maddie. — Annie é uma boa menina. Está magra demais, talvez, mas é uma boa menina. Acho que Tyler vai fazer alguma maluquice muito antes de Annie.

— Isso não é tão animador assim. Não foi ele que sumiu e ficou na rua até altas horas no fim de semana passado?

Maddie suspirou.

— Bem lembrado. — Ela olhou para Dana Sue com melancolia. — Nunca pensei que enfrentaria a adolescência dos meus filhos sozinha.

— Você não está sozinha — disse Dana Sue, em tom sério. — Estamos com você. Eu, Helen e até Bill, se você quiser. — Ela sorriu. — E algo me diz que não seria muito difícil envolver Cal, se você quisesse.

— Dana Sue!

— Só estou dizendo que ele provavelmente entende mais sobre adolescentes do que todos nós juntos.

Maddie se lembrou de como ele tinha parecido saber o que estava se passando na cabeça de Ty e assentiu devagar.

— Acho que você tem razão nisso.

— Pense nele como alguém útil — disse Dana Sue. — Qualquer outra coisinha que você sentir é só um bônus. — Ela abraçou Maddie. — Tenho que ir.

Maddie se deixou desabar nos degraus da entrada do seu futuro spa. Não havia dúvidas de que sua vida estava tendo algumas reviravoltas inesperadas nos últimos tempos. A ela só restava rezar para que tudo ficasse bem.

— Cadê o Kyle? — perguntou Maddie ao servir o jantar naquela noite.

Desde que passou a ter sua própria casa e filhos, Maddie sempre insistiu em fazer as refeições em família com pratos tradicionais.

Nada de improviso com restos de caviar e aperitivos amanhecidos ou, no caso dos anos apertados no casamento de seu casamento com Bill, fast-food no carro.

— Sei lá — disse Ty, sentando-se e pegando o purê de batatas.

— Katie, você viu seu irmão?

— Está no quarto dele — respondeu a menina. — Eu falei para ele descer, mas Kyle disse que não estava com fome.

— Ok, podem começar a comer. Vou buscá-lo — disse Maddie, depois deu uma olhada geral para ver se os filhos tinham tudo de que precisavam à mão. Katie adorava ajudar a pôr a mesa, mas ainda não havia dominado totalmente as configurações de talheres e às vezes se esquecia do sal e da pimenta. A olhadela a fez parar no meio do caminho. Mais uma vez, Katie havia posto um prato para o pai.

Maddie suspirou. Estava claro que as duas precisavam ter outra conversa. Katie simplesmente se recusava a acreditar que o pai não voltaria para casa. Nem mesmo visitá-lo na casa de Noreen ajudara a menina a entender que a mudança era permanente.

No andar de cima, Maddie encontrou Kyle deitado na cama, olhando para o teto. Ela percebeu que o cabelo do garoto, mais próximo do loiro-escuro dela do que da tonalidade clara de Bill ou do irmão mais velho, estava grande demais e a calça jeans estava muito curta. Precisavam ir ao cabeleireiro e ao shopping. Ele preferia morrer do que fazer qualquer uma das duas coisas, e devia ser por isso que não falara nada sobre as roupas que mal lhe serviam e ele estar com o cabelo caindo no olho.

— Oi, filho, o jantar está na mesa — disse ela.

— Não estou com fome.

— Não importa. Você sabe qual é a regra. Todos nos sentamos juntos na hora do jantar.

Ela se lembrava de que apenas alguns meses antes Kyle sempre era o primeiro a se sentar à mesa, doido para contar piadas novas, ansioso por provocar a irmãzinha e perturbar o irmão mais velho.

Seu pai sempre fora seu maior fã, rindo de suas brincadeiras, por mais bobas que fossem.

Maddie se sentou ao lado de Kyle.

— Ainda é esquisito não ter seu pai aqui, não é?

Ele evitou o olhar dela e permaneceu em silêncio.

— Também é esquisito para mim — disse ela. — Mas vamos nos acostumar com isso e as coisas vão voltar ao normal.

— Como vão voltar ao normal se ele ainda não vai estar aqui? — perguntou ele com desdém. — Ah, mãe, admite logo. Essa história de jantar em família é uma palhaçada.

— Família não é palhaçada — disse ela em tom bem enfático. Maddie tinha passado os primeiros vinte anos de sua vida desejando exatamente o que se esforçou tanto para proporcionar aos filhos: uma vida familiar tradicional. — É a coisa mais importante do mundo. São as pessoas que vão amar você incondicionalmente, não importa o que você faça.

Kyle revirou os olhos.

— Ah, tá bom. Papai foi embora, não foi?

— Bem, onde quer que seu pai esteja, ele ama você. Você é um herói para Katie e Ty sempre cuidou de você. Eu acho que você é o garoto mais engraçado do mundo. Até suas piores piadas são melhores do que qualquer coisa na TV.

Ela recebeu um leve sorriso.

— Até parece — protestou ele.

— É sério — insistiu ela. — Quando você nasceu, bastou um olhar para que seu pai se apaixonasse imediatamente. Ele faria qualquer coisa por você.

— Tirando continuar aqui em casa — disse Kyle baixinho. Ele a encarou, os olhos úmidos de lágrimas, então desviou o olhar e murmurou: — Eu pedi.

Maddie sentiu lágrimas arderem nos olhos também.

— Pediu?

Ele assentiu.

— No dia depois de ele ter saído de casa, matei aula e fui até o consultório. E ele disse que não ficaria, que a vida dele agora era ao lado de Noreen e do novo bebê, mas que ele ainda era nosso pai.

Maddie ignorou a informação de que Kyle havia faltado à escola sem que ela soubesse.

— Você não acreditou?

Ele deu de ombros.

— Sei lá. — Quando finalmente a encarou de novo, os olhos de Kyle estavam repletos de tristeza. — Como posso odiar um bebê que ainda nem nasceu? — perguntou ele em voz baixa.

— Ah, Kyle, você não odeia o bebê. Você pode estar com ciúmes e com raiva e talvez até culpar o bebê por ter aquilo que você gostaria de ter, mas não o odeia. Na verdade, acho que quando ele nascer você vai se apaixonar, igualzinho como aconteceu quando Katie nasceu. — Ela forçou um sorriso. — Pelo que me lembro, você também não estava muito feliz antes da chegada dela. Mas aposto que agora você não consegue imaginar a vida sem Katie.

— Sei lá.

— Vamos lá. Você sabe que é verdade. Pode até achar sua irmã chata às vezes, mas sei que você adora ser o irmão mais velho de vez em quando.

Um sorriso se espalhou por seu rosto.

— Estou esperando ela ter idade suficiente para namorar. Aí vou encher tanto o saco dela...

Maddie cutucou-o com um cotovelo.

— Viu só, você já está vendo o futuro com mais otimismo. Agora vamos descer e jantar. Fiz bolo de carne com purê de batatas.

Os olhos dele brilharam.

— Minha comida favorita. Como você conseguiu? Ninguém mais gosta de bolo de carne.

— Só nós dois — disse Maddie com uma piscadela. — Achei que a gente merecia.

Ele finalmente entendeu.

— É por isso que você fez espaguete ontem à noite, porque é o prato favorito de Katie, certo?

Maddie assentiu.

— Aposto que vamos ter costeletas de porco amanhã — disse ele —, porque é um dos favoritos de Ty.

— Isso mesmo.

Ele lhe lançou um olhar malicioso.

— E papai odiava todas essas comidas, não é?

Maddie riu.

— Sim, ele odiava, mas é um mundo totalmente novo por aqui, então fique atento.

— Sabe o que papai odiava mais do que bolo de carne, costeleta de porco e espaguete? — perguntou ele.

— O quê?

— Pizza com calabresa e pepperoni — disse ele, com um olhar esperançoso.

Bagunçando o cabelo do filho, Maddie se levantou.

— Se você não comer pizza depois do jogo de Ty na sexta-feira, podemos comer no sábado.

— Beleza! — De repente, seu bom humor desapareceu. — Por que não comeríamos pizza depois do jogo de Ty que nem na semana passada?

Maddie ponderou se deveria contar sobre o acordo que fizera com o pai deles para se alternarem nos jogos. Mas, na verdade, não tinha escolha. Era melhor contar logo do que pegá-lo de surpresa na sexta-feira.

— Porque não irei ao jogo esta semana — disse ela. — Seu pai é quem vai.

— E isso significa que não podemos ir? — perguntou ele, incrédulo.

— Não, claro que não — tranquilizou ela. — Você e Katie vão com seu pai.

— Isso é porque Noreen apareceu na semana passada e estragou tudo, não foi? Ela fica esquisita se você estiver perto do papai — disse Kyle, completamente indignado.

— Seu pai e eu chegamos a um acordo que achamos ser melhor para todo mundo — explicou ela, determinada a ser justa.

— Bem, é péssimo — disse ele, decidido. — E vou dizer isso ao papai.

Com um suspiro, Maddie o viu sair do quarto e descer as escadas dois degraus de cada vez. Cinco minutos antes, ela quase acreditara que a receita para animar seus filhos era preparar suas comidas favoritas. Agora, no entanto, sabia que não seria tão simples. Todos tinham um longo caminho a percorrer e havia um campo minado a cada esquina.

CAPÍTULO DEZ

O barulho estava demais. Maddie fechou a porta da cozinha, onde havia improvisado uma espécie de escritório agora que a casa da sra. Hartley era oficialmente delas. Graças a mais um dos milagres de Helen, o telefone havia sido instalado às nove da manhã e toda a equipe de obra já estava trabalhando nas demolições. Ela não sabia por que tinha pensado que conseguiria trabalhar em meio àquele caos. O martelar das marretas a estava deixando com dor de cabeça.

— Posso falar com você rapidinho? — perguntou Mitch, abrindo a porta com cuidado.

— Claro. Pode entrar. Como você aguenta o barulho? — perguntou ela, esfregando as têmporas.

Ele sorriu.

— Em geral, sou eu fazendo o barulho, por isso quase não noto. No seu caso, recomendo colocar tampões de ouvidos ou trabalhar de casa até terminarmos a etapa da demolição.

— E quando vai ser isso?

— Semana que vem. Depois, vamos serrar e martelar o dia todo.

— Vocês não perdem tempo, hein?

— Segundo Helen, não temos tempo para perder. — Ele a olhou, esperançoso. — Esse prazo é rígido assim mesmo? Não tem mesmo como mexer nessa data?

Ela sorriu.

— Se acha que vou conseguir mudar o prazo, infelizmente se enganou. Também respondo a Helen e, acredite, depois que ela decide alguma coisa, não há como fazê-la mudar de ideia.

Ele riu.

— Imaginei. Foi só uma doce ilusão.

Maddie ficou séria.

— De todo modo, não queremos que a qualidade caia por causa do prazo, Mitch.

Ele lhe lançou um olhar magoado.

— Não faço nada mais ou menos, nunca. Não quero sujar meu nome. Vamos fazer o que for preciso para terminar o trabalho direito. Minha esposa vai me matar se eu atrasar. Ela está doida para se inscrever assim que vocês abrirem.

— Diga a ela para dar uma passada aqui na semana que vem — disse Maddie, afoita. — Quanto mais cedo as pessoas vierem aqui e começarem a falar das novidades, melhor.

Mitch ergueu as mãos, aflito.

— Opa, opa! Não sei não, viu? Ainda vamos estar no meio da obra, Maddie.

— É por isso que vou receber as pessoas por aquela porta ali, que leva à área externa — disse ela em tom tranquilizador. — Vi que você está empilhando os materiais do outro lado da casa. Ninguém vai entrar na obra ou chegar perto dos materiais. Não vou nem deixar os curiosos olharem a parte em reforma, a menos que você dê sua aprovação.

Ele ainda franzia a testa, mas finalmente assentiu.

— Acho que tudo bem então. Só não quero acidentes, ainda mais com alguém que não precisa estar aqui.

Maddie assentiu.

— Eu entendo, mas estou trabalhando sob pressão, assim como você. Não só precisamos terminar as obras até junho, como ainda preciso contratar funcionários e inscrever as futuras associadas. Senão, tudo o que teremos será uma casa muito bonita, vazia e cara.

— Justo — disse ele, depois sorriu. — Sabe, Maddie, todos pensam que Helen é a mais durona, mas você também é boa de negociação.

— Obrigada — disse ela, permitindo-se apreciar o elogio inesperado a uma habilidade que tinha esquecido possuir. — Agora é melhor eu voltar a esses catálogos de equipamentos de ginástica e tratamentos de spa. Estou perdida.

— Sabe, você podia pedir a opinião de Dexter. A academia dele pode estar caindo aos pedaços, mas o equipamento é excelente.

— Sim, tenho certeza de que Dexter teria muito prazer em ajudar a concorrência — respondeu Maddie. — Ele já me olha feio toda vez que uso a esteira. Fico muito surpresa de ele ainda não ter me expulsado da academia. Vai ser um alívio quando eu tiver pelo menos um aparelho montado e funcionando por aqui, só para eu não ter que enfrentá-lo logo de manhã cedo.

— Você ainda está pagando a mensalidade lá? — perguntou Mitch, debochado.

Maddie assentiu.

— Então você não tem com que se preocupar. — Ele se levantou e foi em direção à porta, então se virou para dar uma piscadela. — Da próxima vez que estiver lá, você não precisa perguntar nada a Dexter. É só anotar o nome do fabricante dos equipamentos dele.

— Você é muito ardiloso, Mitch. Gostei.

Depois que ele foi embora, Maddie olhou consternada para a pilha de catálogos e logo tomou sua decisão. Não estava disposta a arriscar a ira de Dexter anotando os nomes dos equipamentos da academia dele, mas havia alguns spas sofisticados em Charleston que poderia visitar. Talvez Dana Sue pudesse deixar o restaurante por umas horas e ir com ela.

Infelizmente, Dana Sue não estava no restaurante e não estava atendendo o celular. Helen com certeza estava no tribunal. Quem tinha sobrado? Sem dúvida devia haver alguém que não se importaria de visitar alguns spas com o pretexto de se associar. A única pessoa que lhe veio à mente foi sua mãe. Paula andava cheia de surpresas, então talvez aceitasse o convite de última hora de Maddie. Antes que pudesse mudar de ideia, pegou o telefone e ligou.

— O quê? — perguntou sua mãe bruscamente, um claro sinal de que estava ocupada com uma nova pintura.

— Mãe, sou eu — disse Maddie, sentindo o entusiasmo murchar.

Sua mãe odiava ser interrompida quando estava trabalhando. Maddie ainda se lembrava das inúmeras broncas que levou quando era criança por ousar atrapalhar. Vários anos depois, a memória permanecia com ela.

— Ah, Maddie, oi. Tudo bem por aí? E que barulho horrível é esse?

Maddie pensou um pouco, então decidiu perguntar mesmo assim, uma vez que já havia interrompido o trabalho de sua mãe.

— Estamos no meio da demolição aqui no spa, e é exatamente por isso que estou ligando. Preciso de uma desculpa para sair daqui. Vou dar um pulo em Charleston. Achei que você podia querer ir comigo.

— É mesmo? — admirou-se sua mãe, parecendo surpresa e talvez até um pouco feliz com o convite.

— Se estiver muito ocupada com sua pintura, eu entendo — disse Maddie, já preparada para ouvir uma recusa.

— Para ser sincera, uma pausa seria uma boa ideia — disse a mãe, para surpresa de Maddie. — Os detalhes estão exigindo cada vez mais dos meus olhos. Você quer fazer o que em Charleston?

— Quero dar uma olhada na concorrência, investigar o que os spas por lá estão oferecendo.

— Parece divertido — disse Paula. — Que tal eu ligar para o Chez Bella e ver se conseguem nos encaixar para um tratamento facial? É por minha conta.

Maddie balançou a cabeça.

— Mãe, você nunca deixa de me surpreender.

— Só porque me ofereci para pagar um tratamento facial para você?

— Não, porque você já ouviu falar do Chez Bella. É o spa mais exclusivo de Charleston. Eu li sobre ele nas revistas, mas nunca pisei lá. E eu pensava que você achava que spas eram dinheiro jogado fora até outro dia.

— É verdade, mas adivinha de quem são as pinturas penduradas no saguão deles? — disse sua mãe, com uma pitada de orgulho. — Bella diz que meus quadros transmitem os tons e a serenidade da região de maneira perfeita.

Maddie sabia que havia pinturas de sua mãe penduradas em empresas e lares do mundo todo. Já tinha perdido a conta havia muito tempo.

— Mentira! Mas que maravilha. Mal posso esperar para vê-las. Passo aí em quinze minutos para buscar você.

— Melhor em meia hora. Eu estava trabalhando, lembra? Tenho que limpar toda a tinta e vestir algo mais apresentável, ainda mais se eu estou indo para o Chez Bella. Preciso preservar minha imagem.

Maddie riu.

— Sim, eu sei quanto você está preocupada com sua imagem de artista de vanguarda. Tente não escolher algo escandaloso demais.

Ao desligar o telefone, Maddie tentou se lembrar da última vez que ela e a mãe haviam feito algo juntas só por diversão. Não conseguia. Bem, talvez fosse hora de começar.

Chez Bella era tudo o que Maddie não queria que o Spa da Esquina fosse. Era pretensioso, elegante e exclusivo demais. E ela percebeu isso no momento em que entrou no saguão e deparou com o piso de mármore rosa, papel de parede flocado e móveis antigos e caros. Os quadros de sua mãe, uma coleção de pinturas botânicas, todos assinados e numerados, eram idênticos a alguns que a própria Maddie tinha. Ali, no entanto, as pinturas ganharam molduras rebuscadas e folhadas a ouro, que ofuscavam a delicadeza do trabalho de sua mãe. Ela conteve um gemido quando as viu, então olhou para Paula, que também parecia um pouco chocada. Estava claro que ela também nunca tinha visto os quadros no spa.

— Eu não estava esperando isso — murmurou sua mãe. — Com essa moldura, podiam estar penduradas em um bordel.

Maddie teve que conter o riso quando alguém se aproximou. A mulher tinha roupas perfeitas, maquiagem perfeita e cabelo perfeito. Ela sorriu para sua mãe.

— Que honra você ter finalmente aceitado meu convite — disse Bella Jansen. — E o que achou da sua arte aqui? É perfeita para este cômodo, não é? Nossas clientes sempre elogiam a beleza dos quadros. Eu as mando direto para a galeria que cuida do seu trabalho.

Maddie notou a hesitação de sua mãe e se perguntou se ela agradeceria ou reclamaria da falta de bom gosto.

— Sempre fico feliz em ver meus quadros sendo apreciados e, se isso se traduzir em vendas, melhor ainda — disse Paula por fim. — Bella, eu gostaria de apresentá-la a minha filha, Madelyn.

— Ah, Madelyn, vocês são bem parecidas. E você tem a pele de pêssego da sua mãe. Prometo que estará ainda mais bonita quando você sair daqui hoje.

— Obrigada por nos encaixar — disse Maddie em tom educado, embora mal pudesse esperar para sair dali.

Rapidamente, Bella as levou para a parte de trás do spa, decorada com o mesmo mau gosto do saguão, embora lotada de mulheres dispostas a pagar os preços altíssimos do estabelecimento. Ainda assim, quando se dirigiram para as salas de tratamento que cheiravam levemente a lavanda, onde receberam roupões rosa-claros com as iniciais do spa, Maddie sentiu que estava prestes a ser mimada de uma maneira extraordinária.

A esteticista que massageou e esfoliou seu rosto com extrema delicadeza era sensacional. Maddie quase adormeceu sob seus cuidados, embora quisesse muito tomar notas mentais sobre a experiência, dos produtos às técnicas.

— Conte-me sobre esses produtos — perguntou ela.

— São os melhores do mercado — garantiu Jeanette, com o sotaque arrastado da Carolina do Sul. Ela usava o cabelo escuro cortado bem curtinho, destacando sua pele reluzente e os enormes olhos castanhos. — Estudei alguns meses em Paris e trabalhei em outros lugares, e nunca achei melhor. Bella insiste em ter tudo da melhor qualidade. Foi só por isso que vim trabalhar aqui.

Maddie pensou ter ouvido uma leve insatisfação na voz da mulher e se perguntou se Jeanette estaria minimamente interessada em mudar de emprego. Mas roubar os funcionários do spa de Bella enquanto recebia um tratamento facial parecia muita falta de educação.

— Você tem um cartão, Jeanette?

— Claro.

— Você se importaria de anotar seu número pessoal? Gostaria de discutir algo com você, mas agora não seria um bom momento.

A jovem pareceu confusa, mas deu de ombros e anotou o número.

— Entrarei em contato — prometeu Maddie, dando-lhe uma gorjeta generosa, embora sua mãe fosse pagar a conta mais tarde. Queria que Jeanette se lembrasse dela quando ligasse.

Quando voltaram ao saguão, sua mãe assinou o recibo do cartão de crédito, que indicava uma quantia exorbitante, e depois deu a Bella um beijo educado na bochecha.

— Muito obrigada — disse ela. — Foi muito gentil de sua parte nos encaixar de última hora.

— Espero que voltem — emendou Bella. — Adoraria poder me gabar que a incrível Paula Vreeland está entre minhas clientes assíduas.

— Tenho certeza de que voltarei — respondeu Paula, depois deu o braço para Maddie e saíram apressadas.

Assim que chegaram à calçada, a mãe estremeceu.

— Espero que vocês três tenham mais bom gosto que essa mulher. Fiquei morrendo de vontade de arrancar minhas pinturas da parede e sair com elas debaixo do braço!

Maddie sorriu.

— Na verdade, estou até surpresa por você não ter feito isso.

— Eu não queria envergonhar você. Nem envergonhar Bella, por falar nisso. Ela é uma boa mulher, embora um pouco cafona.

— Ela parece ter uma clientela muito leal. O spa estava bombando.

— Você descobriu algo de útil?

— Como não decorar — disse Maddie na hora. — E uma excelente esteticista que pode estar interessada em mudar de emprego. Estou com o cartão dela na minha bolsa.

Paula sorriu.

— Impressionante.

Maddie ficou feliz com sua aprovação.

— Você é a segunda pessoa a me elogiar hoje.

— Você parece surpresa.

— Acho que estou, um pouco. Passei tanto tempo sendo esposa e mãe que não sabia se ainda tinha algum tino comercial. Estou descobrindo que na verdade me lembro de várias coisas da faculdade cara pela qual você e papai pagaram.

— Eu não disse que um dia você ia começar a ver as coisas boas desse divórcio? — disse sua mãe, alegre. — Você está se encontrando de novo, Maddie. Eu não poderia estar mais orgulhosa.

Maddie pensou um pouco e perguntou:

— Você nunca perdeu sua personalidade durante o casamento com meu pai, não é?

— Nunca. Ele não teria deixado. — Um sorriso nostálgico surgiu em seus lábios. — E eu também não.

Maddie queria ter sido assim tão sábia em seu próprio casamento — ou talvez que Bill fosse um homem diferente. Talvez não fosse tarde demais para ela.

Cal pegou o telefone para ligar para Maddie Townsend e então hesitou. Não era de agora que ele vinha dizendo a si mesmo que precisava conversar com ela sobre Ty, mas parte dele sabia que seu desejo de a encontrar de novo não tinha nada a ver com o garoto. Ele colocou o telefone de volta no gancho e tamborilou nervosamente na mesa.

O mundo estava cheio de mulheres sem filhos adolescentes. Havia várias de sua idade sem um passado complicado. Mesmo em Serenity, provavelmente encontraria algumas que não fariam a diretora torcer o nariz. Mas nenhuma delas o fazia procurar desculpas para encontrá-las de novo.

Ele revirou os olhos diante de sua falta de confiança incomum. Ele *tinha* uma excelente desculpa para ver Maddie de novo. A desculpa perfeita, tão inocente que ninguém estranharia, muito menos a própria Maddie. Ele era um treinador preocupado com um dos jogadores de seu time. Ela era a mãe do rapaz. Isso lhes dava muito o que conversar. E ele já tinha tido vários indícios de que ela valorizava suas opiniões quando se tratava de Ty.

E daí que ela possuía uma condição financeira muito melhor e era dez anos mais velha? Não era como se ele planejasse pedi-la em casamento. Não era nem um encontro de verdade. Ele ia sugerir um café. Estava planejando conversar sobre Ty, trocar impressões de como ele estava. O que poderia ser mais inocente e descompromissado do que isso? Ele se dava bem com outros pais, até jantara na casa de alguns.

Não havia nada de mais, refletiu ele com ironia, exceto a maneira como seus batimentos disparavam só de pensar em encontrar Maddie de novo. A última vez que sentiu aquela mistura específica de expectativa e nervosismo foi quando estava prestes a roubar a base em um jogo crítico. Nunca mais sentiu uma emoção com tanta intensidade. Se ele se sentia assim agora, então não se tratava de uma simples reunião de pai e professor.

— Ah, já deu — murmurou ele.

Maddie Townsend faria qualquer coisa pelo filho. Ela sem dúvida aceitaria tomar um café com ele para conversar sobre o garoto. Eles passariam uma ou duas horas juntos. Que mal havia nisso?

Cal discou o número dela e xingou quando caiu na secretária eletrônica. Ele deixou uma mensagem concisa pedindo para que ela retornasse a ligação, depois se resignou a esperar.

Quando não teve notícias dela no dia seguinte, Cal ficou sem entender — até que viu Ty olhando para ele com uma expressão inconfundível de culpa.

Ele foi enfrentar o garoto.

— Ei, Ty — disse ele, mantendo o tom natural. — Deixei um recado para sua mãe ontem. Preciso muito falar com ela.

— Sobre o quê? — perguntou Ty, desconfiado.

— Isso importa?

— Importa se é sobre mim.

Cal não queria discutir o motivo de sua ligação para Maddie.

— Neste momento, o assunto não é o ponto — explicou ele. — Você por acaso ouviu a mensagem antes dela?

Ty o olhou com expressão desafiadora.

— E se eu tiver ouvido? E se eu não quiser vocês dois falando de mim pelas minhas costas?

— Então você apagou a mensagem? — pressionou Cal, querendo ter certeza absoluta.

A expressão de Ty permaneceu inflexível, mas suas bochechas coraram.

— Nós dois estamos preocupados com você — disse Cal ao garoto. — Você preferiria que eu marcasse uma reunião com você presente?

— Ah, faz o que você quiser — respondeu Ty, com tom desdenhoso. — É o que os adultos fazem sempre.

— Não precisamos pedir sua permissão, é verdade — disse Cal, mantendo a voz calma e razoável. — Mas nós nos importamos com o que você pensa.

— Você não deve ter conhecido meu pai então. Ele não está *nem aí*.

Antes que Cal pudesse responder, Ty pegou uma bola de beisebol e foi para o campo. Surpreendentemente, apesar da discussão entre os dois, o garoto conseguiu se concentrar e arremessou as melhores bolas rápidas e curvas que jogou em semanas. Mais uma vez, Cal não pôde deixar de ficar impressionado com a capacidade de Ty de pôr em prática a lição sobre usar suas emoções negativas a favor do jogo, não contra. Seu talento natural estava amadurecendo bem. Ele apenas torcia para que o garoto não o desperdiçasse.

— Bom trabalho — disse Cal a Ty quando o rapaz saiu do campo.

Ele apenas deu de ombros.

— Aham.

Cal suspirou. Não invejava os pais de um adolescente, com os hormônios enlouquecidos e as mudanças de humor inconstantes. Quando isso se somava a um divórcio, devia ser um inferno. Se estava a seu alcance dar conselhos que pudessem ser úteis para Maddie, ele tinha que tentar.

Ele riu de si mesmo diante dessas supostas boas intenções. Eram essas que o levariam direto para o inferno.

Naquela noite, quando Cal ligou para Maddie de novo, ela atendeu, mas parecia completamente exausta.

— Maddie, é o Cal. Está podendo falar? — perguntou ele.

— Não é se você puder consertar um cano estourado antes que minha cozinha acabe inundada. Liguei para Skeeter, mas ele não está disponível.

Ele riu.

— Bem, não chego aos pés de Skeeter, mas tenho ferramentas e um conhecimento básico de encanamento. Estou indo aí. Ah, tente fechar o registro enquanto isso.

— Você acha que eu não tentei? — disse ela, claramente exasperada. — Ou a válvula está emperrada ou não tenho força suficiente para girá-la.

— Cadê Ty?

— No quarto, fazendo o dever de casa — respondeu ela. — Mas ele está de péssimo humor.

— E Kyle?

— Está estudando na casa de um amigo.

— Chego aí num pulo.

Quando Cal chegou, entrou pela porta principal, que estava aberta, e foi para a cozinha, parando rapidamente diante das escadas.

— Ty, você poderia vir aqui um minuto? Preciso de sua ajuda.

Na cozinha, Maddie o olhou com tanto alívio que Cal não resistiu e lhe deu um rápido beijo na testa. Exigiu muito esforço ignorar a camiseta encharcada de Maddie e a maneira como se colava a seus seios.

— A cavalaria chegou — disse ele, deitando-se no chão molhado para alcançar o registro.

Girou com bastante força, e o vazamento diminuiu para um gotejar.

— Graças a Deus — disse Maddie. — Eu estava ficando sem toalhas.

Ty entrou na cozinha e a expressão estampada em seu rosto não era nada amigável.

— O que você está fazendo aqui?

— Vim fazer um pequeno serviço de encanamento para sua mãe, algo que você mesmo poderia ter feito — respondeu Cal.

Ty corou ao observar a cozinha encharcada e as toalhas molhadas.

— Eu não sabia que estava tão ruim assim — murmurou ele em tom defensivo. — Desculpa, mãe.

— Bem, não é tarde demais para se redimir — lembrou Cal.

— Não entendo nada de encanamento — disse Ty. Ele lançou um olhar crítico para sua mãe. — Papai sempre ligava para Skeeter.

— Bem, Skeeter não está disponível — explicou Maddie.

— É por isso que é bom saber como fazer esses consertos mais simples — disse Cal. — Ty, você pode ficar me passando minhas ferramentas? Eu vou explicando o que estou fazendo e da próxima vez você vai saber o que fazer.

— Tá bom — disse Ty de má vontade, mas fez tudo o que lhe foi pedido.

Cal reparou que Maddie também ouviu cada palavra com o máximo de atenção, claramente determinada a não se sentir impotente da próxima vez que uma catástrofe semelhante acontecesse.

Vinte minutos depois, a arruela do ralo havia sido trocada, o lacre estava no lugar e a água estava ligada de novo.

— Do jeito que você fez, parece até fácil — disse Ty, observando Cal com uma mistura de espanto e respeito.

— É só saber o que fazer. Acha que conseguiria fazer isso sozinho da próxima vez?

— Acho. — Ele olhou de Cal para sua mãe. — Vocês dois vão falar de mim agora?

Cal riu de sua expressão consternada.

— Não, acho que essa parte fica para próxima. Pode ir fazer seu dever. Obrigado pela ajuda.

Depois que ele subiu, Maddie olhou para Cal com curiosidade.

— Por que ele achou que íamos conversar sobre ele?

Cal explicou sobre a mensagem apagada na secretária eletrônica.

Maddie ficou olhando para as escadas que o filho tinha acabado de subir.

— Não acredito que ele faria uma coisa dessas, ainda mais depois da bronca que dei sobre esconder os bilhetes que os professores estavam me mandando.

— Ah, Maddie. Você já foi adolescente — lembrou Cal. — Você pode realmente culpá-lo por isso? Ele deve ter muitos adultos tomando decisões pelas costas dele.

— Você tem razão — reconheceu Maddie. — Aceita beber alguma coisa? Café? Uma cerveja? Água? Eu fiz um bolo mais cedo. É de chocolate com cobertura. Podemos comer lá fora. Hoje a brisa está ótima.

— Agora você está falando a minha língua. — Cal estava animado. — Não me lembro da última vez que comi bolo caseiro.

— Mentira! Eu achei que todas as mulheres solteiras na cidade iam aparecer na sua porta oferecendo doces.

— Eu devo ter passado a impressão errada. As que aparecem em minha porta em geral estão *se* oferecendo.

Maddie riu, cortando o bolo.

— Deve ser meio constrangedor — comentou ela, depois o estudou. — Ou você gosta?

— Não, é constrangedor mesmo. Não tenho saído muito desde o meu divórcio, mas prefiro quando sou eu tomando a iniciativa.

— É um cara mais tradicional nessas coisas?

— Pelo visto, sim. — Ele segurou os dois pratos de bolo que Maddie oferecia. — Ou então gato escaldado tem medo de água fria. Laurie foi atrás de mim até me convencer a casar com ela. Gostei da atenção até perceber que eu fui só o primeiro jogador profissional que ela conseguiu seduzir, não o primeiro que ela tentou. Ou o último.

— Você aceita um pouco de leite? — ofereceu ela, segurando uma caixa.

— Perfeito.

Eles levaram os pratinhos para fora e se acomodaram nas cadeiras de vime confortáveis que ficavam uma do lado da outra. Cal se sentiu aliviado por Maddie ter deixado seu comentário sobre a ex-esposa passar. Nem sabia por que tinha mencionado Laurie. Em geral ele evitava ao máximo falar de seu casamento. Para ter certeza de que eles não tocariam mais no assunto, ele disse:

— Uma pena você não ter conseguido ir ao jogo de Ty na sexta à noite — disse ele, esperando que seu tom fosse leve e não transparecesse a decepção que sentira por não a ver.

— Eu queria estar lá — admitiu ela. — Mas Bill e eu combinamos que vamos nos revezar.

— Você acha que isso vai fazer a namorada dele ficar mais na dela?

— É, por aí. Imagino que tenha funcionado, já que Ty não voltou para casa furioso.

— Ela não foi — confirmou Cal, impressionado com a consideração dela, mas preocupado com quanto aquilo devia fazê-la sofrer. — Mas você quer mesmo perder os jogos de Ty?

— Claro que não, mas acho que é o melhor por enquanto.

Cal mal conseguiu conter seu ceticismo. Era decisão de Maddie, afinal. Depois de um tempo, ele soltou um suspiro e se permitiu relaxar.

— É muito agradável aqui — disse ele. Havia um ventilador de teto ligado, e o ar havia esfriado um pouco com o pôr do sol. — Você deve gostar de ficar sentada, olhando o movimento.

— Em geral eu gosto. É bom quando os vizinhos param e batem um papo, mas tem suas desvantagens.

— Como assim?

Ela encontrou o olhar dele.

— Uma meia dúzia de carros já passou e diminuiu a velocidade desde que a gente se sentou aqui fora. Amanhã de manhã, a cidade inteira vai estar sabendo. Sinto muito. Não pensei nisso quando sugeri que nos sentássemos aqui. Devíamos ter ido para os fundos ou ficado na cozinha.

— Meu carro está parado na frente da garagem. Deve ser até melhor nós estarmos à vista. Senão as pessoas acabariam especulando sobre o que estamos fazendo — disse Cal, sendo realista.

— Você não parece lá muito preocupado, de qualquer maneira — observou ela.

— Eu deveria estar? — Ele a estudou, mais preocupado com a reação de Maddie do que com qualquer impacto que as fofocas pudessem ter na vida dele. — Você está incomodada, Maddie?

Ela deixou escapar um leve sinal de hesitação, mas foi o suficiente para Cal saber que ela estava pouco à vontade com aquela conversa sobre os dois.

Cal pôs o prato de lado e se levantou na mesma hora.

— É melhor eu ir.

— Não, não — disse ela imediatamente. — Por favor, Cal. Não sei por que ainda me incomodo com o fato de que esse povo vive falando da vida dos outros. Eu deveria estar acostumada.

— Todo mundo quer um pouco de privacidade de vez em quando, mas não estamos fazendo nada de errado, Maddie. Quero só ver o que alguém poderia ver de errado em estarmos sentados na sua varanda em uma noite agradável de primavera.

Mas mesmo enquanto a tranquilizava, Cal sabia que estava sendo otimista demais. Os dois ainda seriam prejudicados. E, apesar do desconforto nítido de Maddie, depois da advertência que recebera da diretora, Cal sabia muito bem quem sentiria as consequências primeiro. O que ele não sabia era por que aquilo não parecia ter importância.

CAPÍTULO ONZE

— Hoje foi um dia daqueles — anunciou Helen enquanto servia margaritas para si mesma, Maddie e Dana Sue no que havia se tornado o ritual de terça-feira à noite, quando colocavam as fofocas em dia e falavam das novidades de seu novo spa.

Era quase meio de abril e todas estavam começando a sentir a pressão daquele prazo que haviam imposto para si mesmas para a inauguração em junho.

— Teve um dia ruim no tribunal? — perguntou Maddie com solidariedade. — O outro advogado fez alguma coisa?

— Não, meu cliente resolveu falar sobre várias coisas que ele nunca havia mencionado antes. A ideia genial era provar para o juiz quão inocente ele era.

— O que teve o efeito oposto — adivinhou Dana Sue.

— E ainda por cima me fez parecer uma idiota — confirmou Helen. — Sinceramente, às vezes não sei o que se passa pela cabeça das pessoas.

— Nada. Elas não estão pensando, estão desesperadas — sugeriu Maddie. — Estão tentando qualquer coisa.

— Por que não confiam em mim? Eu sei o que estou fazendo. — Helen tomou um gole de sua bebida forte e suspirou. — Ah, eu já devia estar acostumada. Ninguém confia em advogados, nem mesmo as pessoas que precisam deles.

Dana Sue e Maddie se entreolharam, e a primeira fez uma careta.

— Minha nossa, um momento de vitimismo. Pela primeira vez não somos eu ou você nos lamentando.

Helen franziu o cenho.

— Nem sempre sou forte — disse ela. — Tenho meus momentos de insegurança e vulnerabilidade.

— A gente sabe, querida. — Dana Sue estendeu seu guacamole extra picante. — Coma um pouquinho. Isso vai ajudar você a tirar todas essas dúvidas irritantes da cabeça. Você vai voltar ao seu eu confiante de sempre rapidinho.

— Funcionou comigo — disse Maddie, enquanto Helen pegava um pouco de guacamole com uma tortilha. — Desde aquele dia em que Dana Sue preparou isso, quando vocês tentaram me convencer a ser sócia do spa, desenvolvi uma nova confiança nas minhas capacidades.

— O guacamole fez tudo isso? — perguntou Helen em tom malicioso. — Ou foi a atenção de um certo treinador de beisebol bonitão?

— Não vamos falar de Cal hoje — disse Maddie com firmeza.

— Ah, então isso significa que você está escondendo alguma coisa — deduziu Helen.

— Eu sei o que é — disse Dana Sue, sorrindo, doida para contar um segredo.

Helen sorriu.

— Então me conte.

Ignorando a carranca de Maddie, Dana Sue disse:

— Cal foi visitar Maddie de novo na outra noite. Os dois ficaram juntinhos na varanda da frente tomando leite e comendo bolo. Aposto que foi o famoso bolo de chocolate de Maddie. — Ela se virou para Maddie com uma expressão preocupada. — Você não devia nem estar fazendo doces hoje em dia, devia? Nem entro na cozinha do Sullivan quando Erik está fazendo as sobremesas. Tenho medo de as calorias irem direto para o meu quadril só de eu entrar lá.

Maddie fez cara feia para as amigas, apesar de duvidar muito que isso fosse adiantar de alguma coisa. No momento, resolveu se concentrar no bolo, já que falar de Cal seria complicado.

— Eu não fiz o bolo para mim — disse ela. — As crianças adoram. Tinha sobrado bolo quando Cal foi lá. Dar um pedaço para ele foi uma boa estratégia para não comer tudo sozinha.

— Mas você estava comendo uma sobremesa na frente de todo mundo — brincou Dana Sue. — Tenho certeza de que isso não condiz com a imagem que estamos tentando passar sobre sermos três mulheres preocupadas com a saúde.

— Que no momento estão bebendo margaritas e comendo guacamole — replicou Maddie. — É o sujo falando do mal lavado.

Helen levantou a mão.

— Peraí, peraí! Eu não estou nem aí para o que Maddie estava comendo, muito menos para nossos hábitos alcoólicos. Quero saber o que Cal estava fazendo na sua casa.

— Ele foi consertar um vazamento embaixo da pia da cozinha — entregou Maddie. — Felizes agora? Não era exatamente uma atmosfera sedutora.

— Um vazamento embaixo da pia — disse Helen, divertindo-se. — E Skeeter, que está ocupado no spa o dia inteiro, não poderia ter dado uma passada para consertar o vazamento? Sei que ele não está no nível de Cal no quesito aparência, mas mesmo assim...

— Você não acha que tentei ligar para Skeeter primeiro? Como está ocupado com a gente durante o dia, ele faz seus outros serviços mais à noite. Não consegui falar com ele, e Cal calhou de estar disponível.

— Sério? Ele calhou de estar disponível? — disse Helen com ceticismo. — Como isso aconteceu? Ele estava andando pela rua? Passando de carro?

— Ele me ligou, se você quer tanto saber — murmurou Maddie.

— Ele faz muito isso? — perguntou Helen.

Maddie fez uma careta para ela.

— Olha, só porque você teve um dia difícil no tribunal não precisa voltar para casa e praticar suas técnicas de interrogatório em mim.

Helen riu.

— Mas você é muito mais divertida do que a maioria dos meus clientes, e sua vida social se tornou fascinante.

— Eu não tenho vida social — afirmou Maddie.

— Você tem o homem mais sexy de Serenity embaixo da pia da sua cozinha — disse Dana Sue. — Seria o ponto alto do meu dia.

— Do meu também — concordou Helen.

Ela se abanou dramaticamente com um guardanapo de pano. Não havia nada de papel na mesa de Helen, nem mesmo na área externa.

— Então talvez o dia de vocês fique melhor ainda — disse Maddie, pegando alguns papéis e entregando-os para as amigas.

— Que é isso? — perguntou Helen.

— Você bebeu tanto assim? Não consegue mais ler? — perguntou Maddie, ácida. — São as listas com nossas associadas até hoje às cinco da tarde e os novos funcionários contratados, respectivamente.

Dana Sue olhou para ela.

— Nós temos associadas? Nós temos funcionários?

— O que vocês acham que tenho feito lá? — Maddie nem tentou esconder sua exasperação. — Vocês duas tiveram uma ideia. Eu estou fazendo tudo acontecer. Foi o que me pediram para fazer, lembram? Vocês queriam que eu cuidasse de todos aqueles detalhezinhos irritantes com os quais não querem se preocupar: contratação, marketing, supervisão das obras, ou seja, realmente abrir as portas do negócio no dia da inauguração.

— Que bênção que você é — disse Dana Sue.

— Meu Deus, é impressionante — murmurou Helen, enquanto folheava as páginas. — Você realmente roubou uma esteticista do Chez Bella? Como conseguiu? As gorjetas aqui vão ser muito menores.

— Sim, mas ela também ficará encarregada das operações do spa com um aumento no salário-base — disse Maddie. — Sei que está passando um pouquinho do orçamento, mas vale a pena. Ela é muito, muito boa. Vocês vão amá-la. Ela é experiente, empolgada e está tão animada quanto a gente em começar algo do zero. Pensei em pedir para ela vir jantar conosco na próxima terça-feira, se vocês toparem.

— Mal posso esperar para conhecê-la — disse Helen. — E veja só quantas mulheres já se inscreveram para participar. Eu tinha certeza de que o lugar seria todinho nosso nos primeiros meses.

— Uma das maravilhas de viver em Serenity é que não é preciso muito para criar um burburinho — explicou Maddie. — Depois que falei que as pessoas podiam dar uma passadinha lá para olhar o local, todas as mulheres da cidade queriam ser as primeiras a dar uma espiada. E não passa de uma espiada mesmo. Mitch foi muito claro quanto a isso. Pensei que seria uma desvantagem, mas teve o efeito oposto. Elas estão doidas por mais. — Ela sorriu para as amigas. — Prontas para o resto?

— Manda — disse Helen.

Maddie lhes passou um panfleto dobrado em papel rosa pastel.

— Com base na nossa última discussão e nas minhas conversas com Jeanette sobre alguns serviços de spa, fiz um panfleto simples listando o que vamos oferecer e os preços de lançamento, além de uma breve descrição de nós três e de por que a saúde das mulheres é tão importante. Desde que comecei a distribuí-los, todo mundo quis reservar pelo menos um serviço. — Ela deu um sorriso satisfeito. — Esperem só até anunciarmos as aulas de culinária. Dana Sue, talvez você possa começar a bolar algumas ideias. Eu poderia mandar um release para o jornal e isso aumentaria o burburinho na região.

— Você que diagramou isso? — perguntou Helen, incrédula, estudando a frente e o verso do panfleto.

— Eu fiz no computador lá de casa meio às pressas — disse Maddie, na defensiva. — Sei que podemos fazer uma versão mais profissional depois de ajustar tudo. Jeanette tem ótimas ideias para expandir os serviços de spa, mas não queríamos dar um passo maior que a perna.

— Não, não, achei fantástico — disse Helen. — Não tinha ideia de que você sabia mexer com design.

— Tive algumas aulas de marketing e design na faculdade — disse Maddie. — Meu programa não é lá muito sofisticado e estou bem enferrujada, mas me lembrei de algumas coisas.

— Parece que você se lembrou de muitas coisas. Da próxima vez que eu quiser algum impresso para o meu escritório, vou pedir para você — declarou Helen.

— E eu quero que você faça os novos cardápios de verão para o restaurante — disse Dana Sue, animada. — Isso está muito bom, Maddie.

Maddie sentiu lágrimas arderem nos olhos ao ouvir os elogios.

— Ah, gente, esse folheto não tem nada de mais.

— Não se atreva a dizer isso — repreendeu Helen. — Você tem um talento especial para essas coisas, Maddie. Você está se tornando a nossa arma secreta. — Ela ergueu a taça com as últimas gotas de margarita. — Queridas, acho que teremos um negócio de sucesso.

— É isso aí — acrescentou Dana Sue.

Maddie tomou um gole de margarita junto com as amigas e se deliciou com esse triunfo. Ela estava mesmo contribuindo para a sociedade delas, afinal. Algumas semanas antes, nunca teria pensado ser possível. Quando chegasse o dia do pagamento, talvez ela conseguisse aceitar seu salário sem sentir que não o merecia.

O bom humor de Maddie desapareceu quando ela parou o carro na entrada da garagem, bem na hora em que Bill estava voltando de sua noite com as crianças. Ty pulou para fora do carro quase antes de seu pai desligar o motor, com Kyle logo atrás dele. Quando Bill tirou Katie da cadeirinha, a menina começou a chorar e se agarrou ao pescoço dele.

— Não vai embora, papai. Por favor, não vai embora — implorou ela. — Você mora aqui.

Bill lançou um olhar de derrota na direção de Maddie. Apesar de ficar triste por ver Katie sofrer, Maddie não iria ajudá-lo desta vez. Ela deu de ombros para indicar que Bill precisava lidar com o coração partido da filha por conta própria, já que ele era a causa de sua tristeza.

Lá dentro, Maddie encontrou Ty na cozinha vasculhando a geladeira.

— Achei que seu pai tivesse levado vocês para jantar — disse ela.

Não que o filho dela não fosse um poço sem fundo, mas em geral levava mais de uma hora para a fome voltar.

— Eu não estava com fome na hora — disse Ty.

— Ele levou Noreen junto de novo — murmurou Kyle, aproximando-se.

Ele pegou um pote de manteiga de amendoim, um pouco de geleia e pão.

Maddie suspirou. O ódio de Ty por Noreen estava contaminando o irmão mais novo. Aquilo tinha que parar.

— Meninos, vocês não podem pelo menos dar uma chance a ela? — implorou Maddie. — Por seu pai e por vocês, aliás.

Kyle deu de ombros.

— Ela não me incomoda, acho, mas fica meio estranha perto da gente.

— Ela é muito falsa — acrescentou Tyler em tom amargo. — Ela finge estar interessada no que estamos fazendo. Faz um monte de perguntas.

— Talvez ela *esteja* interessada — sugeriu Maddie.

— Aham, tá bom — disse Ty. — Ela só faz isso para impressionar o papai. Ela fica olhando para ele, não para a gente. É só um teatrinho. E papai acredita. Ele fica com raiva porque a gente não cai.

Maddie odiava ter que defender a namorada de Bill, mas não tinha escolha.

— Ah, gente, talvez ela esteja tentando como pode. Essa situação também é constrangedora para ela. Deem um desconto. Respondam como se acreditassem que ela está realmente interessada. Talvez vocês acabem achando algo em comum.

— Eu não quero achar algo em comum — bradou Ty com raiva. — Quero que ela suma da minha vida.

Nesse momento, Bill entrou na cozinha com Katie.

— Bem, pode ir esquecendo — disse ele em tom severo. — Noreen faz parte da minha vida agora, o que significa que ela faz parte da sua.

— Nem morto! — gritou Ty, passando direto pelo pai. — Por mim, vocês dois podem sumir da minha vida!

Maddie ficou horrorizada.

— Tyler Townsend, volte aqui agora mesmo — ordenou Maddie em um tom de voz que conseguiu detê-lo. Ela esperou até o filho dar um passo cauteloso em sua direção. — Isso não é jeito de falar com seu pai. Quero que peça desculpas agora.

Ty permaneceu teimosamente em silêncio.

— Tudo bem, então. Você vai passar mais uma semana de castigo.

Houve um lampejo de mágoa em seus olhos antes de ele sair correndo escada acima. Kyle lançou um olhar decepcionado para Maddie, parecendo dizer que ele esperara que a mãe entendesse melhor o lado deles.

E ela os compreendia. De verdade. Ela se virou devagar para Bill.

— Acho melhor você ir embora.

— Não podemos conversar?

— Hoje não — disse ela. — Francamente, não tenho estômago para isso.

— Vou botar Katie na cama e depois vou embora.

— Não, eu vou levá-la para cima — disse Maddie com firmeza.

— Mas...

— Acho que você fez o suficiente para perturbar a vida deles por hoje. Vá embora e me deixe arrumar essa bagunça.

Bill a olhou com consternação.

— Agora eu não faço mais nada certo, é isso?

Maddie o encarou com um olhar impassível.

— Você é seu pior inimigo. — Ela tirou Katie de seus braços. — Pode ir.

— Maddie — chamou Bill, quando ela estava na metade do caminho.

Ela hesitou, mas não se virou.

— Almoce comigo amanhã e me ajude a encontrar uma solução. Por favor.

Bill nunca havia pedido sua ajuda antes, não daquele jeito. E como aquilo dizia respeito aos filhos, como ela poderia negar?

— Encontro você no Sullivan meio-dia e meia — disse ela de má vontade.

— Tem que ser lá? — perguntou ele.

Ela sabia por que ele se opunha: Dana Sue estaria lá, vigiando os dois, mas ela se recusou a recuar.

— Sim, tem que ser lá. E tente chegar na hora. Tenho um monte de coisas para fazer amanhã.

Ele pareceu surpreso, mas antes que pudesse emitir qualquer comentário, Maddie saiu da sala e levou a filha exausta para o andar de cima.

Bill odiava a ideia de ter qualquer tipo de conversa delicada com Maddie no restaurante que pertencia a uma de suas melhores amigas.

Ele sabia que Dana Sue estaria de orelha em pé para o caso de ele chatear Maddie.

Ele nunca tinha se preocupado muito em manter amizades. Tinha alguns amigos com quem jogava golfe e muitos colegas de profissão, mas ninguém a quem poderia contar qualquer coisa. Depois de ver como Dana Sue e Helen haviam se unido para dar suporte a Maddie durante o divórcio, ele se perguntou como seria ter pessoas assim ao seu lado.

Durante anos, a única pessoa de quem ele precisara tinha sido Maddie. E agora ela não estava mais disponível. Bill estava começando a perceber como sentia falta das conversas que tinha com ela, como confiava em seus insights e como tinha contado com Maddie para ajudá-lo com as crianças.

E como provavelmente estava sendo injusto em pedir sua ajuda para resolver um problema que ele mesmo havia criado.

Ele se levantou ao vê-la entrar no restaurante, impressionado com quanto ela havia mudado nos últimos tempos. Não era a roupa que Maddie estava usando. Ela sempre tinha se vestido de uma maneira que o deixava orgulhoso. Era a postura dela. Havia uma nova confiança irradiando da ex-mulher. E nos últimos tempos Bill vinha reparando cada vez mais nisso.

Num impulso, ele beijou a bochecha de Maddie, algo que teria sido normal alguns meses antes, e se encolheu quando ela o olhou espantada.

— Desculpe — murmurou ele. — É a força do hábito.

— Eu só tenho uma hora, então me diga o que houve.

— É sobre as crianças, óbvio — disse ele, irritado. — E já pedi a comida para não perdermos tempo.

— Ótimo — disse ela. — Bill, você não pode estar surpreso por eles ainda estarem chateados com todas as mudanças pelas quais passaram.

— Maddie, já faz meses. Pensei que eles superariam tudo isso quando conhecessem Noreen melhor, mas eles a odeiam. Pelo menos Ty odeia, e Kyle agora está começando a imitar o irmão. Eles não querem nem dar uma chance a ela. Como resolvo isso?

— Talvez seja um bom começo avisar quando você estiver pensando em trazê-la com você — sugeriu ela em tom neutro. — Acho que eles foram pegos de surpresa ontem à noite. Estavam esperando jantar sozinhos com o pai. Eles precisam passar um tempo com você, Bill. Precisam saber que, antes de qualquer coisa, você ainda é o pai deles.

— Não posso dizer a Noreen para ela ficar em casa — disse ele, enquanto a garçonete servia as saladas.

— Por que não? — perguntou Maddie em tom veemente, depois que a garçonete saiu. — Se ela deixa seus filhos chateados, por que você não pode explicar que vai precisar de alguns momentos a sós com eles para facilitar a transição? Não acho que ela seja uma pessoa má ou mesmo insensível. Se você explicar, ela provavelmente vai entender e não ficará achando que você está tentando tirá-la da vida deles ou da sua. Mas se Noreen é mesmo tão insegura assim, ficar casado com ela vai ser uma luta eterna.

— Ok, entendi o que você quis dizer, mas se as crianças não passarem tempo com Noreen, como vão conhecê-la melhor?

Maddie lançou um olhar impaciente.

— É uma questão de equilíbrio, entende? Você passa um tempo sozinho com eles. Você inclui Noreen em outros momentos. Não é tão complicado.

— Mas…

— Olha, você pediu meu conselho e aqui está ele. Não precisa segui-lo. Ignore o que eu falei e fique aí de braços cruzados enquanto a situação fica cada vez pior, até você finalmente não ter uma relação com seus filhos. É com você a partir de agora.

Ela se levantou.

— Aonde você vai?

— Isto foi uma péssima ideia. Vou voltar ao trabalho.

— Mas ainda não terminamos — disse ele, desesperado para que Maddie ficasse. — Você nem tocou na comida.

— Você está muito enganado, Bill. Nós terminamos sim. E foi escolha sua também.

Ela foi embora antes que ele conseguisse pensar em um motivo legítimo para segurá-la mais um pouco. Bill se sentia como se sua vida tivesse ido pelo ralo.

— Posso trazer mais alguma coisa? — perguntou Dana Sue.

Bill a olhou, esperando vê-la toda satisfeita com a tristeza dele, mas o olhar de Dana Sue era solidário. Isso foi ainda mais duro de engolir do que Maddie ter ido embora.

— Não — disse ele, tenso.

Ele tirou quarenta dólares da carteira e deixou o dinheiro na mesa.

— Mas você nem comeu — disse ela, tentando devolver o dinheiro.

— Não, mas ocupei uma mesa no horário de pico. Dê o dinheiro para a garçonete.

Ele saiu sabendo que havia conseguido surpreender mais uma pessoa além de si mesmo. Todos os insights que tivera sobre quanto ele havia perdido quando desistiu de seu casamento com Maddie o incomodariam por muito tempo.

Já passava das seis da tarde quando Maddie tirou os olhos dos papéis e catálogos em que estava trabalhando e viu Cal parado na porta de seu escritório improvisado com uma expressão perturbada.

— Que surpresa — disse ela, preocupada, lamentando que ela não pudesse parar por um minuto que fosse para apreciar o caimento masculino de sua calça jeans e a camiseta azul-escura que valorizava os ombros musculosos. — Não posso aceitar sua inscrição como associado. Você é claramente do sexo errado.

— Aposto que poderia fazer você mudar de ideia — disse ele, um leve sorriso surgindo nos lábios. — Mas não é por isso que estou aqui.

Ela ficou esperando.

— Ty faltou ao treino de beisebol hoje — anunciou ele, puxando uma cadeira e sentando-se na frente dela. — Alguma ideia do porquê?

Maddie sentiu um nó no estômago.

— Você ligou lá para casa, por acaso?

— Ninguém atendeu. E fui até lá de carro antes de vir aqui, mas ninguém abriu a porta quando toquei a campainha.

— Droga — murmurou ela. — Eu vou matar meu futuro ex--marido.

— O que ele tem a ver com isso?

Ela encontrou o olhar preocupado dele com um igual.

— Eu não devia ficar incomodando você com meus problemas, Cal. Não é justo.

— Quando eles afetam alguém tão importante para meu time quanto Ty, estou mais do que disposto a ouvir e fazer o possível para ajudar. E estou falando sério, Maddie.

Ela ouviu a sinceridade em sua fala e resistiu à tentação de desabafar sobre tudo — a insensibilidade de Bill aos sentimentos dos filhos, as próprias frustrações, a raiva de Ty, as mudanças na personalidade antes otimista de Kyle, o sofrimento de Katie. Mas, apesar do que Cal dissera, nada disso era problema dele.

— Nada de novo. Ty ainda está tendo dificuldade para se adaptar à presença da nova mulher na vida de seu pai.

Cal assentiu.

— Mas o que aconteceu ontem ou hoje que o faria faltar ao treino? Ele é um garoto responsável, Maddie. Mesmo quando não estava se dedicando, pelo menos ele comparecia.

Ela finalmente contou sobre o jantar desagradável que os filhos tiveram com o pai e Noreen no dia anterior e a discussão que se seguiu na casa.

— Ty e Kyle acham que não entendo o que estão passando. Acho que os dois estão se sentindo muito sozinhos agora. — Ela lhe lançou um olhar desamparado. — Eu continuo tentando encontrar um meio-termo, alguma maneira de ajudá-los a aceitar a decisão do pai, mas obviamente não estou conseguindo.

— Você tem alguma ideia de onde Ty possa estar agora?

— Se ele não está no campo de beisebol, não — respondeu ela, pegando sua bolsa. — O que significa que preciso começar a procurar por ele.

— Eu levo você — disse Cal.

— Não precisa.

— Vai ser mais fácil você ligar para os amigos dele enquanto eu dirijo.

Ela assentiu, já que não tinha como rebater o argumento.

— Obrigada.

Cal deu um aperto de leve no ombro de Maddie assim que ela passou por ele.

— Você é uma boa mãe, Maddie. Não duvide de si mesma em relação a isso.

— Então por que meu filho de 16 anos está tão infeliz?

— Porque ele está cheio de emoções conflitantes com as quais não sabe lidar — disse Cal.

— Emoções conflitantes?

— Imagino que parte dele queira fazer as pazes com o pai. A temporada de beisebol começou, e você me disse que sempre foi uma coisa deles. Agora é uma fonte de conflito, porque você e o pai nem sequer comparecem aos mesmos jogos. Se ele fica feliz em ver o pai, um pouco que seja, ele se sente sendo desleal com você. E aí você tenta convencê-lo a passar mais tempo com o pai e a nova mulher na vida dele. É confuso para ele.

Maddie olhou para ele maravilhada.

— Como você pode ser tão inteligente?

— Não é inteligência. Passo muito tempo com adolescentes, e um número maior do que eu gostaria passa por isso ou por algo parecido. Eu também já fui adolescente. Me lembro dos altos e baixos. Nunca parece haver muito meio-termo.

Ela se obrigou a fazer a pergunta que a atormentava havia algum tempo.

— Você acha que Ty precisa de ajuda profissional?

Ele a encarou.

— O que você acha?

— Eu não quero pensar que ele precisa. Sou a mãe dele, deveria ser capaz de resolver isso sozinha, mas não quero deixar meu ego atrapalhar e acabar prejudicando ainda mais meu filho. Ty não pode continuar sumindo assim. Um dia desses ele vai acabar arrumando problemas de verdade. Ele precisa encontrar outra maneira de lidar com a raiva.

— Então converse com ele e não pare de conversar, mesmo quando você achar que ele não está ouvindo. Você está prestando atenção, Maddie. Não acho que a situação vai sair do controle sem você perceber. E eu também estou de olho. Acredite, vou explicar que faltar ao treino prejudica o time todo e isso não será tolerado.

— Nunca vou conseguir agradecer o suficiente por você se importar com meu filho — disse ela.

Maddie não conseguiu interpretar bem o olhar de Cal, mas mesmo assim provocou um pequeno arrepio e a fez se perguntar — não pela primeira vez — se era só com Ty que Cal se importava. Mas era uma questão complicada demais no momento. Agora, tudo o que importava era encontrar o filho.

CAPÍTULO DOZE

Não foram poucas as vezes durante a busca por Ty que Cal teve vontade de puxar Maddie para seus braços e confortá-la. Mas, embora o lábio inferior dela tremesse e as lágrimas brotassem em seus olhos sempre que um lugar que checavam se mostrava vazio, Maddie não perdeu a compostura. Nenhuma vez.

— É melhor eu ligar para Bill — disse Maddie por fim, parecendo resignada. — Ele precisa saber o que está acontecendo. Talvez tenha notícia de Ty, embora eu duvide muito, considerando a situação entre os dois.

— É difícil prever o que Ty vai fazer. Ele pode até ter ido atrás do pai — raciocinou Cal. Ele percebeu a expressão relutante de Maddie e resolveu aliviar um pouco a situação. — Você prefere ir para casa primeiro, ver se Ty apareceu? Talvez dar uma olhada em Kyle e Katie? Sei que você está preocupada com eles estarem sozinhos, mesmo Kyle já tendo cuidado da irmã antes. Depois de ver se está tudo bem, ligue para Bill para atualizá-lo.

— Sim, vamos fazer isso — disse ela, agradecida. — Quem sabe Ty ligou para casa desde a última vez que falei com Kyle.

Maddie tinha falado com Kyle havia menos de cinco minutos, mas por enquanto ela precisava se agarrar às esperanças. Cal não tiraria isso dela.

Quando chegaram, Cal parou na entrada da garagem, atrás de outro carro que também acabava de chegar.

— Quem é? — perguntou ele.

— Minha mãe — disse Maddie, abrindo a porta e saindo no instante em que a porta do carona do outro carro se abriu e Ty apareceu. Quando viu a mãe e Cal, o rapaz abaixou a cabeça, visivelmente culpado.

— Vou lá para dentro — murmurou ele, entrando na casa.

Paula Vreeland saiu do carro e abriu um sorriso cansado para Maddie.

— Estou tentando falar com você há um tempão, mas não tenho seu celular e ninguém estava atendendo em casa ou no spa. Da última vez que liguei, Kyle atendeu e me disse que você tinha telefonado, então decidi vir de uma vez.

— Onde você encontrou Ty? — perguntou Maddie.

— Ele me encontrou — disse a sra. Vreeland, soando surpresa. — Ele apareceu lá em casa hoje à tarde. Admitiu que tinha faltado ao treino de beisebol e contou que você não sabia onde ele estava. Insisti para que ele ligasse. — Ela deu de ombros. — Ele se recusou, então eu mesma liguei.

— Fico feliz que ele tenha procurado você — disse Maddie. — Mas por quê?

— Temos estado mais próximos ultimamente — respondeu a mãe. — Ele acha que pode falar comigo.

— Ele pode falar *comigo* — protestou Maddie, parecendo ferida.

— Você e eu sabemos disso — tranquilizou sua mãe —, mas é a percepção de Ty que importa. — Ela estudou Maddie com uma expressão preocupada e disse: — Ele perguntou se podia vir morar comigo por um tempo.

Maddie ficou boquiaberta e seus olhos se encheram de lágrimas. Cal colocou uma mão firme no ombro dela. Mal podia imaginar o choque que ela devia estar sentindo ao ouvir aquelas palavras.

— Por quê? — perguntou ela, parecendo confusa. — Ele explicou?

— Por que vocês não conversam sobre isso lá dentro? — sugeriu Cal. — Agora que sabemos que Ty está bem, vou indo.

— Fique — disseram Maddie e a mãe ao mesmo tempo.

Foi o olhar suplicante de Maddie que o convenceu.

— Claro, se você acha que posso ajudar.

Lá dentro, não havia sinal de Ty. Ele obviamente tinha se refugiado em seu quarto.

— O que acham de eu subir e tentar conversar com ele? — sugeriu Cal. — Quem sabe um outro ponto de vista o ajude a entender o que está acontecendo. Também posso explicar as consequências por ele ter faltado ao treino enquanto vocês duas têm um tempo a sós para resolver como vão lidar com isso.

A sra. Vreeland lançou um olhar agradecido.

— Excelente ideia, Cal. Venha, Maddie. Vou ajudar a preparar o jantar. Tenho certeza de que as crianças estão morrendo de fome.

Maddie ficou incrédula.

— Você sabe cozinhar?

A sra. Vreeland riu, o que amenizou o clima sombrio.

— Sei que você não teve uma infância muito tradicional, querida, mas nós fazíamos refeições à mesa de vez em quando. Quem você acha que preparou?

— Papai? A empregada?

— Em geral, sim — admitiu sua mãe, despreocupada. — Mas de vez em quando eu conseguia me lembrar de todas as aulas de culinária que minha mãe me deu em sua tentativa frustrada de me transformar em uma garota sulista tradicional. Vamos ver se consigo preparar uma das caçarolas de atum que ela fazia. É uma comida reconfortante das antigas. — Ela piscou para Cal. — Você vai ficar para o jantar, é claro.

— Vamos ver — disse Cal.

Mas, apesar de sua resposta cautelosa, ele sabia que não havia como dar as costas àquela família enquanto mostrassem qualquer sinal de que ainda precisavam dele. Ficar ao lado de Maddie parecia certo, e, depois de errar tanto com Laurie, aquela era uma sensação maravilhosa.

— Você já está dormindo com ele? — perguntou a mãe de Maddie enquanto vasculhava os armários atrás dos ingredientes para a caçarola de atum.

— Mãe! — exclamou Maddie, indignada. — Você não acha que temos coisas mais importantes para discutir?

Sua mãe sorriu, nem um pouco arrependida.

— Acho que depende do ponto de vista. Apaixonar-se está no topo da lista de prioridades da maioria das mulheres.

— Não quando o filho delas está em crise — respondeu Maddie. — Além disso, quem disse que estou apaixonada por Cal?

— Dá para ver quando você olha para ele — disse a mãe, misturando o atum e o creme de cogumelos enquanto o macarrão fervia no fogão. — E, caso você esteja se perguntando, também dá para ver quando ele olha para você.

— Eu não estava me perguntando — murmurou Maddie, mas as bochechas estavam coradas. — Mãe, o que deu em Ty para ele ir até a sua casa pedir para morar com você?

— Achei que seria óbvio. Ele está se sentindo dividido entre você e o pai. Eu sou neutra.

Cal dissera algo parecido, e Maddie ainda ficava de coração partido ao pensar nisso.

— Mas eu fiz tudo para ele não se sentir assim — protestou ela. — Tentei ao máximo esconder meus sentimentos e tentar mediar algum tipo de relacionamento que seja minimamente normal para todos.

— Você não entende? De certa forma, isso piora as coisas — explicou a mãe. — Ele está furioso por você. E aí você não o deixa ver que você sente o mesmo. Não espero que você fale mal do Bill, embora ele mereça cada palavra negativa, mas você tem direito de sentir o que está aí dentro. O que Ty vai pensar com você agindo como se tudo estivesse ótimo? Você quer que ele pense que você é um capacho? O que Ty vai esperar das mulheres quando chegar a hora de ele ter um relacionamento sério?

Atordoada com a ideia, Maddie quase podia sentir o sangue esvaindo do rosto.

— É a última coisa que quero.

— Então converse com ele e diga como você realmente se sente — aconselhou a mãe. — Explique que não há problema algum em ficar com raiva e magoado, mas isso não significa que ele não possa mais amar o pai e você ao mesmo tempo. Seu filho precisa ver você se defender, Maddie, não se martirizando pelo bem dele e dos irmãos.

Maddie nunca pensara em suas atitudes daquela maneira, mas entendia o que mãe estava dizendo.

— Será que seria melhor para Ty ficar com você, pelo menos por enquanto? — perguntou ela, odiando a ideia, mas disposta a considerá-la.

— De jeito nenhum — disse sua mãe, sem pestanejar. — Não que eu não o queira lá em casa. Se fosse o melhor lugar para ele, é claro que eu o receberia. Mas acho que ele deveria ficar aqui com você. Ele só precisa sentir que todos estão no mesmo time, tentando superar isso juntos. Inclua seu filho, Maddie. Não o isole. Kyle também. Os dois têm idade suficiente para saber a verdade e ajudar você a definir como essa nova família vai funcionar.

Maddie enterrou o rosto nas mãos.

— Isso é tão difícil. Como alguém consegue fazer as coisas do jeito certo?

Sua mãe abriu um sorriso triste.

— Duvido que alguém acerte em tudo. As pessoas fazem o que podem e tentam não causar muitos problemas. — Ela olhou para o teto. — Algo me diz que ter Cal por perto também não vai fazer mal. Ty o adora. E Cal parece sensato, além de ter um ótimo gosto para mulheres.

— Mãe!

— Só estou dizendo...

Maddie franziu a testa para ela.

— Eu sei o que você está dizendo, mas não quero você se metendo na minha vida amorosa. Isso se eu tiver uma de novo algum dia.

— Seria uma pena se você não tivesse, só isso. — Depois de misturar os ingredientes uma última vez, sua mãe pôs a caçarola no forno. — Acho que acabei por aqui. Diga a Ty para me visitar ou me ligar quando quiser. Talvez eu possa me sair melhor como avó do que como mãe.

— Você foi uma boa mãe — protestou Maddie.

Sua mãe a olhou com censura.

— Não reescreva o passado, querida. Eu amava você de coração, mas estava obcecada com o meu trabalho. Gosto de pensar que finalmente encontrei um equilíbrio melhor na minha vida. Só queria que eu tivesse tido essa epifania a tempo de ter sido uma mãe melhor para você.

Ela deu um beijo na testa de Maddie, acenou e saiu.

— Mãe, como você vai conseguir manobrar? — chamou Maddie. — O carro de Cal está estacionado atrás do seu.

— Não se preocupe. Foi para isso que inventaram a direção hidráulica. Já saí de muitas situações difíceis na vida. — Ela sorriu. — E seu gramado é enorme.

Maddie ainda estava rindo quando olhou para cima e viu Cal.

— Sua mãe está indo embora?

Ela assentiu.

— Mas eu estacionei atrás dela.

Maddie sorriu para ele.

— Ela não parece achar que vai ser um problema.

— Meu Deus — murmurou ele e saiu.

Quando voltou, havia um olhar admirado no rosto dele.

— Ela é um pouco louca, mas conseguiu. Nem um arranhão em nenhum dos dois carros. Mas não sei se posso dizer o mesmo da sua roseira.

Maddie deu de ombros.

— Eu sempre odiei aquela roseira. Bill plantou. Ele achou que ia salvá-lo da obrigação de me comprar rosas para o nosso aniversário de casamento. Como foi com Ty?

— Ele vai descer daqui a pouco. Você mesma pode perguntar a ele. Acho que vou indo.

Uma parte dela sabia que era melhor ele ir embora para que ela tivesse um tempo a sós com o filho, mas outra parte queria que Cal ficasse e a apoiasse quando ela não soubesse o que dizer.

Ela lhe lançou um olhar triste.

— Não nego que preferiria que você ficasse. Mas você tem razão. Ty e eu precisamos conversar.

— Ligo para você mais tarde para saber como foi — prometeu.

Maddie assentiu, mais ansiosa pela ligação do que deveria.

— Obrigada por tudo, Cal.

— Disponha. — Ele hesitou, depois a encarou. — É a sua vez de vir ao jogo de sexta-feira, certo? Você não foi ontem.

Ela assentiu.

— Vamos comer pizza depois?

Foi sua vez de hesitar, mas depois Maddie concordou, permitindo a si mesma aquele pequeno prazer em um mar de incertezas.

— Combinado, vai ser bacana.

Além disso, o que era mais uma complicação em sua vida? Pelo menos essa a deixava mais animada.

Maddie estava tirando a caçarola de atum do forno quando Katie apareceu na porta da cozinha, o polegar enfiado na boca. Maddie a olhou com consternação. Ela achou que esse hábito tinha sido abandonado havia muito tempo.

— Como está minha garotinha? — perguntou ela, tentando não mostrar quanto estava preocupada.

— Bem — disse Katie, mas os olhos tristes da menina contavam outra história. — Papai vem jantar em casa?

— Não, querida, nós conversamos sobre isso — disse Maddie em tom gentil. Ela puxou uma cadeira e se sentou, depois acenou para a filha. — Venha aqui com a mamãe.

Katie subiu no colo de Maddie na mesma hora, então deitou a cabeça no peito da mãe, enquanto mantinha o polegar na boca.

— Seu pai não mora mais aqui — explicou Maddie, afastando um cacho que havia caído na bochecha sedosa de Katie. — Você já foi na casa nova dele. Tirando quando ele sai para jantar com você, Kyle e Tyler, é lá que ele janta agora.

Katie deu um suspiro resignado.

— Com Noreen.

— Isso mesmo.

— Por quê?

Maddie reprimiu o próprio suspiro. Ela se fizera aquela pergunta um milhão de vezes nos últimos meses. Ainda não tinha uma resposta clara, pelo menos não uma que fosse adequada para uma criança de 6 anos que ainda idolatrava o pai.

— Porque é onde seu pai quer morar agora — explicou com cuidado. — Mas ele ainda ama muito você e seus irmãos e quer que você faça parte da nova vida dele com Noreen. Isso nunca vai mudar. Ele sempre será seu pai.

Quantas vezes ela teria que repetir essas mesmas palavras para os filhos? Provavelmente até que eles acreditassem. Katie sem dúvida não parecia convencida, só triste.

— Ty diz que ele abandonou a gente.

— Ele mudou de casa, isso é verdade — admitiu Maddie. — Mas ele não abandonou você. Ele te ama.

Os olhos azuis de Katie estavam solenes.

— Ele ainda ama você?

— Não, querida, sinto muito.

— Você está triste?

— Um pouco, porque seu pai e eu tivemos você, Kyle e Tyler e pensávamos que seríamos uma família para sempre, mas nem sempre as coisas acontecem como a gente espera. Nesses casos, é melhor aceitar e tentar pensar nas coisas boas.

Lágrimas brotaram e começaram a rolar pelas bochechas de Katie.

— Estou com saudade do papai — sussurrou ela. — Ty não. Ele odeia o papai. Está feliz por ter ido embora.

— Eu não acredito nisso — disse Maddie. — Ele está magoado e confuso, mas, lá no fundo, Tyler ama o pai tanto quanto você.

Foi então que ela viu Ty na entrada da cozinha. Ele parecia querer contradizê-la, mas Maddie lhe lançou um olhar de advertência e o filho permaneceu em silêncio.

Maddie limpou as lágrimas das bochechas de Katie.

— Você pode subir e avisar Kyle que o jantar está pronto, querida?

Katie lhe deu outro abraço apertado, depois saiu do colo da mãe e passou por seu irmão mais velho.

— Por que você disse a ela que eu amo o papai? — questionou Ty com raiva. — Ela está certa. Eu o odeio.

— Mesmo que você odeie, e eu não acredito nisso, não é algo que sua irmã de 6 anos precise ouvir. Ela precisa saber que não há problema em amar o pai, mesmo que esteja triste e decepcionada. Não tire isso dela, Tyler. A situação já é difícil o suficiente. — Eles se olharam diretamente. — Você pode pelo menos tomar cuidado com o que diz perto dela?

Ele corou, parecendo culpado.

— Acho que sim.

— Obrigada.

— Você vai me deixar ir morar com a vovó?

— Não — disse ela categoricamente.

Ele a encarou, incrédulo.

— Por quê? Eu achei que você ficaria feliz em me tirar de casa, ainda mais porque acha que sou uma influência negativa para Katie e Kyle.

— Somos uma família — lembrou ela. — Nós ficamos juntos.

— Acho que papai não concorda — disse ele sarcasticamente.

— Pelo visto, você também não. Uma coisa que fazemos nesta família, inclusive, é sempre avisar uns aos outros onde estamos. Vou deixar o incidente de hoje passar batido, uma vez que você já está de castigo, mas é mais uma coisa para você pensar enquanto fica confinado em casa.

— Eu fui para a casa da vovó — disse ele. — Qual o problema?

— O problema é que você faltou ao treino de beisebol. Você deixou seu treinador e seu time na mão. Você me deu um susto tremendo. Você sempre teve consideração pelos outros, Ty. Não esperava esse comportamento de você e não vou tolerar isso. Além disso, você deixou o treinador Maddox preocupado, e ele sempre foi bacana com você. Nós dois passamos mais de uma hora atrás de você, rodamos a cidade inteira. Isso é inaceitável. De verdade, se eu fosse seu treinador, eu o deixaria na reserva por ter faltado ao treino.

Os olhos de Ty se arregalaram.

— Ele disse que ia fazer isso? Ele não me disse isso. Quer dizer, ele falou sobre regras, consequências e essas coisas, mas não me botou na reserva.

— Só estou dizendo o que eu faria se fosse ele.

— Ainda bem que você não é o treinador — murmurou Ty.

— Sim, sorte a sua. Mas sou sua mãe e espero que você tenha respeito e consideração por mim. Se isso acontecer de novo, vou reavaliar se o beisebol significa tanto assim para você quanto diz.

Talvez não seja mais uma atividade que você possa continuar enquanto estiver de castigo.

Ele engoliu em seco e pela primeira vez pareceu entender a gravidade do que havia feito.

— Desculpa, mãe. Eu não fiz isso de maldade. Eu só queria poder conversar com alguém que ficaria do meu lado.

Maddie sentiu uma nova dor em seu coração.

— Ty, eu estou *sempre* do seu lado. Por favor, acredite nisso.

Ele a olhou com uma expressão culpada.

— Eu sei, mãe. Isso não vai se repetir, prometo.

Maddie suspeitava que iria, de uma maneira ou de outra, mas por enquanto estava satisfeita por Ty ter entendido o que ela queria dizer.

Ela colocou a caçarola de atum em cima da mesa e tirou uma salada da geladeira.

— Quem fez a caçarola? — perguntou Ty, com um olhar desconfiado. — Não parece a sua.

Maddie sorriu.

— Sua avó que preparou. Ela estava querendo provar uma coisa.

— Que ela deveria se dedicar à arte e não à cozinha?

— Não deixe sua avó ouvir você dizer isso. — Maddie sorriu. — Eu vi como ela a preparou. Ninguém vai morrer.

— Isso quer dizer que vai estar boa ou só que não vamos morrer? — perguntou Ty, cético.

Maddie estudou a caçarola borbulhante, também meio cética, depois deu de ombros.

— As duas coisas, espero.

Na sexta-feira à tarde, Bill começou a pensar no jogo que o filho teria aquela noite contra o maior rival da escola. Todos na cidade estariam lá. A rivalidade já durava pelo menos cinquenta anos. Uma caravana de carros adornados por pompons e faixas sempre passeava pelas ruas, independentemente de o jogo acontecer em Serenity ou na cidade vizinha.

Bill nunca perdera um clássico daqueles, nem em seus tempos de aluno, nem desde que Ty se tornara o arremessador do time. Era a vez de Maddie comparecer ao jogo do filho, mas ele não pôde deixar de se perguntar se ela se importaria em trocar de dia. Ou talvez os dois pudessem ir. Talvez Noreen nem precisasse ficar sabendo. Ela parecia menos insegura, pelo menos no que dizia respeito ao beisebol, desde que ele e Maddie haviam estabelecido o novo acordo. Ultimamente, não havia motivo para Noreen se preocupar com o que ele estava fazendo, então ela mantivera distância do campo. Ele precisava admitir que todos pareciam mais felizes assim.

Assim que terminou de atender o último paciente do dia, ele pegou sua pasta e jaqueta e foi em direção à porta. Infelizmente, Noreen o interceptou.

— Aonde você vai? — perguntou ela.

Bill se irritou, embora seu tom fosse apenas curioso, e não ciumento.

— Tenho uma coisa para resolver — respondeu ele sem hesitar.

— Devo estar em casa para o jantar em algumas horas. Você precisa de alguma coisa?

Ele ficou surpreso com a facilidade com que a mentira foi dita. Talvez tivesse aperfeiçoado essa habilidade quando estava traindo Maddie.

— Nada — disse ela, mas continuou a estudá-lo. — Ty tem um jogo hoje à noite, não?

Ele assentiu.

— Você não foi ao último?

Mais uma vez, Bill assentiu, sabendo que ela havia descoberto exatamente o que ele pretendia resolver. Ele podia muito bem admitir a verdade.

— Pensei em dar uma passada lá, não ficar o jogo inteiro.

— Maddie vai estar lá, não vai?

— Imagino que sim — admitiu ele. — Mas não vou ficar com ela. Aliás, nem vou para as arquibancadas. Posso assistir do carro. É um grande jogo e eu gostaria de ver pelo menos um pedaço.

— Eu posso ir junto — sugeriu ela. — Se é importante para Ty, eu gostaria de estar lá também. Vai ser algo para a gente conversar na próxima vez que sairmos juntos. — Ela o olhou com uma expressão triste. — Eu sei que ele não me quer lá, Bill, mas se eu ficar no carro, ele nem precisa saber que eu fui. Ele é seu filho. Só quero encontrar alguma coisa em comum, talvez melhorar a situação para todos nós.

Bill suspirou e a puxou para seus braços.

— Eu sei que você quer. E sei que estou pedindo muito quando digo para você não ir aos jogos dele, mas é assim que deve ser por enquanto. Beisebol é a coisa mais importante na vida dele agora. Ty não precisa de distrações.

— E isso é tudo o que sou para ele, certo? Uma distração — disse ela em tom amargo, afastando-se dele. — Não espero que Ty pense em mim como a mãe dele, mas ele não poderia pelo menos tentar me ver como uma amiga?

— Com o tempo — disse Bill. — Eu sei que isso vai acontecer com o tempo. Ele é adolescente, Noreen. Você deve se lembrar de como era essa época. É uma época confusa o suficiente mesmo sem os pais se divorciando.

Ela o estudou por um longo tempo, depois suspirou.

— Talvez você devesse ter pensado nisso antes de se envolver comigo — disse ela, cansada. — Vejo você em casa.

Bill a observou erguer o queixo e endireitar as costas enquanto se afastava, mas ele sabia que Noreen devia estar chorando. Apesar de seu papel como amante no fim do casamento de Bill, ela era uma boa pessoa. Caso contrário, ele não achava que teria permitido que ela ficasse entre ele e Maddie.

— Noreen, espere — chamou ele. — Por que não vamos à Rosalina's comer uma pizza?

Ela se virou, secando as lágrimas que caíam por suas bochechas.

— Sério? — perguntou ela, sua expressão alegre como se ele tivesse lhe oferecido a lua.

Ele sorriu.

— Sério. Por que não? Podemos esperar até o time chegar. A estação de rádio local transmite os jogos, então podemos ouvir lá da pizzaria.

— Como Ty vai se sentir se estivermos lá quando ele chegar? — perguntou ela.

— Nós não vamos demorar — disse Bill, entusiasmado com a ideia. — Vamos dizer oi, parabenizá-lo pelos arremessos se tiver vencido e depois vamos embora. Tenho certeza de que vai ficar tudo bem, desde que não fiquemos por lá.

Noreen parecia incerta.

— Ele sente vergonha de mim, ainda mais na frente dos amigos — lembrou ela.

— Então vamos embora antes de ele chegar — disse Bill, sabendo que ela estava certa. — Mas você e eu poderemos ouvir o jogo juntos e você vai ter algo para conversar com ele da próxima vez que nos encontrarmos.

— Perfeito — disse Noreen, sorrindo. Ela ficou na ponta dos pés e o beijou. — Obrigada.

— Não me agradeça — disse ele, um pouco brusco.

Afinal, se ele fosse um homem decente, tentaria ter em mente que aquela era a mulher que ele escolhera em vez da família. Ela não merecia passar nem um segundo sequer pensando que era sua segunda opção.

A verdade era que, embora fosse jovem, Noreen havia suportado muito bem os olhares de reprovação dos moradores mais intrometidos de Serenity, ainda mais depois que ela não conseguiu esconder a gravidez. Noreen sabia que quase todo mundo na cidade tinha uma opinião sobre a situação e que a maioria havia tomado o partido de

Maddie. Mas ela jamais demonstrou sentir pena de si mesma. Na verdade, fazia o possível para manter a cabeça erguida e se dar bem com todos, especialmente com os filhos dele. Foram as circunstâncias, não Noreen, que tornaram isso impossível.

Bill olhou para o rosto úmido dela, viu a ansiedade em seus olhos e impulsivamente se inclinou para beijá-la.

— Eu já lhe disse quanto você é linda?

Ela deu um sorriso choroso.

— Ultimamente não.

— Bom, é verdade. Não sei como tive tanta sorte.

Infelizmente, também não sabia por que sua boa sorte não o estava fazendo feliz.

CAPÍTULO TREZE

Dez aparelhos de ginástica de última geração chegaram ao spa na sexta-feira de manhã. A maioria ainda estava na caixa e havia sido empurrada para uma das paredes da futura sala de ginástica principal, mas Maddie conseguiu convencer Mitch a abrir e montar uma das esteiras para que ela pudesse testar. Ele a posicionou na frente das janelas grandes que davam para a floresta, exatamente como ela imaginara.

Agora, ao fim de um longo dia tedioso, Maddie tinha no máximo dez minutos antes de precisar buscar Katie e Kyle e partir para o jogo de Ty. Ela subiu na esteira, ajustou as configurações e ligou. Enquanto caminhava em um ritmo leve, ficou observando a vista tranquila e sentindo as preocupações que a atormentavam sumirem. Se esse era o efeito de menos de um minuto de exercício, imagine só o que…

— Minha vez — disse Helen, interrompendo os pensamentos de Maddie, que quase tropeçou tamanho o sobressalto.

— De onde você surgiu? Não me dê um susto desses!

Ela desceu e deixou Helen tomar seu lugar.

— Encontrei Mitch mais cedo e ele mencionou que os aparelhos haviam chegado. Eu estava doida para dar uma olhada. Aqueles lá são os outros?

Ela indicou com a cabeça as várias caixas ao fundo da sala.

— Sim. Se todos forem tão bons quanto esta esteira, nossas associadas ficarão felicíssimas — disse Maddie.

— Por que você já não pediu para a equipe de Mitch montar tudo?

— Ainda há muito trabalho a ser feito. Os equipamentos iam atrapalhar e ficariam imundos. — Maddie sorriu. — Mas não pude resistir a experimentar uma esteira. — Ela correu os dedos pelo painel sofisticado. — Não é maravilhosa?

— Não só a esteira, mas essa vista — emendou Helen, já parecendo mais relaxada. — Eu poderia jurar que já me sinto melhor, sinceramente.

— Eu sei — disse Maddie, animada. — Também me senti melhor na hora. Estou começando a acreditar que este lugar vai ser uma adição maravilhosa à cidade.

Helen a observou com uma expressão estranha.

— Você não acreditava antes?

— Não tanto. Eu estava focada demais pensando no que significaria para mim ter um projeto ao qual pudesse me dedicar com unhas e dentes — admitiu Maddie. — E, claro, havia os benefícios à saúde de nós três.

A expressão de Helen era irônica.

— Eu poderia ter matriculado nós três no Chez Bella e seria muito mais barato.

— Eu sei, mas você não seria a *dona* — disse Maddie com uma risada. — Você é bem controladora, você sabe disso.

Helen deu de ombros, sem negar.

— Você vai ao jogo?

Maddie olhou para o relógio e percebeu que agora estava atrasada.

— Sim, e ainda preciso buscar as crianças. Quer vir junto?

— Hoje não. Tenho que estar no tribunal na segunda-feira e vou levar o fim de semana inteiro para me preparar.

Maddie ficou preocupada. Helen passava tempo demais trabalhando.

— Venha jantar lá em casa no domingo — sugeriu Maddie. — Você vai precisar de uma pausa até lá. Faz um tempo desde a última vez que você viu as crianças.

O olhar de Helen foi malicioso.

— Eu vou se você prometer me contar tudo sobre o seu encontro com Cal.

— Não tenho um encontro com Cal.

— Então como você chamaria? Ele convidou você para comer pizza depois do jogo de novo, não foi?

— Com o time — disse Maddie. — E meus filhos.

— Isso é ainda melhor do que um encontro — disse Helen.

— Por quê?

— Ele está participando da sua vida — explicou Helen. — O sexo selvagem virá em seu devido tempo.

Maddie revirou os olhos, mas não conseguia conter a expectativa que as palavras de Helen provocaram.

— Vejo você no domingo — disse ela a Helen. — Não passe tempo demais na esteira. Você não quer que fique gasta antes mesmo da inauguração.

Helen deu um breve aceno, depois aumentou a velocidade do aparelho e começou a correr. *Compulsiva, ambiciosa, ativa...*, pensou Maddie, observando a amiga. Ela não podia deixar de se perguntar se o exercício seria tão bom para Helen quanto o médico achava ou se seria só mais uma coisa pela qual ela ficaria obcecada.

O time estava extasiado. Ty só arremessara por cinco entradas até Cal decidir poupar o garoto e substituí-lo, mas a vantagem estava garantida. Eles tinham derrotado o time mais difícil da divisão, seu maior rival em toda a região. Os ânimos sempre esquentavam nesses jogos, e naquela noite não foi diferente. Cal não poderia estar mais orgulhoso da maneira como todos trabalharam juntos.

Ao entrar com o time na Rosalina's, imediatamente procurou Maddie, que havia deixado o campo antes dele. Cal a viu sozinha em uma mesa em um canto menos iluminado, longe das mesas que haviam sido montadas para o time. Kyle estava sentado sozinho na área do time, parecendo zangado. Quando examinou o restaurante lotado com mais atenção, Cal entendeu o porquê. No lado oposto do restaurante estava Bill Townsend com sua namorada grávida. Um pouco da empolgação de Cal morreu quando se deu conta da tensão que a presença deles provavelmente causaria.

Embora estivesse tentado a se aproximar e dizer alguma coisa, Cal sabia que nada daquilo lhe dizia respeito. No campo, o pai de Ty até podia tolerar a interferência de Cal em sua vida pessoal por causa dos efeitos disso no desempenho do garoto, mas aqui ele provavelmente ficaria furioso. E com razão.

Assim que o time se acomodou, Cal foi até a mesa de Maddie e puxou uma cadeira.

— Cadê a Katie? — perguntou ele, decidindo esperar que ela mencionasse Bill quando quisesse.

— Na área de jogos com Danielle e os pais dela — disse ela. — Graças a Deus ela não viu o pai aqui.

— Imagino que você também não estava esperando que ele estivesse aqui.

— Não.

— Pelo menos ele está mantendo distância de Ty — disse Cal, observando o casal do outro lado do restaurante. — Depois do desempenho incrível de Ty hoje, seria uma pena se a presença de Bill estragasse a noite.

Assim que Cal falou, Ty se levantou da mesa do time com uma expressão sombria no rosto e foi até o pai. O que quer que o rapaz tenha dito fez Bill se levantar e Noreen parecer envergonhada.

— Acha que eu deveria ir lá intervir? — perguntou Cal.

Maddie balançou a cabeça, embora seus olhos estivessem cheios de preocupação.

— Deixe Ty se resolver com o pai. Ele precisa ser capaz de fazer isso sozinho.

Cal percebeu que os punhos de Bill estavam cerrados, mas não houve gritaria. Depois de um tempo, ele e Ty pareceram relaxar. O rapaz aceitou apertar a mão do pai e voltou ao seu lugar.

— Graças a Deus — murmurou Maddie.

Logo depois, Bill e Noreen se dirigiram para a porta. Antes de partirem, porém, Bill desviou na direção de Cal e Maddie, e Noreen ficou esperando.

— Imagino que você ache que eu não deveria ter vindo aqui hoje, ainda mais com Noreen — disse ele a Maddie. — Tínhamos planejado ir embora antes de o time chegar, mas, quando o ônibus parou, decidi esperar por Ty e parabenizá-lo. Não era minha intenção deixar Ty desconfortável.

Cal viu Maddie se esforçar para manter as emoções sob controle.

— Sua conversa com ele foi boa? — perguntou ela por fim, em tom perfeitamente neutro.

O alívio de Bill era inconfundível.

— Foi boa, na verdade. Ele foi até educado com Noreen quando ela o parabenizou.

— Fico feliz.

O olhar de Bill passou dela para Cal, reconhecendo-o pela primeira vez.

— Parabéns pela vitória, treinador.

— Obrigado.

— Não esperava ver vocês aqui juntos outra vez — disse Bill, seu olhar de desaprovação voltando a Maddie. — Você sabe como as pessoas nesta cidade adoram fofocar. Logo todos vão dizer que vocês dois são um casal. Tem certeza de que é uma boa ideia?

Antes que Cal pudesse responder, Maddie franziu a testa e disse:

— Eu não fui a primeira em nossa família a provocar um falatório, e duvido que seja a última. Se estava preocupado com fofocas, poderia ter feito algumas coisas de maneira diferente.

Bill ficou com cara de quem chupou limão. Com um boa-noite tenso, ele deu meia-volta e se afastou, mantendo as costas muito retas.

— Sinto muito — desculpou-se Maddie.

— Por quê?

— Por qualquer coisa que ele possa ter dito que deixou você desconfortável. Ele estava sendo mais idiota do que o normal hoje.

— Ele está com ciúme — disse Cal.

— Com ciúme? — ecoou Maddie. — Impossível.

Cal sorriu.

— Alguns homens teriam ciúme ao ver a mãe de seus filhos com um cara como eu.

Maddie corou.

— Não quis dizer que um cara como você não causa ciúme, só que não há nada entre nós para deixar alguém enciumado.

A expressão de Cal ficou séria quando ele fixou o olhar no dela.

— Você tem certeza, Maddie? — perguntou ele baixinho.

— Eu... — A bochechas dela coraram ainda mais. — Eu não sei do que você está falando.

— Você sabe, sim — disse ele. — Mas não vou insistir, pelo menos não hoje. Um dia desses, no entanto, talvez devêssemos conversar sobre o que está acontecendo aqui.

— Somos amigos — disse ela, parecendo um pouco desesperada para deixar claro esse rótulo.

— Sim — concordou ele.

Se dependesse dele, porém, os dois seriam mais que isso. E talvez fosse apenas sua arrogância falando, mas Cal tinha certeza de que ela não iria discutir o assunto quando chegasse a hora.

★ ★ ★

Maddie ficou aliviada quando uma semana inteira se passou e ela mal viu Cal. Não houve nenhuma crise com Ty. Ela foi ao jogo da quarta-feira à tarde e saiu discretamente antes do fim. Sexta-feira, foi a vez de Bill assistir ao jogo. Ela precisava de cada segundo longe de Cal para recuperar seu equilíbrio. Ele a deixava confusa. Parecia estar fazendo alusão a um futuro que ela não queria se permitir considerar.

Certo, ela queria considerar, mas não seria algo sensato ou prático com os filhos, que já estavam tão confusos com a presença de Noreen. Um relacionamento com Cal mais parecia uma fantasia: um homem dez anos mais novo que ela que a achava atraente o suficiente para um caso. E não poderia passar disso. Sem dúvida ele não estava imaginando muito mais do que isso, não com todas as questões que ela trazia. E Cal também tinha suas próprias questões, como a dificuldade de confiar numa parceira.

Ainda assim, em um momento de extrema fraqueza, ela ficou imaginando como seria dividir a cama com aquele homem musculoso, fazer amor com ele, permitir-se descansar na segurança daqueles braços. Porque Maddie tinha certeza disso — ela estaria segura com Cal. Ele havia provado várias vezes que estava disposto a colocar as necessidades dela em primeiro lugar, que se importava com ela como mulher e mãe, não apenas como uma amante em potencial.

Meu Deus, que fantasia mais ridícula, ela pensou. Nunca iria acontecer. Ela não podia permitir que acontecesse. Bill tinha razão sobre uma coisa: Serenity era uma cidade pequena onde as pessoas podiam ter a reputação arruinada em um piscar de olhos. Talvez seu ex-marido pudesse escapar ileso simplesmente porque todos aceitavam que os homens eram fracos, até mesmo idiotas de vez em quando, ainda mais quando chegavam à meia-idade. Esperava-se mais das mulheres naquele mundo tradicional do Sul dos Estados Unidos. Os homens punham as mulheres em pedestais e esperavam que ficassem ali quietinhas.

— Nossa, como suas bochechas estão vermelhas — observou Dana Sue, entrando no escritório de Maddie com uma pasta. — Imagino que esteja pensando em Cal.

— O que tem aí nessa pasta? — perguntou Maddie, recusando-se a discutir o assunto, ainda mais agora quando tinha baixado a guarda e estava tentando evitar fantasias impróprias.

— Você não pode evitar este assunto para sempre — disse Dana Sue.

— Ah se posso, até porque já discutimos isso várias vezes — corrigiu Maddie. — E aí, que pasta é essa?

A amiga pareceu decepcionada, mas acabou cedendo.

— Um calendário para as aulas de culinária — disse ela, entregando a pasta. — Diga o que acha.

Foi então que Jeanette entrou, vestindo um modelo do roupão que estavam considerando comprar para as clientes do spa.

— Ótimo. Vocês estão aqui — disse ela, puxando a bainha que mal chegava às coxas. — Este aqui vai nos fazer economizar alguns dólares, mas acho que é curto demais. A gente não quer que as clientes usem as próprias roupas enquanto recebem os tratamentos. Queremos que se sintam mimadas.

— Verdade — disse Dana Sue.

Jeanette continuou:

— Um bom roupão fará com que se sintam envolvidas em luxo. Se comprarmos um de boa qualidade, vão durar por muito tempo, mesmo com as lavagens frequentes. Acho que é um bom investimento, mas não é o meu dinheiro.

— Você tem um modelo do seu preferido? — perguntou Maddie.

Jeanette sorriu e tirou a mão das costas.

— Eu estava torcendo para você fazer essa pergunta. — Ela estendeu um roupão de poliéster com textura acetinada em salmão--claro preso com um nó na cintura. — Poderíamos ter nosso próprio logotipo bordado em branco. Sairia só um pouco mais caro e seria muito elegante.

— É isso que queremos, algo elegante — disse Dana Sue. — E Helen ama coisas elegantes. Eu voto sim. Quer que eu ligue para Helen e pergunte se ela aprova, Maddie?

Maddie estremeceu. Era para ela estar consultando Helen sobre todas as decisões financeiras? Helen não lhe pedira que fizesse isso. Disse que confiaria no julgamento de Maddie.

— Como isso vai impactar seu orçamento? — perguntou ela a Jeanette.

As duas tinham olhado os números na semana anterior, e Maddie descobrira que Jeanette era ótima naquilo e tinha uma excelente noção de onde economizar sem que isso comprometesse a imagem do spa.

— Dobraria — admitiu Jeanette. — Eu poderia encomendar um pouco menos dos produtos para cuidados com a pele para compensar. Mas, sendo bem honesta, assim que experimentarem nossos tratamentos, os produtos vão acabar rapidinho.

— Então não parece uma boa opção — disse Maddie.

Jeanette ficou pensativa.

— Até onde você projetou o orçamento para fornecedores?

— Não fui muito longe — admitiu Maddie. — Três meses à frente, e eu pretendia fazer uma projeção de seis meses depois da inauguração. Por quê?

— Estava aqui pensando se você tinha contado os gastos com reposição dos roupões. Se fosse o caso, já economizaríamos lá. Como são de excelente qualidade, não precisaríamos substituí-los com a mesma frequência.

Ela e Dana Sue olharam para Maddie com expectativa.

— Certo, pode comprar — cedeu Maddie por fim. — Mas, por favor, encontre uma maneira de cortar outros gastos até abrirmos as portas.

— A inauguração será em menos de um mês — lembrou Dana Sue. — E você mesmo disse que as inscrições foram muito maiores do que o esperado.

— Eu já comecei a marcar tratamentos — disse Jeanette. — Na verdade, estamos com a agenda cheia nas duas primeiras semanas, tanto para tratamentos faciais quanto para massagens. Muita gente perguntou de manicure e pedicure, então precisamos contratar uma manicure o mais rápido possível, para eu poder começar a marcar os horários.

Maddie se iluminou.

— Sério?

Jeanette sorriu.

— Eu disse que sei organizar esse tipo de coisa. E depois que fizermos aquela promoção de indicações na semana antes de abrirmos, acho que nossa agenda vai estar lotada até o verão — disse ela. — Talvez eu precise contratar mais gente além do que combinamos, ainda mais se quisermos oferecer aquele tratamento corporal com ervas.

— Nosso orçamento não comporta mais uma pessoa — alertou Maddie. — Além disso, é bom as pessoas saberem que estamos com os horários cheios assim. Isso só aumenta o clima de que somos o lugar mais badalado da cidade.

— E nós seremos — disse Dana Sue. — Agora, vamos falar sobre comida. Dê uma olhadinha no horário das aulas, por favor.

Maddie entregou uma cópia para Jeanette e olhou para a sua.

— Nossa, vou me inscrever — murmurou Jeanette, depois de um tempo. — Talvez eu não queira saber preparar essas comidas, mas com certeza quero estar por perto quando você for servir.

Dana Sue riu.

— Qual aula pareceu melhor?

— A de sobremesas, é claro — respondeu Jeanette. — Você pode mesmo preparar um pudim de pão que não me mande para o inferno dos carboidratos?

— Acho que Erik está com a receita praticamente no ponto — disse Dana Sue. — Talvez eu peça para ele preparar para a próxima terça, aí você me diz o que acha.

— Pode contar comigo — exclamou Jeanette. — Não como pudim de pão desde que saí da casa dos meus pais, mas só de pensar fico com água na boca.

— Se não conseguir esperar até a próxima terça, nós servimos no restaurante — disse Dana Sue. — Claro que por enquanto ainda é a versão tradicional e com calorias, além de ter uma bola de sorvete de canela artesanal por cima.

Jeanette a olhou com admiração, boquiaberta.

— Estarei lá. — Ela se virou para Maddie. — Você vem comigo? Só para a sobremesa. Por minha conta. Você estará em casa a tempo de jantar com as crianças, se ainda aguentar comer alguma coisa.

Maddie ia recusar, mas decidiu que ela merecia um mimo de meia hora depois da longa semana de trabalho. Também podia levar um pouco para os filhos. Pudim de pão era uma das sobremesas favoritas de Katie, e a versão de Erik havia conquistado a filha. Ela implorava por ela sempre que iam ao restaurante.

Dana Sue sorriu para Maddie.

— Vou preparar um pedaço para viagem para Katie — disse ela, como se tivesse lido a mente de Maddie. — Até coloco em uma bolsa térmica para o sorvete não derreter.

— Então vamos lá — disse Maddie. — Não há nada nesta mesa que não possa esperar até amanhã.

E seu dilema sobre Cal também poderia esperar mais um dia.

Maddie e Jeanette estavam terminando o pudim de pão quando Betty Donovan abandonou sua refeição, foi até a mesa delas e puxou uma cadeira sem esperar um convite.

— Desculpe interromper — disse a diretora do ensino médio, com um olhar de relance para Jeanette —, mas eu preciso muito falar com Maddie.

Jeanette lançou um olhar curioso para Maddie, depois se levantou.

— Eu preciso ir, de qualquer maneira. Obrigada pela companhia, Maddie. Vou deixar acertado com Dana Sue antes de sair.

— Até amanhã — disse Maddie, então respirou fundo e se virou para encarar a diretora. — Do que se trata? Presumo que não seja nada agradável. Caso contrário, você não teria sido tão mal-educada com a minha amiga.

Maddie conhecia Betty havia anos. Sempre fora nervosa, mas nunca chegara ao ponto de ser rude. Betty empalideceu com o comentário de Maddie.

— Sinto muito. Você está certa. Eu poderia ter sido mais delicada — admitiu ela. — Tive um dia péssimo na escola e presumi que você não gostaria que alguém ouvisse o que tenho a dizer, por isso preferi ir direto ao ponto.

— Então pode ir — disse Maddie com firmeza. — É sobre Tyler?

— Não, pelo que ouvi dos professores, seu filho está melhor. Imagino que seu marido tenha posto ordem na casa.

— Você imaginou errado. Bill não tem ajudado muito com isso. Vamos, Betty, fala logo.

— Certo. É sobre você e o treinador Maddox.

Maddie ficou tensa imediatamente.

— Sobre nós? Não que exista um *nós*.

— Ora, me poupe, você não pode negar que há algo entre vocês — disse Betty.

— Claro que posso. E nego — replicou Maddie. — Ele é o treinador de Ty e somos amigos. Só isso.

— Não é assim que os outros pais veem. Estão convencidos de que Ty vem recebendo tratamento especial do treinador porque você e Cal são muito íntimos. Recebo várias ligações depois de cada jogo que você assiste. É como se você estivesse esfregando o relacionamento de vocês na cara das pessoas.

Por muito pouco Maddie não explodiu.

— Eu nem deveria me dar ao trabalho de responder, mas vou. Meu filho é o melhor arremessador do time. Qualquer tratamento especial que ele venha recebendo, o que duvido muito, é por causa disso e nada mais. Insinuar o contrário é uma humilhação não só para o meu filho, mas para o treinador Maddox. Ele pode se defender sozinho, mas vou defender Ty, então você precisa dizer a esses intrometidos para cuidarem da própria vida e pararem de se meter na minha.

Ela se levantou e jogou o guardanapo na mesa, torcendo para que a outra mulher não percebesse que estava tremendo.

— Agora, se me dá licença, tenho que buscar uma coisa na cozinha e voltar para casa e ver meus filhos.

Betty também se levantou.

— Só estou tentando lhe dar um aviso — disse ela, sem recuar. — Tenho certeza de que você não quer que a situação fique feia.

— Só vai ficar feia se você der mais importância aos boatos do que aos fatos. — Ela começou a se afastar, então voltou. — Você tem muita influência sobre os pais, Betty. Você está em uma posição para pôr um fim nisso. Não seja um capacho.

Provavelmente foi a coisa certa a se dizer, mas ainda assim foi um erro. Maddie soube quando viu a raiva nos olhos de Betty. As duas nunca foram amigas, mas agora a diretora sem dúvida a consideraria uma inimiga. Não que Maddie se importasse, mas não queria que isso trouxesse qualquer tipo de repercussão para seus filhos na escola.

Antes que Maddie pudesse fazer uma observação mais branda, Betty disse:

— Também já avisei Cal.

A expressão da diretora ficou triunfante quando percebeu que pegou Maddie de surpresa.

— Quando você falou com ele? — perguntou Maddie.

— Algumas semanas atrás. Ele não quis me levar a sério também. Achei que você, por ter morado aqui a vida toda, poderia ser mais sensível. Obviamente eu estava enganada.

— O que você acha que precisamos fazer? — perguntou Maddie. — Levantar uma faixa nos jogos negando que estamos juntos?

— Não ir aos jogos pode ser um começo — sugeriu a diretora.

Maddie a olhou incrédula.

— Meu filho é o arremessador titular. Não vou perder os jogos dele porque as pessoas são fofoqueiras.

— A decisão é sua — disse Betty, dando de ombros. — No mínimo, sugiro que evite os encontros com o treinador na Rosalina's.

— Onde a cidade inteira aparentemente está de plantão para ver tudo o que fazemos — respondeu Maddie. — Tem como ser algo mais inocente do que isso? Não estamos escondidos em um canto. Não estamos nos agarrando. Não estamos fazendo nada pelas costas de ninguém. Minha relação com Cal é inocente. Não fizemos nada que me faça sentir vergonha diante dos meus filhos ou de qualquer outra pessoa.

— Quantas vezes Cal já foi ajudar você com Ty? — perguntou Betty.

— Isso também é crime? — Maddie estava confusa. — Achei que você ficaria feliz por ter um professor que realmente se preocupa com os alunos.

— A preocupação de Cal por Ty é admirável — admitiu Betty de má vontade. — É a intimidade do relacionamento entre vocês que eu questiono. — Ela encarou Maddie nos olhos e havia uma leve solidariedade em sua expressão. — Sei que você está passando por um momento difícil, Maddie. Bill se comportou de maneira abominável. Realmente entendo, mas pense no mal que você pode fazer a Cal se contar demais com ele.

— Que mal? — perguntou Maddie devagar, embora já soubesse.

— Se muitos pais ficarem contrariados, seja isso justificado ou não, o conselho escolar não tem opção a não ser avaliar se Cal deve permanecer na escola.

Maddie ficou boquiaberta. Não esperava por isso. Algum tipo de advertência ou até uma reprimenda mais severa do presidente do conselho escolar, mas ser demitido? Era absurdo.

— Você o demitiria? — questionou ela, sem tentar esconder sua incredulidade. — Por comer pizza com a mãe de um aluno? Isso é maluquice.

— Poderia chegar a isso — declarou Betty em tom sombrio. — O problema não são as pizzas. Parece que há mais entre vocês dois. Como disse antes, existe um padrão de conduta em Serenity que esperamos que nossos professores cumpram.

E, como Maddie sabia muito bem, em uma cidade como Serenity, às vezes as aparências eram o mais importante.

— Deixe-me perguntar uma coisa — disse Maddie. — Você está assim tão interessada na vida particular de todos os seus professores?

Betty se encolheu.

— Já adverti outros professores vez ou outra quando o comportamento deles provocava falatório — respondeu ela, rígida. — Esperamos que nossos professores sirvam de modelo para os alunos, e o treinador Maddox deve ser exemplar.

— Você o avisou antes de contratá-lo que esperava que ele permanecesse solteiro e de preferência sozinho enquanto fosse professor em Serenity? Existe alguma cláusula moral no contrato dele sobre isso?

— Não seja ridícula. Nunca falei nada disso. Mas se os pais perdem a confiança em um professor ou treinador, não tenho escolha senão...

Maddie a interrompeu.

— Você sempre tem escolha. Se não se trata de alguma cláusula moral no contrato dele que muito provavelmente nem seria aplicável caso existisse, então o problema é ele estar saindo *comigo*.

As bochechas coradas de Betty provavam que Maddie estava certa.

— Isso é pessoal, não é? — continuou Maddie. — Você nunca superou Bill ter me escolhido em vez de você, não é? Bem, agora que você viu como essa história acabou, talvez deva agradecer a sorte que teve. — Ela encarou a outra mulher. — Sei que você e as outras pessoas nesta cidade se acostumaram a me ver como a esposa obediente que se intimida fácil, mas, confie em mim, você não vai querer criar problema. Eu moro nesta cidade há mais tempo do que você e conheço *todos* os escândalos, incluindo alguns que tenho certeza de que você gostaria que continuassem enterrados.

Ela deu meia-volta quando Betty arfou de surpresa. Ela chegou à cozinha antes que o tremor em suas pernas a fizesse cambalear. Agarrando a bancada de aço inoxidável, ela reprimiu o desejo de gritar.

Dana Sue correu e passou um braço por cima do seu ombro.

— O que houve? Você está bem?

— Vou ficar — disse Maddie em tom sombrio. — Mas eu tiraria Betty Donovan daqui se fosse você.

— Por quê? — Dana Sue balançou a cabeça. — Deixa pra lá. Eu cuido disso. Você precisa de alguma coisa antes de eu voltar?

— Não, mas talvez seja melhor você trancar as facas.

Dana Sue lançou um olhar tão desesperado para as facas afiadas da cozinha que Maddie sorriu, apesar de sua indignação.

— É brincadeira, prometo — garantiu à amiga. — Mas estou falando sério sobre tirar essa mulher daqui. Se eu a vir de novo no caminho até a porta, não serei responsável pela cena que vou armar.

— Aguente cinco minutos — disse Dana Sue. — Vai ser um prazer expulsá-la. Nunca confiei nela. Sempre foi certinha demais.

A demonstração imediata de lealdade da amiga fez Maddie se sentir melhor. Seu aviso para Betty recuar era pura bravata, mas agora, com o apoio inquestionável de Dana Sue, sabia que poderia enfrentar a diretora, o sistema escolar ou qualquer outra pessoa que precisasse.

Ela só rezou para que não chegasse a esse ponto.

CAPÍTULO CATORZE

Maddie estava mais calma quando Dana Sue voltou à cozinha.

— Ela foi embora — disse Dana Sue. — Agora, você pode me contar o que ela disse para deixar você tão chateada? Você não deixa Betty Donovan afetar você desse jeito desde que ela gritou aos quatro ventos que seria uma esposa melhor para Bill do que você lá no ensino médio.

Maddie não conseguiria repetir as acusações e advertências de Betty sem ficar abalada de novo, justo quando finalmente estava entrando nos eixos.

— Podemos conversar sobre isso outra hora? — implorou ela. — Preciso voltar para casa e fazer o jantar das crianças. Já estou atrasada.

Ela percebeu ao ver a expressão determinada de Dana Sue que não se safaria com tanta facilidade, mas nesse momento o *sous chef* do restaurante gritou que os pedidos estavam começando a atrasar.

— Eu preciso de ajuda aqui! — gritou ele com tanta autoridade, que imediatamente chamou a atenção de Dana Sue.

A julgar pela expressão dela, ele também provocou sua ira. Maddie não conhecia o homem que Dana Sue havia contratado apenas um mês antes para ajudar na cozinha, mas tinha um pressentimento de que ele não duraria muito. A cozinha era território de Dana Sue. O novo chefe de confeitaria do restaurante era um homem descontraído que se encaixava perfeitamente na equipe, mas aquele outro cara claramente tinha alguns problemas de controle. Sem dúvida ele e Dana Sue logo entrariam em conflito.

Fazendo cara feia para o homem quando ele repetiu seu pedido por ajuda, Dana Sue murmurou um "Está bem, está bem" enquanto voltava à bancada em que preparava os alimentos. Mesmo quando voltou a trabalhar, seu olhar permaneceu em Maddie.

— Não vou me esquecer do que houve hoje — disse Dana Sue. — Vejo você amanhã cedinho.

Como precisava de uma folga naquele exato momento, Maddie provavelmente teria concordado com quase qualquer coisa.

— Certo — disse ela.

— Sua bolsa térmica está perto da porta — disse Dana Sue, quando ela começou a se afastar.

Maddie olhou para ela sem entender.

— Bolsa térmica?

— Com o pudim de pão e sorvete para Katie — lembrou Dana Sue, com uma dose extra de paciência.

— Ah, sim — disse Maddie. — Graças a Deus uma de nós tem um cérebro que ainda funciona.

Ela pegou a bolsa térmica e foi embora, sabendo que só estava adiando o inevitável.

Infelizmente, embora tivesse escapado ilesa do interrogatório de Dana Sue, Maddie caiu em outra armadilha. Encontrou Cal esperando-a na porta de casa.

— Aconteceu alguma coisa? — perguntou ela assim que saiu do carro, tentando ignorar os arrepios que percorreram seu corpo ao vê-lo. Ele estava usando calça jeans desbotada que marcava as coxas e os quadris, uma camiseta azul-marinho que deixava seus olhos mais azuis do que nunca, e seu cabelo estava úmido como se tivesse acabado de sair do banho. Ele exalava masculinidade, e Maddie estava se sentindo tão rebelde que ficou tentada a agarrá-lo e ir para o motel mais próximo.

Ela sabia que não faria isso, é claro, mas tinha um pressentimento de que seria ainda mais difícil resistir àquela atração agora que sabia que Cal era proibido.

— Não aconteceu nada — disse ele, enfiando as mãos nos bolsos num gesto inocente, mas que tinha o efeito eletrizante de deixar sua calça marcada em lugares muito intrigantes. — Eu trouxe Ty em casa e resolvi esperar até você chegar.

— Algum motivo em especial? — perguntou ela, desviando o olhar.

— Faz tempo que não nos vemos.

— Não parece — murmurou ela.

Cal a olhou com uma expressão confusa.

— O quê?

— Nada. Aliás, já que está aqui, pode entrar — disse ela, de maneira pouco educada. Então estremeceu ao se ouvir. Tentou equilibrar a situação com um sorriso. — Podemos conversar enquanto preparo o jantar.

Ele a seguiu para dentro e no mesmo instante começou a pôr a mesa. Ela o olhou furiosa.

— Eu pedi sua ajuda por acaso?

— Não, mas fui ensinado a ajudar — disse ele, em tom inexpressivo.

— Assim como meus filhos, mas nenhum deles está por aqui — resmungou Maddie.

Naquele momento, ela não precisava de mais provas de como ele tinha consideração pelos outros, muito menos quando estava tentando lembrar que ficar com ele estava fora de cogitação.

Cal parou o que estava fazendo e a olhou.

— Algum problema, Maddie? Você parece um pouco tensa e incomodada.

— Estou bem — insistiu ela, virada de costas para que ele não pudesse ver sua expressão.

Ela era uma péssima mentirosa. Todo mundo sempre dizia.

Ele se aproximou, sem exatamente invadir seu espaço pessoal, mas deixando-a ciente de sua presença. Seu corpo inteiro zumbiu em resposta. Sua reação provavelmente era resultado de sua conversa com Betty. Precisava ser. Ela não podia querer Cal tanto assim.

— Maddie? — perguntou ele com delicadeza, então esperou até ela soltar um suspiro e se virar para encará-lo. — O que houve?

Ela quase não resistiu ao desejo de se jogar nos braços dele. Já que fazer isso sem dúvida acabaria levando os dois a um caminho que já estava causando mais problemas do que qualquer um deles poderia suportar, Maddie ficou parada, evitando ao máximo olhá--lo diretamente.

— Estou esperando — disse ele, depois colocou um dedo sob o queixo de Maddie, fazendo-a encará-lo. — Fale comigo.

— Não quero — disse ela, ciente de que estava soando tão infantil quanto Katie.

Cal riu.

— Mas fale assim mesmo. Você vai se sentir melhor. Eu prometo.

— Não, não vou. Depois que essa caixa de pandora for aberta, nenhum de nós vai se sentir melhor.

Ele pareceu surpreso.

— Que caixa de pandora?

— Você, eu e o Conselho de Educação da Serenity School — respondeu ela de forma sucinta.

— Perdão?

Como estava óbvio que ele não ficaria satisfeito até que ela lhe explicasse tudo, Maddie decidiu acabar com isso de uma vez.

— Eu encontrei Betty Donovan por acaso mais cedo. Ela quer fazer tempestade em copo d'água — disse Maddie, fazendo um gesto indicativo dele para ela.

— Por causa de nós dois — disse ele, em tom inexpressivo. — Droga, achei que tinha dito para ela não se meter na minha vida.

— Eu imaginei — disse Maddie. — Mas parar Betty quando ela se acha o bastião da moralidade é como tentar parar um trem de carga descarrilhado balançando uma bandeira na frente dele.

— O que ela disse para você?

— Em resumo? Que estamos nos comportando de maneira inadequada e dando um péssimo exemplo para os jovens desta comunidade.

— Isso é besteira!

— Bem, claro que é — concordou Maddie. — Mas isso não significa que ela não possa causar problemas para você, Cal. Vários problemas. — Ela o encarou. — O que significa que você não pode mais vir aqui. E não posso comer pizza com você depois dos jogos. Vou procurar o apoio de outra pessoa se precisar de ajuda com Ty, se tiver um problema no encanamento ou qualquer outra coisa. Não vou deixar você arriscar sua carreira.

— Deixa que eu me preocupo com a minha carreira — disse ele em tom feroz, depois hesitou. — Ou há algo mais em jogo, Maddie? Ela também ameaçou você?

— Não, só falou do mal que eu possa estar causando em você — admitiu ela. — Não há nada que ela possa fazer contra mim, exceto me causar constrangimento. Mas acho que pus um fim nisso.

Ele a olhou com uma expressão estranha.

— O que isso quer dizer?

— Digamos apenas que há algumas coisinhas no passado de Betty que ela preferiria que não viessem à tona.

Cal pareceu se divertir.

— Estou curioso.

— Não posso contar. Estou guardando essas armas para quando e se precisarmos delas.

— Você me surpreende — disse ele.

— Você não achou que eu era capaz de fazer chantagem?

— Talvez.

— Gosto de pensar que até algumas de nós, mães de atletas, somos capazes de mais do que as pessoas imaginam — disse ela.

Cal segurou o rosto de Maddie e a estudou com uma expressão que ela não conseguia decifrar.

— Incrível — murmurou ele, logo antes de aproximar a boca da dela.

Embora tivesse fantasiado sobre um beijo entre os dois, embora estivesse esperando que aquilo acontecesse havia certo tempo, Maddie teve certeza de que seu coração parou. Quando recomeçou a bater, trovejou em seus ouvidos. E o tempo todo a boca de Cal se movia contra a dela, provando, saboreando, demorando-se docemente em certos pontos de um jeito que produzia um calor surpreendente. Os quadris dela se colocaram aos dele, contra uma excitação impressionante. O choque a fez tropeçar para trás e pensar no que aconteceria se seus filhos entrassem na cozinha.

— Não podemos — disse ela, virando-se, com as bochechas ardendo.

Ele riu.

— Ah, querida, acho que acabamos de provar que podemos.

— Você entendeu o que eu quis dizer — disse ela, impaciente. — Você não ouviu uma palavra do que eu disse?

— Ouvi tudinho — disse ele em tom obediente, embora os cantos da boca estivessem tremendo, como se reprimisse um sorriso.

— Então...?

— Então não vou deixar ninguém ditar o que faço na minha vida particular — disse ele.

— Isso virou um desafio agora? Como disseram que não pode ficar comigo, agora você me quer?

Maddie disse a si mesma que era irrelevante que ela tivesse pensado algo parecido apenas alguns minutos antes.

Cal sorriu de novo.

— Nada disso.

— Então você não me quer? — perguntou ela, furiosa com a repentina insegurança que a dúvida despertou.

Ele pegou a mão dela e deliberadamente a colocou sobre o zíper de sua calça. O tecido esticado continha a evidência de quanto ele a queria.

Pensando que seus filhos poderiam entrar na cozinha, ela afastou a mão.

— Pare, Cal. As crianças estão em casa.

— Tem razão. Mas olhe para mim — ordenou ele.

Maddie se obrigou a olhar para ele.

— Eu não poderia fingir isso, mesmo se quisesse — disse ele, com uma expressão séria. — E só para você saber, quero você desde a primeira vez que nos vimos. Lembro até da roupa que você estava usando quando subiu as arquibancadas no primeiro jogo de Ty. Uma blusa rosa que deveria ser toda séria e certinha, mas você fez um nó na barra e acabou mostrando um pouquinho da barriga. Não conseguia tirar os olhos de você.

Maddie engoliu em seco.

— Entendi.

O olhar dele parecia queimar sua pele.

— Entendeu mesmo? Já entendeu que não vou desistir disso, nem de nós, sem uma briga?

O que ela poderia responder?, Maddie se perguntou.

Estou pagando para ver?

Cal deixou a casa de Maddie antes de as crianças descerem para jantar. Ele não queria precisar esconder sua raiva pela declaração de guerra de Betty Donovan. Também não queria ter que disfarçar o que estava sentindo pela mãe deles. As coisas estavam confusas o suficiente para todos agora. Ele entendia a preocupação de Maddie com isso e com as ameaças de Betty.

O que ele tinha vontade de fazer era invadir a casa da diretora e dizer umas poucas e boas, mas isso não seria muito inteligente. Ele morava em Serenity havia tempo suficiente para entender que certas politicagens ditavam as regras. Ele precisava lidar com a questão da maneira certa ou poderia perder tudo — seu emprego e uma mulher por quem estava se apaixonando.

Pensar em amor deveria tê-lo detido, mas não foi o caso. Cal até sorriu. Foi quando percebeu que não estava apenas se apaixonando por Maddie. Ele já estava completa e irrevogavelmente apaixonado por ela. Não sabia como ou por que isso havia acontecido, mas não iria lutar contra isso. Não, ele lutaria *por* isso.

Enquanto digeria aquela verdade surpreendente, Cal partiu sem rumo pelas estradas de mão dupla que serpenteavam por entre pinheiros e palmeiras, com o último brilho avermelhado do sol se filtrando entre as folhas. Durante a maior parte do caminho, a paisagem verde era interrompida apenas por uma casa de fazenda ou um trailer duplo estacionado na relva, mas, para sua consternação, parecia haver um número cada vez maior de terrenos preparados para abrigar novos empreendimentos residenciais ou lojas.

Depois de um tempo ele acabou voltando a Serenity e se viu diante da casa de Paula Vreeland. As luzes estavam todas acesas, o que lhe dizia que ela estava em casa. Como não havia outros carros na garagem, presumiu que estivesse sozinha. Ele sentira uma ligação instintiva com ela na primeira vez que se encontraram. Agora que sabia que ela era mãe de Maddie, a ligação parecia ainda mais forte. Talvez Paula pudesse oferecer uma nova perspectiva sobre tudo isso.

Ele não obteve resposta ao bater na porta da frente. Andou até os fundos da casa e viu o que devia ser o ateliê dela. As luzes também estavam acesas lá dentro.

Cal seguiu pelo caminho tentando fazer o máximo de barulho possível para não assustar Paula ao chegar de surpresa. Ela o estava esperando na porta do ateliê, uma expressão divertida no rosto.

— Acho melhor você jamais procurar um emprego que exija furtividade — brincou ela. — Você seria um péssimo agente secreto.

— Eu não queria pegar você desprevenida — disse ele.

— Não pegou, embora eu esteja um pouco surpresa em ver você aqui.

— Estou incomodando?

— E eu lá me incomodaria com a visita de um homem bonito? Nunca — respondeu ela imediatamente. — Entre, puxe uma cadeira. Vou tirar essa tinta e podemos tomar um chá. — Ela o olhou com mais atenção. — Ou algo mais forte.

— Chá está ótimo. Tudo bem se eu olhar os quadros?

— Fique à vontade. Você fez ótimos comentários quando comprou uma de minhas pinturas há um tempo. Gostaria de ouvir sua opinião.

Cal foi de tela em tela, surpreso com a mudança para óleos e uma paleta muito mais vibrante do que a de seus trabalhos anteriores.

— Você está tentando algo diferente — disse ele com cautela, afastando-se das pinturas para tentar ver o efeito geral. — Por quê?

Ela passou a seu lado.

— Não gostou?

— Não disse isso. Só estava me perguntando por que você faria uma mudança tão radical no estilo.

— Tédio — sugeriu ela. — Talvez eu quisesse ver se sou capaz de algo diferente.

— Ficou satisfeita com os resultados?

Ela passou o braço pelo dele e estudou as telas.

— Tecnicamente, acho que são razoáveis — disse Paula, depois sorriu para ele. — Mas não sinto nada quando olho para eles. Às vezes as pessoas devem continuar com aquilo que fazem melhor.

— E às vezes é preciso uma mudança para que elas tenham noção disso.

Ela lançou a Cal um olhar perspicaz.

— Mas você não veio aqui para ver o que eu estava aprontando no meu ateliê, certo? Você veio conversar sobre Maddie?

Ele assentiu.

— Então você não deveria estar falando direto com ela?

— Eu já falei — disse ele. — E vou falar de novo. Só achei que talvez você pudesse oferecer outra perspectiva.

— Tento não me meter na vida da minha filha — disse ela, sorrindo de novo. — Mas se quiser falar da *sua* vida, sou toda ouvidos. Vamos pegar aquele chá. Talvez eu tenha até uma torta de nozes. O que acha?

— Foi você que fez?

— Nossa, não! Conheço minhas limitações — disse ela, rindo. — Veio da feirinha de bolos da igreja. É maravilhosa.

Os dois se sentaram à mesa da cozinha, e Cal não pôde deixar de observar e comparar aquele cômodo estéril e puramente funcional ao calor acolhedor da cozinha de Maddie.

— Dois opostos, não é? — comentou Paula. — Maddie decidiu fazer da casa dela tudo o que a nossa não foi. Ela sabia instintivamente o que fazer para construir um lar aconchegante, mesmo usando o mausoléu dos Townsend.

Antes que Cal pudesse responder, ela o olhou com uma expressão penetrante.

— Vocês dois estão tendo problemas?

— Não sei bem se haverá um nós dois — disse Cal com sinceridade. — Parece haver muita oposição à ideia.

— De quem?

Ele lhe contou sobre seu desentendimento com Betty Donovan e a discussão que Maddie também tivera com a mulher.

— E você acha que isso vai assustar Maddie?

— Tenho quase certeza que sim. Ela vai se afastar para me proteger, querendo eu a proteção dela ou não.

— Deixe-me perguntar uma coisa — disse Paula devagar. — E não estou perguntando isso como uma mãe superprotetora ou coisa do tipo. Estou perguntando porque acho que você precisa descobrir a resposta. Sei que Maddie *também* precisará saber.

— Diga.

— Isso é só um jogo para você?

— Maddie me perguntou algo muito parecido agora há pouco — disse ele.

— E?

— Vou repetir o que disse a ela: que há algo importante acontecendo entre nós dois e não vou abrir mão disso porque um monte de intrometidos é contra a ideia.

— Não importam as consequências?

Ele a olhou nos olhos.

— Não importam as consequências — disse ele com firmeza. — Pelo menos para mim. Se eu começar a achar que Maddie vai se prejudicar, talvez eu precise repensar isso.

Ela sorriu para ele.

— Eu gosto de você, Cal Maddox.

— A recíproca é verdadeira.

— Maddie não vai facilitar as coisas, não só por causa das ameaças, mas porque ela se machucou muito com as atitudes estúpidas de Bill. Você vai ter que dar um tempo para ela. Talvez bastante, na verdade.

Cal sorriu ao ouvir isso.

— Ué, você não sabia? Eu sou jovem. Tenho tempo de sobra.

— Eu não ficaria batendo nessa tecla da diferença de idade o tempo todo — aconselhou Paula. — Isso deixará algumas pessoas desconfortáveis.

— Você é uma delas?

Ela riu.

— De jeito nenhum. Tenho inveja da minha filha. Se eu fosse alguns anos mais nova ou você mais velho, poderia até dificultar um pouco as coisas para ela.

Ele se levantou e deu uma piscadela.

— Vou me lembrar disso se as coisas não derem certo com Maddie.

A expressão de Paula ficou séria.

— Faça com que deem certo, Cal. Acho que você vai ser bom para ela.

Impulsivamente, ele lhe deu um beijo na bochecha.

— Prometo que vou tentar — disse Cal.

E, no caminho de volta para casa, ele ficou refletindo sobre o que precisava fazer para dar a Maddie tudo o que ela merecia em vez de outros problemas de que a vida dela não precisava.

Noreen estava andando de um lado para o outro pelo apartamento apertado, como se estivesse prestes a receber o governador da Carolina do Sul. Bill estava ficando louco.

— Querida, você pode se acalmar? — implorou ele. — É só um jantar, não uma noite de gala para dois mil convidados.

— Mas é a primeira vez que seus três filhos jantam aqui em casa — disse ela. — Quero que tudo saia perfeito.

Ele viu a mistura de esperança e pânico em sua expressão e imediatamente a abraçou.

— Querer que tudo saia perfeito é quase uma garantia de que algo vai dar errado — lembrou ele. — Fique tranquila. Independentemente do que aconteça, ficaremos bem.

Ela ergueu os olhos para ele, deixando a insegurança evidente em sua expressão.

— Quero muito acreditar nisso. De verdade. Mas sei como seus filhos são importantes para você e que fiquei entre vocês. Quero consertar as coisas.

— Você não vai conseguir fazer isso se esforçando demais — disse ele. — Esta noite é só mais um passo em uma longa jornada, nada mais. Não ponha tanta pressão em você mesma ou neles.

Ele ainda estava surpreso que os três filhos tivessem concordado com o jantar. Ele sabia que tinha dedo de Maddie nisso. Ela devia ter usado toda a sua capacidade de persuasão.

— Tem certeza de que frango frito é a melhor opção? — perguntou Noreen. — Quer dizer, sei que a maioria das crianças adora frango frito, mas talvez preferissem hambúrguer. Ou pizza. Ainda dá tempo de pedir pizza.

Ele pousou um dedo nos lábios dela.

— Chega. O jantar vai estar ótimo. Seu frango frito é incrível. Eles vão adorar.

A campainha tocou e Noreen se sobressaltou.

— Ai, meu Deus, vou vomitar — disse ela, e saiu correndo da sala.

Bill a olhou se afastar, perguntando-se se seria a gravidez ou o nervosismo por trás do enjoo. Provavelmente era um pouco das duas coisas.

Ele abriu a porta e Katie pulou em cima dele.

— Papai, papai, eu estava com muita saudade — disse ela, agarrando-se a ele.

Bill a ergueu e depois apertou a mão dos filhos, determinado a agir de maneira natural.

— Kyle, Ty, fico feliz por vocês terem vindo.

— Não podemos ficar muito tempo — disse Ty, passando direto por ele. — Temos aula amanhã.

— Eu sei. O jantar está quase pronto. Vamos comer frango frito. Eu disse a Noreen que é um dos pratos favoritos de vocês.

— Eu *amo* frango frito — anunciou Katie.

— Eu também — disse Kyle, lançando um olhar a Ty que o desafiava a contradizê-lo.

— Bem, podem entrar, sentem-se. Noreen já vem. Querem conhecer o apartamento? Na última vez que vocês vieram, foi tão rápido que não deu tempo de verem direito.

— O que tem para ver aqui? — perguntou Ty. — O apartamento inteiro é do tamanho da nossa sala de estar.

Então Tyler veio, pensou Bill, resignado, *mas pretende dificultar as coisas ao máximo.*

— É realmente um pouco pequeno — concordou Bill, recusando-se a responder à provocação. — Mas Noreen tem um talento especial para decoração. Quando nos mudarmos, acho que ela vai ter uma chance de mostrar.

Kyle o estudou com uma expressão magoada.

— Você vai se mudar?

Katie pareceu sentir a tensão que havia se formado de repente.

— Não, papai. Você não pode se mudar. De novo não. — Ela envolveu o pescoço dele com os bracinhos e o agarrou com todas as suas forças.

— Shh, querida — acalmou ele. — Não vou para longe. Só quis dizer que, quando o bebê chegar, nós vamos precisar de um lugar maior, mas vai ser aqui mesmo em Serenity, prometo. Você ainda vai me ver o tempo todo.

Os olhos de Katie ainda estavam lacrimejantes.

— Promete?

— Prometo — disse ele.

— E nós sabemos bem como dá para confiar nas suas promessas — murmurou Ty.

Bill franziu a testa para o filho.

— Já chega — disse ele bruscamente.

Queria que a noite corresse bem, mas já estava farto da atitude de Ty.

Noreen entrou na sala naquele momento, com as bochechas coradas e os olhos brilhantes.

— Oi, pessoal. Estou tão feliz por vocês poderem vir hoje. — Ela se concentrou em Ty. — Você pode me ajudar a arrumar a mesa?

Bill viu o filho ficar dividido entre o comentário ácido na ponta da língua e as boas maneiras que ambos os pais haviam lhe ensinado. Daquela vez, as boas maneiras venceram. Ele seguiu Noreen até a cozinha. Bill ficou olhando os dois se afastarem com uma mistura de admiração pela iniciativa de Noreen e medo da briga em potencial.

Mas os únicos sons vindos da cozinha foram os de uma conversa quase inaudível, até Noreen avisar que o jantar estava na mesa.

Para surpresa e alívio de Bill, ela conseguiu manter a conversa fluindo durante toda a refeição. Até Ty participou, embora com óbvia relutância. O frango frito foi um sucesso, assim como a salada de batata, a salada de repolho e a torta de maçã que Noreen havia preparado para a sobremesa.

— Mamãe vem buscar a gente em cinco minutos — disse Ty depois do jantar. — Nós precisamos ir.

— Primeiro queríamos conversar com você — disse Bill, encarando o filho mais velho, ordenando silenciosamente que ele ficasse onde estava.

Três pares de olhos o observaram com expectativa. Bill sabia que o que estava prestes a dizer não seria um choque, mas isso não significava que não estava cutucando a onça com vara curta. Quase se arrependeu de ter prometido a Noreen que mencionaria isso naquela noite, ainda mais depois de tudo ter corrido tão bem. Por fim, respirou fundo e falou de uma vez:

— Noreen e eu queremos pedir a vocês para participarem do nosso casamento.

Ty levantou-se da mesa tão rápido que sua cadeira caiu para trás. Ele a deixou onde estava.

— De jeito nenhum! — disse ele, furioso.

Bill lançou ao filho um olhar suplicante.

— Eu gostaria muito que você e Kyle fossem padrinhos.

— Você só pode estar de brincadeira — disse Ty, encarando-o com nojo. — Você acha mesmo que fazer a gente desfilar de terno na frente de um monte de gente, como se todos estivéssemos muito felizes por você estar se casando, vai fazer com que as pessoas esqueçam o que você fez com a mamãe?

— Não tem nada a ver com isso — disse Bill.

Ele sabia que a responsabilidade era dele, mas lançou um olhar impotente para Noreen. Talvez ela pudesse pensar em algo para acalmar os ânimos. Em vez disso, ela permaneceu em um silêncio estoico.

Bill teve dificuldade em encontrar as palavras que convenceriam o filho.

— Um casamento também é um novo começo — disse ele.

— Queremos que vocês participem do nosso. E não vai ser uma cerimônia grande, vão ser só alguns amigos e vocês. — Ele sorriu para Katie. — Gostaríamos que você fosse nossa daminha. Noreen já escolheu um vestido lindo para você.

Katie tirou os olhos do pai e se concentrou no irmão, claramente dividida.

— Eu queria ser daminha — disse ela, melancólica.

— Então seja — explodiu Ty. — Pode fazer o que quiser, mas não quero ter nada a ver com isso.

Ele saiu do apartamento batendo a porta.

— É melhor eu ir atrás dele — disse Bill, desculpando-se com um olhar para Noreen.

— Melhor não, pai. Deixa que eu vou — disse Kyle. — Ele não vai ouvir você agora. Além disso, mamãe deve estar esperando a gente.

Bill suspirou fundo.

— Você vai falar com ele?

— Eu posso tentar — disse Kyle. — Mas acho melhor não contar com a gente, a não ser por Katie.

Bill olhou para ele, tentando esconder sua decepção.

— Você também não vai?

Kyle deu de ombros.

— Foi mal. — Ele estendeu a mão. — Vamos, Katie. Nós precisamos ir.

— Agora?

— Isso, baixinha, agora.

— Ainda posso ir ao casamento? — perguntou ela, tristonha. Bill deu um sorriso cansado.

— Estamos contando com isso — disse ele baixinho.

Quando Katie e Kyle deixaram o apartamento, foi como se seu coração estivesse se partindo em dois.

Noreen contornou a mesa e o abraçou por trás, depois descansou a cabeça em cima da dele.

— Sinto muito — sussurrou ela.

— Eu também.

— Talvez eles mudem de ideia — disse ela, esperançosa. — O casamento é daqui a um mês.

Mas quando sentiu uma lágrima cair em sua bochecha, Bill soube que ela também não acreditava nisso.

CAPÍTULO QUINZE

Ty estava em um silêncio sombrio quando entrou no carro depois de jantar com o pai. O filho ter batido a porta do carro já dizia muito, mas Maddie sabia que era melhor não pressionar por mais detalhes de cara. Ele lhe contaria o que tinha acontecido no seu próprio tempo. Ou um dos irmãos contaria.

— Kyle e Katie estão descendo? — perguntou ela.

— Acho que sim.

— Como foi o jantar? — perguntou ela, imaginando que era uma pergunta segura o suficiente.

Os ombros de Ty desabaram ainda mais.

— Bem.

— Seu pai está bem?

— Não quero falar sobre o meu pai. Quero ir para casa.

— Não posso ir embora e deixar seus irmãos aqui — lembrou Maddie, fazendo uma piada.

— Você acha que eu não sei? — retrucou ele, claramente sem achar graça.

Maddie tamborilou os dedos no volante, tentando imaginar o que poderia ter deixado Ty com raiva de novo e por que os outros dois filhos estavam demorando tanto. Não era como se ficar parada na frente do apartamento de Bill fosse uma maneira divertida de passar a noite, ainda mais depois de doze horas no trabalho. Talvez Ty tivesse causado problemas de novo e Kyle e Katie tivessem ficado para trás tentando acalmar as coisas com o pai.

— Mãe? — disse Ty, soando surpreendentemente hesitante e muito jovem.

— Sim.

— O divórcio é definitivo? — perguntou ele. — Eu sei que você e papai assinaram toda a papelada, mas você vai nos dizer quando for oficial, certo?

— Sim, claro — disse ela. — Por quê? Vocês falaram sobre isso hoje?

— Não exatamente.

Ele ficou em silêncio e Maddie ficou esperando pelo que pareceu uma eternidade.

— É só que papai disse que ele e Noreen vão se casar — explicou ele por fim.

Ah, então foi isso. Surpreendentemente, ouvir a novidade não foi como levar um soco no estômago. Sua única preocupação era Ty.

— Você sabia que isso aconteceria mais cedo ou mais tarde — disse ela suavemente.

— Mas não antes de o divórcio ser oficial — disse ele. — Então isso quer dizer que logo vai ser oficial. Quero dizer, eles não falaram quando vai ser, mas não estariam planejando um casamento se o divórcio ainda fosse demorar meses, certo?

— Não sei bem o que estão planejando em termos de data, mas tenho certeza de que seu pai gostaria de se casar com Noreen antes do nascimento do bebê — admitiu ela. — Quanto ao divórcio, não tenho acompanhado. Helen deve saber.

— Você não se importa?

Ela encontrou o olhar perturbado dele no espelho retrovisor.

— Ty, depois que a decisão foi tomada, tive que aceitar que o casamento acabou e que seu pai estava seguindo em frente — disse ela, tomando cuidado para manter o tom neutro. — Tenho certeza de que quando o divórcio for oficializado vou ficar chateada, mas estou tentando ficar em paz com o que aconteceu.

Apesar do conselho de sua mãe, Maddie ainda não queria que os filhos soubessem como ficara arrasada nos primeiros meses depois que soube da traição de Bill. Que bem isso faria? De qualquer forma, esses sentimentos agora eram passado. Se insistisse em falar disso agora, as crianças se sentiriam ainda mais obrigadas a tomar partido. Foi o que acontecera com Ty, e claramente era algo que lhe fazia mal. E agora a triste verdade era que ela não se importava mais com o que Bill faria com o resto da vida, exceto no que dizia respeito aos filhos.

Ela vislumbrou um leve franzido na testa de Ty e entendeu que ele estava esperando uma reação mais acalorada.

— Mas isso não deveria ser importante? — perguntou ele. — Vocês agem como se não fizesse diferença, como se tudo isso fosse só uma papelada. Sei lá, você sempre nos ensinou que o casamento era um grande compromisso.

— E é — garantiu ela. Maddie se esforçou para escolher bem as palavras. — Meu casamento com seu pai sempre será importante. Eu o amei de todo o coração por muito tempo e, por isso, tive você, Kyle e Katie. Nada é mais importante para mim do que nossa família. E fico muito triste por seu pai não fazer parte da minha vida da mesma maneira de antes, mas amadurecer também envolve aprender a aceitar mudanças, gostemos delas ou não.

— Mudanças são uma droga — declarou Ty.

Ela sorriu com isso.

— De fato, às vezes são — concordou ela. — Mas temos que aceitá-las mesmo assim.

— Acho que não consigo aceitar essa mudança — disse Ty, parecendo infeliz. — Não posso ficar do lado do papai enquanto ele se casa com ela.

Agora Maddie sentiu como se tivesse levado um soco no estômago.

— Seu pai quer que você seja o padrinho dele?

— Eu e Kyle — contou ele. — E quer que Katie seja daminha.

— Tenho certeza de que isso seria muito importante para ele — disse ela, lutando contra as lágrimas.

Droga, não queria que os filhos participassem daquela farsa de cerimônia de casamento, mas seria errado dizer isso. Ela não se permitiria fazer nada que aumentasse o conflito entre os filhos e o pai deles. Seria uma vingança mesquinha, e ela queria muito estar acima disso.

— Não vou participar — disse Ty em tom feroz. — Seria como se eu estivesse dizendo que tudo bem ele estar com Noreen.

— Ele vai ficar com ela independentemente da sua aprovação — lembrou ela. — Não seria melhor aceitar em vez de travar uma batalha perdida?

— Eu tenho? — perguntou ele, que nem quando tinha 5 anos e tinha que pedir desculpas por não dividir um brinquedo.

— Eu não posso obrigar você — admitiu ela. — Mas a única pessoa que você está magoando é você mesmo.

— E meu pai — disse ele com um toque de desafio.

— Ah, querido, e isso adianta alguma coisa?

— Eu quero que ele sofra como fez a gente sofrer — disse ele.

— Mas no fim isso não vai mudar nada — explicou ela. — Só vai deixar muitas pessoas infelizes no que deveria ser uma ocasião feliz.

— Você vai ao casamento?

— Não — disse ela, curta e grossa.

Não que houvesse qualquer chance de Bill — ou, mais especificamente, Noreen — querer a presença de Maddie.

— Então por que eu preciso ir? — perguntou Ty.

— Porque você é muito importante para o seu pai e ele gostaria que você estivesse lá. Às vezes a gente tem que ser maduro o suficiente para fazer algo apenas porque é importante para alguém que a gente ama.

— Amadurecer é horrível — resmungou ele.

Maddie riu.

— Às vezes é mesmo.

Aquela noite, sem dúvida, era uma daquelas vezes.

Maddie ainda estava pensando na conversa que teve com o filho quando Cal apareceu no spa alguns dias depois. Ela havia consultado Helen e descobrira que Ty estava certo. Ela logo seria uma mulher livre. Será que isso mudaria alguma coisa em seu relacionamento com Cal? Será que ela se permitiria olhar para ele de maneira diferente? Será que ele entraria em pânico e cairia fora assim que soubesse que ela estava disponível de verdade? Será que as fofocas sobre os dois cessariam se Bill finalmente se casasse com outra mulher e Maddie estivesse oficialmente solteira? Talvez parte da atração que ambos sentiam fosse motivada por seu relacionamento ser proibido. Até que o divórcio fosse oficializado, ainda era casada, mesmo que a realidade dissesse o contrário.

Eles se encararam, e Maddie sentiu em sua barriga que aquela atração não morreria tão cedo.

— Imaginei que pudesse encontrar você aqui — disse Cal, mostrando uma sacola cheia de doces ainda quentes da padaria e dois cafés fortes. — E como Ty disse que você tem vindo trabalhar ao raiar do dia, imaginei que ainda não tivesse tomado café da manhã.

— Você não deveria estar na escola? — perguntou ela, aceitando o café e tentando ignorar o aroma tentador e açucarado dos doces.

Embora tivesse pulado o café da manhã a semana inteira, não deveria chegar perto daquela sacola.

— Os alunos estão ocupados com as provas oficiais hoje — disse ele. — Eu deveria estar fazendo um inventário de todos os equipamentos para treino e checando se estão em boas condições para o ano que vem, mas decidi parar um pouco e dar uma fugida até aqui para ver como as coisas estão indo.

Maddie aproveitou o tópico neutro.

— Você deu uma olhada? O que acha? — perguntou ela, ansiosa para ouvir as impressões dele.

Ela achava que o lugar estava incrível, mas gostaria da opinião de alguém de fora.

— Está incrível. Não acredito no quanto você fez em tão pouco tempo. Não consegui espiar o vestiário ou as salas de tratamento, mas a área de exercícios é de primeira. Os aparelhos são de primeira linha. Mitch diz que vocês estão com tudo certo para abrir em duas semanas.

Maddie estremeceu com o lembrete.

— Para ele pode estar tudo certo, mas sinto como se estivesse a bordo de um trem descarrilhado. Fiz listas de tarefas para minhas listas de tarefas e não risquei muitos itens em nenhuma das duas.

— Posso ajudar em alguma coisa?

— A menos que você queira abrir pacotes e dobrar dezenas de toalhas, não — disse ela. — Ou então descobrir como organizar caixas e mais caixas de cremes.

— Eu poderia fazer isso — disse ele.

Ela o olhou espantada.

— Você faria mesmo, não é?

Ele deu de ombros.

— E por que não? Se é para ajudar...

Ela teve vontade de dizer que Bill jamais se dignaria a um trabalho tão baixo. Em vez disso, apenas respondeu:

— Eu agradeço, mas é melhor deixar essa parte para Jeanette. Acho que ela tem opinião própria sobre onde deve ficar cada coisa da área de tratamento. Ela gosta de ficar admirando os cremes e óleos. Não quer que mais ninguém ponha a mão neles.

Ele sorriu com o leve tom de irritação na voz dela.

— Ah, ela está desafiando seu controle, não é?

Maddie estremeceu com tamanha perspicácia.

— Tipo isso.

— Você a contratou porque ela tem certas habilidades, certo?

— Sim.

— Então deixe-a fazer o trabalho dela e risque as coisas que ela é capaz de fazer da sua lista.

— Você veio aqui só para me trazer café e me dar suas pílulas de sabedoria?

— Não, vim perguntar se você vai ao jogo de amanhã à noite. É um bem importante.

— Ty me disse, mas é a vez de Bill ir.

Cal franziu a testa.

— Acho que seria muito importante para Ty se vocês dois fossem. E seria muito importante *para mim* se você fosse.

Ela o estudou com curiosidade.

— Algum motivo em particular?

O olhar dele poderia ter incendiado a sala.

— Você não sabe?

Ela sentiu o rosto corar.

— Você tem certeza de que minha presença não seria uma distração?

— Provavelmente, mas com certeza valeria a pena. — Ele a olhou nos olhos. — Venha ver o jogo, Maddie.

— Vou pensar.

— Se você vier, prometo passar o sábado aqui sendo seu escravo pessoal. Pode me mandar fazer todo o trabalho sujo de última hora.

Ela sorriu.

— Uma oferta interessante — admitiu. — E o que você ganha com isso?

— Tempo com você — disse ele, sincero. Cal se levantou e se inclinou por cima da mesa dela até sua boca estar a poucos centímetros da dela. — E se eu tiver muita, mas muita sorte, talvez até consiga convencê-la a experimentarmos a banheira de hidromassagem que, pelo que dizem por aí, você instalou no andar de cima.

Ele deu um beijo rápido nos lábios dela, depois se afastou.

— Pense um pouco — disse ele, e depois saiu.

Maddie ficou olhando para a porta, os lábios pegando fogo. Aquele homem era realmente um perigo. *Pense um pouco*, ele dissera em tom inocente. Como se a imagem dos dois dividindo a banheira de hidromassagem agora não estivesse gravada para sempre em seu cérebro. Não conseguia se lembrar da última vez que uma tentação fora tão atraente.

Cal ficou surpreso quando Maddie apareceu no jogo na sexta à noite. Ele não tinha certeza se ela aceitaria o desafio, mas a presença dela lá lhe dava esperança.

Maddie usava uma blusinha formal por dentro de um shorts cáqui recatado e tênis. Ele se perguntou se ela escolhera aquela roupa para lembrá-lo do que ele dissera sobre o traje dela na primeira noite em que a viu. Muitas mulheres nas arquibancadas usavam roupas mais reveladoras, mas Maddie foi a única que o fazia pegar fogo.

Justamente por isso, Cal preferiu concentrar sua atenção em outros lugares, pelo menos até ver Bill Townsend subir as arquibancadas e se sentar ao lado dela. Depois disso, mal conseguiu desviar o olhar do ex-casal. Não estava esperando a onda de ciúmes que irrompeu dentro de si ao ver os dois juntos.

Não parava de olhá-los de soslaio, querendo saber se ela e Bill estavam apenas sendo civilizados ou se ainda havia algo entre eles. Cal não podia imaginar que alguém que fora casado por vinte anos com uma mulher como Maddie e tivesse três filhos com ela desistisse do relacionamento como se nada daquilo importasse.

— Treinador?

Cal desviou sua atenção das arquibancadas para Luke Dillon.

— O quê?

— O árbitro quer falar com você ali no campo.

— Claro — disse Cal. Ele olhou para os jogadores. — Vocês estão prontos para jogar bola?

A pergunta foi respondida com gritos animados que o fizeram sorrir.

— Foi o que pensei.

Ele foi até o árbitro e o treinador do time adversário, depois mandou seus jogadores entrarem em campo. Desde o primeiro arremesso de Ty, Cal soube que estava testemunhando algo especial. Ninguém acertaria aquela bola rápida. E suas bolas curvas estavam pegando bem no cantinho da base. Quando Cal olhou para as arquibancadas, seu olhar procurou outra pessoa, não Maddie: um olheiro de seu antigo time. Patrick O'Malley abriu um largo sorriso e fez um sinal de positivo, confirmando toda a intuição de Cal sobre o talento de Ty.

No fim do jogo, Patrick estava esperando por ele.

— Você tem certeza de que esse menino só tem 16 anos? — perguntou o olheiro, desejoso. — Eu o contrataria hoje à noite se pudesse.

— Desculpe. Ele ainda tem mais dois anos de ensino médio, mas vou apresentar você aos pais dele. Mal não vai fazer se você os conhecer agora. Se ele é tão talentoso quanto nós dois achamos, é melhor você já conhecer a turma.

Ele levou Patrick até Maddie e Bill, que estavam parabenizando Ty. Como não queria que o garoto entreouvisse a conversa, Cal o mandou se juntar aos colegas de time e depois se virou para Maddie e seu futuro ex-marido.

— Bill, Maddie, gostaria de apresentá-los a Patrick O'Malley. É um olheiro dos Braves. Eu o chamei hoje para ver Ty jogar.

Maddie olhou para ele com surpresa.

— Foi por isso que você insistiu tanto para que eu viesse hoje à noite?

Ele assentiu.

— Eu sabia que Patrick gostaria de conhecer vocês. Ele está tão impressionado com Ty quanto imaginei que ficaria.

— Mas Ty ainda está no ensino médio — protestou ela.

— Nunca é cedo demais para eu ficar de olho em um jogador — disse Patrick. — Seu filho tem o que é preciso para se tornar profissional direto do ensino médio, se for isso que ele quiser.

A expressão de Maddie congelou.

— Sem fazer faculdade?

— Talvez adiando um pouco — disse Patrick. — Teremos que ver como estão as coisas daqui a alguns anos.

Maddie virou-se para Bill, os olhos estreitados em desconfiança.

— Você sabia que isso era uma possibilidade?

— Qualquer jovem que sonha em ser jogador profissional quer acreditar que é possível — disse Bill. — Mas não acontece com tanta frequência.

— Muito menos com meu filho! — disse Maddie, furiosa. Ela franziu a testa para Cal. — Desde que Ty nasceu, nós nos planejamos e guardamos dinheiro para ele ir para a faculdade. Isso *não* vai mudar. Como você pôde fazer isso sem ao menos falar comigo primeiro?

— Eu achei que você ficaria feliz — respondeu Cal com since-ridade, surpreso ao ouvir a indignação em sua voz.

— Eu pareço feliz? — questionou ela. — Meu filho vai para a faculdade e ponto-final. *Depois* que ele se formar é que vamos ter essa conversa. — Ela o encarou. — Depois falamos sobre isso. Vou embora.

Cal teria ido atrás dela, mas Patrick o deteve.

— Deixa. Você sabe como muitos pais reagem mal num primeiro momento. Você mesmo foi esperto o suficiente para recusar a opor-tunidade de se tornar jogar profissional direto do ensino médio. Não a culpe por sentir a mesma coisa em relação ao filho.

— Eu vou conversar com ela — prometeu Bill. — Ela vai mudar de ideia se for o melhor para Ty.

Cal não tinha tanta certeza. Ele vira algo completamente inesperado nos olhos dela. Maddie parecia traída, embora Cal só quisesse dar ao garoto uma oportunidade única. Ele pensara como treinador, não como pai. Como Patrick estava certo sobre Cal ter tomado uma decisão diferente para si, sua própria falta de visão em relação ao futuro de Ty o fez questionar se era mesmo o homem certo para uma mulher com três filhos.

— Nunca tive tanta raiva de alguém na vida — declarou Maddie a Helen e Dana Sue na manhã seguinte.

A presunção de Cal a fizera passar a noite em claro. De alguma forma, Ty ficou sabendo quem era Patrick O'Malley e por que ele tinha ido assistir ao jogo. Por causa de Cal, o filho se enchera de esperanças, que logo foram destroçadas quando Maddie teve que lhe dizer que a promessa de Cal não aconteceria de jeito nenhum.

Agora, Ty estava furioso com ela, e Maddie se perguntava por que acreditara que Cal realmente estava levando em conta o que era melhor para sua família.

— Imagino que ele tenha pensado que você ficaria empolgada por Ty — sugeriu Dana Sue.

— Bem, claro que fiquei. — Ela bufou com impaciência. — É incrível que um olheiro profissional ache que ele seja tão bom assim.

— Então por que o que Cal fez foi errado? — perguntou Dana Sue.

— Ele agiu pelas minhas costas — disse ela. — Eu sou a mãe de Ty. Ele deveria ter me consultado.

— Talvez ele não confiasse que pudesse ser imparcial — sugeriu Helen. — Talvez não quisesse dizer nada até saber a opinião do olheiro.

— Por que vocês duas estão defendendo Cal? Vocês acham mesmo que o meu filho deveria deixar de fazer faculdade para jogar beisebol?

Helen segurou os ombros de Maddie com firmeza e a conduziu até uma cadeira.

— Sente aí. Agora me escute. Ninguém está dizendo que Ty tem que deixar de fazer faculdade. Ninguém sabe o que vai acontecer nos próximos dois anos. Ele pode decidir que quer ser astronauta, vai saber.

Maddie revirou os olhos.

— Não é muito provável.

Helen ficou mais séria.

— Só estou dizendo que é incrível saber que ele pode ter uma oportunidade com a qual muitos jovens atletas só podem sonhar. Talvez você deva ser grata a Cal por fazer isso acontecer, em vez de odiá-lo.

Dana Sue concordou.

— Vamos lá, querida. Um olheiro de um time profissional de beisebol acha que seu filho é capaz de seguir esse caminho! Isso não é incrível?

Maddie suspirou.

— É mesmo — admitiu ela por fim. — Acho que a possibilidade só me pegou de surpresa. Isso me obrigou a encarar o fato de que Ty só será meu por mais alguns anos, então estará por conta própria, seja jogando bola ou indo para a faculdade. Eu não estou pronta. E a verdade é que, quando Ty completar 18 anos, se ele quiser mesmo seguir adiante com o beisebol, não poderei fazer nada.

— Aceitar isso não vai ser fácil — concordou Dana Sue. — Às vezes fico tão preocupada pensando nas escolhas que Annie vai fazer quando estiver sozinha. Não sei se ela está se saindo muito bem agora.

Maddie ficou imediatamente alerta ao ouvir o tom preocupado de Dana Sue.

— Como assim?

— Essa história da comida. Ela parece estar comendo, mas continua emagrecendo. Tem alguma coisa errada, posso sentir. Se continuar assim, fico com medo de que ela acabe no hospital.

— Ela foi ver Bill? — perguntou Maddie.

Dana Sue bufou com exasperação.

— Ela diz que não tem mais idade para ir ao pediatra e que ele é um babaca pelo que fez com você.

— Contra fatos não há argumentos — disse Maddie. — Mas e o dr. Marshall?

— Para ser sincera, tenho medo de insistir — disse Dana Sue. — Fico achando que só vai piorar as coisas entre nós. Sempre fomos tão próximas, mas agora ela desconfia de tudo que sai da minha boca.

Maddie sorriu.

— Ela é adolescente. Annie é só um pouco mais nova que Ty, e olha a dor de cabeça que *ele* está me dando. O que você esperava?

A expressão de Dana Sue ficou melancólica.

— Algo mais *Gilmore Girls*, eu acho.

— É uma série de TV, não é a vida real — lembrou Helen. — Talvez eu possa levar Annie a Charleston para termos um dia só nosso. Já faz tempo desde a última vez. Poderíamos fazer compras, almoçar. Se ela tem um distúrbio alimentar, talvez eu possa captar algum sinal.

A expressão de Dana Sue se iluminou.

— Você faria isso? Ela adora sair com você. Pagarei as compras que ela fizer.

— Não, o prazer é meu — disse Helen. — Eu amo mimar Annie e os filhos de Maddie. São tudo o que tenho.

— Você ainda vai ser mãe um dia — tranquilizou Maddie.

— Como? — perguntou Helen. — Com minha vida social, seria um milagre. Tenho a mesma idade que vocês, então meu tempo está acabando. As coisas começam a ficar bem perigosas depois dos quarenta.

— Então você vai ser um milagre da ciência — encorajou Dana Sue. — Você seria uma ótima mãe.

— Sou egocêntrica e viciada em trabalho — rebateu Helen. — Eu não seria uma boa mãe.

Maddie gesticulou indicando o espaço em volta delas.

— Mas este lugar vai mudar isso. Nós vamos melhorar sua saúde e suas prioridades.

Helen não pareceu convencida.

— Nós vamos — prometeu Dana Sue. — Você vai ver. — Ela se virou para Maddie. — E você vai se resolver com Cal.

— Não sei por que você tem tanta certeza disso — disse Maddie. — Depois de como o tratei ontem à noite, duvido que ele fale comigo.

— Você está errada — disse Helen, os lábios se curvando em um sorriso. — Tenho que ir.

— Eu também — disse Dana Sue, correndo atrás dela.

Maddie se virou devagar para ver o que as fez fugir e viu Cal parado na porta.

— É seguro eu entrar? — perguntou ele.

Ela sentiu uma onda de alívio.

— Claro, embora eu não saiba por que você gostaria de fazer isso depois de ontem à noite. Eu exagerei.

— Não exagerou. Eu a peguei desprevenida e por isso peço desculpas. Eu estava tentando ajudar.

— Eu sei — disse ela. — Mas da próxima vez...

— Da próxima vez vou consultar você primeiro sobre qualquer coisa relacionada aos seus filhos — prometeu ele.

— Obrigada. — Ela o estudou com curiosidade. — Você veio só por isso?

Ele balançou sua cabeça em negativa.

— Eu disse que vinha ajudar hoje. Apenas me diga o que precisa que eu faça.

Ela se lembrou da recompensa que ele alegou querer — passar um tempo a sós com ela na banheira de hidromassagem.

— E a banheira de hidromassagem?

Cal sustentou seu olhar.

— Estou contando com ela.

O coração de Maddie quase parou quando ela o olhou nos olhos.

— Cal — começou ela, sua voz estranhamente embargada.

— Sim, Maddie — disse ele, divertido.

— Eu, hum, tenho muita coisa para fazer aqui hoje. As crianças estão passando o dia com o pai, mas estarão em casa logo após o jantar.

— Então é melhor andarmos logo — disse ele, ainda sem desviar o olhar.

Meu Deus, pensou ela, o coração disparado. Ela precisou de todo o seu autocontrole para não jogar sua lista de tarefas idiota no lixo e arrastar Cal para o andar de cima de uma vez por todas.

No fim, Maddie fez o que sempre fazia — a escolha mais responsável. E, quando ela e Cal finalmente subiram, colocaram trajes de banho e se afundaram na convidativa banheira de hidromassagem, ambos estavam tão exaustos que se contentaram em ficar em silêncio, deixando a água aliviar as dores no corpo. Por mais eletrizante que fosse o roçar ocasional da coxa de Cal contra a dela, por mais maravilhoso que fosse ter seus dedos entrelaçados aos dele, nenhum dos dois tinha energia para fazer mais que isso.

De certa forma, isso deixou seus poucos momentos a sós ainda mais empolgantes. Havia uma promessa nos toques suaves, muita ternura e consideração na maneira como Cal seguia as deixas dela, sem exigir nada, mas insinuando muito mais.

Por fim, Maddie o encarou.

— Você imaginou que o dia de hoje acabaria de um jeito diferente, não foi?

O sorriso preguiçoso no rosto dele a aqueceu.

— Estou aqui com você — disse ele. — É o bastante.

— É muito cedo para mais do que isso — disse ela em tom pesaroso. — E não temos tempo, de qualquer maneira. As crianças vão chegar em casa daqui a pouco. Preciso ir.

O olhar dele a deteve.

— Então vamos embora, desde que você me prometa que faremos essas outras coisas, quando for o momento certo.

— Combinado — disse ela sem hesitar, depois se levantou.

Cal também se levantou e pegou a mão dela antes que Maddie pudesse sair da banheira.

— Só mais uma coisa — disse ele.

Ela prendeu a respiração ao ver o calor nos olhos dele.

— O quê?

Ele apoiou a mão na sua nuca e a beijou. O leve borbulhar entre os dois de repente se transformou em um vulcão. A água da banheira pareceu gelada em comparação ao calor que Maddie sentiu.

Quando a soltou, Cal acariciou a bochecha dela com o polegar.

— Era só isso — disse ele.

Aquele beijo a deixou nas nuvens o caminho inteiro até em casa. Reluzia em sua memória, ofuscando o beijo muito mais casto que ele lhe deu na porta de casa.

— Boa noite, Maddie.

Ela sabia que era melhor Cal ir embora, mas não estava pronta para se despedir. Decidiu convidá-lo para jantar na terça-feira seguinte.

— Tem certeza? — perguntou ele.

— Claro, por quê?

— Como você acha que as crianças vão reagir?

— Vão adorar — disse ela com segurança.

Cal não pareceu tão confiante.

— Se você tiver se enganado, é só me avisar.

— Não vou estar enganada — garantiu ela, mas depois que Cal partiu, Maddie começou a ter suas dúvidas.

Talvez fosse demais esperar que os filhos aceitassem mais uma mudança em suas vidas, por mais inocentemente que ela a apresentasse.

Determinada a encarar a questão de frente, ela mencionou o convite quando Ty e Kyle estavam sentados à mesa da cozinha, lanchando leite com biscoitos depois que Katie tinha ido dormir.

Ty a olhou como se tivesse anunciado que planejava correr pelada pelas ruas de Serenity.

— Você o quê? — perguntou ele.

— Convidei o treinador Maddox para jantar com a gente na terça-feira — repetiu ela.

— Você não pode estar falando sério — disse Ty, claramente horrorizado. — Por que você faria isso?

— Pensei que você gostasse do treinador Maddox — disse ela, perplexa com a reação do filho. — Ele já veio aqui em casa antes.

— Como meu treinador! — gritou ele. — Não com você! Isso é tipo um encontro!

— Na verdade, não — negou ela, odiando que o filho estivesse reagindo justo como ela temia. — É só um jantar. Nós somos amigos. Não é tudo isso que você está fazendo parecer.

Certo, talvez ela quisesse ou até esperasse que as coisas fossem mudar logo, mas por enquanto ainda eram apenas amigos. E ponto.

Com exceção das fantasias da banheira de hidromassagem.

Estava nítido que Ty não estava tranquilizado.

— Claro — disse ele em tom sarcástico. — Papai tem uma *amiga especial*, e agora você tem o seu. Que maravilha, mãe!

Ele saiu da sala e subiu as escadas a passos pesados, depois bateu a porta do quarto para enfatizar seu descontentamento.

Maddie ficou olhando para onde Ty tinha estado, depois se virou para Kyle e viu a expressão desconfiada do filho.

— Você também? — disse ela.

— É um pouco estranho, mãe. Ele é o treinador de Ty. E muito mais novo que você.

— Eu o convidei para jantar — disse ela, na defensiva. — Não para vir morar com a gente.

Kyle lhe lançou um olhar sábio que o fazia parecer mais velho.

— Você não acha que foi assim que começou com papai e Noreen?

CAPÍTULO DEZESSEIS

Maddie passou a maior parte da tarde de domingo trabalhando nos convites para a inauguração do spa. Para não ultrapassar o orçamento de impressão que impusera a si mesma, ela mesma tinha selecionado alguns papéis elegantes, embora não muito caros, e imprimiria os convites em seu computador — isso se conseguisse criar algo fino o suficiente para agradar às amigas. Tinha preparado algumas opções para que Helen, Dana Sue e Jeanette escolhessem a melhor quando viessem jantar. Ela achava que um ou dois dos modelos ficaram incríveis, modéstia à parte.

Maddie estava dando os últimos ajustes e guardando os modelos em uma pasta quando as amigas chegaram.

— Cadê as crianças? — perguntou Helen, enquanto seguiam Maddie até a cozinha.

— Comendo pizza lá em cima — admitiu Maddie.

— Estão presos nos quartos? — perguntou Dana Sue. — O que eles fizeram?

— Para ser sincera, os meninos estão furiosos comigo, então imaginei que estragariam nosso apetite se comessem conosco.

— O que houve? — perguntou Jeanette. — A não ser que você prefira não falar…

Maddie hesitou, sem saber se queria contar a elas sobre a reação dos filhos ao convite que fizera a Cal antes de ter mais tempo para pensar e decidir o que devia fazer. Ela sabia que Helen e Dana Sue, pelo menos, diriam poucas e boas. Jeanette podia ser mais cautelosa ao se expressar, mas estava aprendendo a se impor como as outras, então Maddie não podia contar nem mesmo com o silêncio dela.

Ela adiou a resposta, entregando tigelas e pratos às três para que elas pusessem a mesa da sala de jantar. Ela havia preparado um frango assado com legumes grelhados e salada de pera, nozes e queijo azul. Devia ser a refeição mais saudável que já cozinhara para as amigas. Os filhos teriam odiado.

— Ty descobriu que tem algo rolando entre você e Cal, não é? — adivinhou Helen, quando todas se sentaram para comer. — E está comparando ao que o pai dele fez.

Maddie a olhou, espantada com a intuição da amiga.

— Como você chegou a essa conclusão?

Helen deu de ombros.

— Era só uma questão de tempo.

— Por quê? Cal e eu não temos nada — disse ela, cansada de repetir essa negativa. — Nós nunca tivemos um encontro. Só o convidei para jantar na terça-feira. Imaginei que era o mínimo que eu podia fazer depois de tudo o que ele fez por mim e por Ty.

— Não, você queria um jantar em família com ele para ver se Cal se encaixa nessa dinâmica — corrigiu Helen. — Pelo menos seja sincera com você mesma sobre seus motivos.

Maddie ia discutir, mas então suspirou.

— Ok, talvez você tenha razão. — Ela olhou consternada para as amigas. — Eu não esperava uma reação tão forte dos meninos. Ficaram horrorizados. Será que eu deveria cancelar?

— De jeito nenhum — disse Dana Sue com firmeza. — Se cancelar, as crianças vão aprender que, quando quiserem mandar embora um namorado seu, só precisam fazer cara feia. Eu tive exatamente cinco encontros desde que botei Ronnie para fora de casa, e Annie odiou de cara todos os pretendentes. Não que a opinião da minha filha não conte, mas estamos falando da minha vida amorosa. Já é difícil o bastante conhecer alguém e dar uma chance à pessoa sem seus filhos ficarem metendo o bedelho. De agora em diante, nenhum homem com quem eu sair vai conhecer minha filha até eu saber se ele veio para ficar.

— E nós já sabemos que é o caso de Cal — lembrou Helen. — Esse jantar foi uma boa ideia. Ele já conhece as crianças e vai relevar se os meninos não estiverem muito felizes com a presença dele. Imagino que Cal já tenha passado por situações mais difíceis. Ele está acostumado a lidar com adolescentes.

— É, talvez… — respondeu Maddie, não muito convencida.

Ela ficou empurrando a comida no prato.

— Tá, o que houve? Tem mais alguma coisa errada — disse Helen. — Não é só por causa da reação das crianças, é?

— Talvez eu esteja sendo idiota — admitiu Maddie. — Quer dizer, que relacionamento eu posso ter com um homem tão mais novo do que eu? Não sou do tipo que quer só uma aventura.

— Ah, Maddie, fala sério — zombou Helen. — Você acha que Cal só está interessado nisso?

— Não sei — respondeu Maddie com sinceridade.

— Você não está dando crédito a ele — disse Helen. — Pare de se preocupar. Não tenha pressa de rotular o que está acontecendo entre vocês dois. Não fique sofrendo por antecipação por problemas que talvez nem surjam, no fim das contas.

— Eu já sei que nosso envolvimento vai ser um problema com a escola — disse Maddie, sombria. — Betty Donovan vai cuidar disso.

— Cal já sabe que ela está pronta para arrumar confusão? — perguntou Helen.

Maddie assentiu.

— Ele está preocupado? — perguntou Dana Sue.

— Pelo visto não.

— Então você também não deveria se preocupar — aconselhou Dana Sue.

Maddie se virou para Helen.

— Ele terá como recorrer legalmente se tentarem demiti-lo?

Helen sorriu.

— Se me contratar, sim — disse ela. — Pare de procurar pelo em ovo. Não fique inventando desculpas para terminar com ele antes mesmo de começar. Acho que Cal Maddox vai ser a melhor coisa que já aconteceu com você.

Jeanette, que tinha ficado quieta até então, assentiu.

— Se ele tivesse olhado para mim, com certeza eu não o rejeitaria. Encare a verdade, Maddie, todas as mulheres da cidade vão ficar com inveja se vocês assumirem o relacionamento. Apenas sorria e deixe as outras se perguntando sobre o que estão perdendo.

Maddie riu apesar da preocupação.

— Você é muito má.

Jeanette sorriu.

— É o que o homem da minha vida gosta de me dizer.

— Esse seu namorado misterioso vem ver a inauguração? — perguntou Dana Sue. — Estamos doidas para conhecer esse cara.

— Ah, ele vem — disse Jeanette, com uma determinação ameaçadora. — Na verdade, tenho esperanças de que depois de conhecer Serenity ele queira se mudar para cá. Estou cansada de ficar dirigindo daqui para Charleston.

— E se ele não quiser?

A expressão de Jeanette ficou séria.

— Então talvez eu precise repensar algumas coisas.

— Você não abandonaria a gente, abandonaria? — perguntou Maddie, sem tentar esconder a preocupação.

— De jeito nenhum — disse Jeanette. — Estou adorando o que estamos fazendo aqui. Se foi para abandonar alguém, vai ser Don. Não posso ficar com um homem que não apoie o que quero fazer.

— E você acha que ele não apoia? — perguntou Maddie.

Jeanette deu de ombros.

— Ele não está gostando de eu estar passando tanto tempo no spa. Diz que está diminuindo nosso tempo juntos, o que é verdade, mas também é algo temporário. Estou começando a perceber que ele é um cara muito egoísta.

— Ou talvez ele só não lide bem com a mudança — sugeriu Maddie, odiando que elas estivessem atrapalhando o relacionamento de Jeanette com alguém importante para ela. — Dê um tempo para ele se acostumar.

— Estou dando, é por isso que ainda não terminei — explicou Jeanette. — A inauguração é a chance dele de provar seu compromisso comigo. — Ela deu de ombros e manteve uma expressão melancólica no rosto. — Vamos ver.

— Os homens *realmente* são uma complicação, não são? — disse Dana Sue com um suspiro, depois sorriu. — Mas, quando são bons, valem a pena.

— Amém — disseram Helen e Jeanette.

Maddie não tinha tanta certeza. Pensou nas dificuldades que os filhos estavam enfrentando por causa do comportamento de Bill e do novo papel que Cal poderia vir a desempenhar na vida deles. Talvez tudo fosse mais simples se ela mantivesse distância dos homens e resolvesse ser a melhor mãe solo de Serenity.

Mas quão divertida seria uma mãe solo irritada e descontente?

Bill chegou ao consultório na segunda-feira de manhã, depois de passar no hospital para examinar um paciente que estava se recuperando de uma apendicectomia de emergência feita na noite anterior, e encontrou Noreen esperando por ele, com uma expressão estranhamente animada.

— O que foi? — perguntou ele enquanto tirava o casaco e vestia o jaleco branco por cima da camisa.

De vez em quando Bill não se dava ao trabalho de botar o jaleco, mas naquela manhã não havia uma camisa no armário que não estivesse amassada. Noreen não tinha o dom de Maddie para passar roupa. Ele teria que começar a levar as camisas para a lavanderia se quisesse que fossem passadas e engomadas como gostava. Era mais uma mudança em sua vida que Bill teria que aceitar.

Noreen fechou a porta da sala.

— Fiquei sabendo de uma coisa hoje de manhã e achei que você devia saber — disse ela, mal conseguindo se conter.

Ele franziu a testa diante da empolgação dela em repetir alguma novidade que tinha ouvido por aí.

— Uma fofoca? — perguntou ele com desdém. — Noreen, você sabe como me sinto sobre isso.

Para início de conversa, ele achava que alguém na sua posição não tinha o direito de falar de mais ninguém.

— Eu sei, eu sei — disse ela. — Mas acho que você devia abrir uma exceção. Parei na Wharton's para tomar café, já que não tínhamos ovo em casa. Todo mundo lá estava comentando.

Bill se resignou a ouvir o que tinha deixado todos na cidade tão interessados. Não precisava de muito para que isso acontecesse, ainda mais se Grace Wharton estava lá para espalhar a história.

— Maddie está tendo um caso com Cal Maddox! — anunciou Noreen com uma expressão alegre. — Viu, eu disse que você iria querer saber.

— Isso é um absurdo — disse Bill em tom enfático, mas a história pareceu um pouco crível demais. Seus joelhos de repente ficaram fracos. Ele desabou na cadeira, então pensou se haveria certa verdade por trás das fofocas. Ele tinha visto os dois juntos mais de uma vez. Até sentira que havia algo entre eles. Ainda assim, sentiu a necessidade de negar o boato. — Maddie é pelo menos dez anos mais velha que ele. O que ele veria nela?

Noreen o olhou com pena.

— Não é de admirar que seu casamento estivesse indo tão mal quando nos conhecemos, se você não conseguia ver como sua esposa é linda e desejável.

— Eu sei muito bem como Maddie é atraente — retrucou ele com firmeza.

Ultimamente, ele se sentia bastante atraído por ela, talvez porque sabia que agora ela estava fora de alcance.

Ele se concentrou em Noreen.

— Vamos, pense um pouco. Você sabe que Maddie nunca faria algo que a tornasse motivo de chacota, não depois do que nós fizemos com ela. Sim, ela passou algum tempo com o treinador Maddox, mas disso para um caso? Isso é loucura. As pessoas nesta cidade gostam de ficar falando dos outros, isso é tudo.

— Maddie e Cal ficaram no spa até altas horas no sábado à noite — contou Noreen, com um brilho triunfante nos olhos. — Grace viu os dois indo embora juntos. E ontem Cal comentou com alguém que o lugar tem uma banheira de hidromassagem incrível, que ele mesmo a experimentou no sábado. Agora, me diga se não parece que aconteceu alguma coisa.

Bill sentiu o estômago se revirar. Sabia que não devia dar ouvido a metade dos boatos que circulavam por Serenity, mas, se havia uma pequena chance de aquele ser verdade, ele precisava levar a sério.

— Diga ao meu primeiro paciente que já vou atendê-lo — disse ele secamente. — Preciso fazer uma ligação.

Noreen franziu a testa.

— Você vai ligar para Maddie?

— É claro que vou ligar para Maddie — disse ele, impaciente. — Você achou que eu deixaria isso passar?

Ele percebeu pela expressão de Noreen que ela tivera outros planos em mente. Sem dúvida, queria que ele aceitasse que Maddie tinha seguido em frente com a própria vida. Não fora intenção dela deixá-lo com ciúmes.

E claro que ele não tinha ficado, disse Bill a si mesmo. Não estava com ciúmes de Maddie; ela que fizesse o que bem entendesse com a própria vida. Ele só não queria ver a mãe de seus filhos fazer papel de ridículo.

Até parece. Afinal, isso não explicava bem o desânimo que o consumia quando ele pegou o telefone.

Maddie estava se desdobrando para resolver vários problemas quando o celular tocou. Ela remexeu a bolsa, tentando encontrá-lo enquanto terminava de falar com Skeeter no telefone fixo. Atendeu a ligação, pediu a quem quer que estivesse na outra linha para aguardar e terminou a conversa com o encanador mal-humorado.

— Sexta-feira — disse ela a Skeeter. — É o prazo final absoluto. A festa de inauguração vai acontecer na sexta seguinte e vamos abrir na outra segunda-feira. A vistoria está marcada para as nove da manhã de sexta, então tudo tem que estar funcionando. Não podemos nos dar ao luxo de não conseguir o alvará.

— Eu prometi a você que ficaria tudo pronto no prazo, não prometi? — resmungou Skeeter. — Venho passando por essas vistorias de encanamento nesta cidade desde que você ainda usava fraldas.

— Você também me prometeu que as privadas seriam instaladas na semana passada — replicou Maddie. — Ainda estão na embalagem.

— De hoje não passa — garantiu ele. — Estarei aí em uma hora. Só preciso desentupir o ralo de Mitzi Gleason antes que ela tenha outro ataque.

— Uma hora — concordou Maddie. — Senão eu vou atrás de você aí na Mitzi e não vai ser bonito.

Skeeter riu.

— Eu não estou brincando — ameaçou ela e desligou, então pôs o celular no ouvido. — Desculpe a demora.

— O que está acontecendo aí? — questionou Bill. — Não posso passar o dia todo esperando você me atender.

— Você poderia ter desligado — sugeriu Maddie, sem se abalar. — É o que você costuma fazer.

— É importante. Preciso ver você — anunciou Bill naquele tom autoritário que ela conhecia muito bem. — Tenho meia hora livre ao meio-dia.

— Bem, eu não tenho. Estou no trabalho. Não estou mais a sua disposição — retrucou ela, sem paciência para atender as exigências autoritárias do ex-marido.

— Então eu vou aí — disse ele. — Não vai demorar muito, mas temos que resolver isso.

— Resolver o quê?

— Essa história de você e o treinador Maddox estarem juntos — disse ele. — Você está doida, Maddie?

Uma coisa era seus filhos adolescentes terem problemas com ela convidar Cal para jantar. Outra coisa muito diferente era o ex-marido pensar que ainda tinha o direito de opinar sobre o assunto.

— Devo lembrá-lo mais uma vez de que sua oportunidade de dizer algo sobre o que eu faço ou deixo de fazer acabou no dia em que decidiu sair de casa?

— Esse homem é dez anos mais novo que você — disse Bill.

— Noreen é dezesseis anos mais nova que *você* — retrucou ela. Ele ignorou o comentário.

— Eu já alertei você — disse ele, fazendo-se de virtuoso. — Você está fazendo um papel ridículo, Maddie. E está envergonhando seus filhos. Só imagino o que Ty deve pensar. A cidade toda está falando sobre você e o treinador se divertindo em uma banheira de hidromassagem. Noreen soube disso quando foi na Wharton's hoje de manhã.

— Noreen agora está repassando as fofocas que ouve sobre mim? Que maravilha! Eu gostaria que alguém tivesse tido a bondade de me contar sobre o *seu* caso. Assim eu não teria sido pega de surpresa quando você anunciou que queria um divórcio.

— Não é esse o ponto, caramba!

— Então *qual* é o ponto?

— Você está tendo um caso com o treinador de beisebol do seu filho! — Bill quase gritou. — Você sabe como isso é nojento?

— Nojento?

Maddie tentou se acalmar, sem sucesso. Queria cruzar a cidade e ir lá dar na cara dele. Talvez na de Noreen também, para aproveitar a viagem.

— Você tem uma palavra melhor para descrever isso? — perguntou ele.

— Primeiro, vamos aos fatos — sugeriu ela. — Não há caso.

— As pessoas estão dizendo...

— As pessoas dizem um montão de coisa em Serenity — lembrou ela. — Um quarto do que dizem costuma ser verdade, e olhe lá. Você era sempre o primeiro a me lembrar disso.

— Você não está dormindo com ele?

Maddie pensou ter ouvido certo alívio na voz de Bill.

— Não — respondeu ela com firmeza. — Mas vamos ter uma conversa sobre por que você se sente no direito de perguntar se estou.

— Porque eu ainda me importo com você — disse ele em tom feroz. — Não quero que você vire motivo de chacota.

— Peraí um minutinho — disse ela devagar, a raiva que sentia ainda fervendo. — Se eu converso um pouco com um homem dez anos mais novo do que eu, sou uma idiota que envergonha os filhos. Quando você engravida uma mulher dezesseis anos mais nova do que você, antes de se divorciar de sua esposa, você é o quê? Um grande modelo de razão e virtude? Acho que não, meu amigo.

— Maddie, você precisa ser razoável. Pense nas crianças — disse ele, ainda sem se dar conta de estar usando dois pesos e duas medidas.

Incapaz de aguentar essa atitude por mais um segundo sequer, ela bateu o telefone na mesa sem desligar primeiro. Torcia para que isso machucasse pelo menos seus tímpanos, já que nada poderia machucar o ego enorme de Bill.

★ ★ ★

Quando chegou a hora do almoço, Maddie ainda estava espumando de ódio por ser assunto das fofocas da Wharton's. Decidiu que a melhor maneira de acabar com isso era ir até lá de cabeça erguida. Enquanto estivesse à vista, ninguém ousaria dizer uma palavra sobre ela. E talvez ela pudesse aproveitar e deixar Grace mais bem-informada. Ela não se divertiria tanto espalhando a verdade, mas sem dúvida repetiria qualquer coisa que Maddie dissesse.

Infelizmente, não teve coragem de enfrentar todo mundo sozinha. Pegou o telefone e ligou para a mãe, que, graças a sua fama e excentricidade, já fora assunto de muitas rodas de fofoca na cidade pequena.

— Você já tem planos para o almoço? — perguntou ela, sem perder tempo com banalidades.

— Não. Por quê? — perguntou sua mãe.

— Aparentemente, Cal e eu somos a novidade mais interessante do cardápio da Wharton's. Quero ir lá e acabar logo com isso, mas não queria ir sozinha.

— Pode contar comigo. Grace Wharton é uma mulher maravilhosa, gentil, que não mede esforços para ajudar os clientes, mas não sem antes sair espalhando as últimas fofocas.

— Vou passar aí para buscar você — disse Maddie. — Dez minutos?

— Estarei pronta — disse a mãe. — Quer que eu leve aquela espingarda que guardo no armário do corredor?

Maddie riu. Ela sabia que a mãe odiava armas e também sabia direitinho como aquele boato em particular tinha começado. Quando alguns jovens da vizinhança começaram a aprontar algumas com sua mãe, Paula Vreeland foi até o clube de tiro e gravou o som de disparos. Então tocou a gravação no volume máximo quando os jovens estavam rondando sua casa, dando-lhes um susto daqueles.

No dia seguinte, não havia uma alma em Serenity que não estivesse fofocando sobre a artista doida que havia atirado em vários meninos. Até a polícia apareceu para ver se a arma tinha registro, só para descobrir que a única arma no local era a de uma gravação. Mas guardaram segredo. Assim, as pegadinhas pararam e os rumores continuaram à solta.

— Acho que podemos resolver isso sem armas — disse Maddie.

Vinte minutos depois, quando entraram na Wharton's e todos no local fizeram silêncio, Maddie quase se arrependeu de sua decisão de encarar a situação de frente. Ela e a mãe se sentaram na última mesa com sofá vaga. Maddie pegou um cardápio e se escondeu atrás dele. Paula o arrancou das mãos da filha.

— Olhe diretamente nos olhos deles — aconselhou a mãe. — Você não tem nada a esconder, lembra?

— Por que de repente eu virei a vagabunda da cidade ou coisa do tipo se ninguém disse um pio depois do que Bill e Noreen fizeram?

Sua mãe a olhou com espanto.

— Claro que disseram. E disseram muitas coisas, só que não na sua frente. As pessoas respeitam demais você para quererem causar constrangimento.

— Pelo visto não mais.

— Querida, é porque sua história é a novidade de hoje. Amanhã vão estar falando de outra pessoa. Você só precisa manter a cabeça erguida. Na verdade, tive uma ideia.

Maddie ficou olhando nervosa para a mãe. As ideias dela tendiam a ser chocantes.

— O quê?

— Vamos lá — disse Paula, levantando-se. — Venha comigo.

— Nós vamos embora? — perguntou Maddie, já animada, arrastando-se para sair do sofá.

— Claro que não. Vamos cumprimentar algumas pessoas. Começando pelo prefeito.

Ela agarrou a mão de Maddie e a arrastou direto para a mesa que o prefeito ocupava todos os dias no almoço.

— Boa tarde, Howie — disse Paula, com a intimidade que apenas aqueles que conheciam o homem desde a escola primária se davam ao direito. — Como vão as coisas?

Howard Lewis empalideceu.

— Tudo bem, tudo bem — respondeu ele, sem jeito. — E com você? E você, Maddie? Como vai esse seu pequeno projeto?

— Estamos quase prontas para a inauguração — disse Maddie. — Espero ver você e a sra. Lewis lá.

— Não perderíamos por nada — disse ele. — Gosto de apoiar novos negócios na cidade.

— E vocês? — perguntou Maddie, voltando-se para os demais na mesa. Os companheiros do prefeito eram o maior agente de seguros da cidade, um corretor imobiliário e um fuzileiro naval aposentado. — Vocês virão com suas esposas? Sei que receberam o convite.

— Imagino que sim — respondeu Harmon Jackson, o corretor de imóveis, sem muito entusiasmo. — Delia odeia ficar de fora das novidades na cidade. Ela sempre quer ser a primeira a saber o que está acontecendo.

— Imagino que o treinador Maddox vá também — disse Wilson McDermott, depois ofegou de dor. Ele fez uma careta para o prefeito, que pelo visto havia pisado em seu pé por debaixo da mesa. — Por que você fez isso?

Maddie respirou fundo. Ela sabia que aquela era sua chance.

— Imagino que seja porque o prefeito não queria que eu soubesse que vocês estavam falando sobre mim e o treinador pouco antes de eu chegar — disse ela em tom alegre, depois sorriu para Howie. — Não é verdade?

Como ele pareceu ficar sem palavras, ela deu de ombros.

— Não que haja algo para contar sobre nós dois, é claro. O treinador Maddox tem sido ótimo para o meu filho, já que Ty é o arremessador titular dele — disse ela. — Toda a família é muito grata. Ele até chamou um olheiro profissional na semana passada para ver Ty jogar. Talvez você possa contar a novidade por aí, se o assunto surgir.

Ela se virou para a mãe.

— Estou morrendo de fome. Acho que a gente deveria pedir.

— Boa ideia — disse Paula, mal contendo um sorriso. Enquanto se afastavam, ela murmurou: — Talvez eles nem consigam comer depois desse sapo que tiveram que engolir.

De volta à mesa, Maddie tomou um gole do milk-shake de chocolate que Grace trouxe automaticamente para ela. Então trocou olhares com a mãe.

— Foi quase divertido.

— Foi mesmo — concordou sua mãe, depois suspirou. — Não vai acabar aí, você sabe.

— Não, mas talvez parem de falar pelo menos por hoje.

— Você sempre pode sonhar — disse Paula. — Mas, francamente, eu não desperdiçaria meus sonhos com eles. Eu me concentraria em Cal. Esse é o tipo de fantasia que vai aquecer sua cama à noite.

— É também o que está me fazendo ficar falada pela cidade.

— E isso importa, se ele estiver com você?

— Mas ele não está — disse Maddie enfaticamente.

Paula deu algumas batidinhas de consolo em sua mão.

— Ainda não. Mas estará.

Intrigada, Maddie estudou a mãe.

— E tudo bem com você?

— Claro. Por que não estaria?

— Você não acha que isso me faz parecer idiota ou patética?

— Querida, se um homem como Cal se apaixona por você, não há nada de idiota ou patético em você. As únicas pessoas que dizem isso têm inveja. Simples assim. Siga seu coração, Maddie. Ele não vai enganar você.

Maddie queria ter a mesma confiança de sua mãe nisso.

CAPÍTULO DEZESSETE

Cal estava em sua sala meia hora antes de o treino de beisebol começar quando Ty entrou sem se dar ao trabalho de bater. Parecendo estar à procura de uma briga, o garoto fechou a porta com atrás de si.

Cal encontrou o olhar tempestuoso de Ty com uma expressão firme.

— Você parece chateado.

— Puxa, você acha mesmo? — retrucou Ty, largando a mochila no chão.

Cal franziu a testa para ele.

— Ok, chega dessa ceninha. Sente aí. Você tem permissão para estar fora da aula?

— Não — disse Ty, em tom belicoso.

— Então esta conversa deve ser importante — disse Cal, tentando manter a calma. Ele fazia o que podia para dar um desconto ao garoto, mas Ty estava prestes a cruzar uma linha que Cal não toleraria. Queria ter certeza de que Ty entendia isso. — Vou fazer um passe para você desta vez, mas não conte com isso na próxima. Existem regras que você precisa seguir. Entendido?

A expressão dura de Ty era puro desafio, mas foi o garoto quem piscou primeiro.

— Tá bom — disse ele por fim.

— Tudo certo então. Que aula você está matando?

— Não importa — disse Ty, mal-humorado. — Eu resolvo isso.

Cal não conseguiu conter um suspiro.

— Importa se o professor decidir botar você em detenção por matar aula. Isso significa que você perderia nosso último treino antes do primeiro jogo das eliminatórias. Vamos tentar evitar isso.

— Está bem, está bem. É só aula de história. Estou com a nota máxima. A sra. Reed não liga para o que eu faço.

— Vai por mim, ela liga sim — disse Cal, escrevendo um bilhete para a professora de história e assinando-o. — Pode entregar isso a ela quando sair daqui.

— É o último horário — disse Ty. — Melhor eu faltar de uma vez. Amanhã eu entrego o bilhete.

— Não, você vai entregar hoje — mandou Cal. — Mesmo que o último sinal tenha tocado.

— Mas aí vou me atrasar para o treino — protestou Ty.

— E você sabe quais são as consequências disso — disse Cal.

Ty o olhou consternado.

— Você vai me fazer correr em volta do campo?

— Se você se atrasar, sim, então vamos conversar logo para você poder ir para a aula de história antes que o sinal toque. E, quando vir a sra. Reed, talvez seja bom você pedir desculpas.

— Tá bom… — disse Ty, enfiando o bilhete na mochila.

Cal recostou-se na cadeira e estudou seu arremessador titular.

— E aí? Desembucha.

Ty encarou Cal com uma expressão desafiadora.

— Você e minha mãe estão se pegando? — perguntou ele sem rodeios.

Cal ficou olhando para Ty, desconcertado com sua audácia.

— Oi?

— Você entendeu o que eu quis dizer — disse Ty. — Eu quero saber se você e minha mãe…

O treinador o interrompeu antes que Tyler pudesse usar a palavra grosseira que Cal tinha certeza que estava na ponta da língua do garoto.

— Eu entendi o que você quis dizer. Só quero entender por que você acha que tem o direito de me perguntar uma coisa dessas.

— Ela é minha mãe — disse Ty com raiva. — Eu tenho esse direito.

Cal pôde ver a agitação nos olhos de Ty e sentiu pena do garoto. Devia ser horrível ter um dos pais saindo de casa e começando um novo relacionamento e depois descobrir que o outro também podia estar envolvido com alguém. Ele se perguntou como Maddie ia querer que ele lidasse com a situação. Infelizmente, ela não estava aqui e Ty estava. E Cal só sabia lidar com adolescentes de uma maneira: sendo honesto. Ainda assim, não estava pronto para discutir sua vida sexual — ou a vida sexual pela qual ansiava — com um de seus alunos.

— Você ficaria assim tão incomodado se eu estivesse saindo com a sua mãe? — perguntou ele com cuidado.

— Essa é uma maneira educada de perguntar se está tudo bem se você dois...

— Não. Eu estava me referindo só a sairmos juntos — disse Cal. — Você está preocupado porque sua mãe me convidou para jantar amanhã à noite?

Ty assentiu.

— É meio esquisito.

Cal já tinha previsto que o jantar poderia ser mais problemático do que Maddie imaginara. Em geral, adolescentes não gostavam da ideia de os pais terem uma vida sexual. Tinha a impressão de que era daí que vinha grande parte da animosidade de Ty em relação a Noreen.

A fim de ter certeza de que entendia o que estava incomodando Ty, Cal perguntou:

— Esquisito como?

— Não gosto de pensar nos meus pais... ah, você sabe. — Ele corou ao confirmar o palpite de Cal. — Quer dizer, eu sei que meu pai e Noreen já fizeram, porque ela vai ter um bebê, mas você e minha mãe? De jeito nenhum. — Ele estudou Cal. — Quer dizer, você é meu treinador e até meio que meu amigo. Ela é muito mais velha que você. Não quero que os caras do time fiquem falando de você e minha mãe juntos.

— Você acha que eles fariam isso? — perguntou Cal, já sabendo a resposta. Claro que sim.

— Claro — disse Ty. — Todo mundo na cidade vai ficar falando. Já falam do meu pai. Mesmo que fiquem de boca fechada quando estou perto, já ouvi muitas coisas, e nenhuma delas era um elogio. Não quero que fiquem falando da minha mãe assim.

— Você não deve deixar o que as outras pessoas dizem incomodá-lo ou controlar o que você faz — disse Cal, embora soubesse que era bem mais difícil fazer isso quando você era um adolescente que só queria ser igual aos outros.

Ele e Maddie já estavam tendo dificuldades mesmo sendo bem mais velhos.

— Meu pai também diz isso — respondeu Ty. — Mas até parece. Ninguém quer virar assunto da cidade.

— É verdade, mas vamos deixar as fofocas de lado por um momento — sugeriu Cal. — Você entende que sua mãe provavelmente não vai, e nem deveria, ficar sozinha para sempre? Ela merece conhecer alguém novo e se apaixonar outra vez.

Ty arregalou os olhos.

— Ela está apaixonada por você?

Cal levantou a mão, pedindo calma.

— Não estou dizendo isso. Por enquanto, sua mãe e eu somos bons amigos. Gostamos da companhia um do outro. Gostaria de continuar saindo com ela e conhecer você, seu irmão e sua irmã melhor. Você pode permitir isso? Se você for contra, ela pode decidir parar de me ver.

— Talvez seja melhor assim — disse Ty.

— Mesmo que eu possa fazê-la feliz? — perguntou Cal.

Ty franziu a testa ao ouvir a pergunta.

— O que faz você pensar que pode fazer minha mãe feliz?

— Para ser sincero, é por isso que as pessoas namoram, para ver se podem fazer uma à outra feliz — explicou Cal. — Olhe, pense um pouco. Vou prometer uma coisa para você. Se sua mãe e eu formos mesmo namorar sério, vou conversar com você primeiro. Para ver como você se sente em relação a isso. — Ele deu de ombros. — Talvez você até goste de me ter por perto.

Ty o estudou com atenção.

— Você realmente se importa com o que eu penso?

— Claro. Eu sei como você, Kyle e Katie são importantes para sua mãe, então vocês três são parte do pacote. É claro que não quero substituir seu pai na vida de vocês, mas gostaria que a gente se desse bem. Você é um ótimo garoto, Ty. Sei do que você é capaz em um campo de beisebol e sei como você é inteligente, mas gostaria de descobrir o que torna você único. O mesmo com Kyle e Katie. — Cal deu a Ty um momento para digerir suas palavras antes de dizer: — Tudo bem? Você se sente melhor agora?

— Acho que sim — disse Ty. Depois, acrescentou de má vontade: — E acho que tudo bem se você vier jantar amanhã. — Seu olhar desafiou Cal de novo. — Mas nada de gracinhas, se é que você me entende.

Cal reprimiu um sorriso.

— Nada de gracinhas. Entendi. Agora leve esse bilhete para não acabar em detenção e perder o treino.

Ty foi embora, arrastando a mochila. Cal ficou olhando o garoto se afastar. No que ele estava se metendo? Saber que estava pronto para um relacionamento com Maddie era uma coisa. Saber que teria que formar um elo com dois adolescentes e uma criança era outra. Talvez fosse mais do que ele pudesse dar conta.

Curiosamente, porém, Cal não sentia a menor inclinação de pular fora.

Depois do almoço na Wharton's, Maddie se enfurnou no trabalho. Combinou com a mãe que ela pegaria as crianças depois da aula e as levaria para jantar, assim poderia trabalhar à noite. Caso se concentrasse nos problemas que haviam aparecido de última hora no spa, talvez não precisasse pensar no problema muito mais complexo que Cal representava.

Até o momento, porém, a estratégia não estava funcionando. Maddie ainda tinha tempo mais que suficiente para se questionar se estava fazendo a coisa certa ao convidá-lo para jantar na terça à noite mesmo com a posição contrária enfática de Ty e a insistência ridícula de Bill de se intrometer na vida dela.

Como não estava conseguindo se concentrar direito, abriu a porta de vidro de correr para deixar entrar uma brisa, subiu em uma das esteiras e se pôs a caminhar. O sol estava se pondo, derramando sua luz laranja e rosa sobre as últimas azáleas e a floresta verde-escura atrás do riacho. A brisa trazia o cheiro da chuva, e Maddie viu nuvens mais escuras surgirem a oeste no horizonte. Um relâmpago partiu o céu e os últimos raios do pôr do sol desapareceram atrás das nuvens. Ela respirou fundo e correu um pouco mais rápido, como se estivesse tentando fugir da tempestade.

Ela estava suando em bicas quando Cal surgiu de repente do lado de fora. Assustada, Maddie tropeçou e quase caiu da esteira.

— Desculpe — disse Cal, correndo para dentro para pegá-la e desligar o aparelho ao mesmo tempo.

Ela o cutucou no peito.

— Caramba, Cal, você me assustou!

— Desculpe. A porta da frente estava trancada, mas vi seu carro estacionado lá fora e as luzes acesas por aqui.

— Você está molhado — disse Maddie, ainda tremendo, talvez por causa do susto, do treino ou apenas por estar nos braços de Cal.

Provavelmente a última opção. Deus, como o toque dele era maravilhoso. O cheiro também. Ela inspirou o perfume almiscarado masculino que exalava de Cal.

— A chuva me pegou quando estava virando a esquina — disse Cal.

Ele começou a soltá-la, mas Maddie o impediu ao descansar a mão na bochecha dele.

— Não, não me solte — sussurrou ela, fixando o olhar no dele.

— Eu estava pensando em você agora mesmo.

— Estava?

Ela o olhou com tristeza.

— Nós viramos fofoca na cidade.

Ele estremeceu.

— Desculpe de novo.

— Não é culpa sua — disse ela. — Imagino que a gente tenha sido visto saindo daqui no sábado à noite e então você comentou com alguém da banheira de hidromassagem. — Ela sorriu. — Você pode imaginar o que aconteceu depois.

— Como você ficou sabendo? Tenho certeza de que alguém fez questão de lhe contar — disse ele.

— Bill me ligou.

— Isso deve ter sido estranho — disse ele, analisando o rosto dela.

— Podemos dizer que sim.

Por algum motivo, ao se ver ali de pé nos braços de Cal, em vez de se sentir culpada ou com raiva, Maddie se sentia bem. Ótima, na verdade.

Ele afastou uma mecha de cabelo que havia caído no rosto de Maddie.

— Já que estão falando tanto, poderíamos pelo menos dar um motivo — sugeriu ele, com um brilho nos olhos.

Maddie riu.

— Acredite, já pensei nisso.

— E?

Como Cal estava tão próximo e a sensação era maravilhosa, Maddie deslizou o polegar por seu lábio inferior, depois passou os dedos pela barba por fazer, tão masculina.

— Provavelmente é uma péssima ideia — confessou ela por fim. — Não que eu não esteja tentada.

— Eu também — disse ele. — Mas confio no seu bom senso. Além disso, seu filho veio me ver hoje à tarde. Ele matou a aula de história para ter uma conversinha comigo.

Maddie gemeu.

— Ai, o que ele disse?

— Ele queria saber se já tínhamos feito alguma coisa. Mas não usou essas palavras.

Dessa vez, Maddie deu um passo atrás e cobriu o rosto com as mãos.

— Eu sinto muitíssimo. Sabia que ele estava chateado por eu ter convidado você para jantar, mas não tinha ideia de que ele iria confrontá-lo.

— Foi até bom ele ter feito isso — disse Cal. — Agora está tudo às claras.

Ela o estudou.

— Tudo o quê?

— O fato que eu quero passar mais tempo com você, por exemplo.

Seu coração parou e depois passou a bater mais forte.

— Você disse isso a ele?

— Sim, e disse também que, se as coisas ficassem sérias entre nós, eu conversaria com ele e os irmãos.

Maddie sentiu como se ainda estivesse em cima da esteira e não conseguisse mais acompanhar o ritmo.

— Eu não posso fazer isso — sussurrou ela, de repente em pânico com a rapidez com que as coisas pareciam estar evoluindo.

Cal pareceu confuso.

— Fazer o quê?

— Você, eu, isso. É complicado demais. Temos que terminar. Não que haja algo para terminar. Quero dizer, ainda não fizemos nada que necessite um pedido desculpas, na verdade.

Ela nem conseguia olhá-lo nos olhos enquanto falava, envergonhada pelo comportamento do filho, pelas suposições dela, por tudo, inclusive pelas próprias fantasias quentes que havia imaginado.

— Mas depois da nossa conversa, Ty disse que não se incomoda de eu ir jantar com vocês amanhã — protestou Cal.

— É mais do que isso — insistiu ela. — Você poderia ir embora, por favor? Não consigo pensar com você aqui.

Ele não se mexeu.

— Talvez você não devesse ficar pensando. Na minha experiência, pensar demais impede as pessoas de entrarem em contato com o que sentem de verdade.

— Não sentimos nada um pelo outro — disse ela, desejando que fosse verdade. — É uma coisa passageira, talvez luxúria. É só.

— Fale por você — disse Cal.

— Eu estou. Por favor, vá embora — implorou Maddie, sem conseguir conter o tom desesperado.

— Não até nós conversarmos sobre isso — disse ele, teimoso.

— Não há nada para conversar, Cal. Tem que acabar aqui.

Antes que ela se apaixonasse perdidamente por ele.

Ela olhou para cima e vislumbrou a expressão séria dele.

— Certo, uma coisa de cada vez. Você está voltando atrás no meu convite para jantar? Parece ser isso que desencadeou todas essas dúvidas.

Ela suspirou fundo, mas conseguiu manter o tom firme.

— Sim, estou cancelando o jantar. Eu não fazia ideia de que um simples convite complicaria tanto as coisas.

— Por que você me convidou?

— Queria agradecer por ser um amigo tão bom para todos nós — disse Maddie. Quando Cal a olhou com ceticismo, ela deu de ombros. — Ok, eu queria passar uma noite normal com você e meus filhos.

— O que mudou?

— Eu já expliquei. Os meninos ficaram exaltados. Bill está surtando. A cidade inteira está falando da gente. Não tenho certeza se vale botar mais lenha na fogueira. Isso só vai criar mais problemas.

— Para quem?

Aquela era a pergunta de um milhão de dólares.

— Principalmente para você, imagino.

— Não estou preocupado com isso — disse ele.

— Só porque você não entende como as pessoas de cidades pequenas podem ser mesquinhas quando sentem o cheiro de escândalo.

Havia agora um ar divertido em Cal.

— Eu ir jantar na sua casa vai causar um escândalo?

Maddie sabia que isso soava ridículo, mas ele claramente não entendia quanto as pessoas podiam exagerar.

— Não por si só, mas com todo o resto… Os pais acham que você está dando tratamento especial a Ty por minha causa, tem a história da banheira de hidromassagem, nossos jantares na Rosalina's. Sim, pode acabar virando algo horrível.

Cal pareceu decepcionado.

— Então você vai deixar os fofoqueiros de plantão controlarem o que você faz? Achei que você fosse mais forte que isso.

— Forte? Eu? Você deve ter me confundido com alguém que não está se divorciando e tendo que lidar com três filhos que estão sofrendo por causa disso. — Ela o olhou atentamente. — Eu tenho que pensar nos meninos. Os últimos meses têm sido confusos para eles. E tem Katie, ainda por cima. Ela está triste por não ter mais o pai em casa. Além disso, não é como se você e eu... — A voz dela falhou.

Ele sorriu.

— Como se nós o quê? Fôssemos um casal? Amantes? — O olhar dele se fixou no dela. — Tivéssemos algo sério?

Maddie ofegou.

— Os fofoqueiros da cidade não foram os únicos que pensaram nisso, Maddie. Também passou pela minha cabeça. Há menos de cinco minutos, na verdade. Não passou pela sua?

Quando ela não respondeu, Cal deixou o silêncio se arrastar.

— Ok, ok — admitiu Maddie, depois de um tempo. — Isso passou pela minha cabeça.

— Mas?

— Seria complicado — repetiu ela. — Muito complicado.

Ele franziu a testa e a estudou.

— Você não está só falando de logística, está?

— Não. Acho que a reação a este convite para jantar não seria nada em comparação com a comoção que um relacionamento entre nós dois causaria.

— E isso importa porque…?

— Seu trabalho, para início de conversa. Nós já sabemos que a diretora está doida para criar problemas se nós continuássemos saindo.

— Se não estou preocupado com isso, por que você deveria se preocupar?

— Talvez você *devesse* se preocupar. Não acho que você entende quão longe Betty está disposta a ir.

— Ah, eu sei — respondeu ele. — Mas, no fim das contas, ela vai sair perdendo. E mesmo que ela não saiba, aprendi uma coisa quando abri mão de jogar beisebol. Sempre há outras oportunidades na vida.

— Mas você é um bom professor e um ótimo treinador — protestou ela. — Não quero que os alunos percam você.

— Nem eu — admitiu Cal. — Mas estamos falando da minha vida pessoal, não de algum crime que cometi. Eu aguento o tranco, se for o caso. — Ele pôs o dedo embaixo do queixo de Maddie, virando a cabeça dela para cima. — Você vai ter que inventar uma desculpa melhor do que essa para nós pararmos por aqui.

— Ok, então, meus filhos — disse ela. — Não posso fazer com que passem por mais mudanças.

— Eu entendo — respondeu Cal baixinho, o olhar firme. — Realmente entendo. E não estou sugerindo que façamos algo drástico que mudaria radicalmente a vida deles. Mas você não acha que, se fizermos alguns programas juntos, como jantares, piqueniques, jogar bola, o que for, eles podem se acostumar com a minha presença? Algo me diz que seu ex não teve a mesma consideração. Ele não deixou os filhos se acostumarem antes de anunciar que se casaria com Noreen, não foi?

— Não. Acho que foi isso que mais doeu — admitiu ela. — Foi do nada. Um dia éramos uma família e no dia seguinte não. E, ainda por cima, Bill tinha uma família nova a sua espera. E mesmo assim meu ex-marido não consegue entender por que nossos filhos estão tão ressentidos.

— Bem, eu entendo — disse Cal. — E estou disposto a fazer o que for preciso para eles se acostumarem a nós dois juntos.

Maddie foi tomada por surpresa e uma pitada de desejo.

— Você quase parece estar pensando a longo prazo — disse ela, maravilhada.

— Eu estou — admitiu ele. — Desde o minuto em que pensei que tinha uma chance com você. Eu respeito você, Maddie. Sei que família, para você, é a coisa mais importante do mundo. Seria errado oferecer menos do que isso.

— Não sei o que dizer — sussurrou ela, abalada e mais do que um pouco intrigada.

Ela nem sequer havia se permitido sonhar com um relacionamento sério com Cal.

— Saber que é isso que eu quero é assustador? — perguntou ele.

Maddie o encarou, então respondeu com toda a sinceridade.

— Provavelmente deveria ser bem mais.

Cal sorriu.

— Então que tal eu acompanhar você até em casa e dar oi para as crianças? Só para dar oi.

— Só isso?

— Só isso. — Ele deu uma piscadinha. — É claro que, se tudo correr bem, eu apareço para jantar amanhã à noite.

— Você é um daqueles que quando recebe um dedo quer logo o braço, não é?

— Pelo visto sim. — Ele a estudou. — Combinado?

— Talvez você devesse me beijar de novo — sugeriu ela.

— Para garantir?

— Para me lembrar por que estou disposta a ser tão inconsequente por você.

Ele riu.

— É pra já — disse Cal, e cobriu a boca dela com a sua.

O beijo a deixou sem fôlego, sem dúvidas e pelo visto sem bom senso, porque naquele momento, quando se beijaram e Maddie sentiu o coração de Cal batendo forte sob a palma da mão dela, praticamente qualquer coisa parecia possível.

Uma repórter do jornal semanal de Serenity estava sentada no escritório improvisado de Maddie, com o gravador ligado, enquanto entrevistava Maddie, Dana Sue e Helen sobre suas motivações para abrir um spa e academia em Serenity.

— Acho que cada uma de nós tinha os próprios motivos — disse Helen. — Mas nós três concordamos que as mulheres de Serenity precisavam de um lugar para pôr em prática hábitos saudáveis, um lugar onde se sentissem mimadas e talvez até pudessem fazer novas amizades.

— Sem dúvida o propósito vai além de se exercitar em um ambiente agradável — disse Dana Sue. — Este vai ser um ponto de encontro para mulheres, um lugar onde elas vão se sentir completamente à vontade e relaxadas.

— Não é permitida a entrada de homens, então? — perguntou Peggy Martin.

— Não depois da nossa grande inauguração — confirmou Maddie.

Peggy se virou para ela.

— Isso significa que o treinador Maddox não vai mais vir aqui à noite? — perguntou ela, em um tom melífluo que não combinava com o brilho malicioso dos olhos. — Fiquei sabendo que ele tem vindo muito aqui.

Antes que Maddie pudesse recuperar a compostura e responder, Helen se levantou.

— Acredito que você já tem tudo de que precisa — disse ela a Peggy. — Preciso estar de volta ao tribunal daqui a uma hora.

— Mas ela não respondeu à pergunta — disse Peggy, quando Helen desligou o gravador.

— Não respondeu mesmo — interveio Dana Sue. — Porque ela sabe que essa pergunta foi puro recalque, já que Cal nunca prestou atenção em você.

Peggy lançou um olhar indicando querer dizer muito mais, mas Helen agarrou o cotovelo da repórter e a guiou até a porta.

— Muito obrigada por ter vindo — disse Helen entredentes. — Falarei com seu chefe mais tarde sobre nossos anúncios no *Serenity Times*. — Sua expressão ao encarar Peggy era severa. — Ou não.

Maddie estremeceu ao ouvir a ameaça nada sutil. Enquanto Helen levava a repórter até a porta, Maddie se virou para Dana Sue.

— Ela não deveria ter feito isso — murmurou ela. — Agora temos uma inimiga.

Dana Sue deu de ombros.

— Era só uma questão de tempo.

— Mas seria melhor se nossos inimigos não trabalhassem para o jornal local — disse Maddie em tom seco.

— Ah, imagino que Walt Flanigan vá manter os impulsos mais maléficos de Peggy sob controle — disse Dana Sue. — Ele está mais preocupado com a receita de publicidade do que com o direito de Peggy de atacar uma empresa local em sua coluna. Ela não tinha o direito de perguntar aquilo. Estávamos fazendo uma entrevista para uma reportagem sobre o Spa da Esquina, Maddie, não sobre sua vida pessoal. Se ela quer investigar problemas de verdade, devia averiguar a corrupção na prefeitura. Ouvi dizer que o prefeito Lewis saiu para jantar com a mulher cuja empresa está na licitação do contrato de material de escritório da prefeitura.

Maddie não pôde deixar de rir.

— Era a esposa dele, e você sabe disso. E ela só ganha o contrato depois de uma licitação competitiva. Howard é todo certinho. Ele até deixa de participar da votação.

Dana Sue sorriu.

— Mas com a manchete certa, tudo pode parecer um pouco suspeito. É bom Peggy virar essa língua ferina para lá.

— Mas ela tinha razão — disse Maddie. — Cal esteve aqui algumas noites.

— E daí?

— O Spa da Esquina é para mulheres — lembrou Maddie. — Estamos construindo nossa marca em função disso.

— Ah, pelo amor de Deus — disse Dana Sue, impaciente. — Skeeter, Roy e Mitch estão aqui o tempo todo, assim como a equipe deles. O que é mais um homem por aqui antes de abrirmos as portas?

— Nós duas sabemos que Cal não estava trabalhando quando esteve aqui — disse Maddie.

Dana Sue sorriu.

— Eu ficaria decepcionada se ele estivesse.

Maddie revirou os olhos diante da expressão travessa de Dana Sue.

— Bem, vou fazê-lo entender que não poderá voltar depois da inauguração — prometeu.

— Maddie, não deixe nada do que Peggy Martin disse estragar o que está acontecendo com você e Cal.

— Se ela fosse a única a dizer alguma coisa, tudo bem — disse Maddie. — Mas ela é só a ponta de um iceberg gigantesco.

— Querida, estamos em Serenity, na Carolina do Sul. Um iceberg vai derreter rapidinho no calor que faz por aqui!

Maddie riu outra vez, seu humor sombrio finalmente desaparecendo.

— Você tem um bom ponto.

— Bem, claro que tenho. Agora preciso correr ao restaurante para preparar alguma coisa antes que a clientela do almoço comece a reclamar que tudo o que temos no cardápio é uma salada e a sobremesa da casa.

— Então, o que tem para o almoço hoje? — perguntou Maddie. — Talvez eu dê uma passada por lá.

— Ótima ideia — disse Dana Sue. — Aparecer em público é uma boa maneira de acalmar essas fofocas. E, além de costeletas de porco assadas com purê de batata doce, estou preparando uma nova salada de frango com molho de coentro e limão. Você pode experimentá-la e me dizer o que acha.

— Parece mais um prato do Sudoeste do que do Sul — comentou Maddie.

— Não diga isso por aí ou vão querer que o frango seja frito, não assado, e vão exigir que eu jogue molho ranch em tudo — disse Dana Sue com nojo. — Estou tentando diversificar o paladar do pessoal por aqui.

— Bem, os pratos parecem fantásticos. Pode contar comigo.

Maddie se levantou e deu um abraço apertado em Dana Sue.

— Estou tão feliz por você ser minha amiga.

— Eu que o diga.

Mas, depois que ficou sozinha, Maddie não pôde deixar de se perguntar se a falta de resposta à pergunta de Peggy Martin e sua expulsão sem cerimônias do recinto teria consequências.

CAPÍTULO DEZOITO

Na sexta à noite, parecia que a cidade inteira tinha vindo para a inauguração do Spa da Esquina. Como não havia jogo de beisebol programado para aquele dia, o spa estava tão cheio que Maddie mal conseguia respirar. Os petiscos de Dana Sue estavam sendo devorados em uma velocidade alarmante. Os convidados não paravam de elogiar a atmosfera luxuosa das salas de tratamento — todas com iluminação suave e perfume de lavanda —, o vestiário e os chuveiros impecáveis, o café com mesinhas e cadeiras confortáveis e o balcão de vidro que em breve traria diversas saladas, *parfaits* de frutas e iogurte, bolos sem gordura e outras delícias tentadoras.

Haviam conseguido mais de dez novas associadas na primeira meia hora. Jeanette estava cuidando da recepção, onde as convidadas podiam obter informações ou se inscrever, e no momento estava cheia de trabalho, mas fez um sinal de positivo a Maddie.

Maddie foi para a área externa tentar recuperar o fôlego. Em questão de minutos, Helen e Dana Sue a encontraram. Helen trazia três taças de champanhe. Ela entregou duas para as amigas.

— Senhoras, acho que somos um sucesso! — disse ela, sorrindo e brindando.

— É uma festa — advertiu Maddie, incapaz de se permitir relaxar e aproveitar o momento. Muita coisa dependia daquele projeto. —

Não vamos cantar vitória antes da hora. Vamos ver se continuamos à frente das projeções depois da inauguração oficial na segunda-feira.

— Ah, pare de ser tão pessimista — repreendeu Dana Sue. — Você ouviu aquelas mulheres lá dentro? Estão excitadíssimas com o spa.

— E os maridos estão morrendo de inveja — disse Helen. — Até ouvi alguns deles dizendo que vão perturbar Dexter para limpar a academia.

Nesse momento, Jeanette saiu e se juntou a elas. Suas bochechas estavam coradas de empolgação, mas sua expressão parecia um pouco perturbada.

— Ah, aqui estão vocês. Eu estava procurando há um tempão.

Maddie percebeu a agitação dela e sentiu um nó no estômago. Jeanette era a pessoa mais calma que conhecia. Ela alegava que ioga e meditação a mantinham assim e que era algo essencial para que as clientes se sentissem calmas e mimadas durante e após seus tratamentos faciais.

— O que houve? — perguntou Maddie.

— Nada grave — disse Jeanette.

Maddie fez uma careta diante da tentativa de acalmá-la. Como Jeanette vinha ao spa todos os dias, sabia melhor do que qualquer outra pessoa como os nervos de Maddie estavam à flor da pele.

— Diga logo o que houve, por favor — pediu Maddie. — E quem ficou na recepção? Você não saiu sem deixar ninguém lá, certo?

— Claro que não. Deixei sua mãe segurando as pontas e prometi que já voltava — garantiu Jeanette. — Mas, como eu disse, não é nada importante. Pelo menos, acho que não, mas vocês conhecem esta cidade melhor do que eu.

Helen ficou séria.

— Jeanette!

— Está bem, está bem. Eu ouvi uma mulher conversando com um grupo de mulheres — relatou Jeanette. — Ela disse que era bom nós aproveitarmos a noite de hoje, porque quando as pessoas lessem o jornal de amanhã talvez a gente não tivesse mais do que se gabar. — Ela olhou para cada uma das amigas. — Alguma ideia de quem é ela ou o que ela quis dizer com isso?

— Peggy — responderam as três em uníssono.

Maddie gemeu.

— Eu sabia. Ela vai detonar o spa na coluna dela, ou pelo menos *me* detonar.

Jeanette pareceu confusa.

— Por que ela faria isso? E por que ela viria aqui hoje à noite se pretende publicar um artigo negativo no jornal de amanhã?

— Ela quer garantir que todo mundo fique sabendo, assim o jornal vai esgotar logo que chegar às bancas — supôs Helen. — Se tudo for vendido, isso vai convencer o chefe dela de que seu estilo de reportagem é exatamente o que ele precisa para aumentar a circulação.

— Mas por que atacar este lugar? — perguntou Jeanette, ainda confusa. — Achei que todo mundo em Serenity fosse ficar feliz se um novo negócio fosse bem-sucedido.

— A maioria das pessoas sim — respondeu Maddie.

— Peggy está chateada porque ela veio aqui outro dia tentando constranger Maddie e eu a expulsei — disse Helen. — É a vingança dela. — Ela apertou a mão de Maddie. — Não entre em pânico. Vou cuidar disso.

— Como?

— Não falei com Walt Flanigan outro dia, mas não é tarde demais para explicar algumas verdades ao chefe de Peggy — respondeu Helen com uma expressão sombria.

— É tarde demais se o jornal já estiver impresso — disse Maddie. — Além disso, você poderia piorar as coisas. Se o jornal ainda não rodou, Walt vai ter tempo de acrescentar alguma coisa sobre você ter tentado chantageá-lo para impedir Peggy de dizer algo negativo. Ele ia conseguir parecer indignado e nós ficaríamos parecendo desesperadas. De um jeito ou de outro, seria muito ruim para a nossa imagem.

— Ah, gente — começou Dana Sue. — Ninguém liga para o que Peggy escreve naquele jornaleco. Deixem isso para lá. O que ela pode fazer? A maior parte da cidade está aqui hoje à noite. Eles estão vendo como é o spa. E eles conhecem a gente. Vão perceber que, se ela escreveu alguma coisa negativa, é só porque está verde de inveja.

Maddie não tinha tanta certeza, mas não conseguia pensar em uma estratégia para evitar o problema.

— Acho que vamos ter que esperar e ver o que ela escreveu para depois decidir nosso próximo passo.

— Vamos fazer uma reunião de estratégia amanhã cedinho, então? — sugeriu Helen.

— Estarei aqui às oito — disse Maddie.

— Eu trago o café e alguns muffins de maçã e cranberry — ofereceu Dana Sue. — Jeanette, você consegue estar aqui às oito?

— Sem problemas — disse ela. — Estou me hospedando no Windsor.

— Aqui na cidade? — perguntou Maddie, estudando-a com uma expressão preocupada. — O que aconteceu?

Jeanette deu de ombros como se não fosse grande coisa, mas a tristeza em seus olhos dizia o contrário.

— Terminei com Don. Ele disse que não viria tão longe só por causa de uma festa idiota, então eu respondi que não ficaria indo e voltando só para ficar com ele. Arrumei minhas coisas e fui embora na quarta-feira. Vou começar a procurar um lugar para alugar depois que tudo estiver mais calmo. Esta semana tive tanta coisa para fazer que nem consegui pensar nisso.

— Ah, querida, sinto muito — disse Dana Sue, dando-lhe um abraço. — Esse cara é um idiota.

— Eu sei — disse Jeanette. — Isso facilitou um pouco as coisas.

— Você está bem mesmo? — perguntou Maddie.

— Ainda não — admitiu Jeanette, mas então acrescentou com um tom de desafio: — Mas vou ficar. No momento, só quero tornar este lugar muito bem-sucedido.

— Vamos lá, então — disse Helen. — Vamos estampar um sorriso no rosto, voltar lá para dentro e fazer essa festa ser um sucesso.

Maddie mal tinha entrado na cozinha quando Cal apareceu.

— Tudo certo? — perguntou ele.

— Está tudo bem — disse ela, forçando um sorriso. — Mas você provavelmente não deveria estar aqui.

Ele a olhou com estranhamento.

— Por quê?

— Porque... — Sua voz falhou. Ela estava cansada de inventar desculpas por gostar deste homem, por querer estar com ele. — Porque provavelmente é um erro — disse ela, depois o encarou. — Mas sabe de uma coisa? Eu não estou nem aí.

Ela ficou na ponta dos pés e o beijou, depois sorriu ao ver a expressão surpresa dele.

— As coisas estão prestes a mudar — declarou ela. — É bom ir se acostumando.

Ele retribuiu o sorriso.

— Pode deixar, querida. Com certeza, não é problema algum.

Ele estava errado, é claro, Maddie sabia. Algo lhe dizia que os problemas estavam prestes a ficar muito, muito piores.

Bill viu Maddie sair da cozinha com Cal Maddox ao lado dela. Ele notou as bochechas coradas e o sorriso da ex-mulher e soube com certeza absoluta que os boatos eram verdade. Definitivamente havia algo entre os dois. Ele ficou chocado por se sentir tão vazio e sozinho, mesmo tendo Noreen bem ao seu lado. Também ficou surpreso com o desejo primitivo de dar um soco na cara de Cal e lhe dizer para ficar longe de sua mulher. Infelizmente, não tinha mais aquele direito.

Quase dissera a Noreen que eles não poderiam vir hoje, mas tinha visto a expectativa nos olhos da namorada e soube que não poderia decepcioná-la. Durante meses, os dois haviam escondido o relacionamento de todos. Agora que o divórcio dele e de Maddie seria oficializado em alguns dias e não havia razão para viverem nas sombras, Bill precisava mostrar ao mundo que ele e Noreen estavam juntos. Devia isso a ela. Ele não podia tratar a mulher com a qual pretendia se casar como se ela fosse seu segredinho sujo.

Ele se virou e notou o olhar perspicaz de Noreen.

— Você não queria estar aqui, não é? — perguntou ela, em um raro momento de discernimento.

— É meio estranho estar perto de Maddie hoje em dia — admitiu ele.

— Por que você ainda se sente culpado ou por que ela agora está com outra pessoa? — perguntou Noreen, observando o rosto de Bill com atenção.

— Talvez um pouco das duas coisas.

Como Noreen pareceu magoada, ele levou a mão dela aos lábios e beijou seus dedos. Ela apenas suspirou.

— Eu queria que as coisas fossem diferentes — confessou em tom melancólico. — Achei que seriam.

Antes que Bill pudesse responder, sua ex-sogra se aproximou. Ela lançou um olhar de pena para Noreen antes de se virar para Bill.

— Estou surpresa em vê-lo aqui, mas imagino que não deveria. Você nunca teve um pingo de decência ou sensibilidade, apesar de ter vindo de onde veio.

— Maddie nos convidou — disse ele, tenso. — Presumi que ela não teria feito isso se não quisesse nossa presença.

— Ora, por favor, você não pode ser tão burro assim, Bill. Maddie é uma empresária inteligente. Nunca deixaria de fora um médico importante da cidade, mesmo que ele seja o marido cafajeste.

— Vamos embora — disse Noreen, puxando o braço de Bill.

— Ela tem razão. Não sei o que eu estava pensando. Não devíamos estar aqui. Esta noite é de Maddie.

Bill olhou para o outro lado da sala e viu Maddie de braços dados com Cal. Eles estavam rindo com o prefeito e a esposa. Quantas vezes ela fizera exatamente a mesma coisa com ele? Nos primeiros anos, enquanto ela trabalhava para ajudá-lo a construir o consultório, os jantares na casa deles eram muito disputados. Bill se perguntou quantas dessas mesmas pessoas, se tivessem que escolher um lado, escolheriam ele e Noreen em vez de Maddie e quem estivesse com ela? Provavelmente muito menos do que ele imaginara. Era Maddie quem tinha o dom de fazer as pessoas se sentirem bem-vindas, o talento para saber a coisa certa a se dizer.

Ele forçou um sorriso para Paula.

— Como sempre, foi um prazer ver você — murmurou ele.

Embora os olhos escuros da ex-sogra estivessem faiscando, seu sorriso foi mais genuíno.

— Gostaria de poder dizer o mesmo.

— Ela é sempre essa vaca? — perguntou Noreen enquanto Paula se afastava, fazendo balançar a roupa de seda colorida.

— Não — respondeu Bill. — É só comigo. Nunca fui sua escolha número um para a filha. Ela sempre achou que eu não era bom o suficiente. — Ele deu de ombros. — Ela provavelmente estava certa.

Embora Noreen tenha proferido uma negativa enfática e leal, Bill não conseguiu interromper a onda de arrependimentos transbordando em sua mente. Ao seu lado, ele tinha uma bela e jovem mulher que o adorava e que estava carregando o filho dele.

E ele só conseguia pensar na mulher que deixara para trás.

— Não acredito que Walt Flanigan deixou Peggy escrever isso — declarou Dana Sue na manhã seguinte no escritório do spa, jogando o jornal semanal em cima da mesa. — É calúnia ou difamação ou sei lá como se chama quando você publica algo que é uma mentira deslavada.

— Difamação — murmurou Helen, com uma expressão sombria. Ela se virou para Maddie. — Ele vai acordar com um processo na mesa dele na segunda de manhã, se você quiser.

Peggy pegara os rumores sobre Maddie e Cal que circulavam por Serenity e os distorcera em uma história sombria de maldade e pecado, botando o Spa da Esquina como o refúgio particular do casal.

Maddie amassou o jornal e o jogou no lixo.

— Não tem nada que você possa fazer — disse ela a Helen. — Ela conseguiu misturar o mínimo de verdade para não ter cometido um crime. Além disso, processá-la só lhe daria outra chance de imprimir mais veneno. Comprei o último exemplar na banca de jornais da Avenida Principal, do lado de fora da Wharton's, então Walt vai ficar felicíssimo com o aumento da circulação. Todo mundo que quer ler sobre Cal e meus supostos pecados já fez isso. Do que adianta dar a Peggy mais assunto para outro ataque e dar a Walt a chance de vender ainda mais jornais? — Ela encarou as amigas, que demonstravam preocupação. — Eu sinto muito. Sabia que estava brincando com fogo e devia ter tomado mais cuidado.

— Não seja ridícula — disse Helen com raiva. — Você e Cal não fizeram nada de errado. Ele é solteiro. Você está prestes a ficar solteira.

— Mas o divórcio ainda não saiu oficialmente — lembrou Maddie. — Tenho certeza de que isso faz diferença para algumas pessoas.

— Mesmo se você disser que seu ex-marido já está morando com a namorada grávida dele? — perguntou Jeanette, incrédula. Ela estava na terceira xícara de café, no mesmo ritmo de Helen. Ambas pareciam querer bater em alguém por causa de Maddie.

— Dois pesos e duas medidas — disse Dana Sue em tom amargo. — As coisas ainda são assim aqui em Serenity. Você não sabe que as mulheres sulistas devem ter uma conduta perfeita?

— Isso é loucura — disse Jeanette.

— Não, é a vida real — disse Maddie. — E eu sabia disso, tive avisos suficientes, Deus está de prova. Betty Donovan... — começou ela, depois vacilou. — Ai, meu Deus, Cal. Ele precisa estar a par disso. Essa história vai dar o que falar lá na escola. Com certeza.

— Ligue para ele — aconselhou Helen. — Vá para a outra sala e ligue para ele enquanto conversamos sobre o que fazer.

Maddie deixou as três discutindo as possibilidades, saiu e digitou o número de Cal no celular.

— Ei, linda — disse ele. — Está curtindo o sucesso?

Ele soou tão alegre que Maddie soube na hora que ainda não tinha visto o jornal local.

— Não exatamente.

— Hum, ok... — disse ele, o tom ficando sério. — O que houve?

— Você precisa ler o *Serenity Times*, se ainda conseguir encontrar um exemplar na cidade — disse ela. — Peggy Martin publicou uma coluna contando sobre nós dois lá.

— O que há para contar? — perguntou ele.

Maddie quase sorriu ao ouvir seu tom perplexo.

— Bastante se você pegar as poucas coisas que sabe e distorcer tudo. Ao que tudo indica, nós estamos tendo um caso bastante tórrido no spa.

— Você está brincando! Ela escreveu isso?

— E muito mais — disse Maddie a ele. — Você precisa comprar o jornal e pensar no que vai dizer a Betty Donovan e ao conselho da escola. Imagino que eles o procurarão logo na segunda-feira de manhã, se não antes. — Ela se obrigou a adotar um tom mais leve.

— Eles provavelmente vão vir atrás de mim por tentar levar um menor de idade ao mau caminho.

— Não tem graça — disse Cal. — Pare de se preocupar com isso, Maddie. Eu me resolvo com Betty. E você? Você está bem?

— Na verdade, estou espumando de ódio, mas não acho que ir ao jornal e arrancar o cabelo loiro de farmácia de Peggy aos tufos seria uma reação apropriada. Provavelmente acabaria saindo na TV.

— Pode valer a pena — comentou ele. — Eu pessoalmente gostaria de assistir.

— Você tem um gosto muito estranho — respondeu ela, mas estava sorrindo. — Eu preciso ir. Helen, Dana Sue, Jeanette e eu estamos planejando como lidar com a situação. Mas achei que deveria avisar logo, para você se preparar caso resolva pôr o pé para fora de casa hoje.

— Só uma coisa antes de você desligar — disse ele. — As crianças já sabem?

— Não, não estou em casa desde que vi o jornal. Nós não assinamos, então elas não vão ler.

— Você não acha que podem receber algumas ligações? Os amigos deles podem espalhar a notícia — disse Cal. — Quer que eu vá para lá ficar do lado do telefone?

Maddie considerou a oferta por cerca de dois segundos, então suspirou.

— Não é uma boa ideia. Acho que minha casa é o último lugar onde você deveria estar hoje, mas você tem um ponto em relação a não deixar as crianças sozinhas até eu poder voltar. Vou pedir para minha mãe me ajudar com isso.

— Vejo você mais tarde?

Por mais que ela quisesse vê-lo e absorver sua força, Maddie sabia que não havia como fazer isso sem pôr mais lenha na fogueira. Os vizinhos intrometidos provavelmente já estavam de tocaia em ambas as casas.

— Acho que não — disse ela. — Precisamos manter distância até a poeira baixar.

— Você acha mesmo que isso vai acontecer?

— Um dia.

— Bem, não fique achando que vou esperar para sempre, Maddie. Não vou deixar uma fofoca arruinar o que temos.

— Querido, isso não é mera fofoca — disse ela com tristeza. — É um furacão dos fortes. E a ventania está só começando. Você vai ver.

Ela já tinha visto aquilo antes. Quando aquele tipo de escândalo começava, não parava até destruir tudo em seu caminho.

No domingo de manhã, Maddie e os filhos estavam acomodados em um banco no fundo da igreja quando Cal chegou e se sentou ao seu lado. Quando ele acenou para Ty e Kyle, ela o olhou chocada.

— Você não disse que vinha à igreja agora de manhã — murmurou Maddie, enquanto a congregação se colocava de pé.

— Decidi de última hora — disse ele, segurando o hinário entre os dois para ela acompanhar também. — Depois da nossa conversa sobre o que Peggy escreveu no jornal ontem, achei que você desaprovaria.

— Tenho que admitir que não acho que seja a decisão mais inteligente que você já tomou.

Ela acenou com a cabeça em direção aos membros da congregação que lançavam olhares furtivos na direção deles.

— Você está tentando fazer as más línguas falarem ainda mais?

— Na verdade, eu tinha esperança de que as pessoas que frequentam a igreja fossem ser mais abertas e tolerantes, ainda mais quando perceberem que não estamos tentando fazer nada escondido.

Maddie conteve um suspiro.

— Você é um sonhador.

Cal sorriu.

— Sou mesmo um eterno otimista. Agora cante, querida, antes que as más línguas comecem a dizer que viemos aqui para ter um encontro, não para participar do culto.

Embora quisesse dizer muito mais, Maddie acompanhou o hinário e cantou obedientemente. Para sua surpresa, a voz de Cal se juntou à dela. Dessa vez, quando as pessoas mais próximas se viraram e olharam na direção do casal, houve pelo menos um ou dois murmúrios de aprovação e encorajamento.

No fim do culto, quando o reverendo Beale lembrou a todos que a congregação estava convidada a confraternizar no salão da igreja, Cal a olhou.

— Melhor não — disse Maddie, tensa, sabendo bem que ele queria continuar com aquela mostra pública de seu relacionamento, o que era desaconselhável.

— A melhor maneira de silenciar as más línguas é bater de frente com elas — disse ele quando a congregação começou a sair. — Não temos nada a esconder, Maddie. Sair daqui com o rabo entre as pernas vai dar a impressão de que temos.

— E ficar vai dar a impressão de que estamos querendo esfregar um caso na cara de todo mundo — respondeu ela.

Ele sorriu.

— Mas não estamos tendo um caso.

— Por enquanto — murmurou ela.

O sorriso de Cal só aumentou.

— Essa foi a coisa mais promissora que eu ouvi em anos. Vamos lá, querida, estou com vontade de um pouco de bolo e café. — Ele ergueu a voz para chamar a atenção de Ty e Kyle. — Aposto que os meninos também gostariam de comer alguma coisa, certo, pessoal? E Katie provavelmente também vai participar da confraternização depois da escola dominical, certo?

— Sim, mas temos comida em casa — disse Maddie, antes que os filhos pudessem responder. — Vamos comer às duas da tarde.

— Mas é muito mais divertido comer a sobremesa primeiro — provocou Cal. — Viva um pouco, Maddie.

Ela até queria, de verdade, mas conhecia Serenity e sua população. Se ela e Cal entrassem juntos no salão da igreja, os dois seriam um alvo fácil. Dava quase no mesmo dizer que Peggy tinha razão, que eles eram um casal e não se importavam com o a opinião alheia. Cal claramente estava pronto para um anúncio público daquele porte. Ela não tinha tanta certeza assim, não quando entendia as possíveis consequências com mais clareza do que ele.

Foi nesse momento que Helen se aproximou e entrelaçou seu braço ao de Maddie.

— Cal tem razão. Katie está esperando lá dentro. Agora não é hora de amarelar — sussurrou ela, depois sorriu para Cal e pegou o braço dele também. — Vamos agitar as coisas.

— Ok, ok — disse Maddie. — Mas, só para constar, acho que é uma péssima ideia. Não estamos pensando nas consequências para as crianças.

— Está tudo bem, mãe — disse Ty. — Kyle e eu aguentamos. O que Peggy escreveu no jornal foi horrível e não passou de um monte de mentiras.

Maddie se encolheu.

— Você leu o jornal?

Ty revirou os olhos.

— Você está de brincadeira? Umas dez pessoas da escola me ligaram antes que a vovó chegasse lá em casa. A primeira leu a matéria toda para a gente. Depois disso, desliguei na cara de todo mundo.

Cal o olhou com aprovação.

— Bom para você.

Maddie nem sabia o que dizer.

— Eu não fazia ideia — disse ela por fim. — Sinto muito.

Kyle deu de ombros.

— Não foi nada de mais, mãe. Depois de tudo o que ouvimos sobre o papai, já estamos acostumados.

Maddie franziu a testa.

— Mais um motivo para eu não fazer vocês passarem por isso. Agora é que não posso mesmo arrastar vocês para essa confraternização.

O olhar de Helen foi cheio de reprovação.

— Se você não lutar pelo que quer, quem vai? — disse ela. — Hoje é o dia de se posicionar e mostrar às pessoas que sua vida particular é da sua conta e de mais ninguém.

— Amém — concordou Cal.

Maddie olhou com seriedade para Helen.

— Você só está querendo que isso vire um processo de assédio ou algo do tipo para poder nos defender no tribunal.

Helen fingiu estar chocada.

— Isso jamais me passou pela cabeça — insistiu ela, depois deu uma piscadela. — Mas você tem meu telefone, caso qualquer um dos dois precise. Seria o ponto alto do meu dia arrastar Betty Donovan até o tribunal pela calcinha engomada dela.

Maddie não pôde deixar de rir.

— Devo admitir que essa é uma imagem bem estranha.

Cal examinou Maddie.

— Certo, os meninos e eu estamos prontos. E quanto a você? Diga a verdade, Maddie. Não vamos pressionar você a fazer algo de que vai se arrepender.

— Ei, estou com a mesma vontade de colocar certas pessoas em seu devido lugar — respondeu ela com determinação. — Só espero que a gente não se arrependa.

Cal, Maddie e Helen passaram tanto tempo debatendo se deveriam ou não participar da confraternização que Ty e Kyle perderam a paciência e foram na frente, já prevendo o resultado de toda aquela conversa. Quando Cal e Maddie finalmente entraram no salão, todos fizeram silêncio. Nem quando estava em campo, nos tempos de jogador de beisebol, com milhares de pessoas esperando que ele arremessasse ou acertasse a bola, Cal se sentira tão no centro das atenções. Ele preferiria estar na posição de batedor recebendo um terceiro *strike* do que enfrentar a animosidade naquele salão onde as pessoas deveriam pelo menos fingir generosidade, amizade e aceitação.

Maddie e Helen ficaram paradas na porta, e Cal viu Kyle e Ty perto de uma mesa cheia de guloseimas. Os meninos pareciam um pouco chocados.

— Treinador — murmuraram vários homens com um aceno de cabeça enquanto Cal passava por eles, mas nenhum puxou conversa, provavelmente devido às cotoveladas que levaram das esposas.

À mesa, Ty e Kyle empurraram os pratos vazios para longe.

— Isso é péssimo — disse Ty. — Acho que mamãe estava certa. Foi um erro vir aqui. Vou buscar Katie.

— É mesmo — concordou Kyle. — Por que todo mundo está com raiva da gente? Eles já estão errados de ficar fazendo fofoca, mas ainda por cima parece que estão culpando a gente por você gostar da nossa mãe.

— Ninguém está com raiva de vocês — disse Cal.

— Tudo bem, mas todo mundo está meio estranho por causa de vocês dois — disse Ty. — Eles acham que vocês estão dormindo juntos.

O olhar de Cal para ele foi severo.

— O que você acha?

Ty deu de ombros.

— Mamãe não é tão burra assim.

Cal estremeceu com a avaliação.

— Achei que já tínhamos resolvido isso. Você me disse que não ficaria chateado se sua mãe e eu estivéssemos saindo juntos.

— Mas todo mundo acha que vocês estão fazendo mais do que isso — disse Ty. —Eu e Kyle ouvimos as conversas. Estão fazendo piada sobre a nossa mãe estar com um cara tão mais novo. Acham que você é superpegador e tal. Eu falei que ia ser estranho.

Cal tentou manter a paciência. Não queria ter que defender Maddie ou se justificar diante dos filhos dela, mas graças àquela maldita coluna de jornal e à natureza humana, estava claro que seria necessário.

— A diferença de idade não precisa ser um problema em um relacionamento — explicou ele. — O que conta é a experiência de vida.

— Sim, mas a mamãe tem *muito* mais experiência de vida do que você — disse Ty. — Por que você quer sair com ela?

Cal decidiu que não seria muito apropriado lembrar que a mãe deles também era gostosa. Em vez disso, respondeu:

— Porque ela é engraçada, inteligente e carinhosa. Essas são as qualidades que realmente importam em uma mulher. São qualidades duradouras.

Ty lhe deu um olhar significativo.

— Acho que também ajuda ela não ser feia, não é?

Cal tentou não sorrir.

— É, mal não faz — admitiu ele. Cal encarou Ty, conversando de homem para homem. — Fiz uma promessa para você outro dia. Pretendo cumpri-la.

— Que promessa? — Kyle quis saber, demonstrando a clara desconfiança que tinha nas promessas feitas por adultos nos últimos tempos.

— Que vou tentar ao máximo não magoar sua mãe, e ela e eu faremos o máximo para não magoar vocês — disse ele aos dois. — Então, independente do que os outros pensam, tudo bem com você se eu e ela começarmos a passar mais tempo juntos?

— Não depende da gente — disse Kyle, parecendo resignado. — Os adultos fazem o que querem.

— No fim, cada um faz as próprias escolhas, é verdade — concordou Cal. — Mas o que vocês pensam é importante para nós e sempre vamos levar isso em conta antes de tomarmos uma decisão.

Ty o olhou com uma expressão perplexa.

— Posso perguntar uma coisa?

— Qualquer coisa — disse Cal.

— Por que todo mundo aqui está tão incomodado por vocês estarem saindo? Não é como se vocês estivessem traindo alguém, que nem nosso pai fez.

— Dois pesos e duas medidas — disse Cal. — Os homens se acham no direito de fazer coisas que não querem que as mulheres façam. E, antes que você pergunte, não, não é justo.

Foi então que eles ouviram uma agitação do outro lado da sala. Cal se virou e viu Helen discutindo com Betty Donovan.

— Iiih — murmurou ele, indo na direção das duas, com Ty e Kyle logo atrás.

Cal chegou bem quando o reverendo Beale aparecia para interceder com palavras vazias ao mesmo tempo que lançava um olhar de desaprovação para Maddie.

— Está na hora de irmos — disse Cal, interferindo assim que Maddie fez menção de querer entrar na briga. — Ty, vá buscar sua irmã.

— Podem ir na frente — disse Helen, depois se virou para a diretora com uma cara feia. — Tem mais algumas coisinhas que quero esclarecer por aqui.

Ao ver a expressão de pânico de Maddie, Cal agarrou o braço de Helen e a conduziu para fora antes que ela piorasse a situação.

Depois que passaram pela porta, ele moveu o olhar de uma para a outra, ambas com a expressão perturbada.

— O que houve lá dentro?

— A vaca tossiu — contou Maddie.

Cal ficou olhando sem entender.

— Hã?

Helen riu, a expressão tensa relaxando.

— Maddie disse a Betty que nem que a vaca tossisse ela deixaria uma mão de ferro que nem ela ditar com quem podia sair ou não.

— E… — disse Cal, ainda esperando a explicação.

Maddie deu de ombros.

— Ela me disse para ir comprar xarope, porque a vaca ia tossir sim.

Antes que Cal conseguisse entender quão furiosa Maddie estava ou o que pretendia fazer, ela o agarrou pela camisa e o puxou para perto, depois o beijou. Cal estremeceu na mesma hora, mas ainda conseguia raciocinar o suficiente para não ir muito longe, ainda mais na escada que levava à igreja.

— Não que eu esteja reclamando, mas por que isso? — perguntou ele, lutando para recuperar o fôlego quando Maddie finalmente o soltou.

— Estou cansada de deixar outras pessoas controlarem minha vida — disse ela, as bochechas coradas. — Isso foi a minha declaração de guerra.

— Foi uma abordagem interessante — disse ele, então passou um braço pelos ombros dela. — Mas talvez a gente devesse ir para casa antes que você tenha outras ideias.

O olhar de Maddie foi desafiador.

— Ninguém manda em mim.

— Bom para você — disse ele, tentando conter um sorriso.

— Boa, mãe, é isso aí — acrescentou Ty, que tinha voltado com Katie. Ele sorriu para Cal. — Tudo bem se eu der um murro na cara de qualquer um que falar disso na escola?

— Não — disseram Cal e Maddie em uníssono.

— Que pena — disse Ty, então foi se juntar ao irmão.

Mais tarde, depois de voltarem a pé para a casa dela, Maddie já não se sentia assim tão confiante. Quando entraram, ela o encarou.

— Eu piorei tudo, não foi?

— Acho que vamos ter que esperar e ver — respondeu Cal, então encostou um dedo nos lábios dela. — Mas, só para você saber, definitivamente valeu a pena.

— É mesmo?

— Com certeza.

Maddie abriu um pequeno sorriso.

— Bom saber.

CAPÍTULO DEZENOVE

Cinco mulheres cancelaram suas inscrições no spa na segunda-feira de manhã. Todas evitaram olhar Maddie nos olhos ao anunciarem a decisão.

Maddie estava lutando contra o pânico e já se perguntava o que fazer em relação àquele desastre de relações públicas quando, ao meio-dia, Helen e Dana Sue chegaram de surpresa ao spa. A julgar pelas expressões sombrias, as duas tinham ficado sabendo e concluíram, assim como Maddie, que ela era uma ameaça ao Spa da Esquina.

— Vocês já estão sabendo — disse ela, desanimada. — Não precisam nem falar. Vou afundar o spa se continuar trabalhando aqui. Eu me demito.

— De jeito nenhum — disse Helen ferozmente.

— Estamos aqui como reforços — explicou Dana Sue. — Agora bote sua roupa de ginástica e vamos nos exercitar um pouco. Vamos todas nos sentir melhor.

A última coisa que Maddie queria fazer era suar, ainda mais quando isso significava ser alvo de mais olhares curiosos. Queria se esconder em seu escritório.

— Eu não sei...

— Não é hora de fugir com o rabo entre as pernas — ralhou Helen, repetindo o conselho que tinha dado no domingo. — Você não fez nada de errado. Você está saindo com um homem solteiro. Se isso fosse pecado, todas as mulheres de Serenity teriam pecado em um momento ou outro, incluindo a santinha da Agatha Nixon.

Maddie revirou os olhos.

— Todo mundo sabe que ela nunca deve ter feito mais com um homem do que assar biscoitos de chocolate para ele.

Dana Sue sorriu.

— Você quer dizer que você e Cal foram além de assar biscoitos?

Helen franziu a testa para amiga.

— Não é esse o ponto — disse ela. — O que acontece entre esses dois é problema deles. Não estou nem aí se o fogo é na cozinha ou na cama.

— Eu sei — disse Dana Sue, parecendo indignada. — Só estava brincando.

— Não é a hora para ficar de brincadeira. Precisamos de uma demonstração imediata de solidariedade. — Helen estudou Maddie. — Você quer esse homem na sua vida, não é?

— Sim — disse Maddie, então deu um suspiro. — Mas não se for causar tantos problemas.

— Cal deve se derreter ao ouvir esse tipo de coisa — disse Helen com nojo. — Se você quer ficar com ele, nós vamos dar um jeito. Se isso é só tesão, supere logo para voltarmos ao trabalho.

Agora foi a vez de Dana Sue franzir a testa.

— Nossa, Helen, quanta compreensão, hein?

— Não tenho tempo para isso — replicou Helen. — Se quiser alguém compreensivo, mande um e-mail para o dr. Phil.

Maddie levantou as mãos.

— Certo, gente, já deu. Não quero vocês brigando por minha causa. Não tenho ideia de como tudo saiu do controle desse jeito.

Dana Sue riu.

— Eu posso explicar. Tem pelo menos umas vinte mulheres na cidade que estavam de olho em Cal, fosse para elas mesmas ou para suas filhas ou netas. Você frustrou esses planos. Foi assim que tudo saiu do controle. Não passa de puro ciúme e rancor disfarçados de moralismo para proteger as crianças inocentes de Serenity.

Maddie não queria pensar assim de mulheres que conhecera a vida toda, mas não podia negar que Dana Sue estava certa.

— Bem, seja como for — disse ela —, enquanto eu estiver sendo perseguida por todo mundo da cidade, é uma péssima ideia eu ter qualquer vínculo com este lugar.

— Você não vai desistir e ponto-final — declarou Helen. — Agora vai botar sua roupa de ginástica e vamos malhar. Quando estava vindo para cá, liguei para Elliott Cruz e disse que precisamos que ele venha aqui hoje cedo criar um treino para nós que possa nos distrair dos nossos problemas. Ele tinha uma hora livre hoje.

Dana Sue sorriu ao ouvir o nome do personal trainer que Helen contratara.

— Só de olhar para o tanquinho de Elliott, vou esquecer meus problemas — disse ela. — Francamente, acho que quando as mulheres o virem por aqui, vamos ter um recorde de inscritas e toda essa confusão vai ficar no passado.

— E quando as pessoas virem como você ficou sarada, Maddie — acrescentou Helen —, elas vão saber direitinho o que Cal viu em você. Você vai ser uma propaganda ambulante deste lugar.

— As mulheres estão *cancelando* as inscrições! — exclamou Maddie.

O gesto de Helen foi puro desdém.

— E muitas outras vão entrar só para ver do que todo mundo está falando — disse ela, confiante.

— Se você tem tanta certeza disso, por que veio correndo para cá? — perguntou Maddie.

— Porque eu sabia que *você* não teria essa mesma certeza — retrucou Helen.

Os olhos de Maddie se encheram de lágrimas.

— Eu vou me demitir se vocês estiverem erradas — disse ela às amigas. — Não vou afundar vocês.

Dana Sue sorriu.

— E Helen já esteve errada alguma vez na vida?

— Teve aquela vez em 1994 — admitiu Helen. — Paul Colson não estava usando uma peruca feia no baile anual em Charleston. Era o cabelo dele de verdade, pobre coitado.

Maddie se lembrava muito bem do incidente. Por causa de uma aposta, Helen tentara arrancar o cabelo de Paul. As travessuras haviam lhe rendido vários momentos embaraçosos e a ameaça de uma ação judicial.

— Vocês fazem ideia de como eu amo vocês? — perguntou Maddie, fungando.

Ela pensou em quantos momentos suas amigas lhe proporcionavam motivos para dizer isso. Eram muitos.

— Bem, é claro que sabemos — disse Helen rapidamente. — Vamos lá, esteira em cinco minutos. É sério. Estou pagando Elliott para uma aula particular.

Maddie ficou pronta em quatro minutos e foi enfrentar os olhares curiosos ou hostis das outras mulheres que estavam se exercitando. Quando Elliott se juntou a elas, com o corpo esculpido, os músculos perfeitos e o cabelo preto como carvão quase na altura dos ombros, Maddie imediatamente deixou de ser o foco das atenções.

Durante o treino, enquanto Elliott dava instruções sobre o uso correto dos aparelhos de uma maneira que ressaltava seus músculos, Dana Sue puxou conversa com algumas das outras mulheres para relembrarem os tempos de escola. O assunto parecia ser as confusões que as Doces Magnólias inventavam em sua época. Até as mulheres das cidades vizinhas conheciam algumas das histórias de quando Helen, Dana Sue e Maddie eram mais jovens e arteiras.

— Nada mal — disse Elliott depois de um tempo. Ele piscou para Helen. — Espero ver mais progresso em nosso próximo treino.

— Se eu fizer mais do que isso, vou desmaiar — disse Dana Sue.

— Epa, nada de derrotismo por aqui — repreendeu Elliott. — Minha próxima cliente chegou, então vejo vocês mais tarde.

Depois que ele atravessou a academia atraindo olhares de admiração, Helen fitou as mulheres boquiabertas com uma expressão satisfeita e piscou para Maddie.

— Missão cumprida.

— Obrigada — disse Maddie, dando-lhe um abraço.

— Nós não fizemos nada, só malhamos algumas horas mais cedo e demos um pouco de colírio para as clientes — disse Helen. — Ligue para nós se precisar de alguma coisa, ok? Nosso pacote inclui apoio moral.

Cal passou a maior parte da segunda-feira recebendo olhares especulativos dos outros professores e uma ou outra provocação de alguns adolescentes que claramente não entendiam como a situação era grave. Tudo isso estava lhe dando nos nervos, assim como o silêncio ensurdecedor de Betty Donovan.

As aulas terminariam em quinze minutos e ele ainda não havia sido chamado para levar outra bronca. Cal queria acreditar que a diretora havia pensado melhor, mas seu bom senso lhe dizia que ela estava apenas preparando o ataque.

Vinte minutos depois, enquanto estava no campo à espera dos jogadores que viriam para o treino, o presidente do conselho da escola, Hamilton Reynolds, apareceu e foi até o banco sentar-se ao lado de Cal. Ele parecia ter saído no meio de uma partida do golfe e estar muito ressentido por isso.

— Você se meteu em uma confusão e tanto, hein — disse o banqueiro aposentado de setenta anos, embora sem o rancor que Cal esperaria ouvir do homem que arriscara a própria reputação para trazê-lo a Serenity.

— Tenho passado tempo com uma mulher — admitiu Cal. — Não sei por que todos estão tão incomodados. — Ele olhou diretamente o homem mais velho. Ham Reynolds se tornara seu amigo, um dos poucos de quem Cal esperava total honestidade. — Ou por que isso seria da conta de outras pessoas.

— Gosto de você, Cal. Você sabe. Acho que Serenity tem sorte em ter você aqui — disse Ham com sinceridade. — Então, vou explicar alguns fatos para você. Não estamos em Nova York ou Hollywood, onde tudo acontece. A gente se preocupa com as influências de nossos filhos nesta cidade.

Cal quase não resistiu à tentação de lembrá-lo de que Bill Townsend era um *pediatra* e estava em posição de influenciar um número muito maior de crianças ingênuas do que Cal. Mas ninguém estava criando confusão sobre o caso de Bill com a jovem enfermeira.

Ham lhe lançou um olhar sábio.

— Eu sei que você está doido para jogar o relacionamento de Bill Townsend na minha cara, e você teria um bom ponto. Quer saber a diferença?

— Eu adoraria saber — admitiu Cal.

— Você é jogador da Liga Principal. Bill Townsend é responsável pelas *vacinas*, pelo amor de Deus. Quantas crianças você acha que gostam dele ou o respeitam por isso?

— Sou *ex*-jogador da Liga Principal — corrigiu Cal.

— O que estou querendo dizer é que seu passado o coloca em um pedestal para muitos desses jovens. Além disso, você é o treinador de um time de beisebol em ascensão e isso atrai muita atenção em Serenity e na região. Você precisa pensar bem antes de se envolver em algum tipo de gracinha com a mãe de um dos jogadores.

Cal o encarou.

— Ajudaria se eu dissesse que pensei bem antes de começar a sair com Maddie? Pensei em como ela é uma mãe incrível, uma mulher inteligente e encantadora que foi sacaneada pelo marido. Pensei em como os filhos dela precisam de uma figura estável na vida deles, não para substituir o pai, só para estar lá caso eles precisem. Comecei querendo ser amigo dela e talvez um mentor para as crianças, mas em algum momento acabei me apaixonando por ela. — Ele encarou Ham. — Não vou pedir desculpas por isso, nem para você, nem para o conselho da escola.

Ham pareceu abalado por essa declaração.

— Você está dizendo que pretende se casar com Maddie?

— Nós não discutimos isso — disse Cal. — Apesar do que você leu no jornal e ouviu dizer por aí, ainda estamos bem no início. Não estamos tendo um caso, Ham. Eu lhe dou minha palavra. Temos uma forte amizade que não pretendo perder e o potencial talvez muito mais.

— Então você não me ouviria se eu lhe dissesse que o mais inteligente seria parar de vê-la? — Ham disse.

— Isso mesmo.

Ham continuou com o olhar fixo em Cal.

— Ela é tão importante assim para você? Você desistiria do seu trabalho, se fosse o caso?

— Sem nem pensar duas vezes — disse Cal.

Pela primeira vez desde que se sentou ao lado de Cal, a expressão de Ham se suavizou.

— Minha nossa.

— Vai chegar a esse ponto? — perguntou Cal. — Você vai me demitir?

— Eu não tenho esse poder — disse Ham. — A decisão cabe ao conselho escolar.

O olhar de Cal foi irônico.

— Posso não estar em Serenity há muito tempo, mas até eu sei que eles seguem as suas orientações.

— Você está me dando mais crédito do que eu mereço, ainda mais em uma situação como esta — disse Ham. — Alguns pais estão furiosos. Eu diria que na próxima reunião do conselho a coisa pode ficar feia. E alguns membros não gostam de ir contra a opinião pública. Eles não precisam estar ao lado da lei. Primeiro vão agir e depois vão se preocupar com as consequências legais.

— Vamos lá, Ham. Desembucha. O que vai acontecer?

— Não tenho certeza — insistiu o homem mais velho. — Mas recomendo que você compareça à reunião e repita o que me contou. Vou brigar para manter você como professor. — Ele deu de ombros.

— Tenho que dizer que você está certo sobre uma coisa.

— O quê?

Ham sorriu.

— Eu não costumo perder uma briga.

— Obrigado.

— Não me agradeça ainda — advertiu Ham. — Graças a toda essa confusão, uma reunião extraordinária foi marcada para amanhã às oito da noite. Se eu fosse você, entraria lá preparado para uma briga. Pense nisso como a nona entrada do sétimo jogo da World Series, em que você tem tudo a perder.

— Ah, sem pressão — disse Cal, rindo.

— Você aguenta, meu filho. Já vi você em muitos momentos difíceis.

Cal se lembrou do dia em que Hamilton Reynolds havia entrado no centro de reabilitação, onde na verdade Cal estava se escondendo tanto quanto se recuperando da lesão. O homem mais velho não expressou pena, apenas disse que tinha ouvido falar que Cal tinha uma certificação para ser professor e que um homem como ele seria útil em Serenity como treinador do time do ensino médio. Na ocasião, Ham estava jogando um colete salva-vidas e parecia que agora estava fazendo o mesmo outra vez.

— Não importa o que aconteça, quero que saiba que sou grato por tudo o que você fez por mim — disse o homem mais novo.

Ham pousou a mão firme no ombro de Cal e lhe deu um aperto tranquilizador.

— Você nunca decepcionou nosso time ou nossa cidade. Vou lembrar as pessoas disso. Não haverá essa caça às bruxas ridícula se depender de mim.

Ele se levantou e olhou em direção ao campo, onde Ty estava fazendo vários arremessos excelentes.

— Aquele garoto é tão bom quanto eu acho que é?

Cal sorriu.

— É melhor ainda.

— Ele não seria se você não estivesse aqui para guiá-lo. Lembre-se disso, entendeu?

Cal ficou olhando Ham se afastar, depois se virou para encarar o time. Todos fingiam não ter notado a visita do presidente do conselho escolar.

Ty saiu do campo e caminhou até ele.

— Essa conversa foi sobre você e minha mãe?

— Não se preocupe com isso — disse Cal.

Ty pareceu desapontado.

— Você prometeu que seria sincero comigo.

— Tem razão — disse Cal. — Certo, haverá uma reunião especial do conselho escolar amanhã à noite para discutir todo esse falatório na cidade.

O rapaz pareceu preocupado.

— Você está encrencado? Eles vão demitir você?

— Tenho certeza de que não vai chegar a esse ponto — disse Cal, rezando para não estar confiando demais nos poderes de persuasão de Ham Reynolds.

— Minha mãe já sabe?

— Ainda não — admitiu Cal. — E estou pensando que talvez ela não precise saber. Ela só vai ficar preocupada.

Ty o encarou com perspicácia.

— Você realmente quer que ela seja a última a saber?

O treinador riu.

— Você é um garoto muito inteligente. Vou conversar com ela depois do treino.

Cal só precisava encontrar uma maneira de garantir que Maddie não tentasse se culpar pela carreira dele estar em risco, não quando ele fora atrás dela sabendo muito bem o que poderia acontecer.

Maddie passou a tarde da segunda-feira em sua sala cuidando dos formulários das novas associadas. Helen tinha razão. As curiosas que começaram a se inscrever no meio da tarde quase compensaram as mulheres que haviam desistido do spa pela manhã.

Mesmo assim, Maddie ainda estava de mau humor quando a porta de seu escritório se abriu.

— Espero que você esteja feliz! — declarou Peggy Martin. — Graças a você, Cal vai ser demitido.

O coração de Maddie parou, então disparou.

— Do que você está falando?

— Amanhã à noite vão fazer uma reunião especial do conselho escolar para decidirem se ele deve ou não ser demitido. Provavelmente vão expulsar Cal da cidade só porque você quis se vingar de Bill por ele ter largado você.

Havia tantas coisas erradas naquela afirmativa que Maddie não sabia por onde começar.

— Imagino que você não tenha levado em conta sua participação nisso tudo — disse ela por fim.

Peggy a olhou sem entender.

— Eu? O que eu fiz?

— Você estava tão desesperada para se vingar de mim que distorceu todos os boatos que ouviu sobre nós e depois pôs tudo no jornal — acusou Maddie. — Essa confusão toda é culpa sua.

O olhar de Peggy para ela era de puro veneno.

— Não se atreva a tentar virar o jogo. Só relatei os fatos.

— Ah, me poupe, você só espalhou um monte de fofocas.

— Não haveria fofocas se você tivesse ficado longe dele — retrucou Peggy.

— Para deixar você ficar com ele?

— Pelo menos eu não sou dez anos mais velha do que ele e mãe de um de seus alunos — disse Peggy. — Sei que tudo isso tem a ver com Bill. Você ficou revoltada por ele ter largado você por uma mulher mais jovem, então resolveu se vingar da maneira mais escandalosa possível.

Maddie sabia que negar a acusação seria uma perda de tempo.

— A que horas é a reunião amanhã?

— Você não está pensando em ir, está? — questionou Peggy, incrédula. — Seria o fim da carreira de Cal.

— A que horas é a reunião? — repetiu ela.

— Às oito — disse Peggy finalmente. — Mas se você se importa minimamente com Cal, vai manter distância.

Ela girou nos calcanhares e saiu, quase dando de cara com Cal. Peggy fez cara feia para ele e então continuou andando.

Cal deu um suspiro.

— Veio anunciar as más notícias, imagino.

— Tipo isso.

— Sinto muito. Queria conversar com você sobre a reunião antes que alguém contasse primeiro.

— Uma pena você não ter conseguido. Talvez eu tivesse pensado em uma resposta melhor quando Peggy começou a me acusar de arruinar sua vida.

Ele se sentou em um canto da mesa dela, a coxa pressionada contra a dela.

— Você não está arruinando a minha vida — garantiu ele. — Você é a melhor coisa nela.

— Será que ainda vai se sentir assim se o conselho demitir você?

— Não estou preocupado com isso — disse ele, e seu olhar duro sugeria que ele não estava mentindo. — Você também não deveria.

Maddie o olhou com espanto.

— Como você pode estar tão calmo?

— Estou confiando no sistema e em Hamilton Reynolds.

Maddie se recostou na cadeira.

— Você falou com Ham?

— Tivemos uma longa conversa.

— E ele está do seu lado?

Cal assentiu.

— Vai ficar tudo bem, Maddie. Estão fazendo muito barulho por nada. O conselho precisa ouvir os pais. É obrigação deles, mas as pessoas com mais bom senso vão vencer a discussão. Eu acredito nisso.

— Realmente, Ham tem muita influência nesta cidade — admitiu ela. — Mas mal não vai fazer se você tiver mais gente com você.

— Incluindo você?

Ela o estudou com atenção.

— A não ser que você ache que a minha presença vai piorar as coisas.

— Eu já falei, não estou preocupado — disse ele. — E quero você lá. Pretendo dizer algumas coisas que você precisa ouvir.

— Como o quê?

Cal balançou a cabeça.

— Eu já consultei Ham. Ele acha que vou ser persuasivo.

— Você não se importa com a minha opinião? — perguntou ela, irritada.

— Claro que me importo, mas dessa vez quero decidir sozinho. Deixa eu fazer isso do meu jeito, Maddie.

— Mas vivi em Serenity a vida toda — protestou ela. — Sei como essas pessoas pensam.

— Lembra do que eu falei sobre pensar demais? Às vezes é melhor seguir a intuição. Quero que as pessoas desta cidade ouçam com o coração, não com a cabeça. — Ele sorriu. — E não pretendo dizer mais nada sobre isso por enquanto.

— Mas...

Ele se inclinou.

— Já chega, Maddie.

Sem esperar para ver se ela ficaria em silêncio ou não, Cal cobriu a boca dela com a sua. Ele tinha uma boca muito persuasiva. Em pouco tempo, Maddie não poderia ter formado um pensamento coerente mesmo se quisesse.

Ele a puxou para cima e para o espaço entre suas pernas, cercando-a com seu calor e enchendo-a de desejo. Maddie descansou as mãos nas coxas musculosas de Cal e permitiu que ele a beijasse como quisesse, deixando a língua dele explorar a dela. Cada parte do corpo dela pareceu se transformar em lava, tão quente e agitada que ela estava prestes a o arrastar para o chão, mas Cal terminou o beijo com um suspiro.

— Este é justamente o tipo de coisa que nos meteu nessa confusão — murmurou ele, com as mãos ainda envolvendo o rosto dela e os olhos cheios de ardor.

Atordoada, Maddie procurou a boca dele de novo.

— Não quero saber — sussurrou ela, conseguindo roubar outro beijo.

Ela sentiu os lábios de Cal se curvarem em um sorriso contra os dela.

— Eu falei que pensar era superestimado — disse ele.

Dessa vez Maddie foi quem se afastou.

— Tá bem, espertinho, agora que você já provou seu ponto de vista, o que vai fazer?

Cal riu.

— Isso é um desafio?

Ela o encarou e, para sua surpresa, viu amor brilhando nos olhos dele. Isso a deixou de joelhos fracos, mas também firmou sua determinação.

— Sim — disse ela sem hesitar. — É um desafio.

— Então acho que temos que ir para outro lugar — disse Cal, segurando a mão dela.

— Aonde?

— Minha casa — respondeu ele na mesma hora.

— Qual o problema com este lugar? — perguntou ela, impaciente.

— Nada. A não ser que você se incomode com os fotógrafos que vi escondidos nos arbustos quando entrei.

Voltando à realidade, Maddie gemeu.

— Por que você não me contou antes?

— E estragar toda a diversão? Além disso, não há janelas nesta sala e as portas estão trancadas. Eu conferi. Vamos, meu bem, vamos sair daqui.

— Não podemos sair juntos — disse ela. — E não podemos ir para a sua casa. Eles vão nos seguir. Tenho certeza de que pelo menos um deles trabalha com Peggy, e ela está determinada a transformar isso no escândalo do ano.

Cal suspirou.

— Fica para a próxima, então?

— Isso. Você sempre consegue o que quer — disse Maddie.

Parecia que em algum momento Cal também havia conseguido ganhar o coração dela.

CAPÍTULO VINTE

O auditório da escola estava lotado. Construído tempos atrás, o palco tinha piso de carvalho, que brilhava de tão encerado, e cortinas robustas de veludo com franjas douradas. No centro do palco havia mesas compridas com placas de identificação em frente às cadeiras onde se sentariam os cinco membros do conselho escolar, a maioria dos quais estava de pé ali perto sussurrando entre si. Eles dispensavam qualquer pessoa que tentasse se aproximar, talvez na tentativa de demonstrar que entrariam na reunião sem qualquer tipo de influência externa.

No entanto, estava claro para Maddie que todo mundo na cidade já havia tomado partido de alguém. A tensão no auditório era palpável, e os vizinhos haviam se voltado uns contra os outros. Embora a maioria das plaquinhas improvisadas à mão apoiasse Cal com o slogan de "Salve o treinador", mais de dez pessoas exigiam sua demissão em alto e bom som. Dava para ouvi-los pressionando os que apoiavam Cal.

Embora estivesse ligado, o ar-condicionado mal dava conta de combater o calor no auditório lotado. Maddie podia sentir um fio de suor escorrendo pelas costas enquanto encarava os opositores de Cal com o queixo erguido.

— Ainda acho que você deveria me deixar representá-lo — disse Helen a Cal.

— Não preciso de advogado — disse ele. — Vou contar como me sinto em relação a Maddie. Se quiserem me demitir por isso, paciência.

— Eles nem sequer têm o direito de fazer perguntas sobre sua vida pessoal — disse Helen. — Pelo menos não as perguntas que alguns deles vão fazer. Você não infringiu nenhuma lei. Nem mesmo violou aquela cláusula moral ridícula no seu contrato, que, a propósito, vou mandar tirarem da próxima vez que você for assinar qualquer outra coisa com este distrito escolar.

— Eles só estão tentando proteger os jovens — disse ele.

— Do quê? — questionou Dana Sue. — De ver duas pessoas juntas que se importam uma com a outra? — Os olhos dela se estreitaram. — Você se importa com Maddie, certo?

Cal trocou um olhar com Maddie que a fez lembrar do calor entre eles na noite anterior.

— Eu me importo com Maddie — disse ele, com toda a calma do mundo.

Helen continuou a encará-lo consternada.

— Ainda acho arriscado você não ter um advogado. Se eles o atacarem com mentiras e insinuações, você precisará que eu faça uma intervenção bem incisiva para que conste na ata. É a melhor maneira de manter todo mundo na linha.

— Agradeço sua preocupação — disse ele. — De verdade. Se você achar que estou prestes a me atolar num lamaçal jurídico, pode interferir e me interromper. Qualquer coisa menos que isso, deixa comigo.

Helen assentiu, mas não pareceu muito feliz.

Os membros do conselho, todos muito sombrios, tomaram seus lugares. A secretária do conselho escolar, que também trabalhava como secretária de Betty no dia a dia da escola, sentou-se para fazer a ata. Hamilton Reynolds deu início à reunião extraordinária.

— Muito bem — começou ele. — Acho que todos sabemos por que estamos aqui hoje à noite. Eu gostaria que metade de vocês aparecesse assim quando a pauta fosse a educação de seus filhos.

Maddie ouviu o suspiro de Cal e o viu relaxar. Ela se virou para olhá-lo.

— Você tem razão. Ele está mesmo do seu lado. Ele só fica assim mal-humorado quando está sem paciência com as pessoas que estão fazendo gastando o tempo dele com bobagem.

Cal assentiu.

— Eu sei. Ele já tinha me falado, mas uma parte de mim se perguntava se a pressão poderia influenciá-lo.

— Se tem uma coisa que eu sei sobre Ham é que ele é um homem de palavra — disse Maddie, sentindo-se um pouquinho melhor.

— Imagino que a primeira coisa a fazer seja ouvir Betty Donovan, já que o assunto é um dos professores dela — disse Ham. — Betty, você quer falar brevemente quais são os problemas, na sua opinião?

Betty caminhou rigidamente até o microfone. Embora Cal e Maddie estivessem sentados na primeira fila, ela teve o cuidado de não olhar na direção deles.

— Esta é uma ação disciplinar contra Cal Maddox — começou ela. — Uma das coisas mais importantes que nossos professores fazem é servir de exemplo para nossos alunos. — Ela mostrou uma cópia do jornal de sábado. — Aqui está a prova de que o treinador Maddox não está dando o tipo certo de exemplo. Ele tem sido um bom professor e um excelente treinador, mas isso não basta, pelo menos aqui em Serenity, onde vivemos de acordo com um alto padrão moral. Minha recomendação é que ele seja demitido por justa causa por se envolver com a mãe de um de nossos alunos.

Betty estava prestes a se afastar quando Ham levantou a mão.

— Espere um minuto, Betty. Esse jornal que você está mostrando é o *Serenity Times*, estou certo?

— Isso mesmo.

— Você não escreveu esse artigo, escreveu?

Ela o encarou, chocada.

— Não seja ridículo. Não estou fazendo bico como repórter.

— Claro que não está — concordou Ham. — O que me leva ao meu ponto. Você testemunhou algum desses supostos crimes?

— Não, mas estão aqui no papel.

— Assim como as tirinhas, mas isso não significa que sejam verdade — disse Ham, o que provocou algumas risadas, embora principalmente dos apoiadores de Cal.

— Bem, eu vi o suficiente com meus próprios olhos. — Betty bufou com impaciência. — Vi os dois juntinhos na Rosalina's em duas noites diferentes.

— Depois dos jogos de beisebol, não foi? — perguntou Ham.

— Sim.

— E todo o time e alguns outros pais estavam lá também?

— Bem, sim.

— Eles fizeram algo inapropriado? Eles se beijaram, por exemplo? Ficaram de mãos dadas?

— Não — admitiu ela com uma expressão sofrida.

— Obrigado, Betty. Isso é tudo.

— Mas…

— Já chega — disse Ham. — Alguém mais quer falar? E antes que você diga sim e venha até o microfone, quero que pense primeiro se alguma vez testemunhou esse suposto comportamento inapropriado que parece ter incomodado tanta gente. Se vocês só ouviram boatos, peço que guardem sua opinião para si. Não condenamos os moradores desta cidade apenas por fofocas, pelo menos não enquanto eu estiver aqui.

Alguns resmungos foram ouvidos do lado direito do auditório, mas ninguém se levantou, nem mesmo Peggy Martin, que estava tão vermelha depois das críticas implícitas de Ham à matéria que sua cabeça parecia prestes a explodir.

— Certo — disse Ham, parecendo satisfeito. — Eu votaria agora, mas precisamos equilibrar as coisas antes disso. Alguém aqui gostaria de falar a favor do treinador Maddox?

Cal estava prestes a se dirigir ao microfone, mas Ty pulou de seu assento e foi mais rápido.

— Só tenho uma coisa a dizer — começou o rapaz. — Essa história do jornal é uma mentira. Conheço minha mãe e conheço o treinador, provavelmente melhor do que quase qualquer pessoa nesta sala. Os dois são grandes exemplos para mim, para meu irmão e minha irmã e para todas as crianças que os conhecem. E quem diz o contrário não sabe do que está falando.

Todo o time de beisebol se levantou e explodiu em aplausos quando Ty voltou ao seu lugar.

Maddie olhou para Cal e viu que os olhos do treinador estavam cheios d'água. Ela nunca tinha sentido tanto orgulho do filho. Quaisquer que fossem suas dúvidas sobre o relacionamento de Maddie com Cal, Ty os apoiou no momento mais importante.

— Ele é muito especial, não é? — disse ela, também enxugando algumas lágrimas.

— Já era de se esperar — disse Cal. — Você o criou. Agora vou lá fazer minha parte.

Os aplausos que tinham começado com o time só aumentaram quando Cal se levantou. Para muita gente na cidade, o peso da liderança do treinador no campo era o mesmo de qualquer exemplo que ele pudesse dar em outra área. E seu time disputaria o campeonato estadual na sexta à noite. Muitos pais queriam que ele soubesse como valorizaram o trabalho duro que permitira que isso acontecesse. Na verdade, Cal precisou até pedir silêncio para conseguir falar. Maddie viu a expressão espantada em seu rosto enquanto encarava a demonstração de apoio da multidão.

— Sinceramente, eu não estava esperando tudo isso — disse ele ao conselho. — Mas a sra. Donovan tem razão em uma coisa. Os professores precisam dar o exemplo para seus alunos. Sempre tentei fazer isso, tanto nas coisas que ensino como em minha vida. Eu me mudei para Serenity porque Hamilton Reynolds me convenceu de que eu poderia encontrar um novo lar aqui, e assim foi. Só que encontrei mais do que isso. Encontrei uma mulher que é tudo o que eu sempre quis. — Ele dirigiu o olhar para Maddie, os sentimentos estampados em seus olhos, depois se virou para os membros do conselho. — Então parte do que vocês ouviram por aí ou leram no jornal é verdade. Tenho saído com Maddie Townsend com alguma frequência e espero passar ainda mais tempo com ela no futuro. Muitos de vocês a conhecem a vida toda. Sabem que é verdade quando digo que ela é digna de respeito e amor. — Ele se virou para Maddie outra vez e a olhou profundamente, como se não houvesse qualquer outra pessoa no auditório. Então disse baixinho: — Sinto por ela essas duas coisas. — Quando finalmente se voltou para o conselho, Cal concluiu: — Se quiserem me demitir por causa disso, tudo bem, mas eu diria que a integridade de Maddie e meus sentimentos por ela são um exemplo do que muitas pessoas nesta cidade querem para seus filhos.

Ele voltou ao seu lugar, beijou a mão de Maddie, então lançou um olhar de desafiado para os membros do conselho.

— Pronto — disse ele. — Eu a beijei na frente de todo mundo.

Ham balançou a cabeça, mas tentava visivelmente conter um sorriso.

— Alguém do conselho tem algo a dizer?

— Já ouvi o suficiente — resmungou Roger Tate. — Vamos votar logo e acabar com isso. Já está quase na hora do meu programa de TV favorito.

— Não podemos votar ainda — disse Ham. — Não temos uma moção. Algum de vocês quer elaborar uma?

— O que acontece se não fizermos isso? — perguntou George Neville. — Esse assunto morre, como deveria?

— Sim — disse Ham. — Mas acho que devemos ao treinador mais do que isso por fazermos Maddie e ele passarem por essa audiência. Acho que nós devemos a ele um voto de confiança.

— Apoiado — disse George sem hesitar.

— Idem — disse Roger.

Os cinco membros do conselho votaram por unanimidade em apoio a Cal e ao trabalho que ele vinha fazendo. Ham olhou para Betty Donovan após a votação.

— A senhora tem algum problema com isso?

Embora as bochechas de Betty estivessem vermelhas, ela balançou a cabeça.

— Nenhum.

— Bom, então o assunto está encerrado — declarou Ham. — Treinador, esperamos que você ganhe o campeonato estadual para nós, ouviu?

Cal o olhou nos olhos.

— Pretendemos fazer o nosso melhor.

Ham piscou para ele.

— Não dá para pedir mais do que isso.

Maddie os ouviu atentamente. Depois que ela e Cal atravessaram a multidão de simpatizantes e saíram na calçada do lado de fora da escola, ela o encarou.

— Você é próximo de Ham Reynolds?

— Ele me chamou para trabalhar aqui — disse Cal. — Eu pensei que todo mundo na cidade soubesse disso.

— Mas há mais do que isso, não é?

Cal olhou para Maddie.

— Ele me salvou — disse ele simplesmente. — Eu estava no fundo do poço e ele apareceu na minha sala de fisioterapia e me tirou de lá. Eu lhe devo muito por isso e por hoje à noite.

— Por hoje à noite não — disse ela. — Você mereceu o resultado da votação. Jamais duvide disso.

Bill tinha escolhido um lugar no fundo do auditório e assistido a Maddie apoiar Cal Maddox durante uma audiência que teria humilhado muitas mulheres. Muitos homens, inclusive. Ele não tinha certeza se poderia ter resistido com a mesma compostura caso tivessem resolvido tirar satisfação sobre sua conduta com Noreen, e ele devia muito mais explicações do que Maddie ou Cal.

Não foi a primeira vez que ele se perguntou como havia permitido que sua vida saísse do controle daquela maneira. Culpar uma crise de meia-idade era fácil e simplista demais. Ele estivera inquieto, isso era verdade. E estivera suscetível à admiração de uma bela jovem. Noreen fora um bálsamo para seu ego depois de a vida familiar ter se tornado tão agitada que ele e Maddie mal encontravam tempo um para o outro.

Mas como ele pudera estar tão cansado e ter sido tão egoísta a ponto de não valorizar a mulher com quem teve seus filhos e que o ajudou a ser tão bem-sucedido profissionalmente? Como pôde pensar que uma relação tórrida era mais importante do que tudo o que ele e Maddie haviam construído juntos?

— Eles se safaram fácil — comentou Noreen ao lado de Bill, trazendo-o de volta para a realidade.

— Quem tem telhado de vidro não atira pedra no dos outros — lembrou Bill.

Ela pareceu chocada por um momento, então suspirou.

— É. Você tem razão. Posso perguntar uma coisa?

— Claro.

— Você se arrepende de onde estamos agora? Quer dizer, juntos e prestes a nos casar, prestes a ter um filho?

Bill não queria ter essa conversa, ainda mais agora e naquele lugar, mas ela merecia uma resposta. Ele escolheu as palavras com todo o cuidado, esperando evitar uma discussão.

— É tarde demais para arrependimentos, você não acha?

A expressão de Noreen tornou-se triste.

— Ou seja, você se arrepende. Só que está enterrando seus arrependimentos sob as obrigações.

— Eu não disse isso — retrucou Bill, irritado.

— Você não precisou dizer — disse ela, espremendo-se entre as fileiras para sair. — Espero você no carro.

— Noreen — chamou Bill, mas ela já tinha ido embora, movendo-se com velocidade surpreendente para uma grávida de oito meses.

Ele a olhou se afastar, dominado por mais arrependimentos. Não era só a vida dele ou a de sua família que havia estragado, Bill percebeu de repente. Noreen também estava pagando um preço. Vários amigos haviam rompido relações quando souberam do caso. Mesmo no consultório, os outros funcionários a tratavam com frieza. Se ela estava um pouco mais pegajosa do que ele gostaria, era compreensível.

O que deveria fazer?, Bill se perguntou. Havia alguma maneira de consertar as coisas?

Ele pensou na declaração pública de Cal sobre seus sentimentos por Maddie e na defesa de Ty dos dois. Mesmo que houvesse uma maneira de ser correto com Noreen sem se casar com ela, provavelmente era tarde demais para se entender com Maddie. Ela havia seguido em frente, e quem poderia culpá-la?

Em algum canto sombrio de sua alma, Bill se perguntou se tinha vindo à assembleia na esperança de um resultado diferente, uma decisão que tivesse tirado Cal de Serenity. Provavelmente sim. Mas fora apenas uma ilusão venenosa. A realidade era que Cal não iria a lugar algum e estava se tornando parte da família que Bill abandonara. Ele se perguntou se algum dia encontraria uma maneira de ficar em paz com isso.

— Mãe, a gente pode dar uma passada na Wharton's e tomar um milk-shake? — pediu Ty, caminhando ao lado dela e de Cal no caminho de volta para casa.

Dana Sue e Helen vinham logo atrás.

— Eu voto sim — disse Dana Sue.

— Eu também — endossou Helen.

Cal sorriu para Maddie.

— Se eu puder votar, também apoio.

Maddie os olhou, inquieta.

— Vocês não acham que pode ser um pouco demais para hoje à noite? Algumas pessoas ainda estão incomodadas comigo e com Cal.

— De jeito nenhum — disse Helen enfaticamente. — Acho que é necessário comemorar, e a Wharton's é onde sempre fazemos nossas comemorações.

Maddie sabia quando era voto vencido.

— Então está bem. Vamos lá. Acho que vou ligar para minha mãe e pedir para ela buscar Katie e Kyle e nos encontrar lá. Eles deveriam participar também.

Ela tirou o celular da bolsa e ligou para a mãe.

— A reunião acabou? — perguntou Paula.

— Agora há pouco — confirmou Maddie.

— E aí?

— O conselho decidiu dar a Cal um voto de confiança — relatou Maddie. — Nós vamos comemorar lá na Wharton's. Você pode buscar Katie e Kyle e ir com a gente?

— Katie já está dormindo — informou sua mãe. — Mas Kyle poderia encontrar vocês lá. São só alguns quarteirões e ainda está claro.

— Perfeito. Obrigada, mãe.

— Sem problemas. Vai ser bom ele dar o fora daqui. Ele me venceu no buraco em cinco jogos seguidos. Ele fica contando aquelas piadas de tio do pavê e eu morro de rir e não consigo me concentrar.

Maddie parou de andar.

— Kyle está contando piadas? — perguntou ela.

— Sim. Por que você está tão surpresa?

— Porque desde que Bill saiu de casa ele não tem feito mais essas piadas. Talvez ele esteja finalmente voltando ao normal.

— Ou apenas descobrindo um novo normal — sugeriu a mãe.

— Vou lá contar para ele que ficou tudo bem com Cal, ele estava preocupado. Ele vai encontrar vocês na Wharton's. Ligo para você quando ele sair daqui para você ficar de olho.

Quando ela guardou o celular de volta no bolso, Cal a olhou com curiosidade.

— Tudo bem?

— Tudo ótimo. Kyle estava contando piadas para a minha mãe. É a primeira vez que ele faz isso desde que Bill saiu de casa. Ele praticamente parou de rir por um bom tempo.

Ty ouviu a conversa e gemeu.

— Você acha mesmo que isso é uma coisa boa? As piadas de Kyle são horríveis.

— São nada — insistiu Maddie. — Acho que ele ainda vai participar do *Saturday Night Live*. — Ela bagunçou o cabelo de Ty, embora ele tivesse tentado se esquivar. — Logo depois de você jogar na World Series.

Ty sorriu ao ouvir isso.

— Você não sonha pequeno, hein, mãe?

Maddie olhou para Cal e pensou em alguns dos sonhos que ela vinha tendo sobre ele nos últimos tempos.

— É verdade — disse ela.

Cal deu uma piscadinha.

— Não tem nada de errado nisso. Pessoas que sonham grande se esforçam mais para realizá-los.

Quando entraram na Wharton's, Grace foi cumprimentá-los.

— Fiquei sabendo o que houve na reunião hoje, Cal. Eu não poderia estar mais feliz por você.

Maddie resistiu à tentação de apontar que a própria Grace contribuíra para o problema ao espalhar pelo menos algumas das fofocas que motivaram a reunião, mas de que adiantaria? Quando Grace morresse, o corpo iria num caixão, e a língua em outro. Esse era o jeito dela e também um dos motivos para a Wharton's ter sobrevivido por tantos anos, além do atendimento atencioso que o marido prestava ao estabelecimento.

Grace os ajudou a juntar duas mesas grandes.

— Milk-shakes de chocolate para todos, imagino.

— Sim, senhora — disse Cal. — Alguém quer mais alguma coisa? É por minha conta.

Ty sorriu.

— Nesse caso, eu comeria um hambúrguer. Fazer um discurso como aquele dá muito trabalho.

— Agora que você deu a ideia, também vou querer um — disse Cal. — Eu estava nervoso demais para comer antes da reunião.

Ty o olhou surpreso.

— Você também estava nervoso?

— Claro. Se estou num terreno conhecido, como beisebol, fico de cabeça fria. Mas ter que se posicionar na frente de um monte de gente, ainda mais sobre algo importante, que nem hoje à noite? Prefiro ter que engolir um balde de minhoca.

— Talvez a gente devesse participar de um daqueles reality shows de desafios — sugeriu Ty. — Aqueles programas em que eles fazem os participantes comerem um monte de coisas nojentas.

— Se você participar, não conte comigo para nada — declarou Maddie, estremecendo de nojo.

Seu celular tocou. Era Paula avisando que Kyle havia saído.

— Finalmente — disse Dana Sue. — Queria saber por que Annie está demorando tanto. Liguei e ela disse que iria nos encontrar aqui também.

— É melhor nem pedir um milk-shake para ela — disse Ty, fazendo com que Dana Sue o olhasse preocupada.

— Por que não?

— Porque ela nunca toma — respondeu Ty, inocente. — Ela só fica brincando com o canudo até o milk-shake derreter, aí joga fora quando os outros não estão olhando.

Dana Sue trocou um olhar preocupado com Helen e Maddie.

— Eu não sabia disso — disse ela.

Ty pareceu se sentir culpado.

— Eu não devia ter falado nada. Achei que ela só não gostava muito, mas pedia um para o pessoal não encher o saco. Não deve ser nada.

— Está tudo bem, Ty — tranquilizou Maddie. — Dana Sue, tente não fazer tempestade em um copo d'água. Ty deve estar certo, ela deve pedir para acompanhar todo mundo e se arrepende depois de beber alguns goles.

— Você acha mesmo que a minha filha, que economiza cada centavo para comprar roupas, desperdiçaria dinheiro assim? — perguntou Dana Sue, agitada. — Eu falei, ela está...

Ela parou de falar quando Annie entrou pela porta, seguida por Kyle. Os dois pareciam ter se encontrado no caminho.

Maddie estudou a garota com mais atenção e viu por que Dana Sue estava tão preocupada. Annie tinha mais ou menos a mesma altura da mãe, um metro e sessenta, e não devia estar pesando mais do que quarenta e cinco quilos. As roupas da menina escondiam a magreza excessiva, mas não havia como disfarçar que seu rosto estava começando a ficar esquelético.

Ainda assim, quando o rosto de Annie se iluminou com um sorriso, quase deu para pensar que um possível distúrbio alimentar não passava de mera imaginação de Dana Sue.

— E aí, treinador, fiquei sabendo das boas notícias — disse Annie. — Parabéns! Essa história toda foi ridícula.

— Obrigado — disse Cal.

Annie deu um beijo na bochecha de Maddie.

— Imagino que você também esteja aliviada.

— Estou mesmo — confirmou Maddie.

— O Tio Bill foi à reunião? — perguntou ela, ainda usando o título honorário que havia lhe dado, assim como chamava Maddie e Helen de tias.

— Eu não o vi — disse Maddie. — Por quê?

O sorriso de Annie foi malicioso.

— Imaginei que ele deve ter ficado de coração partido agora que sabe que você está com alguém tão legal quanto o treinador.

— Annie! — protestou Dana Sue, mas depois riu. — Ele *foi*. Eu o vi com Noreen lá no fundo.

Ty fez uma careta.

— Papai foi com Noreen?

Dana Sue assentiu.

— Não deve ser nada de mais, Ty. Imagino que seu pai tenha ido manifestar apoio a Cal. E tenho certeza de que ele ficou orgulhoso ao ouvir você falar.

Maddie reconheceu o olhar de pura adoração que Annie lançou para Ty. Ela era quase um ano mais nova que o rapaz, e não havia como confundir o que ela sentia — assim como estava claro que ele não fazia a menor ideia. Maddie esperava que seu filho não partisse o coração sensível de Annie.

— Você fez um discurso na frente de todo mundo? — perguntou Annie, com admiração.

— Não foi grande coisa — disse Ty.

— Foi grande coisa para mim — corrigiu Cal. — E acho que também impressionou o conselho.

Grace voltou com os milk-shakes de todos e os hambúrgueres de Cal e Ty, então olhou para Kyle.

— O mesmo para você, imagino.

— Exatamente — disse Kyle, animado.

Então Grace se virou para Annie.

— E você, minha jovem? Quer um milk-shake também?

Maddie viu Dana Sue observar a filha com a respiração presa, esperando sua resposta.

— Não, já está tarde — disse Annie por fim. — Só vou tomar um pouco de água com limão.

— Vamos lá, Annie — encorajou Dana Sue. — Estamos comemorando. Peça alguma coisa.

Annie olhou para a mãe de cara feia.

— Não quero nada — disse ela, decidida. — Talvez você consiga comer assim tão tarde, mas eu não.

— Sem problemas — disse Helen, intervindo antes que a tensão pudesse piorar. — Annie tem razão. Eu provavelmente não vou conseguir dormir se tomar esse milk-shake inteiro.

Ela o empurrou para longe com determinação, embora só tivesse tomado alguns goles.

Dana Sue suspirou, mas deixou para lá.

Maddie não conseguia deixar de observar Annie. Ela mal tocou na água, mas participava animada das discussões. De muitas maneiras, parecia uma adolescente perfeitamente saudável, mas Maddie não estava convencida de que Dana Sue não tinha motivo para se preocupar com ela. Havia algo errado. Cal se aproximou de Maddie.

— Pare de se preocupar — sussurrou ele em seu ouvido.

Ela o olhou, surpresa.

— O que faz você pensar que estou preocupada?

— Estou vendo você de olho em Annie e praticamente consigo ouvir seus pensamentos — disse ele. — Dana Sue vai cuidar disso.

— Você acha?

Ele assentiu.

— E ela pode contar com a ajuda de vocês, se precisar.

— Então você também acha que tem alguma coisa errada? — perguntou ela, encarando-o.

Cal não negou. Em vez disso, apenas disse:

— Nada que vá ser resolvido hoje à noite, não é?

Maddie assentiu. Mas, assim que tivesse um tempo, iria pesquisar um pouco sobre distúrbios alimentares e passar as informações para Dana Sue. Talvez estivessem redondamente enganados, mas ela se odiaria se não fizessem nada e algo ruim acontecesse com aquela menina linda.

CAPÍTULO VINTE E UM

No meio da tarde do dia seguinte, Maddie finalmente conseguiu fazer uma pausa no trabalho. Tinha recebido muitas novas inscrições pela manhã. Ao que parecia, a notícia de que Cal havia sido inocentado se espalhara e agora todas queriam voltar ao Spa da Esquina, incluindo algumas das mulheres que haviam deixado de ser associadas na segunda-feira. Cínica, Helen insinuou que elas esperavam alcançar os mesmos resultados que Maddie, já que ela estava cada dia mais em forma e conseguira conquistar Cal.

— Não acho que Cal está atrás de mim por causa do meu suposto corpo incrível — respondeu Maddie. — Se ele estiver, vai ficar muito decepcionado. Algumas coisas não podem ser corrigidas a essa altura do campeonato.

— Eu fiquei observando Cal ontem à noite — tranquilizou Helen. — Duvido que vá ficar decepcionado com você. Ele é todo seu. Se um homem dissesse sobre mim o que Cal disse ao conselho escolar sobre você, os papéis do casamento estariam preenchidos naquele mesmo dia.

Maddie revirou os olhos.

— Você está se precipitando muito. Nem sei se dá para chamar o que Cal e eu temos de namoro, que dirá de noivado. Nunca fomos ao cinema ou ao teatro nem saímos para jantar, a não ser que você conte a pizza depois dos jogos. Casamento parece um futuro bem distante. Além disso, meu divórcio ainda não está finalizado.

— Mas com um homem como Cal, imagino que você possa chegar a esse futuro em tempo recorde — disse Helen, com um sorriso malicioso, e acrescentou: — E o divórcio estará oficializado daqui a alguns dias.

Maddie respirou fundo.

— Como assim? O divórcio vai sair daqui a alguns dias? — perguntou ela, surpresa com a rapidez com que um casamento de vinte anos podia terminar. — Pelo que você me disse da última vez, achei que levaria pelo menos mais algumas semanas.

— Era a minha estimativa — confirmou Helen. — Mas o advogado de Bill está com pressa e não vi motivo para criar caso. Agora tenho que ir. Preciso resolver uma coisa no tribunal.

No decorrer daquele dia atribulado, Maddie não se permitiu pensar muito nos comentários de Helen sobre Cal ou nas novidades sobre o divórcio. Felizmente, tinha muita coisa para fazer. Nos poucos minutos livres, pesquisou sobre distúrbios alimentares. Ao terminar a leitura dos artigos no final da tarde, Maddie ficou mais preocupada do que nunca com a possibilidade de Annie ser anoréxica ou bulímica.

— Jeanette, você pode ficar de olho nas coisas por aqui um pouco? — perguntou ela. — Preciso levar alguns papéis para Dana Sue.

— Claro, sem problemas — disse Jeanette, sempre muito prestativa. — Tenho algumas clientes marcadas para fazer tratamentos, mas posso usar a sala aqui embaixo e ficar de olho no telefone.

— Obrigada — disse ela, grata pela calma e disposição de Jeanette. Aquela ajuda era como um bálsamo para Maddie durante os dias frenéticos no spa, que começava a exigir cada vez mais dela. — Se alguém me ligar, diga que voltarei em no máximo uma hora.

— Sem pressa.

Maddie caminhou alguns quarteirões até o Sullivan, mantendo o ritmo acelerado. Era mesmo incrível como ela conseguia ir mais rápido e mais longe hoje em dia sem precisar parar e recuperar o fôlego. Os exercícios que fazia na academia estavam dando resultados. Seu corpo podia não ser tão esguio e firme como aos 20 anos, mas estava em excelente forma para uma mulher de 40. Talvez, caso aceitasse a oferta de Elliott Cruz para algumas aulas particulares gratuitas, Maddie pudesse até resolver os poucos problemas restantes.

Quando chegou ao restaurante, encontrou Dana Sue dentro do escritório apertado com uma tigela enorme de pudim de pão diante de si.

— Ops, você me pegou no flagra — disse Dana Sue, parecendo culpada. — Eu precisava de um docinho para me consolar.

— Você precisa lembrar que os carboidratos fazem mal para você — repreendeu Maddie, olhando-a preocupada. — Você mediu sua glicemia hoje?

— Não — admitiu Dana Sue.

— Você está maluca? — perguntou Maddie, impaciente. — Você está tão decidida a se matar quanto sua filha?

Dana Sue deixou a colher cair e começou a chorar.

— Ai, meu Deus, sinto muito — sussurrou Maddie, passando por cima de uma caixa cheia de aventais e ajoelhando-se para abraçar Dana Sue. — Eu não sei onde estava com a cabeça. Isso foi muito cruel de se dizer.

— Não, você está certa — disse Dana Sue entre soluços. — Estou dando um péssimo exemplo para Annie. — Ela pegou alguns lenços de papel da caixa que estava sobre a mesa e enxugou as lágrimas. — Eu estava rezando para tudo não ter passado de um mal-entendido, mas ontem à noite eu pude ver nos seus olhos e nos de Helen que eu não estava errada sobre Annie. Vocês estão tão preocupadas quanto eu.

— Sim, mas ainda não é tarde para resolver isso, querida. Pesquisei algumas coisas. Foi por isso que vim falar com você. — Maddie apontou a pasta que havia deixado cair no chão. — Podemos conversar sobre isso, se você quiser.

Dana Sue negou com a cabeça.

— Mas, antes que você fale alguma coisa, não estou em negação. Acabei de passar horas no computador. Provavelmente li a mesmas coisas que estão aí na sua pasta. Até tentei falar com Annie, mas ela não dá espaço. Estou desesperada. — Ela apontou para a tigela de pudim de pão pela metade. — Por isso a vontade de comer algo gostoso. Se o prato do dia fosse macarrão com queijo, eu teria comido um pratão acompanhado de purê de batatas.

Maddie pegou a tigela pela metade.

— Eu já volto.

— Aonde você vai?

— Jogar isso fora e trazer alguma coisa que possa realmente lhe fazer bem. Você tem os ingredientes para um queijo quente nessa sua cozinha chique?

Dana Sue a olhou horrorizada.

— Você não vai cozinhar no meu restaurante.

— Eu sou capaz de um queijo quente, pelo amor de Deus — protestou Maddie. — Ou, já que você não confia em mim, que tal uma salada Caesar com frango?

Dana Sue se levantou e passou por ela.

— Na *minha* cozinha, não — repetiu ela. — Eu mesma preparo o sanduíche. Você quer um também?

— Claro — disse Maddie, seguindo-a pelo restaurante deserto.

Ela teve que admitir, enquanto via Dana Sue em ação, que haveria uma grande diferença no resultado. Maddie teria enfiado uma fatia de queijo entre duas fatias de pão e grelhado o sanduíche em uma frigideira. O queijo quente de Dana Sue era de outro nível. Ela usou pão de fermentação natural, adicionou pimentão e jalapeño grelhados, depois pôs fatias de queijo Monterey Jack e botou no forno.

A forma eficiente porém nervosa com que Dana Sue se movimentava dizia a Maddie que ela ainda estava chateada. Enquanto os sanduíches estavam no forno, ela pegou uma esponja e começou a limpar tudo à vista.

— Dana Sue, a cozinha está impecável.

— Você nunca sabe quando a vigilância sanitária pode aparecer — rebateu Dana Sue. — Eles jamais vão encontrar uma migalha, muito menos qualquer sinal de gordura, nem mesmo quando estamos com a casa cheia.

— Duvido que mesmo com uma lupa eles fossem encontrar algo de errado — comentou Maddie. — Agora sente-se e converse um pouco comigo. Não faz sentido tentar evitar o assunto.

Dana Sue sentou-se com relutância, depois lançou um olhar arrasado para Maddie.

— O que eu vou fazer com Annie?

— Vamos nos preocupar com você primeiro — disse Maddie. — Meça sua glicemia.

— Já vou, faço isso depois de comer.

— Agora, Dana Sue.

— Meu Deus do céu — resmungou ela. — O kit está lá no meu escritório. Já volto.

Dana Sue voltou alguns minutos depois com o rosto pálido.

— Estava alta — admitiu. — Quem sabe o que teria acontecido se você não tivesse me impedido de comer aquele pudim de pão.

— Eu sei que você detesta fazer isso, mas precisa tomar cuidado com o que come — disse Maddie. — Não só por você, mas por Annie. Os problemas podem ser muito diferentes, mas ambos envolvem comida. Você contou a ela sobre a diabetes?

— Ainda não tenho diabetes, por enquanto — disse Dana Sue. — Estou no limite. Ainda posso resolver isso com dieta e exercício.

— Então mais um motivo para controlar isso antes de precisar tomar insulina — respondeu Maddie em tom calmo. — Você contou para Annie? — repetiu.

— Não — admitiu ela.

— Talvez você devesse. Talvez vocês possam trabalhar juntas para resolver os problemas que as duas estão enfrentando.

— Annie nem admite que tem um problema, para começo de conversa — lembrou Dana Sue. — Até ela fazer isso, não sei como ajudar.

— Sabe, sim — discordou Maddie. — Já falamos sobre isso antes. Se ela não quiser consultar Bill por estar com raiva dele ou por achar que é velha demais para ir ao pediatra, leve-a ao dr. Marshall. Deixe que ele explique quais os danos que a anorexia e a bulimia podem provocar em seu corpo.

— Você tem razão — disse Dana Sue. — É o que preciso fazer. Só que ela fica tão chateada toda vez que falo alguma coisa que sinto como se estivesse errada. E se eu a levar e não houver problema algum? E se for só um estirão de crescimento e o peso dela voltar ao normal em breve?

— Então você vai descobrir que é esse o caso. A pergunta mais importante é: e se você estiver certa e ela estiver com problemas de verdade?

Dana Sue olhou para o relógio na parede. Passava das cinco.

— Vou ligar para o dr. Marshall amanhã cedo.

— Ligue para a casa dele agora — insistiu Maddie. — Eu tenho o telefone.

Ela tirou a agenda telefônica da bolsa e passou o número para Dana Sue, depois esperou enquanto ela discava.

— Ninguém atendeu — disse Dana Sue, então desligou.

Maddie franziu a testa.

— Por que você não deixou um recado?

Dana Sue corou, parecendo culpada.

— Eu ligo para ele mais tarde. Prometo.

— Você precisa ligar, querida.

— Eu sei.

Dana Sue tirou os sanduíches do forno e os encarou com uma expressão desgostosa.

— Acho que não consigo comer isso agora.

Maddie pegou o sanduíche e lhe entregou.

— Você consegue. Daqui a pouco essa cozinha vai ficar caótica. Você não quer desmaiar no meio do jantar, quer, ainda mais agora que demitiu seu *sous chef*? Se você não conseguir atender aos pedidos rapidamente, vai ser ruim para os negócios.

Dana Sue abriu um sorriso trêmulo.

— Você é muito mandona, sabia?

— É parte do meu charme — retrucou Maddie. — Agora preciso voltar para o spa. Deixei Jeanette cuidando de tudo sozinha.

— Ela tem sido uma ajuda e tanto, não é? — disse Dana Sue. — Se bobear ela pode até se tornar uma Doce Magnólia honorária, de tão bem que ela se dá com a gente.

— Não sei o que faria sem ela — admitiu Maddie. — Ela assumiu muito mais responsabilidades do que o combinado quando a contratamos, ainda mais agora que não está indo e voltando para Charleston. Ainda me sinto péssima pelo namoro dela ter acabado por causa do emprego.

— Ela não parece ter ficado tão triste assim — disse Dana Sue. — Na verdade, ela veio jantar aqui com Elliott. Acho que tem alguma coisa rolando entre os dois.

Maddie a olhou com surpresa.

— É mesmo? Você acha? Não notei nada no spa. Inclusive eles mal se falam. Achei que talvez não gostassem muito um do outro.

Dana Sue sorriu.

— O seu radar de relacionamentos não é tão sensível quanto o meu. Além disso, talvez eles estejam sendo discretos no trabalho.

Como nossas associadas se sentiriam se soubessem que o gostosão do spa está apaixonado por outra pessoa? Destruiria as fantasias que dão forças para elas suportarem as flexões e a musculação.

— Preciso ajustar meu radar — disse Maddie. — Vou prestar mais atenção quando voltar para lá. — Ela olhou para o relógio. — E, aliás, é melhor eu ir logo.

— Obrigada por ter vindo até aqui — disse Dana Sue. — Eu precisava ouvir todas essas coisas. — Ela estudou Maddie com atenção. — Agora, você se importaria se eu lhe desse alguns conselhos?

— E eu tenho opção?

— Não — respondeu Dana Sue. — Não deixe algumas pessoas tacanhas nesta cidade impedirem você de mergulhar de cabeça na relação com Cal. Ele é um cara legal, Maddie. Um cara muito legal.

— Não preciso que você me diga isso.

— Não, mas você pode precisar que suas amigas a lembrem que você seria uma idiota se deixá-lo escapar.

— Por que você acha que eu faria isso?

— Vi Bill ontem à noite, lembra? Ele não parecia muito feliz.

Algo no tom de Dana Sue preocupou Maddie.

— O que você quer dizer com isso? — perguntou ela.

— Não me surpreenderia muito se ele decidisse que quer você de volta.

Maddie ficou incrédula.

— Não seja ridícula. Bill está prestes a se casar com a namorada grávida dele. Eles estão juntos há quase um ano, então deve ser para valer, ainda mais se ele estava disposto a abandonar a família por ela.

Dana Sue não pareceu convencida com o argumento.

— Seu casamento só acabou há uns sete ou oito meses, quando ele lhe contou que Noreen estava grávida. Antes disso, Bill achava que podia ter a família e uma namorada. Você sabe se eles já marcaram uma data para o casamento?

— Não sei — disse Maddie. — Não tenho dúvida de que ele está esperando para saber quando o divórcio vai ser oficializado, mas ele pediu que Kyle e Ty fossem padrinhos.

— Eu esperaria sentada — murmurou Dana Sue, deixando o ceticismo bem claro.

— Vamos lá — protestou Maddie. — Você acha mesmo que ele não vai seguir em frente com o casamento? Como ficaria sua imagem se ele largasse Noreen agora? No mundo de Bill, os homens podem cometer vários erros, desde que façam a coisa certa no final.

— Talvez — concordou Dana Sue. — Mas, como eu disse, ele não parecia feliz.

— É normal que os dois enfrentem algumas dificuldades — disse Maddie. — Isso não significa que ele está prestes a terminar com Noreen. E com certeza não significa que ele quer voltar para mim.

— Só estou dizendo que, caso ele tente, não deixe um homem como Cal de lado para voltar correndo para Bill. Os dois nem se comparam.

Maddie não acreditava que teria esse problema. Mesmo assim, no caminho de volta para o spa, não pôde deixar de imaginar como se sentiria se isso acontecesse. Alguns meses antes ela teria aproveitado a chance de salvar seu casamento, de recuperar a relação com o pai de seus filhos, mas agora?

E, sendo completamente honesta, Maddie sabia que suas incertezas não se resumiam a Cal. Ela havia mudado, na maior parte para melhor. Duvidava muito que Bill fosse gostar dessa sua nova versão. Inclusive, depois de alguns comentários dele sobre o spa e a mudança de postura de Maddie como um todo, ela tinha certeza de que seu futuro ex-marido desaprovava a nova Maddie, mais assertiva.

Mas e se ele *pudesse* viver bem com a empresária confiante que ela se tornara?, perguntou uma vozinha irritante no fundo de sua mente. Maddie suspirou. Simplesmente não era algo que ela se permitiria considerar.

★ ★ ★

Mesmo nos dias em que ele não ia assistir aos jogos de Ty, Noreen chegava em casa umas duas horas mais cedo do que Bill. Ele estava esperando entrar e encontrar o jantar na mesa, talvez até alguma música e velas acesas. Ela sempre tentava criar uma atmosfera romântica durante as refeições.

Entretanto, em vez de sentir o cheiro da comida ou ver a mesa posta para dois, ele encontrou Noreen sentada no sofá, com o rosto inchado de tanto chorar, e várias malas encostadas ao lado da porta.

— O que é isso? — perguntou ele, atravessando a sala para se sentar ao lado dela. Quando tentou segurar sua mão, Noreen se afastou. — Por que está chorando? Aconteceu alguma coisa?

— Está acontecendo há algum tempo — disse ela, fungando.

Bill sentiu um nó na barriga.

— O que foi?

— Você não está mais apaixonado por mim — disse ela com tristeza.

Ele estava prestes a protestar, mas Noreen o deteve.

— Nem tente negar, Bill. Eu sabia que era um tiro no escuro, nós dois, mas achei que tínhamos uma chance, ainda mais quando fiquei sabendo do bebê. Em vez disso, as coisas só ficaram mais complicadas.

Ele se sentiu perdido.

— Então é isso? Você está me expulsando de casa?

Ela balançou a cabeça.

— Estou indo embora. Estou voltando para casa, para o Tennessee. Meus pais vão me ajudar com o bebê. Vou encontrar outro emprego, não deve ser tão difícil. Em todo lugar há vagas para enfermeiras.

Bill não conseguia respirar. Não sabia se o aperto no peito era de pânico ou de um alívio esmagador.

— Mas e eu? O bebê será meu filho ou minha filha. Não quero que cresça sem me conhecer.

— Você realmente quer outro filho? — perguntou ela, cansada.
— Diga a verdade. Desde o começo, você pensou nesse bebê como um fardo. Acho que você me culpa por arruinar sua vida.

— Não, não — disse ele enfaticamente, depois suspirou. — Pelo menos não por completo. Culpo a mim mesmo. Eu era casado e tinha três filhos. Deveria ter tido mais responsabilidade desde o início, em vez de me aproveitar de você só porque precisava inflar meu ego.

— Mas foi ótimo por um tempo, não foi? — perguntou ela, em tom melancólico.

— Foi — disse ele, sem hesitar. — Eu me apaixonei por você. Noreen, você é uma mulher incrível e vibrante. Era exatamente o que eu precisava na minha vida quando você veio trabalhar comigo.

O sorriso dela vacilou.

— Eu queria que isso fosse verdade. Acho que você queria acreditar que estava apaixonado por mim, ainda mais depois que descobrimos sobre o bebê, mas, admita: você ama Maddie. Sem mim, você vai estar livre para voltar para ela.

Bill pensou em como Maddie olhara para Cal depois da reunião no início da semana.

— Agora já é tarde — disse ele a Noreen. — Maddie está com Cal Maddox.

— Eles não estão casados — lembrou Noreen. — Ainda dá tempo de lutar por ela, se for isso que você quer. — Ela tocou sua bochecha, depois deixou a mão cair. — Se você não for atrás dela, ficarei furiosa. Seria horrível pensar que estou indo embora por nada.

— Se você está indo embora para me dar outra chance com Maddie, então é melhor ficar — disse ele. — Sei que as coisas têm sido difíceis nos últimos meses desde que todos descobriram nosso relacionamento, e meus filhos não facilitaram as coisas, mas podemos fazer isso dar certo, Noreen. Além disso, enquanto estiver grávida, você nem deveria pensar em se mudar. Seu médico está aqui.

— Eu me consultei com meu antigo médico quando fui ver meus pais no mês passado — disse Noreen. — Ele tem o meu histórico e vai assumir daqui para a frente.

Bill a olhou chocado.

— Então você já estava pensando nisso há um tempo — disse ele, em tom inexpressivo.

— Eu não tive escolha — disse ela. — Dava para ver que nosso relacionamento estava indo mal, mesmo que você não quisesse admitir. E, já que você perguntou, não vou embora por você ou Maddie. Estou indo embora por *mim*. Realmente acredito que você me ama, Bill. Mas não está *apaixonado* por mim, não como eu quero que o homem com quem vou me casar esteja.

Ele a estudou com atenção e percebeu uma determinação surpreendentemente madura e firme por trás dos olhos tristes de Noreen.

— É isso mesmo o que você quer?

— Não é o que quero, mas sei que vai ser melhor assim — respondeu ela, então se levantou. — É melhor eu ir. A viagem é longa e gostaria de chegar antes que escurecesse.

— Por que você não espera até amanhã cedo? Ou pega um voo?

— A companhia aérea jamais me deixaria entrar no avião — disse ela, com a mão na barriga. — Além disso, vou precisar do meu carro no Tennessee.

— Posso levar você.

— Não. Não quero me despedir de novo, ainda mais na frente dos meus pais. Quero dizer adeus aqui. Além disso, acho que não aguento passar várias horas no carro com você discutindo tudo isso de novo.

— Então o que eu posso fazer?

— Seja feliz — disse ela, com toda a calma do mundo. — Depois a gente se fala para resolver como vou receber o resto das minhas coisas.

— Você quer que eu esteja presente quando o bebê chegar? — perguntou Bill.

— Isso é com você — disse Noreen, com uma expressão melancólica. — Se quiser vir, não vou impedi-lo. Se quiser fazer parte da vida do bebê, por mais difícil que seja para mim, também não vou impedir. Como eu poderia negar ao meu filho a chance de conhecer um pai tão bom quanto você?

— Um bom pai? Até parece. Eu falhei com meus filhos.

— Não — disse ela com veemência. — Todos os três são a prova de que você é um pai maravilhoso. Comigo longe, vocês poderão se entender.

Ela fez menção de pegar sua mala, mas Bill interveio.

— Você não pode carregar algo tão pesado. Eu levo.

Noreen recuou.

— Tudo bem.

Ele a estudou, surpreso por ela realmente estar indo embora. Quase esperava que ela desistisse.

— Jamais tive chance de convencer você a ficar, não é?

Uma lágrima escorreu pela bochecha de Noreen.

— Na verdade, você teve, mas estragou tudo quando não negou que ainda estava apaixonado por Maddie.

Bill sentiu uma dor no peito ao saber quanto havia decepcionado aquela bela jovem. Mas Noreen era forte, mais do que ele imaginara. Ela ficaria bem, e o bebê a caminho teria sorte em tê-la. E Bill também faria sua parte. Pagaria a pensão, visitaria quando possível e faria tudo para que aquela criança jamais pagasse pelos erros de seus pais.

Ele pôs as malas de Noreen no porta-malas do carro, beijou-a mais uma vez e depois ficou no meio-fio enquanto ela ia embora. Ele se sentiu completamente sozinho, mais do que quando saíra de casa ou vira Maddie com Cal Maddox. Pelo menos antes ele tinha Noreen, uma mulher que merecia mais do que ele podia lhe dar.

E agora? Agora tinha que descobrir se voltar para Maddie era o que ele queria de verdade. E, se fosse esse o caso, como iria convencê-la.

★ ★ ★

Nas duas últimas semanas, desde que Cal havia declarado seus sentimentos por ela na reunião convocada pelo conselho da escola, Maddie estava tentando entender os próprios sentimentos. Sabia que mais cedo ou mais tarde Cal pediria mais. Ele podia estar ansioso para arrastá-la para a cama e ela podia estar igualmente ansiosa para isso, mas agora sabia o tipo de homem que ele era. Respeito e tradição eram importantes para Cal. Ele não a faria sofrer com mais fofocas em uma cidade que já havia provado adorar um escândalo.

Em busca de respostas, ela foi até a casa de sua mãe. Encontrou Paula cuidando das flores do quintal, arrancando ervas daninhas das azaléas rosas, roxas e amarelas. Parecia não perceber que seu rosto e as roupas estavam sujos de terra nem havia reparado nos beija-flores voando por entre as malva-rosas que começavam a desabrochar.

Maddie automaticamente pegou uma tesoura de poda e foi aparar uma roseira. Não possuía o talento da mãe para a jardinagem e tinha feito apenas alguns cortes distraídos quando Paula tomou a tesoura para si.

— Me dê isso. Você vai acabar matando a roseira. — O olhar de Paula para Maddie foi penetrante. — O que houve?

— Acho que as coisas podem estar ficando sérias entre mim e Cal — disse ela.

— Bem, aleluia! É um homem com firmeza de caráter, para não mencionar a firmeza em outros lugares.

Maddie não pôde deixar de rir.

— É *claro* que você reparou.

— Óbvio. Não sou cega. E você? Também reparou?

Maddie corou.

— Sim.

— Então qual é o problema?

— As crianças, Bill, todo mundo.

— As crianças sempre gostaram de Cal. Só estão estranhando um pouco a ideia de ele desempenhar um novo papel na vida deles. Quanto a Bill, o que ele pensa não importa. E essa confusão com a escola já são águas passadas. O que está impedindo você? Por que está pensando tanto sobre algo que deveria ser quase puramente instintivo? Ou você o ama, ou não.

— Não é tão simples — disse Maddie.

— É sim — retrucou sua mãe, com a mesma firmeza.

Ela pensou na acusação de Peggy Martin. Era algo que continuava a incomodá-la.

— E se eu apenas me convenci a ter sentimentos por Cal para me vingar de Bill? E se eu estiver tentando provar que sou capaz de atrair a atenção de um homem mais jovem?

Sua mãe lançou um olhar penetrante.

— É isso que você está fazendo?

— Acho que não, mas como vou saber com certeza?

— É só imaginar sua vida sem ele — disse Paula com toda a simplicidade. — Se Cal não é tão importante ou é algo passageiro, você vai saber.

— Isso não faz sentido — disse Maddie. — Eu amei Bill por anos. Não conseguia imaginar minha vida sem ele. Mas agora que ele se foi há quase oito meses, consegui ficar sozinha. O mundo não acabou.

— Talvez ele não fosse sua alma gêmea — disse sua mãe bem baixinho.

— Como papai era a sua — disse Maddie, de repente entendendo tudo.

Sua mãe, apesar do jeito despreocupado e irreverente e dos comentários chocantes sobre outros homens, nunca teve olhos para ninguém além do pai de Maddie.

O sorriso de Paula foi triste.

— Exatamente.

— E você acha que Cal poderia ser minha alma gêmea de uma maneira que Bill nunca foi? Só nos conhecemos há alguns meses. Como é possível?

— Basta menos de um segundo se for a pessoa certa. Já contei sobre a noite em que conheci seu pai? Foi em um jantar. Ele estava lá com outra pessoa. Eu também. À primeira vista, não tínhamos nada em comum. Eu era uma artista imprevisível. Ele era um economista sério. Mas olhei para ele, do outro lado da mesa, e soube naquela noite que era a pessoa certa para mim. Ele era tudo de que eu precisava. Nós nos complementávamos.

Maddie sorriu.

— Às vezes eu tinha inveja de como vocês não precisavam de mais ninguém. Eu me sentia... de fora.

— Nunca foi nossa intenção — disse a mãe, dando-lhe um abraço apertado. — Nós dois sempre adoramos você. Nenhum de nós deixava de se admirar por termos criado algo tão incrível. Seu pai teria ficado tão orgulhoso de ver como você lidou com todas as mudanças que precisou enfrentar neste ano, Maddie. Teria mesmo.

Maddie não conseguiu deixar de perguntar:

— O que ele acharia de Cal?

— Ele teria gostado dele, mas não importa o que ele pensaria ou o que eu penso. Você acha que Cal é a pessoa certa?

Foi como se um filme dos anos que tinha pela frente passasse rapidamente pela cabeça de Maddie, uma cena após a outra, com Cal no centro delas, do mesmo jeito que ele já participara de tantas ocasiões familiares. Ele se encaixava nessas situações com toda a facilidade e sem um pingo de rancor, apesar de os filhos dela terem ficado um pouco incomodados com a ideia no início. Ele nunca exigia mais do que estavam prontos para dar, mas lhes dava amor incondicional, quanto fosse necessário, às vezes mais do que mereciam.

Desde a primeira vez que se reuniram para conversar sobre Ty, Maddie se sentiu mais forte com ele ao seu lado, mais ela mesma do que se sentira em anos. Maddie não precisava representar um papel, como costumava fazer com Bill. Simplesmente era a melhor versão de si mesma, ciente de que era boa o suficiente para aquele homem. Mais do que suficiente.

Ela se levantou de repente.

— Tenho que ir.

— Você vai dizer sim, então?

Maddie sorriu.

— Ele ainda não me perguntou nada.

Sua mãe sorriu de uma maneira que sugeria que ela sabia algo que Maddie não sabia.

— Ele vai — disse ela, confiante.

— Vocês dois conversaram?

— Nós conversamos sempre — disse a mãe. — Mas sobre ele pedir você em casamento? Não, não falamos sobre isso.

— Então o que faz você ter tanta certeza de que ele vai fazer isso?

— Por causa do jeito que ele olha para você. Era assim que seu pai olhava para mim.

— E Bill nunca me olhou assim?

A mãe balançou a cabeça.

— Nem mesmo no dia do seu casamento. Ele parecia ter acabado de comprar um Mercedes novinho em folha. Estava feliz e todo cheio de si.

— E como Cal olha para mim?

— Como se não pudesse acreditar na sorte que tem, como se fosse fazer qualquer coisa para deixar você feliz. — Paula segurou Maddie pelos ombros e a encarou. — E isso, minha querida, não tem nada a ver com a idade, então esqueça isso de uma vez por todas. A idade não é um problema.

Maddie abraçou a mãe.

— Eu te amo.

— Eu sei — disse Paula.

Ela falou com a mesma presunção irritantemente calma que costumava deixar Maddie maluca. Naquele momento, aquilo a fez rir.

CAPÍTULO VINTE E DOIS

Quando Cal chegou à casa de Maddie, ficou aliviado ao descobrir que ela havia saído. Ele precisava ter uma conversa séria com as crianças. Ele prometera a Ty que, se seu relacionamento com Maddie avançasse, ele os informaria e pediria a opinião deles. Ele e Maddie vinham se vendo com mais frequência e tinham decidido que dariam o próximo passo naquela noite. Ele estava mais nervoso com isso do que durante seu primeiro jogo na Liga Principal.

Quando os três se acomodaram no sofá da sala, Cal se sentou em uma cadeira na frente deles, levantou-se e começou a andar de um lado para o outro, tentando encontrar as palavras certas.

— Treinador, está tudo bem? Você está meio estranho hoje — observou Ty.

Cal se obrigou a voltar para a cadeira.

— Estou aqui para pedir a opinião de vocês sobre um assunto, mas não tenho certeza se é uma boa ideia. Quer dizer, talvez eu devesse conversar com sua mãe primeiro. Se eu falar com vocês e ela não quiser, as coisas podem ficar meio estranhas.

Katie saiu do sofá e se sentou no colo dele.

— Você quer ajudar a gente a planejar a festa? Eu adoro festas. Mamãe também.

Cal a encarou sem entender.

— Que festa?

— É aniversário da mamãe amanhã — explicou Kyle. — Estamos tentando descobrir como comemorar. Antes sempre dávamos uma grande festa, porque mamãe diz que os aniversários devem ser especiais, mas talvez ela não esteja com muita vontade este ano. Porque... você sabe.

— Porque o quê? — questionou Cal.

Kyle se ajeitou no sofá, claramente desconfortável com a pergunta.

— Porque papai foi embora, para começo de conversa.

— Entendo — disse Cal, perguntando-se que papel Bill desempenhara nas celebrações familiares.

Será que a ausência dele estragaria tudo dali em diante? Todo feriado ou comemoração traria de volta lembranças de como as coisas eram antigamente?

Ty o olhou com uma expressão muito significativa.

— Ou talvez ela não queira dar uma festa porque não quer que você descubra quantos anos ela tem.

Cal riu apesar da expressão sombria de Ty.

— Acho que você pode parar de se preocupar com isso. Já sei quantos anos sua mãe tem. Só não sabia que o aniversário dela era nesta semana.

— É mesmo? — perguntou Ty, cético.

— É mesmo.

— Ela não é muito mais velha do que você? — perguntou Kyle, intrigado. — Não é por isso que todo mundo estava tão incomodado com vocês dois?

— Sua mãe não é idosa, então não precisam falar assim — disse Cal, ignorando a parte sobre o que as outras pessoas pensavam. Para ele, a idade não era mais um problema, e tinha certeza de que Maddie finalmente concordava. Ele transferiu seu olhar de Ty para Kyle. — Vamos lá, gente. São só dez anos. Não é tanta coisa assim. É a mesma diferença entre Ty e Katie. Vocês se dão bem, não é?

Ty lançou um olhar sarcástico para Cal.

— Ela é minha irmãzinha, quase um *bebê*. Não é a mesma coisa.

— Eu não sou um bebê! — protestou Katie.

Cal nem tentou esconder sua diversão com a briga entre os irmãos.

— Perto da sua mãe, também não sou um bebê.

— Então você não liga mesmo? — insistiu Ty. — Nosso pai deixou mamãe porque queria alguém muito mais jovem. Você vai fazer a mesma coisa?

— Nunca — garantiu Cal. — Quero me casar com ela. Por acaso parece que eu ligo para quantos anos ela tem?

Não fora intenção de Cal deixar escapar daquela maneira. Ele sabia que tinha estragado tudo quando viu o choque no rosto dos três.

— Desculpem, não foi minha intenção falar assim desse jeito. — Ele se apressou em dizer. — Eu vim aqui hoje perguntar a vocês como se sentiriam se isso acontecesse, se eu a pedisse em casamento, quero dizer. Então, o que vocês acham? Isso seria muito esquisito?

A pergunta foi respondida por um silêncio ensurdecedor. Cal sentiu um nó no estômago quando considerou que havia grandes chances de não ter conquistado as crianças, no fim das contas. Ele conhecia Maddie o suficiente para saber que ela jamais consideraria se casar com alguém se seus filhos o desaprovassem.

— Vamos lá, gente, digam alguma coisa — implorou ele. — Por favor.

— Você se mudaria para cá e seria nosso pai? — perguntou Katie, parecendo perplexa.

— Seu padrasto, na verdade — disse ele, já que era importante não misturar as coisas. — Vocês *já têm* um pai e ele sempre será importante na vida de vocês. — Ele se virou para Ty, sabendo que sua reação era a mais crítica. — E aí? Você odeia a ideia? Sei que você não estava tão feliz com o nosso namoro e também não estamos juntos há tanto tempo assim. Mas sei o que quero e acho que sua mãe quer a mesma coisa.

— Você acha que ela quer se casar com você? — perguntou Ty, franzindo a testa.

Cal assentiu.

— Olha, eu sei que você ainda está com raiva do seu pai por ele ter saído de casa para ficar com Noreen, então é importante para mim que vocês fiquem felizes com o meu relacionamento com a sua mãe. Vocês poderiam me aceitar se eu viesse morar aqui com sua mãe e com vocês?

Ty parecia estar com dificuldade de formular uma resposta, mas pelo menos não havia rejeitado a ideia de cara. Cal manteve as esperanças.

— Essa história de namoro realmente foi meio estranha para mim no começo, quando fiquei sabendo que você e minha mãe eram mais do que amigos, ainda mais porque todo mundo na cidade estava falando de vocês — disse Ty por fim, ainda sério. Então ele encontrou o olhar de Cal. — Mas não é ruim ter você por perto. Talvez ter você aqui o tempo todo, como parte da família, seja bem legal. — Sua expressão se iluminou. — Eu poderia ter dicas de beisebol quando quisesse.

Cal riu.

— Você já tem isso agora, e sem eu ter que dizer para você tirar o lixo.

— Você me pediria para fazer isso?

— Talvez.

— E ficaria olhando minhas notas?

— Com certeza.

Tyler até abriu um sorriso, e Kyle se inclinou para a frente.

— E eu? O que eu teria que fazer?

— Essa é fácil — disse Cal, sorrindo. — Eu faria você me contar uma nova piada toda noite. Talvez uma no café da manhã também. — Ele parou e pensou um pouco. — E você teria que cortar a grama e ajudar com a louça.

Kyle se recostou de volta no sofá.

— Legal.

— Não quero tarefas — anunciou Katie.

— Porque você é uma princesinha — brincou Kyle.

Cal sorriu para a menina.

— Sinto muito, princesa, mas você vai ter que descer da sua torre se eu estiver por aqui. Vou pedir para você fazer cupcakes para mim.

Katie riu.

— Eu amo cupcakes. Posso fazer um monte para você.

Cal olhou para aquelas três crianças que haviam se tornado tão especiais para ele. Tinham entrado no coração dele como se sempre tivessem pertencido ali.

— Então estamos de acordo? Tudo bem se eu pedir a sua mãe para se casar comigo?

Ty pareceu pensativo.

— Talvez você devesse deixar a gente perguntar — sugeriu ele.

— Por quê? — perguntou Cal.

— Desde que papai saiu de casa, ela praticamente diz sim para qualquer coisa que a gente pede.

Cal conteve uma risada.

— É uma possibilidade. Mas acho melhor eu cuidar disso sozinho. Posso fazer o pedido durante a festa de aniversário dela amanhã, com todos aqui.

Se ele corria o risco de se humilhar, que fosse logo de uma vez. Todos eles seriam afetados pela resposta de Maddie. Além disso, como último recurso, Cal podia apelar para o poder de persuasão das crianças.

Ele se virou para Ty, Kyle e Katie.

— Então, como a gente faz para que essa seja a melhor festa de aniversário da vida da sua mãe?

— Balões — sugeriu Katie, batendo palmas de alegria. — E muitos presentes. A gente devia fazer compras.

Cal olhou para Ty e Kyle.

— Vocês precisam comprar alguma coisa para ela?

— Eu já tenho o meu presente — disse Ty. — Consegui uma cópia da foto que o jornal publicou com meu último arremesso do jogo do campeonato e mandei emoldurar.

— Eu fiz um livro no computador — disse Kyle. — São todas as minhas melhores piadas. Botei algumas ilustrações e tudo.

— Ela vai adorar — disse Cal, depois olhou para Katie. — E você? Fez alguma coisa para sua mãe?

— Eu fiz um desenho para ela na escola, mas não ficou muito bom — disse a menina, preocupada. — Acho que eu devia comprar alguma coisa, mas já gastei minha mesada.

— Acho que sua mãe vai gostar mais do seu desenho do que de qualquer coisa que você possa comprar — disse Cal. — Parece então que os presentes de vocês já estão resolvidos. Sua avó, Dana Sue e Helen costumam vir para a festa?

Ty assentiu.

— Dana Sue e Helen sim, mas ainda não ligamos para elas porque não tínhamos certeza se era uma boa ideia fazer uma festa este ano.

— Certo, então vocês podem ligar para elas e dizer que vamos comemorar amanhã à noite — disse Cal. — Ligue para sua avó também. Ela deveria comemorar com a gente. Vou encomendar um bolo.

— De jeito nenhum — protestou Kyle. — Dana Sue sempre faz o bolo.

— Mas *eu* quero fazer dessa vez — argumentou Katie. — Já sou grande. — Ela lançou um olhar suplicante para Cal. — Posso? Por favor?

Como Cal decidira que esconder um anel de noivado no bolo daria um toque especial para o pedido, ajudar Katie nessa empreitada fazia muito sentido.

— Que tal nós tentarmos juntos? Você me diz que tipo quer preparar e eu compro os ingredientes.

Kyle os observou com uma expressão preocupada.

— Acho que vou dizer a Dana Sue para preparar um bolo só por via das dúvidas.

Cal bagunçou o cabelo do garoto.

— Que falta de confiança é essa? Acho que Katie e eu seremos uma ótima dupla na cozinha. Dana Sue provavelmente vai querer nos contratar como chefs de confeitaria.

Ty revirou os olhos.

— Se quer saber minha opinião, o amor fez você ficar meio bobão.

Cal riu.

— Você não perde por esperar, meu jovem. Não tem nada melhor.

— Nós precisamos mesmo ter essa reunião agora? — perguntou Maddie a Helen. — Não vejo a hora de chegar em casa.

— Eu sei — disse Helen. — Eu também vou para sua festa de aniversário, esqueceu? Imaginei que fosse preferir resolver isso aqui sozinha, em vez de na frente das crianças.

Ela tirou um envelope da bolsa e o entregou a Maddie.

— São os papéis oficiais do divórcio? — sussurrou Maddie, segurando o envelope grosso e de aparência séria. De repente, sua mão ficou gelada.

Helen assentiu.

— Você está bem?

— Eu só não estava esperando… — começou Maddie, depois balançou a cabeça. — Claro que estava, mas não hoje. Como não chegou há algumas semanas, acho que acabei tirando isso da cabeça.

— Isso pegaria você desprevenida, independente de quando se tornasse oficial — disse Helen. — Eu entendo. Ver assim no papel faz com que seja definitivo. — Ela estudou Maddie com preocupação. — Você não estava esperando uma mudança de última hora, estava?

Será que ela estava? Maddie achava que não. Estava mais do que pronta para seguir em frente. Ansiosa para isso, na verdade. Talvez a convicção de Dana Sue de que o relacionamento de Bill com Noreen estivesse passando por dificuldades a tivesse abalado um pouco, mas não o suficiente para fazê-la questionar o resultado final. O casamento dela acabara. Ela sabia disso havia quase um ano.

— Não. — Ela olhou para o envelope, sem a menor vontade de abri-lo e ver as palavras ali, preto no branco. — Acho que nunca imaginei que faria parte dessa estatística. Na minha cabeça, Bill e eu éramos mais fortes que isso, mais dedicados um ao outro e à nossa família.

— Já faz alguns meses que você sabe que isso era mentira, pelo menos em parte — lembrou Helen.

— Mas não torna as coisas mais fáceis — disse Maddie. — Eu me sinto um fracasso.

— Você não fracassou — disse Helen em tom enfático. — Se alguém fez isso, foi Bill. — A expressão dela se suavizou. — Mas a verdade, Maddie, é que às vezes essas coisas simplesmente acontecem e não é culpa de ninguém. Já vi muitos divórcios nos últimos quinze anos, e a maioria deles é a mesma coisa no fim das contas. As pessoas mudam. É a constante do universo. Nada permanece estático.

— Então por que as pessoas se casam? — perguntou Maddie frustrada. — Com uma chance tão pequena de dar certo, por que tentar?

— Você está perguntando em geral ou você está falando sobre você e Cal?

Maddie franziu a testa.

— As duas coisas, acho.

— Algumas pessoas são otimistas e pronto — respondeu Helen. — Ou talvez algo no amor faz as pessoas esquecerem todas as probabilidades, estatísticas e dores. É que nem a amnésia que permite que as mulheres tenham mais de um bebê, mesmo depois de descobrirem que o parto não é mole. O amor é poderoso o suficiente para convencer a pessoa de que dessa vez vai ser diferente. — Helen olhou diretamente para Maddie. — Mas, na minha opinião, acho que você e Cal podem dar certo. Desde a reunião do conselho escolar, quando ele se declarou na frente de Deus e do mundo, sempre que estou com vocês dois acredito no poder do amor. — Ela sorriu. — Vindo de uma cínica feito eu, isso não é pouca coisa.

Maddie enfiou o envelope fechado em uma gaveta da mesa.

— Imagino que Bill também já tenha a cópia dele.

Helen assentiu.

— Imagino que sim.

— Então ele e Noreen logo devem marcar o casamento.

Helen lhe lançou um olhar estranho.

— Saber disso incomoda você?

Maddie pensou um pouco. Algumas semanas atrás, ficaria profundamente abalada, mas agora? Para sua surpresa, percebeu que não sentia nada.

— Não — respondeu Maddie, aliviada por poder negar com convicção.

Helen pareceu estranhamente aliviada.

— Ótimo. Agora, vá embora para a sua festa.

— Você não vem comigo?

Helen olhou para o relógio.

— Ainda falta uma hora. Daqui a pouco eu chego. Tenho que resolver algumas coisas primeiro.

Maddie sorriu.

— Você ainda não comprou meu presente, não é?

— Claro que comprei — insistiu Helen, então riu. — Tá bom, admito. Sei o que vou comprar, mas não tive tempo de passar na loja. Como você agora sabe meu segredo vergonhoso, pode me ajudar.

— Ajudar com o quê?

— Você acha que Cal vai preferir você em renda preta ou vermelha? — perguntou ela em tom inocente.

Maddie gemeu.

— Nada de me dar lingerie sexy na frente dos meus filhos adolescentes, por favor — implorou ela. — Ou na frente de Cal, aliás.

— Só estou tentando ajudar — defendeu-se Helen. — Achei que podia dar umas ideias para ele.

— Acho que Cal já tem várias ideias por conta própria, ok? Já tivemos alguns encontros de verdade e está ficando cada vez mais difícil mandá-lo para casa.

— Se você diz... Vou tentar dar um presente apropriado aos convidados mais jovens — prometeu Helen. — Acho que alguma coisa de flanela. Sem muito decote. Às vezes esconder atiça a imaginação.

Maddie gesticulou para que ela fosse logo embora.

— Tchau.

— Até daqui a uma hora. Não corte o bolo sem mim.

— Cal e Katie jamais permitiriam uma coisa dessas. Eles prepararam juntos. Nem me deixaram entrar na cozinha. Vou rezar para que esteja comestível.

— Não se preocupe — tranquilizou Helen. — Se tiver cobertura suficiente, quase qualquer coisa fica comestível.

Maddie estava contando com isso.

Apesar do envelope com a oficialização do divórcio que deixara em sua mesa, Maddie estava surpreendentemente alegre quando voltou para casa. Seu primeiro impulso fora ignorar seu aniversário naquele ano. Não queria ser lembrada de que seria oficialmente onze anos mais velha que Cal, pelo menos por alguns meses. Dez anos já eram uma diferença e tanto.

Mas desde a conversa com a mãe tinha decidido esquecer essa história de idade e se concentrar no homem que a fazia mais feliz do que jamais sonhara ser possível. Na verdade, tinha pensado em uma surpresinha para ele depois da festa que tornaria esse aniversário inesquecível para os dois. Apesar de seus protestos na frente de Helen, uma renda preta poderia cair muito bem.

Quando chegou em casa, Maddie ouviu risadas na cozinha. Ouvir a risada grave de Cal misturada às gargalhadas de Ty, Kyle e Katie a fez sorrir. A mesa de jantar estava cheia de chapéus de festa e serpentinas, assim com pratinhos de papel coloridos e guardanapos combinando. Havia uma pilha de presentes na ponta da mesa. Ao olhar para tudo aquilo, ela pensou que aquela festa estava melhor do que a do ano anterior. Bill tinha ligado no último minuto para dizer que não conseguiria voltar para casa. A primeira de suas mentiras.

Nas festas, uma das tradições da família era pôr para tocar músicas do ano — ou pelo menos da década — em que a pessoa nasceu, então Maddie foi atrás dos CDs de bandas do fim dos anos 1960. Ela acabara de colocar um no aparelho de som quando a campainha tocou. Ao abrir a porta, ficou chocada ao ver seu ex-marido.

— Bill, o que você está fazendo aqui?

Ele olhou além dela, para a sala de jantar, e viu as decorações.

— Nossa, me desculpe. É seu aniversário, não é? Eu esqueci.

— Não faz mal. Entre. Você parece chateado.

Maddie o estudou com mais atenção e percebeu que nunca tinha visto Bill naquele estado antes. A camisa dele estava amassada, a gravata torta. Ainda mais surpreendente era a barba por fazer.

— É por causa do divórcio? — perguntou ela. — Os papéis me pegaram de surpresa, mesmo que eu já estivesse esperando.

Ele a olhou perplexo.

— Divórcio?

— Você não sabia? Agora é oficial — explicou ela. — Helen trouxe os papéis para mim hoje mais cedo.

— Entendo — disse ele, como isso não tivesse a menor importância. — Ainda não tinha visto, não estive lá no escritório. Imagino que meu advogado tenha mandado para lá.

Ele foi direto até sua cadeira favorita e desabou nela, então abaixou a cabeça como se não suportasse encarar Maddie.

Ela o estudou, um pouco chocada.

— Se não é por causa do divórcio, o que houve? Algum problema no consultório? É por isso que você está com essa cara de quem não dorme há dias?

— Não tenho dormido, faz algumas semanas que não vou ao consultório — disse ele. — Tirei uma folga. Eu precisava pensar.

Maddie se sentou na beira do sofá diante dele.

— Pensar sobre o quê? O que houve, Bill?

Ele finalmente a olhou nos olhos.

— Noreen e eu terminamos — disse ele, e acrescentou com um tom belicoso: — Vamos lá. Pode falar.

— Falar o quê?

— "Eu avisei".

Maddie deu de ombros, sem vontade de entrar nessa briga.

— Não importa mais.

— Você estava certa — disse ele, amargo. — Fui um idiota. Foi um erro desde o começo. Noreen percebeu isso antes de mim.

— Então foi ela quem quis terminar? — perguntou Maddie, tentando esconder o espanto.

Talvez tivesse julgado mal Noreen. Ainda mais surpreendente era que ninguém na cidade tivesse ficado sabendo sobre o término. Não ouvira um sussurro, embora não pudesse deixar de se perguntar se não teria sido por isso que Helen a olhara tão estranho mais cedo. Será que ela sabia?

— Na verdade, Noreen foi embora há algumas semanas. Ela se mudou para a casa dos pais no Tennessee.

— Sinto muito — disse Maddie, sem saber mais o que dizer. Será que Bill queria que ela sentisse pena dele? Estava esperando que Maddie risse? O quê? — O que você quer aqui?

Bill lançou um longo olhar de exaustão para ela.

— Quero voltar para casa, Maddie — anunciou ele, com a cara mais lavada do mundo, apesar de Maddie estar boquiaberta. — Quero que a gente tente salvar nosso casamento. E antes que você diga não ou me expulse de casa, quero que pense na nossa família e no que é melhor para todos nós.

A audácia daquela proposta a surpreendeu.

— Que nem você pensou? — zombou Maddie.

Bill estremeceu com o tom dela.

— Não. Você é mais inteligente do que eu. Não desiste de algo tão importante sem lutar.

A tentativa de Bill de virar o jogo e fazer parecer que Maddie era o único obstáculo para a felicidade conjugal dos dois a fez querer dar um tapa nele.

— Como você ousa vir aqui hoje e me falar essas coisas? Nós estamos divorciados! E foi escolha sua, não minha, mas eu segui em frente com a minha vida. Não quero olhar para trás agora.

Ele pareceu abalado com a declaração dela, mas insistiu.

— É só um pedaço de papel, Maddie. Só isso. Podemos nos casar de novo. Inclusive, talvez seja até melhor que o divórcio tenha saído. Com uma nova cerimônia e nossos filhos como padrinhos, vai ser uma segunda chance de verdade. Um novo começo. — Ele estava se empolgando com o tema que tinha escolhido para convencê-la. — Farei isso como quiser, quando quiser. Você decide. Você escolhe a data. Passei as últimas duas semanas pensando e é a coisa certa a se fazer. Eu sei que é.

Se houvesse um pingo de humildade na voz dele, ela teria considerado o pedido, mas aquele ainda era o mesmo Bill, um homem convencido e arrogante que tinha todas as respostas, não importando que fosse tarde demais. Eram só palavras vazias, e nem sequer chegavam a ser muito convincentes. Ele nem se desculpara por tudo o que havia feito

Sentada ali, escutando-o, Maddie agarrou um dos guardanapos decorativos que as crianças haviam escolhido para a festa. Rezou para que ficassem todas na cozinha e não ouvissem aquela conversa. Não queria que ficassem tão abaladas e confusas quanto ela.

— Não posso ter essa conversa agora — disse por fim, com a voz tensa. — Você precisa ir embora.

— Deixa eu ficar para a festa — pediu ele. — Vamos fazer uma verdadeira comemoração em família.

— Você saiu dessa família — lembrou ela. — Então, não, você não pode ficar, hoje não.

A expressão de Bill vacilou ao ouvir aquilo.

— Cal vem para a festa?

— Ele já está aqui.

— Entendo — disse ele, em tom frio.

— Não, Bill, acho que você não entende. Ele e as crianças planejaram esta festa para mim. Não vou estragar tudo porque você de repente mudou de ideia agora que sua namorada o largou. Você não pode entrar aqui como bem entende e pressupor que tudo pode voltar ao que era antes.

— Não estou pressupondo nada, mas as coisas podem sim voltar ao que eram antes — insistiu ele. — Eu acredito nisso, acredito em nós.

Antes que Maddie percebesse o que Bill pretendia fazer, ele a fez se levantar e a beijou, demorando-se. Ela sentiu uma pitada de desespero no beijo.

— Case-se comigo de novo, Maddie. Podemos recuperar tudo o que perdemos. Eu juro.

Maddie teve vontade de gritar que não acreditava mais nas promessas dele.

Mas antes que pudesse emitir um som, ouviu o arfar surpreso de Katie e, em seguida, a porta da cozinha bateu.

Ela lançou um olhar furioso para Bill.

— Viu só o que você fez? Como pôde?

— O quê? — perguntou ele, sem entender.

— Você acabou de bagunçar a vida dos nossos filhos de novo — disse ela, cansada. — E fez isso de maneira tão impensada e impulsiva quanto na última vez.

Ela deixou Bill parado ali e saiu para ver que estrago ele havia causado daquela vez com seu egoísmo e sua falta de consideração pelos sentimentos alheios.

CAPÍTULO VINTE E TRÊS

Cal e Katie tinham saído da cozinha para deixar o bolo de aniversário meio torto e com cobertura rosa em cima da mesa quando ele entreouviu a proposta de Bill Townsend e adivinhou o resto. Sentiu o estômago se revirar. Ao lado dele, Katie ofegou, então se virou e correu de volta para a cozinha. Cal encarou o olhar chocado de Maddie por um milésimo de segundo, então se virou e foi atrás de Katie.

Mal tivera tempo de se agachar na frente da garotinha e segurar as mãos dela quando Maddie e Bill os seguiram até a cozinha.

— Oi, Katie querida — disse Bill com um sorriso cansado.

Ele abriu os braços, mas Katie continuou agarrada às mãos de Cal.

— Você veio para a festa de aniversário da mamãe? — perguntou ela ao pai, olhando-o desconfiada. — Foi isso que você quis dizer?

Ty estava ali parado, com o corpo tenso e a expressão carrancuda.

— O que está acontecendo? — perguntou ele. — O que você está fazendo aqui? Nós não convidamos você. Nós já estávamos com tudo planejado e agora você vai estragar a festa. — Ele olhou para Cal. — Acabou a festa, não foi?

— Está tudo bem, Ty — tranquilizou Cal. — Ninguém estragou nada.

— Não preciso que você se meta na minha conversa com o meu filho — retrucou Bill.

— Ele tem mais direito de estar aqui do que você — respondeu Ty. — Você abandonou a gente!

Bill suspirou.

— Eu sei, filho, e foi um erro terrível. Não posso dizer quanto estou arrependido por ter feito vocês passarem por isso. Já disse a sua mãe que quero voltar para casa de uma vez — disse ele, lançando um olhar duro na direção de Cal.

Embora todos os seus instintos lhe dissessem para ficar onde estava e lutar como se aquela fosse sua família, Cal sabia o que tinha que fazer. Ele se virou para Maddie.

— É melhor eu ir e deixar vocês conversarem — disse ele em tom calmo. — É um assunto de família.

— Não — disse ela, com expressão suplicante.

Ele se abaixou e lhe deu um beijo.

— Conversem. Ligo para você mais tarde.

— Mas a festa — protestou ela. — Você e as crianças se esforçaram tanto.

— Podemos comemorar amanhã à noite. Não tem problema.

Ela se levantou.

— Vou acompanhar você até a porta, então. — Quando estavam na frente da porta, Maddie disse: — Eu não fazia ideia de que ele estava vindo para cá, muito menos que estava pensando nessas coisas.

— Eu sei.

— Ele contou que ele e Noreen terminaram.

— Eu imaginei, se ele quer voltar para cá. — Ele tentou decifrar a expressão de Maddie. — O que *você* quer? — Assim que as palavras saíram de sua boca, Cal balançou a cabeça. — Desculpe. Não foi justo perguntar isso. Ele acabou de jogar essa bomba. Nós conversamos depois.

— Mas, Cal...

— Depois — disse ele com firmeza, e fechou a porta da frente.

Cal temia que, se demorasse um pouco mais, fosse fazer ou dizer algo para tentar convencê-la de que Maddie era sua. E ela não precisava da pressão. A decisão era dela e só dela.

Por mais que odiasse a ideia, Maddie e Bill tinham uma história. Filhos. E tinham a mesma idade, eram da mesma geração. Cal sabia muito bem o que ela iria decidir. E quando Maddie lhe dissesse que tudo estava acabado entre os dois, não queria que o ex-marido arrogante e indigno dela estivesse presente enquanto ela tentava dispensá-lo com delicadeza.

Antes que Cal pudesse alcançar seu carro, Dana Sue e Helen estacionaram logo atrás, bloqueando o caminho.

— Aonde você vai? — perguntou Dana Sue. — Vocês esqueceram alguma coisa? Posso ir comprar.

Helen avaliou Cal com o olhar.

— Isso não tem nada a ver com a festa, não é?

Cal balançou a cabeça.

— Bill está lá dentro.

— Maldito seja — murmurou Helen. — Bem que achei ter visto o carro dele na rua. O que ele quer? Mas não preciso nem perguntar. Eu sei que Noreen terminou com ele.

— Ele quer Maddie — disse Cal.

Dana Sue o olhou com uma expressão chocada.

— Mas o casamento deles já acabou há meses.

— Aparentemente, Bill não vê as coisas assim — disse Cal. — Eu realmente preciso ir.

— Você está indo embora? — questionou Dana Sue, indignada. — Que ideia é essa? Vá lá para dentro proteger Maddie.

Ele conseguiu abrir um pequeno sorriso.

— Maddie sabe se defender sozinha.

— Bem, eu sei disso — disse Dana Sue. — Mas ela está vulnerável, ainda mais hoje.

— Por que hoje? — perguntou ele.

— O divórcio foi oficializado — explicou Helen.

Ele suspirou ao ouvir a ironia.

— Digam isso a Bill. Ele parece querer voltar para casa e retomar tudo de onde parou.

— Ele disse isso? — perguntou Helen, parecendo tão horrorizada quanto ele se sentia. — Na frente das crianças?

— Com outras palavras — confirmou Cal. — Katie e eu só pegamos o finalzinho da conversa que ele estava tendo com Maddie, mas Bill teve a bondade de repetir algumas partes para Ty e Kyle.

— Maldito seja! — repetiu Helen, dessa vez com mais raiva ainda. — Concordo com Dana Sue. Você precisa voltar lá e lutar pelo que quer, e estou supondo que queira ficar com Maddie e as crianças. — Ela fez cara feia. — Ou você não quer ficar com eles tanto assim para lutar por isso?

— Eu os amo o suficiente para lhes dar a chance de descobrirem o que é melhor para eles — disse Cal.

— Não me venha com esses grandes gestos vazios! — disse Dana Sue com desprezo. — Maddie precisa saber que você se importa o suficiente para lutar por ela.

— Maddie sabe quanto é importante para mim — disse ele.

— Sabe mesmo? — questionou Dane Sue. — Você assumiu algum compromisso com ela? Disse que a ama? Ou a pediu em casamento? Ofereceu algo concreto com que ela possa contar? Ou ela vai ter que pesar a oferta real de Bill e a sua incerteza?

Cal pensou no anel que havia escondido no bolo de aniversário dela. As crianças sabiam exatamente qual fatia dar à mãe. Era a única que tinha uma rosa torta na parte de cima. O anel estava no recheio.

— Vocês vão ter que confiar em mim — disse ele. — Maddie sabe como me sinto, ou vai saber antes do fim da noite se continuarem com a festa.

Se por algum capricho do destino aquela fatia acabasse no prato de Bill Townsend, Cal esperava que ele quebrasse um dente ao morder o diamante.

— Você está cometendo um erro — disse Dana Sue, com um tom desiludido. — Bill pode ser um idiota, mas ele sabe ser muito persuasivo quando quer. Como você acha que ele conseguiu uma bela jovem como Noreen, mesmo que no fim não tenha dado certo?

— Maddie não é uma jovem ingênua de 24 anos — lembrou Cal.

— Você acha que ela vai ficar com Bill de um jeito ou de outro, não é? — disse Helen. — É por isso que você está indo embora.

— Estou indo embora porque o ex-marido e pai dos filhos dela acabou de anunciar que quer uma segunda chance. Maddie precisa conseguir pensar nisso sem eu ficar em cima dela.

— Homens e seu orgulho idiota — disse Dana Sue com nojo. — Vá para casa para chorar escondido. É isso que você está fazendo na verdade. Você não quer um monte de testemunhas caso ela escolha Bill em vez de você.

Cal não podia negar isso. Ele tinha fé no que existia entre Maddie e ele. Mas não tinha tanta certeza de que isso resistiria à responsabilidade moral dela para com os filhos e a história que tinha com Bill.

— Vocês têm razão. Prefiro não obrigar Maddie a fazer uma escolha na frente de uma plateia. Vamos lá, vocês sabem que preciso ir embora. Ela precisa de tempo para pensar. Não precisa que eu Bill fiquemos lá brigando por ela como se fosse a última costela no açougue.

— Bem, ainda bem que nós duas não concordamos — retrucou Dana Sue. — Pretendo entrar lá agora e impedir minha amiga de cometer o segundo pior erro da vida dela.

— Qual foi o pior? — perguntou Cal.

— Casar-se com Bill da primeira vez — disse Dana Sue.

— Pelo amor de Deus, sim — concordou Helen. Ela olhou diretamente para Cal. — E ,embora eu ache que você está cometendo um erro ao se afastar agora, entendo e admiro você por fazer isso. Você e Maddie me fazem acreditar no amor de novo. Espero que você não estrague as coisas deixando essa tendência a ser nobre ir longe demais.

Cal riu do tom irritado dela.

— Para ser perfeitamente sincero, espero a mesma coisa.

Ele olhou para Dana Sue, que ainda estava espumando de ódio.

— Você vai tirar seu carro do caminho?

— Não!

— Tudo bem. — Ele considerou tentar manobrar como a mãe de Maddie havia feito algumas semanas atrás, mas a roseira estava finalmente começando a se recuperar. — Vou a pé.

Dana Sue assentiu.

— Talvez isso faça seu sangue circular e voltar ao cérebro.

— Não ligue para ela — disse Helen, olhando-o com solidariedade. — Vamos lá, Dana Sue. Em vez de ficar aqui criticando Cal, vamos entrar e arrumar essa confusão antes que tudo saia do controle.

— Mal posso esperar para a mãe de Maddie chegar — disse Dana Sue. — Aposto que ela vai dizer poucas e boas sobre essa reconciliação.

Cal não invejava ninguém que estava lá naquele momento. Pelo olhar de Maddie quando ele partiu, Cal suspeitava que o caos já estava instaurado e era tarde demais para alguém tentar salvar o dia.

Bill estava cercado por um mar de rostos hostis. Ele já esperava uma batalha difícil com Maddie, mas não tinha contado com a chegada de Dana Sue, Helen e sua ex-sogra para piorar a situação. Obviamente, escolhera o pior momento possível. Até as crianças ficaram com um pé atrás — talvez até hostis — ao ouvirem que ele queria voltar para casa, e pareceram revoltadas ao serem mandadas para o quarto quando ficou claro que uma discussão sobre o relacionamento dos pais estava prestes a acontecer, em vez da comemoração de aniversário.

— Talvez seja melhor eu ir — disse Bill depois de um tempo. — Podemos conversar sobre isso mais tarde, Maddie, depois que você tiver tempo para pensar no que é sensato.

— Nossa, mas que *romântico*. — Helen balançou a cabeça. — É isso aí, Maddie, faça o que é mais sensato. Não ouça seu coração. — O olhar que lançou à amiga foi fuzilante. — Se fizer isso, garanto que vai se arrepender pelo resto da vida.

Bill tentou botar panos quentes.

— Olha, querida — disse ele —, todas as minhas cartas estão na mesa. Pensei muito antes de vir aqui, porque queria ter certeza de que seria a coisa certa. Agora confio que você vai fazer a coisa certa também. Você sempre fez. Quando estiver pronta, nós conversamos.

— Ela não tem mais nada a dizer para você — declarou Dana Sue. — Vocês estão divorciados, lembra?

Maddie lançou um olhar de advertência para a melhor amiga.

— Eu tenho boca.

— Eu sei — disse Dana Sue. — Só quis falar o que penso. Me processe.

— Se todo mundo vai dizer o que pensa, também queria fazer um rápido desabafo — disse Paula.

Bill sabia que nada agradável sairia da boca dela.

— Acho que já sei o que vai dizer.

— É mesmo? — disse Paula. — Porque eu ia dizer que Maddie precisa se lembrar que você é o pai dos filhos dela.

Bill jamais se iludiria de que ela acabaria ali.

— E...?

Paula lhe deu um olhar de aprovação.

— Você está mais esperto do que eu me lembrava. Eu também ia dizer que isso não é motivo para ela aceitar você de volta. A maneira como você a tratou foi desprezível. E ponto. Pelo resto de minha vida, vou aceitar e apoiar qualquer decisão que Maddie tome, mas só há uma que vou respeitar de verdade.

— Você nem considera que eu posso ter aprendido com os meus erros? — perguntou Bill, ferido com o comentário dela, embora já estivesse esperando algo do tipo.

Ele sabia que merecia a raiva de Paula, mas ainda ficava magoado. Até se envolver com Noreen, ele achava que tinha sido um bom marido e pai. A ex-sogra parecia ter se esquecido de todos aqueles anos em que ele se dedicara à filha dela e à família.

— Não, não considero — disse Paula, com uma expressão implacável. — Na minha experiência, os homens que tratam o casamento e a família com tamanho desprezo não aprendem com os próprios erros. Eles os repetem.

— Eu não vou fazer isso — disse ele.

— E por que Maddie deveria acreditar nisso? — questionou Dana Sue.

— Ok, já chega — interveio Maddie. — Por mais que eu seja grata por todos os conselhos e pelo apoio moral, a decisão é minha.

— Concordo — disse a mãe.

— E você precisa de mais tempo para pensar, considerar todos os desdobramentos de sua decisão — disse Bill.

— Não — disse ela, encarando-o. — Não preciso.

Bill engoliu em seco ao ouvir a certeza em sua voz. As coisas não estavam acontecendo como ele esperara. Dava para ver pelos olhos de Maddie, cheios de pena.

Ele se obrigou a apontar o problema antes dela.

— É por causa de Cal, não é?

Maddie assentiu. Seu olhar passou da mãe para Dana Sue e Helen antes de voltar para ele.

— Sei que todos vocês pensavam que eu não sabia o que queria, que eu colocaria as crianças acima dos meus desejos e necessidades, e de certa forma vocês tinham razão em pensar assim. Meus filhos são a coisa mais importante da minha vida e eu faria qualquer coisa por eles.

— Mas... — começou sua mãe.

Maddie não a deixou terminar. Ela levantou a mão para interrompê-la.

— Eu faria qualquer coisa por eles, *exceto* algo que me deixasse extremamente infeliz. Não vou me martirizar pelo bem dos meus filhos. — Quando olhou para Bill, a expressão dela estava triste. — Eu não posso me casar com você outra vez, Bill. Você não é o homem com quem me casei e não sou mais a mulher que era quando me casei com você. Nunca daria certo.

— Como você pode ter certeza se não tentou? — perguntou ele, odiando seu tom suplicante.

Bill percebeu então quanto tinha contado com a ideia de que seria possível reconquistá-la. Desde o instante em que Noreen fora embora do apartamento, ele estivera obcecado em recuperar Maddie. Tinha analisado cada detalhe da situação, considerado todos os argumentos certos para fazer isso acontecer. Mas não foi suficiente.

— Tenho certeza porque amo outra pessoa, alguém que valoriza quem eu sou agora, não quem eu era antigamente — respondeu Maddie. — Porque meu coração dispara quando o vejo, porque ele me faz feliz e faz meus filhos felizes. — Ela olhou de relance para a mãe e sorriu. — Porque Cal é minha alma gêmea, Bill. Levei muito tempo para perceber isso, mas você nunca foi.

Ele viu a convicção nos olhos de Maddie e soube que havia perdido. Talvez o casamento deles fosse terminar um dia de qualquer jeito, mas naquele momento isso tinha acontecido por causa de sua própria estupidez e leviandade. Não teve escolha senão aceitar a derrota com dignidade.

Ignorando as outras mulheres na sala, ele se inclinou e deu um beijo na testa de Maddie.

— Seja feliz, então. Cal é um homem de sorte.

O sorriso que ela lhe deu foi totalmente confiante. Ele reconheceu essa confiança porque, por um tempo, por sua causa, ela a havia perdido. O coração de Bill doeu.

— Sim — disse ela em tom alegre. — Ele é mesmo.

★ ★ ★

Já passava da meia-noite quando Maddie abriu a porta do apartamento de Cal, tirou a roupa e se deitou ao seu lado na cama. Como se a estivesse esperando, ele suspirou e a abraçou para que ela pudesse ouvir as batidas constantes de seu coração.

— Quem está com as crianças? — murmurou ele.

— Minha mãe. Ela disse que, como era por uma boa causa, quebraria as próprias regras e passaria a noite toda cuidando deles.

— Uma boa causa?

— Nós dois.

— Eu não tinha certeza de que haveria um nós depois de hoje — admitiu ele, depois afastou a cabeça para olhá-la diretamente. — Mas já que você está aqui na minha cama, imagino que eu estava errado.

— Você estava mesmo — concordou ela. — Nunca tive a menor dúvida. Eu teria lhe dito isso, se você tivesse ficado. — Ela brincou com um fio de cabelo no peito dele. — Encontrar o anel de noivado no bolo de aniversário era exatamente o que eu precisava para arriscar vir aqui e me enrolar na cama com você.

Ela podia sentir o sorriso dele contra sua bochecha.

— Você encontrou, foi? Por que você cortou o bolo?

— Na verdade, as crianças insistiram — explicou ela. — Pareciam estar com medo de que a aparição de Bill faria você voltar atrás, então decidiram fazer o pedido por você.

— Você respondeu alguma coisa?

— Não. Guardei a resposta para você.

— E aí? Então sua presença aqui na minha cama já é a resposta?

— Não. É o presente de aniversário que estou dando para mim mesma — brincou ela. — Aliás, tem certeza de que já não imaginava o resultado desde o início?

— De jeito nenhum. Por quê?

— Porque você não trancou a porta.

— Estamos em Serenity — lembrou ele.

— E aqui existem ladrões, assim como em qualquer outro lugar.

— Eu não quero acreditar nisso. Gosto de pensar que esta cidade é perfeita, assim como sei que você é perfeita.

Maddie riu.

— Você é doido mesmo — avaliou ela. — Talvez eu deva reconsiderar minha decisão.

— Que decisão seria essa? Não voltar para Bill ou vir até aqui?

— O casamento. Eu estava pronta para dizer sim...

Por um instante, ele pareceu sinceramente surpreso.

— Sério?

Maddie riu.

— Não precisa parecer tão chocado. Não vou deixar você voltar atrás agora.

Ele a abraçou mais forte.

— Nunca.

Ela estendeu o braço para pegar sua blusa, tirou o delicado anel de diamante do bolso e o estendeu para Cal.

— Lavei a cobertura.

— Então você não vai se opor se eu o puser em seu dedo?

Ela franziu a testa.

— Seu pedido vai ser assim? Deitado?

Cal sorriu.

— Estou pelado. Você quer mesmo que eu saia da cama e fique de joelhos?

Maddie riu.

— Acho que quero.

— Ok, então — disse ele, empurrando os lençóis para o lado e saindo da cama.

Maddie perdeu o fôlego ao ver o corpo musculoso — e a excitação impressionante de Cal.

— Talvez o pedido possa esperar — disse ela, chamando-o de volta para a cama e deixando-se relaxar de novo naquela intimidade confortável, muito melhor do que qualquer coisa que Maddie já tinha imaginado.

— Sabe como eu me sinto? — perguntou Cal depois de um tempo, levantando a mão dela e pondo o anel de diamante em seu dedo, depois beijando-o.

— O quê?

— Como se tivéssemos batido um *home run*.

Maddie apoiou a cabeça no peito de Cal e percebeu que o coração dele ainda estava acelerado.

— Graças ao meu filho, sei exatamente o que você quer dizer. Não teria como termos feito melhor.

— Exatamente — confirmou ele.

— Acho que devo ser grata a Ty por muito mais do que regras de beisebol — disse ela.

— Ah, é?

— Se ele não tivesse arrumado tantos problemas há alguns meses, talvez eu nunca soubesse como o treinador dele é incrível.

Cal sorriu.

— Vou dar um conselho. Não diga isso a ele.

— Por que não?

— Se ele achar que merece todo o crédito por estarmos juntos, pode usar isso contra a gente.

— Como?

— Ele é adolescente. Vai dar um jeito.

— Não estou preocupada com isso — disse Maddie. — Estou apaixonada por um homem que entende tudo sobre garotos adolescentes.

Cal riu.

— Sobre os meninos, sim, mas quando Katie virar adolescente, você vai ter que se virar, querida. Se dependesse de mim, ela nunca sairia de casa.

— Acho que vamos ter que fazer o possível até eles crescerem e poderem se virar sozinhos.

Cal pôs o dedo embaixo do queixo dela.

— Como você se sentiria se tivéssemos mais um?

Maddie se sentou na cama, chocada com a pergunta e a ânsia que ouviu na voz de Cal.

— Oi? Eu tenho 41 anos.

— Sim, e continua sexy e saudável. Nós conseguiríamos.

— Você é maluco — disse ela. — Eu sou...

— Não ouse dizer que você é velha demais — interrompeu ele. — Eu li sobre o assunto. Seria uma gravidez com mais probabilidade de riscos e complicações, mas ainda é possível. Você pode pelo menos pensar nisso? Conversar com o seu médico?

Maddie o estudou, mexendo nervosamente no anel. Ela já sentia que o lugar dele era em sua mão.

— Isso seria algo que faria você terminar? Se a gente não concordasse?

Ele a olhou chocado.

— Claro que não. Não preciso de um filho com os meus genes para ser feliz. Se você odiar a ideia ou o médico disser que não é prudente, paciência. Sempre podemos pensar em adoção. Eu adoro crianças, Maddie. Suas, nossas, alguma precisando de um lar. E nós tomaremos essa decisão juntos, não importa o que aconteça.

Ela o estudou, ainda surpresa.

— Mais filhos? Nunca pensei nisso, mas sabe de uma coisa? Parece certo. Temos muito a oferecer, não temos?

A expressão de Cal ficou séria.

— E caso isso tenha passado pela sua cabeça, saiba que terá toda a ajuda necessária para poder continuar trabalhando e cuidando da nossa família ao mesmo tempo, está bem? Não precisa escolher uma coisa ou outra. Sei o quanto o sucesso do Spa da Esquina é importante para você.

— Você é incrível. Onde você estava vinte anos atrás? — perguntou ela, então levantou a mão para impedi-lo de falar. — Peraí! Por favor, não responda.

Cal abriu um largo sorriso.

— Certo, mas, só para você saber, eu já estava imaginando que um dia conheceria uma mulher como você.

— Ah, não estava mesmo. Você tinha dez anos.

— Eu era muito precoce — respondeu ele. — Quer que eu demonstre algumas das coisas em que já estava pensando?

Ela sorriu.

— Quero — disse ela, já excitada. — Acredito que uma demonstração seria a maneira perfeita de terminar esta noite.

Cal sorriu.

— Se a demonstração for boa, a noite não vai terminar tão cedo. Vai ser só o começo.

E assim foi.

CAPÍTULO VINTE E QUATRO

Quando a notícia do noivado se espalhou pela cidade, junto com a informação de que seria muito curto, Serenity abraçou o casamento de Maddie com Cal como se todos estivessem apoiando o relacionamento deles desde o início. Se tudo fosse de acordo com o gosto de Maddie, teriam uma cerimônia tranquila no fim do verão com apenas a família e os amigos mais próximos, porém, no início de julho, Helen e Dana Sue orquestraram uma de suas noites regadas a margaritas só para pressioná-la a organizar uma grande festa da qual as pessoas jamais fossem se esquecer.

— Você não quer que sobre nem uma pessoa sequer achando que você ainda tem dúvidas sobre seu relacionamento com Cal, não é? — questionou Dana Sue, então sorriu enquanto oferecia um pouco mais de guacamole para Maddie e lhe servia uma segunda margarita. — Além disso, você precisa declarar da maneira mais pública possível que ele é seu, assim as mulheres que estavam atrás de Cal não vão nem pensar em roubá-lo de você.

— Cal e eu não precisamos provar nada a ninguém — protestou Maddie.

— Ok, se não for para deixar todas as mulheres da cidade com inveja, faça isso por nós — suplicou Dana Sue. — Helen e eu precisamos de uma oportunidade para pegar um buquê.

— Eu posso jogar até dois, mesmo se a festa for pequena — sugeriu Maddie, sem saber se estava ficando tonta por causa da mudança de planos, do calor sufocante do verão ou das margaritas.

— Não conta se for armado. Temos que pegar o buquê sem trapacear, contra um número razoável de adversárias — argumentou Dana Sue.

Maddie trocou um olhar confuso com Helen.

— Você se lembra se isso é uma regra?

Helen deu de ombros.

— Sei lá. Além disso, acho que toda essa bobagem de pegar o buquê é desculpa. Dana Sue quer organizar uma grande festa para você. Já está com o cardápio planejado há semanas, desde que descobriu o anel no bolo de aniversário.

Maddie olhou para ela.

— Isso é verdade?

— Bem, sim — admitiu Dana Sue, envergonhada. — Eu só queria dar minha contribuição para o seu grande dia.

— Você pode participar do casamento sem cozinhar — disse Maddie.

— Mas cozinhar é o que eu faço melhor. — A expressão de Dana Sue ficou pensativa. — Eu queria muito tentar fazer um bolo de casamento sofisticado com pelo menos seis andares e os noivinhos lá em cima. Erik disse que me ajudaria, já que bolos de casamento são a especialidade dele. Você não pode fazer isso para meia dúzia de pessoas. Seria uma loucura.

Maddie se virou para Helen.

— E você? Por que você quer que eu faça uma festa grande?

Helen, a mulher mais confiante de Serenity, corou como uma menina.

— Tenho mesmo que responder?

— Se quiser que eu faça Cal passar por uma festa de arromba em vez da cerimônia tranquila que ele estava esperando, sim — argumentou Maddie.

Helen tomou um bom gole de margarita antes de responder.

— Ok, eu estou vivendo através de você — admitiu ela. — Quem sabe se algum dia vou me casar? Quero participar de um casamento com toda a pompa e circunstância.

Maddie a olhou espantada.

— Você foi minha madrinha quando me casei com Bill, e aquele casamento foi exatamente assim.

— É verdade, mas eu era nova demais para aproveitar. E também estava com sentimentos conflitantes, uma vez que eu odiava Bill já naquela época e achava que você estava cometendo um grande erro. Agora estou realmente feliz por você.

Atordoada, Maddie se recostou na espreguiçadeira e tomou um gole de margarita, depois olhou para cada amiga. As expressões esperançosas e ansiosas no rosto de Helen e Dana Sue foram demais para ela. Sim, o casamento era dela e de Cal, mas suas melhores amigas também tinham o direito de opinar. Nos últimos meses, elas vinham apoiando-a, tinham lhe dado um novo objetivo e corrido riscos para confiar em seu tino para os negócios. Poucas pessoas teriam feito isso.

— Está bem — disse ela por fim. — Vamos fazer uma festa de casamento!

— Sério? — perguntaram as duas em uníssono.

— Cal não vai surtar, vai? — perguntou Dana Sue, preocupada.

Maddie sorriu.

— Desde que não precise fazer nada além de aparecer na igreja, por ele tudo bem.

— Ele não vai precisar cuidar de nada — prometeu Helen. — Você também não precisa levantar um dedo. Dana Sue e eu vamos organizar tudo.

— Posso pelo menos escolher meu vestido? — perguntou Maddie, temendo ter cedido controle demais sobre o próprio casamento.

— Desde que a gente possa ir junto — disse Dana Sue.

— E tenha o direito de aprovar ou vetar — acrescentou Helen.

Maddie levantou o copo em um brinde.

— Sempre uma advogada — disse ela para a amiga. — Combinado.

Cal se remexeu um pouco enquanto Hamilton Reynolds tentava apertar o nó da gravata.

— Você está me estrangulando.

— Ah, para de reclamar, meu jovem. Você não quer entrar na igreja como se nunca tivesse visto um smoking antes, não é?

— Eu preferia entrar na igreja sem estar vestindo um smoking — resmungou Cal. — Era para ser uma cerimônia pequena em setembro. Agora é quase Dia de Ação de Graças. — Ele franziu a testa. — Quantas pessoas você acha que tem aí dentro?

O olhar de Ham foi de pura pena.

— Umas trezentas, pelo que vi. Essas garotas sabem mesmo fazer uma festa.

Cal estremeceu. Mesmo quando Maddie lhe dissera que havia entregado as rédeas do planejamento do casamento para Dana Sue e Helen e que as amigas não teriam tempo de organizar tudo até o fim do verão, ele não imaginara o que estavam fazendo. Quando questionou como as coisas tinham fugido tanto do controle, ouviu apenas que estavam "passando um recado".

Ainda não tinha entendido o que elas queriam dizer com isso, mas viu os olhos de Maddie brilharem de antecipação e ficou de boca fechada. Concluiu que poderia suportar algumas horas de extravagância se isso a fizesse feliz.

Ainda estava repetindo essa conclusão para si mesmo três horas após a cerimônia enquanto a recepção grandiosa, com uma banda amadora surpreendentemente boa, não dava sinais de acabar. Sentada ao seu lado na mesa principal, até Maddie estava começando a desanimar um pouco.

— Já podemos ir embora? — sussurrou ele em seu ouvido. — Eu estava querendo passar minha primeira noite de lua de mel com minha noiva, não com trezentos de seus amigos mais próximos.

Ela sorriu.

— Tenha um pouco de paciência, Cal. Temos uma vida inteira juntos pela frente. Olhe só Helen e Dana Sue na pista de dança. Elas estão se divertindo tanto. Não podemos terminar a festa antes.

— Então isso tudo é para elas — disse ele, finalmente entendendo. — Bem que eu imaginei.

— Elas ficaram felizes em organizar isso para nós — admitiu Maddie. — Eu não poderia dizer não. — A expressão dela se iluminou. — Ah, olha só, Ty finalmente tirou Annie para dançar. Ela parece estar nas nuvens. Tomara que Ty perceba que ela gosta dele e seja gentil.

Cal estudou Ty — seu novo enteado — com os olhos de um homem que ainda se lembrava de como os adolescentes podiam ser descuidados com as frágeis emoções dos outros.

— Talvez seja melhor eu conversar com ele — disse Cal. — Os meninos da idade de Ty podem ser meio idiotas quando o assunto são meninas. Várias coisas passam batidas e eles podem acabar magoando os outros.

Antes que Maddie pudesse responder, Annie de repente desfaleceu nos braços de Ty.

— Meu Deus, você viu? — perguntou ela, já de pé, começando a correr.

Cal chegou ao casal antes de Maddie, que havia ficado para trás por causa de seu vestido de noiva e do salto alto. Ty segurava Annie, tentando deitá-la no chão com cuidado, e tinha uma expressão confusa no rosto.

— Não sei o que houve — contou ele. — Agora mesmo estava tudo certo. Do nada ela desmaiou. Ela está bem?

Cal se ajoelhou ao lado da menina e sentiu seu pulso. Estava fraco e acelerado.

— Chame Dana Sue — disse ele a Maddie.

— Ela está bem?

Cal assentiu com a cabeça.

— Ela só desmaiou. Traga um pouco de água quando voltar.

— Eu vou pegar — disse Ty, parecendo aliviado por ter algo para fazer.

Cal passou a mão na bochecha pálida de Annie.

— Vamos lá, querida, acorde. Annie? Annie.

Ela piscou e finalmente abriu os olhos.

— Treinador?

Cal se obrigou a dar um sorriso tranquilizador.

— Oi, Bela Adormecida.

— O que houve?

— Você desmaiou.

As bochechas da garota coraram.

— Enquanto eu estava dançando com Ty?

Cal assentiu.

— Ai, meu Deus — disse ela, os olhos cheios de angústia. — Ele nunca mais vai falar comigo.

— Claro que vai — disse Cal, no momento em que Ty voltava com a água.

Ty se ajoelhou e estendeu o copo para ela.

— Você acordou — disse ele, com alívio nítido. — Você me deu um susto.

Annie aceitou a água, mas preferiu não olhar para Ty.

— Sou uma idiota — sussurrou ela. — Me desculpe, Ty.

— Ei, não foi sua culpa — disse Ty.

Foi então que Dana Sue apareceu, frenética.

— Ela está bem — avisou Cal.

Dana Sue insistiu em se ajoelhar e ver como Annie estava mesmo assim.

— Você comeu alguma coisa hoje? — questionou ela.

— Mãe!

— Responde logo! Você comeu alguma coisa?

— Ela comeu bolo — disse Ty.

Dana Sue manteve o olhar fixo em Annie.

— Mais alguma coisa?

Lágrimas brotaram nos olhos de Annie.

— Mãe, não dê um escândalo. Estou bem.

— Você não está bem — disse Dana Sue. — Você desmaiou.

Maddie se agachou e abraçou Dana Sue.

— Ela está bem agora. Nós vamos levá-la para casa com você. Ou podemos ir para o pronto-socorro, se achar melhor.

— Não sei o que é melhor — sussurrou Dana Sue, parecendo arrasada.

— Mãe, estou bem — protestou Annie, sentando-se com dificuldade. — Viu? Não precisamos ir para o hospital. Vamos para casa. Vou tomar uma sopa ou algo assim. Eu prometo.

Maddie continuou olhando para Dana Sue.

— A escolha é sua, querida.

Ainda com o olhar fixo na filha, Dana Sue finalmente suspirou.

— Acho que vamos para casa, mas vocês não precisam vir junto. Helen pode vir com a gente. Você precisa ir para a sua lua de mel e esquecer tudo isso. — Ela apertou a mão de Annie com força e olhou para Maddie, então para Cal. — Nós vamos ficar bem.

Cal ficou esperando a decisão de Maddie. Sabia que ela estava dividida entre ir embora com ele e ficar com a amiga.

Maddie estudou Dana Sue com toda a atenção.

— A gente liga amanhã de manhã para ter notícias de Annie.

Dana Sue assentiu.

Cal se abaixou e pegou Annie nos braços. A menina não pesava quase nada.

— Vou levar você até o carro.

Dana Sue deu um beijo em Maddie e depois acompanhou Cal. Ty veio atrás.

Quando Annie estava acomodada no banco de trás, Ty lançou um olhar interrogativo para Cal.

— Tudo bem se eu for com elas?

O treinador assentiu.

— Claro. Vá lá dentro avisar sua avó que você volta para casa depois, para ela não ficar preocupada.

Cal estudou Dana Sue e notou que os olhos dela ainda estavam cheios de preocupação.

— Tem certeza de que não quer minha ajuda e a de Maddie? Podemos pegar outro voo amanhã.

— De jeito nenhum — disse Dana Sue. — Fechei o restaurante hoje e minha equipe pode segurar as pontas para mim amanhã, assim eu consigo ficar de olho nela. Annie vai ver o dr. Marshall na segunda-feira cedo, nem que eu tenha que arrastá-la pelo cabelo.

— Veja se está tudo bem com ela, ok? — disse Cal.

Ele a olhou bem seriamente, tentando fazê-la entender a urgência da situação, mas sem assustar Annie ou a própria Dana Sue.

Os olhos da mulher ficaram cheios d'água ao ouvir o tom sombrio de Cal.

— Eu vou. Prometo. Agora vá lá buscar Maddie. Faça minha amiga feliz, ouviu?

— Farei o possível — prometeu Cal.

No entanto, quando voltou lá para dentro, encontrou Maddie sentada em uma cadeira, com a cabeça entre os joelhos, sendo amparada pela mãe. O rosto dela estava tão pálido quanto o de Annie alguns minutos antes.

— O que houve? — perguntou ele.

Paula o olhou com ar de ironia.

— Ela desmaiou.

Cal se sentia como se tivesse entrado no chá do Chapeleiro Maluco.

— Alguém botou alguma coisa na água? Todo mundo vai desmaiar agora? — perguntou ele, agachando-se ao lado da esposa e segurando sua mão gelada.

Paula riu.

— Acho que não. Vou deixar você conversar com sua noiva. Ela pode explicar.

Cal olhou para Maddie, cujo rosto ainda estava pálido.

— O que houve?

— Sabe aquele seu sonho?

Ele a encarou sem entender.

— Sonho? Casar com você?

Ela sorriu.

— Não, o outro.

Cal ainda não tinha entendido.

— Esse era meu maior sonho, Maddie.

— Você me disse que queria aumentar a nossa família — lembrou ela.

Quando finalmente entendeu o que ela queria dizer, Cal se deixou cair no chão diante dela. Até ele se sentia prestes a desmaiar.

— Um bebê? — sussurrou ele.

Maddie assentiu.

— Acho que nos adiantamos um pouco.

— Um bebê — repetiu ele, surpreso.

— Parece que sim. Eu queria contar na nossa lua de mel, mas pelo andar da carruagem não sei nem se vamos chegar ao hotel.

— As crianças já sabem?

Ela balançou a cabeça.

— Só a minha mãe, e ela só sabe porque adivinhou.

Cal se sentiu tomado pelo pânico. Ele queria isso mais do que tudo, mas agora? Quando ainda estavam na festa do casamento? Antes que tivessem a chance de conversar um pouco mais sobre o assunto? Ele estudou o rosto de Maddie para ver se estava tão assustada quanto ele. Apesar de um pouco pálida, ela parecia feliz. Muito feliz.

— Está tudo bem? — perguntou ele. — Será que devíamos ficar aqui e ir ao médico?

— Eu já fui ao médico e está tudo bem — tranquilizou ela. — E nós vamos para essa lua de mel, Cal Maddox. Você me prometeu uma viagem incrível, e não vou deixar você escapar tão fácil assim.

Pela segunda vez em menos de trinta minutos, Cal pegou uma mulher em seus braços. Esta tinha um peso saudável e curvas que faziam o sangue de um homem ferver. Ele encarou os olhos brilhantes de Maddie.

— Vai ser uma vida emocionante, não é, sra. Maddox?

— Pelo visto sim. Você está preparado?

— Eu esperei por isso a vida toda.

Este livro foi impresso pela Cruzado, em 2022, para a Harlequin. O papel do miolo é pólen soft 70g/m², e o da capa é cartão 250g/m².